EMMA CURTIS

Dein perfektes Leben

Der Roman
»Eine spannungsgeladene und absolut fesselnde Geschichte.«
Tammy Cohen

»Wird ein einziger Fehler ihr Leben zerstören? Ein großartig geschriebenes Buch über die Vergangenheit, die einen auf unerwartete Weise einholen kann.« *IMAGE Magazine*

»Ich konnte dieses Buch nicht weglegen! Brillante, spannende Lektüre.« *Claire Douglas*

»Ein packender Pageturner, ich habe die ganze Nacht gelesen.« *Jane Corry*

Die Autorin
Die englische Bestsellerautorin Emma Curtis wurde in Brighton geboren und wuchs in London auf. Ihre Faszination für die dunklen Seiten des Lebens inspirierte sie zu ihrem Roman. Emma Curtis lebt mit ihren beiden Kindern und ihrem Ehemann in Richmond bei London.

EMMA CURTIS

Dein perfektes Leben

PSYCHOTHRILLER

Aus dem Englischen
von Gabriele Weber-Jaric

DIANA

FSC
www.fsc.org
MIX
Papier aus verantwortungsvollen Quellen
FSC® C014496

Verlagsgruppe Random House FSC® N001967

Deutsche Erstausgabe 12/2018

Die Originalausgabe erschien 2017 unter dem Titel
One Little Mistake bei Transworld, London

Redaktion: Dr. Katja Bendels
Umschlaggestaltung: t. mutzenbach design, München
Satz: Leingärtner, Nabburg
Druck und Bindung: GGP Media GmbH, Pößneck

Printed in Germany
ISBN 978-3-453-35984-0

www.diana-verlag.de
Besuchen Sie uns auch auf www.herzenszeilen.de
Dieses Buch ist auch als E-Book lieferbar.

Für Rose und Brian Knox-Peebles

Prolog

Lautlos öffne ich die Tür zu Joshs Zimmer. Vor einem halben Jahr habe ich sie ausgehängt und unten einen Zentimeter abgehobelt, damit sie nicht über den Teppichboden schabt. Ja, ich habe es selbst gemacht, in solchen Dingen bin ich ein Ass, die perfekte Heimwerkerin. Im Zimmer riecht es nach meinem Sohn, nach Talkumpuder und Babyshampoo; ein warmer, dunkler Raum, der mit Josh zu atmen scheint. Die Verdunklungsrollos sind heruntergelassen, die Vorhänge so fest geschlossen, dass kein Licht hindurchdringen kann. Es dauert einen Moment, bis meine Augen sich an die Dunkelheit gewöhnt haben. Josh schläft tief und fest. Er hat die Pfote seines Pandabären umklammert und ist leicht verschwitzt.

Ich will Josh hochheben, doch ich habe ihn kaum berührt, da tritt er schon mit einem Fuß aus und schürzt die Lippen. Ich weiche zurück. Er darf nicht wach werden, damit kann ich jetzt nicht umgehen, dazu bin ich zu müde, zu sehr durch den Wind. Ich trete ans Fenster, schiebe das Rollo ein Stückchen zur Seite und sehe zu, wie der Regen auf die Autos fällt und sich in Fäden über ihre Dächer zieht. Die Rinnsteine können die Wassermassen kaum noch aufnehmen, es bilden sich Pfützen. Der Druck auf meiner Brust will nicht vergehen, auch nicht das Gefühl von Dringlichkeit. Ich weiß, das sind Bedingungen, die vernünftige Entscheidungen unwahrscheinlich machen. Doch dann höre ich, dass Joshs Atem wieder tief und regelmäßig ist.

Ich werfe einen Blick auf die Uhr, verlasse das Zimmer, schließe die Tür und eile die Treppe hinunter. Wenn Josh morgens ein Schläfchen hält, wacht er nicht auf. Das gab es noch nie. Nie. Falls er nachts nicht durchgeschlafen hat, holt er das am nächsten Morgen mit einem anderthalbstündigen Tiefschlaf nach. Demnach habe ich einen ordentlichen Zeitpuffer, denn länger als zwanzig Minuten brauche ich nicht.

Ich streife meinen Mantel über, nehme meinen Schirm und trete hinaus in den Regen.

1

Ein Tag zuvor – Sonntag, 3. Januar 2010

Ich fahre auf den Hof vor unserem Haus. Eine Szene, überdeutlich und so lächerlich, dass es schon wehtut, springt vor meinem inneren Auge auf. Sie zeigt mich in Unterwäsche zusammen mit einem nackten Mann. Er hat den Körper eines Mannes in mittleren Jahren und das Lächeln eines unartigen Jungen. Ich raffe meine Kleidungsstücke zusammen, streife sie über, verheddere mich in den Ärmeln meines Pullovers. Ausreden und Entschuldigungen stürzen aus meinem Mund. Das Lächeln des Mannes verblasst. Es wird durch eine verwirrte, dann konsternierte Miene ersetzt.

Ich öffne die Augen. Ich bin zu Hause. Alles ist gut. Es ist nichts passiert.

Unser Weihnachtsbaum lehnt einsam und seines Schmucks beraubt an den Mülltonnen. Die Straßenlaterne über mir taucht die alte Magnolie in ein gespenstisches Licht. Sie beginnt schon zu knospen. Ich erinnere mich, wie verzaubert ich angesichts der rosigen Blüten mit den elfenbeinfarbenen Streifen war, als wir das Haus erstmals besichtigten.

Hinter dem Fenster flackert das Licht des Fernsehers auf den Gesichtern meiner Familie. Auf dem großen roten Sofa bilden die vier eine Kuschelgruppe. Tom, meine Ehemann, hat sich zurückgelehnt, in jedem Arm eine Tochter. Josh liegt schlafend mit gespreizten Beinen auf der Brust seines Vaters.

Seine Händchen umfassen Toms Hemdkragen. Er gleicht einem Frosch.

Was um alles in der Welt habe ich mir dabei gedacht? Ich halte mich am Lenkrad fest, schließe die Augen und fluche. Als ich wieder aufschaue, ist Polly hinter ihrem Vater auf das Sofa geklettert und umschlingt seinen Hals. In diesem Augenblick entdeckt Tom, dass ich zurück bin. Er legt Polly auf ihrer großen Schwester ab, springt mit Josh in den Armen auf und öffnet die Haustür. Das ist mein Ehemann: Tom Seagrave, ein humorvoller, manchmal nerviger, aber warmherziger und geselliger Mann. Und er liebt mich. Warum also?

Ich schnäuze mir die Nase. Emily und Polly pressen ihre Gesichter an die Fensterscheibe. Ihre platt gedrückten Nasen sehen aus wie Schweinerüssel. Tom kommt in den Plastikclogs, mit denen er im Garten arbeitet, heraus ans Auto. Ich steige aus dem Wagen und nehme ihm das Baby ab, bevor ich mich hochrecke und Tom einen Kuss gebe.

»Wart ihr auch brav?«

Im Haus hebe ich Polly hoch, drücke Emily an mein Bein und plappere diesen albernen Satz, um von meinem Erröten abzulenken.

»Wir waren mit Daddy und Amber auf dem Spielplatz«, erzählt Emily.

»Ach. Na, das war bestimmt toll. Wo war Robert?«

»Ackert anscheinend wie verrückt«, sagt Tom. »Amber hat ihn seinem Schicksal überlassen.«

Im Haus riecht es noch nach Weihnachten, ein tröstlicher Duft nach Gewürzen und den Tannennadeln, die der Staubsauger verfehlt hat. An den Pfosten des Treppengeländers haften die letzten Lametta-Reste. Auf dem Küchentisch liegen die eingegangenen Weihnachtskarten ordentlich gestapelt, damit ich sie durchsehen kann, bevor sie im Papiermüll landen.

»Ah, du warst fleißig.« Ich greife nach dem Stapel und blättere ihn geistesabwesend durch. »Worüber habt ihr denn geredet, Amber und du?«

»Nichts Besonderes. Hauptsächlich über Schulangelegenheiten.«

Ich werfe ihm einen Blick zu und frage mich, warum er klingt, als hätte er mir nicht alles erzählt. Aber ich kann nicht nachhaken, denn Tom kommt mir zuvor und fragt: »Und wie geht es meiner lieben Schwiegermutter? Reißt sie sich immer noch die Bluse vom Leib und heult in den Wind?«

Erleichtert lache ich über Toms abgedroschenen Witz, der mir zeigt, dass alles im Lot ist. Tom tut gern, als hätte er eine festgefasste Meinung über meine Mutter. Zu seinen Lieblingsszenarien gehört, dass sie ein exzentrisches, alternatives Leben führt, die Sonnenwende mit einem Hexenzirkel in den South Downs feiert und ihr Bed and Breakfast bloß eine Fassade für ein Haus voller Sexsklaven ist. All das erkennt er angeblich an ihrer Vorliebe für dunkle Farben und weite, mehrlagige Kleidung, an ihrer Neigung zu extravaganten Gesten und wahnsinnigen Übertreibungen, und weil sie, seit Tom sie kennt, ein halbes Dutzend Liebhaber hatte.

»Sag so was nicht, das ist gemein.«

»Entschuldige, war nicht so gemeint.«

»Weiß ich.« Ich küsse ihn versöhnlich. Die Haut seines Gesichts fühlt sich anders an als bei David – als wäre sie verletzbarer. »Peter fehlt ihr.«

Die Lüge kommt mir leicht über die Lippen. Zum einen

habe ich heute Morgen mit meiner Mutter telefoniert, zum anderen geht es sowieso immer wieder um das Gleiche. Als ich geboren wurde, war meine Mutter siebzehn Jahre alt. Ihre Liebhaber haben in ihrem Gefühlshaushalt stets Chaos angerichtet und unser Leben, seit ich denken kann, auf den Kopf gestellt. Doch wenn ich mir überlege, dass ich die Stabilität meines Lebens um ein Haar für einen dummen Seitensprung aufs Spiel gesetzt hätte, frage ich mich, was das aus mir macht. Wie die Mutter, so die Tochter?

»Schade, dass sie sich getrennt haben. Ich mochte ihn.«

Ich stelle meine Handtasche ab. »Du magst jeden. O Gott, ich wünschte, sie würde langsam erwachsen.« Einen Moment lang weiß ich nicht, ob ich meine Mutter oder mich meine, doch dann nimmt Tom mich in die Arme, quetscht die Mädchen zwischen uns zusammen und den Gedanken aus mir heraus.

»Sei nicht so kleinlich. Sie ist erst siebenundvierzig.«

»Sechsundvierzig«, murmele ich glücklich. Ich küsse Toms Kinn, doch dann habe ich Angst, dass ich es übertreibe, und löse mich von ihm. Die Mädchen flüchten, rennen zurück ins Wohnzimmer und werfen sich aufs Sofa.

»Müde?« Tom streicht mir über den Kopf.

Ich nicke. »Hundemüde.«

»Sollen wir Robert und Amber absagen? Ich kann seinen Passantrag auch ein andermal mit ihm durchsehen.«

»Nein, nein, kein Problem.«

In bin unendlich erleichtert. Alles geht vorbei. Das habe ich von meiner Mutter gelernt.

2

»Wo ist mein Glas Wein?«, fragt Amber, umarmt mich und mustert mich. »Alles in Ordnung?«

»Erzähl ich dir später«, flüstere ich. Sophie, ihre Tochter, ist im gestreiften Schlafanzug, flauschigen Bademantel und Häschenpantoffeln erschienen. Sie stürmt sofort die Treppe hinauf auf der Suche nach Emily.

Ich schenke Amber ein Glas Rotwein ein und reiche Robert eine Flasche Bier. Amber und ich lehnen uns an die Kücheninsel und stippen Kartoffelchips in eine Schale Taramosalata. Tom und Robert sitzen am Tisch, lesen Roberts Antragsformular durch und gehen, sobald sie damit fertig sind, zum Thema Fußball über. Tom setzt sich zurück und verschränkt die Hände hinter dem Kopf, während Robert sich noch einmal über das Formular beugt und gedankenverloren am Arm kratzt.

Ich sehe Amber an und verdrehe die Augen. Sie nimmt sich eine Handvoll Chips.

»Und?«, fragt sie. »Wie war's im schönen Bognor?«

»Kalt.«

Ich spüre mein Erröten. Ich habe sie belogen und weiß nicht einmal, warum. Vermutlich liegt es an einer Mischung aus Scham und mädchenhafter Aufregung, die mein schreckliches, großes Geheimnis in mir weckt. Manchmal bin ich mir selber peinlich. »Habe ich dir schon die neuen Vorhänge in Joshs Zimmer gezeigt?«

Ihr Blick wird forschend. »Nein, ich glaube nicht.«

Wir steigen die Treppe hinauf und betreten Joshs Zimmer. Amber bewundert die Vorhänge pflichtgemäß und lobt die ordentlichen Stiche, die ich beim Nähen gemacht habe. Die Vorhänge sind längs gestreift, blau und weiß, mit Schiffchen an der oberen Kante. Ich setze mich auf das Einzelbett. Neben mir liegt Josh schlafend in seinem Bettchen und schnauft.

Amber fragt: »Was soll die große Geheimnistuerei?«

Ich schaue zur Seite, glätte und falte ein Mulltuch. Ich sollte es nicht erzählen, aber ich kann nicht anders.

»Schwöre, dass du es niemandem weitersagst. Nicht einmal Robert.«

»Okay, ich schwöre. Was ist los, Vicky? Langsam machst du mir Angst.« Ihr Blick weitet sich. »O Gott, bist du wieder schwanger?«

Ich werfe einen Blick auf meinen neun Monate alten Sohn. »Nein. Ich habe eine – hätte beinah eine – Riesendummheit gemacht.«

»Was für eine?«

»Ich war ...« Ich sehe sie immer noch nicht an und spüre ihren Blick. »Es gibt da einen Mann.«

Amber stößt einen kleinen Schrei aus und schlägt sich die Hand vor den Mund. »Bitte erzähl mir nicht, dass du eine Affäre hast.«

»Nein. Aber um ein Haar. Da war ich heute. Bei ihm.«

»Dann warst du also gar nicht bei deiner Mutter?«

Ich schüttele den Kopf.

»Ach du Schande.«

»Ich weiß. Dann habe ich – nein, haben wir erkannt, wie

viel wir riskieren. Amber, ich liebe Tom. Wirklich. Es war einfach eine Dummheit.« Ich verberge mein Gesicht in den Händen und stöhne. »Ich muss verrückt gewesen sein.«

»Du hast aber nichts gemacht, oder?«

Ich seufze schwer. »Nein.«

Das trifft nicht ganz zu. Wir haben uns geküsst. Wann immer es möglich war, haben wir uns getroffen und uns unterhalten. Wenn es nicht möglich war, haben wir uns Nachrichten geschickt. Aber das gilt noch nicht als »machen«.

Abrupt stehe ich auf und beuge mich über Joshs Bettchen. Er ist so süß, wenn er schläft und dabei leise schnuffelt. Sanft berühre ich seinen Kopf und streiche mit dem Daumen über seine Härchen.

»Los, spuck alles aus. Wer hat den Anfang gemacht? Wie weit seid ihr gegangen?«

»Weit genug. Aber ohne richtig ... na, du weißt schon.«

»Ohne Penetration?«

Wir werden zu zwei albern kichernden Schulmädchen.

»Oh, hör auf! Nein, wir haben uns nur geküsst und ein bisschen rumgemacht, bis ich total panisch geworden bin und er nicht mehr wusste, woran er war.« Ich höre auf zu lachen und reiße mich zusammen. »Ich bin nicht gerade stolz auf mein Benehmen und unglaublich froh, dass nichts passiert ist.«

Amber steht die Neugier ins Gesicht geschrieben. »Wer ist es?«

»Das sage ich nicht.«

»Gut, dann lass mich raten. Wohnt er hier in der Gegend?« Anscheinend nimmt sie meine Weigerung nicht ernst.

»Kein Kommentar.«

»Das interpretiere ich als Ja.«

»Amber, bitte. Es ist vorbei, und ich will wirklich nicht darüber reden. Es ist auch so schon unangenehm genug.«

»Vertraust du mir nicht?«

»Darum geht es nicht. Ich möchte nicht, dass es jemand weiß.«

»Auch ich nicht?« Stille breitet sich aus. Dann fragt sie: »Wie lange geht das schon?«

Was sie tatsächlich wissen will, ist, seit wann ich sie schon belüge. Ich senke den Kopf und hole tief Luft. »Anfangs war es ja noch nichts. Höchstens Blickkontakte, die ich nicht mal vor mir selbst zugeben wollte. Es hat Monate gedauert, bis wir es uns eingestehen konnten.« Mein Mund ist trocken geworden. »Das war vor drei Monaten.«

Amber seufzt, dann zuckt sie mit den Schultern.

»Es tut mir leid.«

Stunden später krieche ich ins Bett, schließe die Augen und sinke in einen tiefen Schlaf.

In einem wilden Traum komme ich nach Hause und finde die halbe Nachbarschaft im Flur und auf der Treppe versammelt. Ich bahne mir einen Weg durch sie hindurch, doch meine schweren Einkaufstüten ziehen an meinen Armen und Schultern, als wollten sie mich zurückhalten. In den Tüten befinden sich Packungen mit Eiscreme und tiefgefrorene Erbsen. Ich muss an den Menschen vorbei zum Kühlschrank und rufe, sie sollen mir Platz machen. Schließlich gelange ich in die Küche, wo Tom über Josh kniet. Die Steinfliesen sind voller Blut.

Ich schrecke aus dem Traum auf, desorientiert und verängstigt. Josh weint. Ich presse mein Gesicht ins Kopfkissen, denn ich will nicht, dass Tom meinen keuchenden Atem hört. Für lange Zeit dachte ich, meine gewaltträchtigen Träume hätten mit Schwangerschaftshormonen zu tun, denn nach den Geburten meiner Töchter haben sie jedes Mal wieder aufgehört. Nach Joshs Geburt jedoch nicht. Nach jedem dieser Träume bin ich zutiefst verstört, habe einen trockenen Mund, und mein Herz rast.

Ich ziehe das Kissen über meinen Kopf und lege den Unterarm darauf. Ich kann einfach nicht mehr. Doch ich höre ihn durch das Kissen hindurch. Aus seinem Kummer wird Wut, sein Geschrei vibriert in meinem Körper. Ich ziehe die Knie an meinen Bauch, krümme mich und zwinge mich, gegen meinen Instinkt anzugehen. Wenn ich jetzt aufstehe, ihn tröstend in die Arme nehme und seinen kleinen Körper an mich drücke, wird er nie aufhören, nachts nach mir zu schreien.

Während meines letzten Semesters an der Bristol University bin ich zum ersten Mal schwanger geworden. Es geschah nach den Prüfungen, in jener fließenden Zeit, die aus Picknicks und Bällen besteht, aus trägen, sorglosen Tagen. Tom, ich und unsere Freunde waren voller Pläne und schwebten förmlich auf einer euphorischen Wolke. Wir waren achtlos, jung und naiv. Mit dem Semester endete auch jener Teil unseres Lebens. Wir verbrachten drei Monate in Indien, und als wir zurückkamen, registrierte mein Gehirn zwar die Fakten, wie die Übelkeit am Morgen eine Woche nach unserer Rückkehr, doch ich redete mir ein, dass ich mir in Indien einen Magen-Darm-Virus eingefangen hätte.

Ich wollte meine Lehrerausbildung beginnen, und Tom hatte vor, für ein Jahr nach Lateinamerika zu gehen, mit der Aussicht auf einen Job in Buenos Aires. Dann kam der Abend, an dem wir im Brockwell Park auf einer Bank saßen,

Herbstlaub um unsere Füße wehte, der Mond wie eine silberne Scheibe über uns am Himmel stand, und wir beschlossen zu heiraten. Wir waren einundzwanzig Jahre alt. Als Emily geboren wurde, war ich zweiundzwanzig, bei Polly, dem einzigen geplanten Kind, vierundzwanzig. Josh war eine Überraschung und kam sechs Monate vor meinem achtundzwanzigsten Geburtstag zur Welt. Er ist ein griesgrämiger kleiner Kerl, mit dem keiner mehr gerechnet hatte, aber ich liebe ihn.

Der Radiowecker ertönt. Tom wälzt sich zu mir herum und lächelt mich verschlafen an. Zeit, aufzustehen.

3

Montag, 4. Januar 2010

An diesem Morgen sind die Mädchen früh auf den Beinen, springen in ihren rotbraunen Schuluniformen herum und können es kaum erwarten, nach drei Wochen Ferien endlich ihre Freunde und Freundinnen wiederzusehen. Es ist der erste Schultag. Die Vorboten des Frühlings werden langsam sichtbar, und die ersten Spitzen der Narzissen durchstechen unseren Rasen wie dunkelgrüne Zähne. Tom findet es idiotisch, dass ich die Zwiebeln im Herbst in den Rasen setze, wo die Blumen später zertreten werden können, aber ich mag die Vorstellung, dass sie im Frühjahr mal hier, mal da sprießen, als wären sie einem Beet entlaufen. Außerdem überleben jedes Jahr so viele von ihnen, dass es mir die Sache wert ist. Wenn sie blühen, mag Tom sie auch.

Eine Katze mit rötlichem Fell springt über den Zaun. Ich klopfe an die Fensterscheibe. Die Katze wendet den Kopf, wirft mir einen Blick zu, spaziert davon und hinterlässt die Abdrücke ihrer Pfoten im Tau des Rasens. Der heutige Tag steht für einen Neubeginn, aber ich bin zu erschöpft, um intensiver darüber nachzudenken. Ich weiß, dass es mich schmerzen wird – tut es ja schon –, aber darüber hinaus kann ich noch nichts sagen. Ein Tag nach dem anderen.

Tom kommt mit Josh auf dem Arm die Treppe herunter. Er ist rasiert und angekleidet: rosa-weiß gestreiftes Hemd,

Lederhose, Paisley-Socken. Der maßgeschneiderte Anzug und die modisch schmal geschnittenen Schuhe warten in seinem Büro, denn Tom fährt mit dem Motorrad zur Arbeit. Er ist in der Werbebranche tätig und folgt einer Laufbahn, die er nie angestrebt hat, doch mittlerweile ist er damit glücklich. Die Filmgesellschaft, bei der er als Produzent tätig ist, heißt Marzipan. Tom arbeitet in Soho. Es ist ein toller Job, aber er hat auch seine Schattenseiten. Im Sommer herrscht dort Hochkonjunktur, was uns zwingt, in den Osterferien Familienurlaub zu machen. In den Sommerferien miete ich ein Häuschen am Strand von Pagham, wo die Kinder und ich den August verbringen. Die Mädchen würden gern in Bognor Ferien machen, und meine Mutter bietet jedes Mal an, uns in ihrem Bed and Breakfast zu beherbergen, doch das möchte ich nicht, denn dann hätte sie unseretwegen einen Verdienstausfall.

Unser Frühstückswahnsinn beginnt. Die Mädchen zanken sich. Tom versucht, über ihren Lärm und das eingeschaltete Radio hinwegzureden, während ich den Matsch zubereite, der als Babynahrung gilt. Ich mache mich daran, Josh zu füttern. Er sitzt angegurtet auf seinem Hochstuhl, brüllt, schlägt den Löffel fort, dreht sein Gesicht weg und tritt gegen den Tisch. Im Radio debattieren Experten über Immigranten. Polly und Emily streiten sich um die Packung Cornflakes. Tom fährt sie an und lacht, als er Pollys bestürzte Miene sieht. Dann will er sie trösten und wirkt schuldbewusst, als aus Pollys großen, braunen Augen zwei dicke Tränen kullern. Ich tue mein Bestes, um alles zusammenzuhalten, schaufele Brei in Joshs Mund, der zum größten Teil auf dem Fußboden, meinem T-Shirt, dem Tisch und Emilys Haaren landet. Also feuchte ich einen Lappen an und säubere zuerst mich, dann Emily. Josh hebe ich mir bis zuletzt auf, denn das wird wieder ein Kampf. Als wir fertig sind, Emily aufgehört hat zu fragen, was mit Josh los sei, Polly nicht mehr weint und Tom es mit seinem Charme geschafft hat, die Gunst seiner Töchter zurückzugewinnen, scheuche ich die Mädchen zum Zähneputzen nach oben.

Als Emily noch ein Baby war, gab es keine selbstgefälligeren Eltern als Tom und mich. Wenn irgendwelche Freunde darüber klagten, wie erledigt sie seien, wie schwierig das Leben mit einem Kind sei, trafen sich Toms und mein Blick, und wir lächelten einvernehmlich. Wir wussten nicht, was das Theater sollte. Bereits mit acht Wochen schlief Emily nachts durch. Tagsüber war sie hinreißend, jammerte so gut wie nie, erreichte pünktlich jeden Meilenstein in ihrer Entwicklung. Polly war ebenso unproblematisch. Anders als ihre eigenständige Schwester, war sie jedoch am glücklichsten, wenn sie geknuddelt wurde und wie ein kleines Beuteltier an uns hing. Tom und ich beglückwünschten uns erneut.

Und dann kam Josh. Unsere Meinung, wir hätten eine natürliche Begabung, Eltern zu sein, wurde von jetzt auf gleich widerlegt. Wir machten alles wie vorher, benutzten die gleichen Anreize wie bei den Mädchen, doch statt sich wie Emily an die Regeln zu halten oder so sanftmütig wie Polly zu sein, ist Josh ein Rebell. Als Erwachsener wird ihm das vielleicht zugutekommen, doch im Moment bedeutet er vor allen Dingen harte Arbeit. Es gibt Zeiten – wie heute Morgen –, an denen ich verzweifeln könnte.

Hannah, Toms ältere Schwester, sagte mir einmal: »Als Säugling war Tom mehr wie deine Töchter, ein lieber Junge, der gern geschlafen hat. Josh muss nach dir kommen.« Und meine Mutter erklärte: »Du warst genau wie Josh, ein Horrorkind. Aber mach dir keine Sorgen, mit der Zeit bist du ruhiger geworden.«

»Alles okay mit dir?«, fragt Tom.

»Schlecht geschlafen, aber geht schon.«

Er gibt mir einen Kuss auf die Stirn. »Das verstehe ich.«

Ich lächele unsicher.

»Sieh zu, dass du dich ein bisschen ausruhen kannst. Und kauf dir einen Donut mit Füllung.«

Ich lache, doch als Tom sich umdreht, flüstere ich: »Ich liebe dich.«

Er hört mich nicht, denn Polly hat ihre Arme um seine Beine geschlungen. Tom hebt sie hoch, und die beiden schauen sich mit bedingungsloser, sklavischer Liebe an.

»Kann ich für die Pause einen Schokoriegel haben?«, fragt Emily.

Tom ist vor einer Stunde losgefahren. Pünktlich um halb acht ist er durch die Tür, glatt rasiert und nach Seife riechend. In seiner schwarzen Lederkluft wirkt er voluminös, die schweren Stiefel lassen seine Füße riesig wirken. Während die Mädchen ihre Betten machen, setze ich mich mit Josh ins Wohnzimmer und nehme mir eine kleine Auszeit. Das Wetter ist grauenhaft. In den Autos, die an unserem Haus vorbeirauschen, malen Schulkinder Strichmännchen auf die beschlagenen Scheiben. Im Haus gegenüber öffnet sich die Eingangstür, Kinder und Hunde stürzen heraus. James Boxer läuft unter einem schwarzen Regenschirm zum Bahnhof. Seine Frau Millie jongliert mit zwei Schultaschen. Ihre Füße verheddern sich in den Leinen der beiden Dackel, die aufgeregt hin und her rennen. Das Baby liegt im Kinderwagen, die beiden Jungen sind damit beschäftigt, ihr Frühstücksbrot zu essen, ihre Haare noch vom Schlaf zerwühlt. Ich muss langsam in die Gänge kommen. Weiter unten auf der Straße lässt jemand den Motor seines Wagens aufheulen, ein ums andere Mal.

Was wird David gerade machen? Wahrscheinlich das Gleiche wie Tom vorhin, nämlich seine Frau und Tochter zum Abschied küssen und sich auf den Weg zur Arbeit begeben. Die Erinnerung an sein durchtriebenes Lächeln trifft mich wie ein Messerstich, so scharf, dass meine Lider zucken. Ich brauche Zeit, um mit dem, was geschehen ist, fertig zu werden. Da ich kein Teenager mehr bin, fehlt mir der Luxus, mich in mein Zimmer zu verkriechen und schnulzige Popsongs zu hören, was sehr schade ist.

Hinter mir spielt Josh auf dem Fußboden mit bunten Bauklötzchen aus Kunststoff. Er wirft eines davon, es prallt gegen das Kamingitter und rollt unter einen Sessel. Josh wird langsam mobil, legt sich auf die Seite und späht in den dunklen Hohlraum unter dem Sessel. Ich bücke mich und hole das Klötzchen hervor.

»Mummy!«

Wie lange steht Emily schon da? Ich konzentriere mich und erinnere mich an die Frage, die ich mit halbem Ohr gehört habe. Schokoriegel.

»Ja. Pack auch für Polly einen ein. Zieh deine Schuhe an und sieh nach, wo Pollys Schuhe sind. Sobald ich Josh fertig gemacht habe, geht's los.«

»Polly soll ihre Schuhe selber suchen. Sie ist doch kein Baby mehr.«

Emily reckt bockig das Kinn vor und zieht die Brauen zusammen. Am liebsten würde ich über ihre gefurchte Stirn streichen und sie glätten. Über Emily könnte ich manchmal lachen. Ihre Selbstgerechtigkeit und überlegene Miene, ihre Strenge, selbst wenn es um Banalitäten geht, ihre höhere Vorstellung von dem, was richtig und falsch ist, all das ist zu komisch. Aber ich lache nicht, denn wenn es um ihre Würde geht, fehlt Emily jeglicher Sinn für Humor.

»Bitte, Emily. Du würdest mir sehr helfen. Wenn wir warten, bis Polly ihre Schuhe findet, kommen wir zu spät.«

Emily fällt die Kinnlade runter. »Ich will nicht zu spät kommen.«

Sie rennt aus dem Zimmer und ruft nach Polly. Ich nehme Josh auf und verfrachte ihn in seinen Schneeanzug. Das bringt ihn in Rage. Zum Dank für meine Mühen haut er auf mein Ohr. Mir steigen Tränen in die Augen.

Als wir an der Schule angelangt sind, kommen mehr Menschen aus dem Eingangstor heraus, als mit uns hineingehen. Eine fröstelnde Hilfslehrerin mit aufgespanntem Regenschirm streckt die Hand aus, damit die Kinder sie schütteln können. Verstohlen schaue ich mich nach David um, aber ohne großes Herzflattern. Die Chance, dass er morgens an der Schule auftaucht, geht gegen null.

»Vicky!« Imogen Parker marschiert auf mich zu, die Zwillinge im Schlepptau. »Wie war dein Weihnachten?«

Ich knipse mein Lächeln an. »Schön. Einfach wundervoll. Und wie war es bei euch?«

Millie Boxer tritt zu uns und auch Charlotte Grunden, die aussieht, als müsste ihr Baby jeden Moment kommen; dann Amber, bereits professionell gekleidet, in schickem Trenchcoat, hohen schwarzen Stiefeln, das Haar zu einem

Pferdeschwanz gebunden. Plötzlich scheint mir alles gar nicht mehr so schrecklich zu sein. Diese Frauen sind meine Freundinnen. Ich kann in mein altes Leben zurückschlüpfen, bin begnadigt worden. Vor Erleichterung wird mir ein wenig schwindlig.

»Guten Morgen.«

Ambers Blick ist prüfend. »Dir auch einen guten Morgen. Hast du überhaupt geschlafen?«

»Nicht viel. Josh ist um zwei Uhr wach geworden.«

Die vier Frauen wechseln sich mit Ratschlägen ab, von denen ich bereits jeden einzelnen befolgt habe. Genau genommen habe ich so viele Dinge versucht, dass ich alles nur noch schlimmer gemacht habe. Inzwischen ist Josh ebenso verwirrt wie ich. Ich soll ihn aufnehmen, wenn er schreit. Soll ihn nicht aufnehmen. Soll zu ihm gehen, nicht zu ihm gehen. Soll etwas sagen, damit er weiß, dass ich ihn nicht vergessen habe, dann wieder verschwinden. Soll nichts sagen, mich ihm nur zeigen. Soll ihn ignorieren. Ein Baby darf man nie ignorieren. Manchmal denke ich, dass ich darüber noch den Verstand verliere.

Und dann sehe ich sie: David und Hellie North mit Astrid in ihrer Mitte, an den Händen ihrer Eltern. Ich hätte es wissen müssen. Wenn Vater und Mutter berufstätig und nicht in der Lage sind, ihr Kind täglich zur Schule zu bringen, machen sie am ersten Schultag oft eine Ausnahme.

Ich habe das Schlimmste überhaupt getan, nämlich mich mit dem Vater einer meiner Schülerinnen an der Schule einzulassen, auf die auch meine Töchter gehen – dass ich zurzeit noch in der Elternzeit bin, ist dabei nicht ausschlaggebend. Es spielt keine Rolle, dass wir es nicht zu Ende gebracht haben oder dass ich diejenige war, die im letzten Moment die

Notbremse gezogen hat. Es war trotzdem falsch. Die Grey Coat School, eine liebe kleine Grundschule, die im Jahr lediglich eine einzige neue Klasse aufnimmt, liegt nur wenige Blocks von unserem Haus entfernt. Ich habe mir selbst ein Bein gestellt, wie man so schön sagt. Ich bin Lehrerin. Die Eltern meiner Schüler erwarten von mir Ratschläge und Unterstützung, und nicht, dass ich ihre Familie zerstöre.

Imogen und Charlotte gehen weiter, um noch andere Freunde zu begrüßen. Ich unterhalte mich weiter mit Millie und Amber, bis die Norths den Garderobenraum in der Eingangshalle verlassen haben und über den Schulhof zum Hinterausgang der Schule laufen. Dann führe ich meine beiden Töchter in das Schulgebäude, streife ihnen Mäntel, Schals und Handschuhe ab, klappe ihre Regenschirme zusammen und klemme die Schirme zwischen Aufsatz und Gestell des Kinderwagens. Ich ziehe Josh aus seinem Gurt heraus, nehme ihn auf den Arm und hetze mit den Mädchen zu ihren Klassenzimmern. Eine Weile lungere ich noch an der Tür zu Emilys Raum herum, bis ich sicher bin, dass die Luft rein ist. Schließlich eile ich die Treppe hinunter und laufe direkt in David hinein.

Wir starren uns an. Jeder drückt sich an eine Wand, um den anderen vorbeizulassen.

»Entschuldige.« Ich will weiterhasten, aber David stellt sich mir in den Weg.

»Schön, dich zu sehen«, sagt er. »Du siehst toll aus.«

Ich weiß genau, dass dem nicht so ist, aber meine Mundwinkel heben sich zu einem verräterischen Lächeln. Josh beäugt David und greift nach seiner Nase. »Ich muss weiter.«

»Ich möchte mit dir reden.«

Ich schüttele den Kopf. »Keine gute Idee.«

Hellie taucht auf und lächelt mich an. »Hallo, Vicky, wie geht es dir?« Ihr schwedischer Akzent gibt allem, was sie sagt, einen förmlichen Beiklang. Ich überlege, ob sie einen Verdacht hat, immerhin hat David sie schon mal betrogen. Einen scheußlichen Moment lang stelle ich mir vor, wie sich ihre Blicke treffen und Hellie stillschweigend fragt: *Ist das die Neue? Die da? Nicht gerade eine Schönheit.*

»Danke, mir geht's gut.«

»Und dem Kleinen?«

Hellies Blick wandert zu Josh, dessen Wangen gerötet und tränennass sind.

»Er ist kein Morgenmensch.«

»Das sieht man.«

»Ich muss los. Josh muss sein Schläfchen halten.«

Amber wartet auf mich. Ich wage ein vorsichtiges Lächeln, und sie strahlt mich an. Sie hat mir die Geheimniskrämerei verziehen, und Erleichterung durchflutet mich. Wir spazieren bis zur nächsten Ecke, wo sich unsere Wege trennen. Ich werde mit Josh nach Hause gehen, und Amber wird zu dem Immobilienbüro auf der Tennyson Street laufen, in dem sie dreimal in der Woche vormittags arbeitet.

»Alles in Ordnung?«, fragt sie und drückt auf den Knopf der Fußgängerampel. Das grüne Männchen erscheint, und wir setzen uns in Bewegung. »Du bist so blass.«

Ich kann ihr nicht erzählen, wem ich gerade begegnet bin. »Ich hasse mich.«

»Tust du nicht. Du bist bloß groggy. Versuch zu schlafen, wenn Josh sein Nickerchen macht. Versprich mir das.«

»Versprochen. Magda kommt heute Morgen und putzt. Sie bringt mich wieder zu Verstand.«

Als ich die Haustür aufschließe, signalisiert mein Handy, dass ich eine neue Textnachricht bekommen habe. Ich ziehe mein Handy aus der Handtasche und lese sie. Es dauert einen Moment, bis ich die Botschaft erfasse.

Hallo, Vicky. Entschuldigung aber viel Übergeben heute Morgen und Diaro. Später machen wir neu. Ich rufe an. Magda.

Ich lese die Zeilen noch einmal und breche noch in der Haustür in Tränen aus, in meinem dicken Mantel und mit einer Hand am Kinderwagen.

Jugendstrafanstalt Fairhaven

Juli 1992

Die Erwachsenen sprachen im Flüsterton über sie. Was sollte das? Dachten sie etwa, sie wäre dämlich und wüsste nicht, um was es ging? Der Kinderpsychiater war eingetroffen und sah anders aus, als sie angenommen hatte. Sie hatte sich jemanden in Anzug und Schlips vorgestellt, mit Silberhaar und Brille, und dass sie ihn Doktor Soundso nennen müsse. Dieser Typ jedoch hatte braune Haare, keine Brille und trug ein gestreiftes Hemd und ein Jackett, das er ablegte. Als sie ihn nach seinem Namen fragte, sagte er, er sei Doktor Adam Kozlowski, erwarte aber nicht, dass sie sich den Namen merke, deshalb könne sie ihn Adam nennen.

Katya saß in einem grauen Jogginganzug mit Kapuzenjacke auf dem knarzenden schwarzen Ledersofa. Sie hatte Angst und fühlte sich allein. Sie sprach mit niemandem. Warum sollte sie jemandem etwas erzählen? Man hatte ihr bislang nicht zugehört, warum also sollte es jetzt jemand tun? Erwachsene hörten sowieso nur das, was sie hören wollten, ansonsten waren sie stocktaub. Wo war Maggie? Warum war sie nicht gekommen?

Sie kam fast um vor Hunger. Der Duft von gekochtem Gemüse, Bratkartoffeln, womöglich auch Frikadellen drang aus der Kantine zu ihnen herüber, und ihr lief das Wasser im Mund zusammen. Sie zog die Beine an, schlang die Arme darum, drückte die Schenkel an ihre Brust und die Nase auf ihre Knie. Dabei versuchte sie, sich einzureden, sie wäre woanders. Das konnte sie gut. Das hatte sie immer getan, wenn ihre Mum im Schlafzimmer beschäftigt gewesen war. Sie hatte sich zusammengerollt und war in Gedanken davongeflogen, hatte sich in ein Märchen hineinversetzt. Wenn es zu schlimm wurde, kam ein Prinz auf seinem pechschwarzen Ross über den Horizont galoppiert. Sie wollte, dass er sich sputete. Manchmal jedoch fragte sie sich, woher sie wusste, dass es ein Prinz war, denn sie hatte ja noch nie einen kennengelernt, und es gab ja sogar Prinzen, die selbst nicht wussten, dass sie welche waren.

Irgendwo im Gebäude lachte jemand. Das Geräusch hallte von den Wänden wider, und in diesem Widerhall – davon umhüllt – ertönte das Klappern von Geschirr und das Gebrüll und Fluchen einer Jungenstimme, Sprache, die immer weiter ging wie ein Endlosgedicht: Scheiße, du beschissener … verfickte Fotze, dich krieg ich, du Arsch, du beschissener Kopfwichser.

Adam steckte den Kopf durch die Tür und rief: »Könnte mal jemand dafür sorgen, dass er Ruhe gibt?«

Schlagartig wurde es still. Adam schloss die Tür.

»Möchtest du etwas essen?«

Ihr Magen knurrte, aber sie schüttelte den Kopf. Da würde sie nicht hingehen. Nicht bei so vielen Kindern. Sie überlegte, ob sie schon alle Bescheid wussten, ob es sich herumgesprochen hatte.

»Ist Maggie gekommen?«, fragte sie.

Es waren noch nicht viele Tage vergangen. Erst eine Woche, glaubte sie, war sich aber nicht sicher. Es war so viel passiert.

»Nein, ist sie nicht. Es tut mir leid. Bedeutet sie dir etwas?«

Vielleicht wurde Maggie von ihr ferngehalten. Vielleicht gehörte das zu ihrer Strafe. Die Ungerechtigkeit machte sie wütend, doch sie unterdrückte ihren Zorn, weil man ihn sonst gegen sie verwenden könnte. Es kam ihr so unfair vor, in diesem Loch gelandet zu sein, das so gut wie ein Gefängnis war. Und alles nur, weil sie nicht die richtigen Worte hatte und niemand sich die Mühe machen wollte herauszufinden, was sich in ihrem Kopf abspielte. Sie schaute zu Adam hoch, der zu warten schien.

»Wenn Sie Maggie kommen lassen«, sagte sie, »werde ich mich benehmen.«

»Katya, wenn Maggie dich besuchen möchte, weiß sie, dass sie dazu nur deine Aufseherin fragen muss. Niemand verbietet ihr zu kommen.«

Sie hatte gedacht, Maggie wäre ihre gute Fee, aber anscheinend war sie auch nur eine normale Erwachsene. Aber das tat nicht so weh wie Emilys Schweigen. Warum hatte sie sich nicht gemeldet? Aber vielleicht hatte sie ebenfalls Angst. Vielleicht dachte sie, Katya wolle ihr Maggie wegnehmen. Sie wünschte, sie hätte die Möglichkeit, Emily zu erklären, dass sie bloß zu ihnen gehören wollte und Maggies Liebe für sie nicht bedeutete, dass Emily von Maggie weniger geliebt würde. Sie fing an zu weinen. Es tat so gut, den Tränen freien Lauf zu lassen, Trost zu suchen und wieder Kind sein zu dürfen.

4

Josh schreit. Ich lehne mich gegen die Tür seines Zimmers und schlage mir die Hände vors Gesicht. Wenn ich jetzt nachgebe, schläft er nicht, und dann wird er den Rest des Tages ungenießbar sein. Sein Schreien zeigt lediglich, wie müde er ist.

Ich gehe nach unten, schließe die Küchentür und schalte das Babyfon aus. Josh hört man auch ohne das Gerät. Ich mache mir einen Kaffee, schwarz, trage ihn zu meinem PC und rufe meine liebste Immobilienwebseite auf. Ich habe eine heimliche Leidenschaft, nämlich die Hausanzeigen zu studieren. Man kann es fast schon als Sucht bezeichnen. Wenn ich Tom auf ein interessantes Objekt aufmerksam mache, verdreht er nur die Augen, aber ich habe gute Gründe, die Angebote zu verfolgen. Unser jetziges Haus war eine Bruchbude, als wir es kauften, aber so konnten wir uns wenigstens etwas in einer aufstrebenden Gegend leisten. Wir hatten Glück, denn nur wenig später schossen die Preise hier in die Höhe. Für solch ein Projekt wäre ich jederzeit wieder zu haben, trotz der Arbeit, die damit verbunden ist. Für mich bedeutet das, unser Kapital zu erhöhen und uns ein finanzielles Polster zuzulegen. Es ist für den Notfall, falls Tom entlassen wird oder ich meine Arbeit nach der Elternzeit nicht mehr aufnehmen kann, um nur zwei Beispiele zu nennen.

Tom versteht dieses Sicherheitsbedürfnis nicht, er hat sich sein Leben lang sicher gefühlt. Ich aber weiß, wie wankelmütig das Leben sein kann, und finde, Tom hat mehr mit seiner Schwiegermutter gemein, als ihm bewusst ist. Das Motto der beiden ist: Warum sich schon im Voraus Gedanken machen? Meins dagegen lautet: Auf alles vorbereitet sein. Ich weiß noch, wie mein Leben innerhalb weniger Tage auf den Kopf gestellt wurde, wie meine Sachen in Plastiktüten verstaut wurden – ohne Vorwarnung, ohne dass ich von jemandem Abschied nehmen konnte. Deshalb hat das Gefühl, dass es Mächte jenseits meines Einflussvermögens gibt, mich nie verlassen.

Es kann immer etwas passieren. Niemand kann davon ausgehen, dass die guten Zeiten ewig so weitergehen.

Ich trinke meinen Kaffee in kleinen Schlucken. Joshs Geschrei über mir lässt nach, die Abstände zwischen den einzelnen Ausbrüchen werden länger.

Er verstummt.

Ich halte den Atem an. Zähle bis zehn. Nichts.

Mit einem erleichterten Seufzer atme ich aus.

Gleich darauf scrolle ich durch die Immobilienanzeigen und entdecke ein interessantes Objekt auf der Browning Street, nur fünf Minuten von uns entfernt. Meine Antennen richten sich auf. Quer über eine Ecke des Fotos steht dick und in Rot »Neu«. Das Haus wird von Johnson Lane angeboten, dem Immobilienmakler, für den Amber arbeitet. Es ist in einem desolaten Zustand, ich kenne es vom Vorbeilaufen. Für die Lage ist es jedoch preiswert, was bedeutet, es muss reichlich investiert und monatelang mit einer Baustelle gerechnet werden. Auf lange Sicht ist das Potenzial allerdings immens. Mit der Zeit und bei vorsichtiger Finanzplanung können wir daraus etwas richtig Schickes machen. Adrenalin schießt durch meine Adern. Ich greife nach dem Telefon.

Sarah Wilson, Ambers Chefin, meldet sich. »Sie sind nicht die einzige Interessentin«, sagt sie. »Das Objekt wird nicht lange auf dem Markt sein. Baugesellschaften, Sie wissen schon.«

Ja, weiß ich. Mit denen hatten wir hier auf der Coleridge Street schon zu kämpfen. »Kann ich mir das Haus heute noch ansehen?«

»Leider nicht, wir haben einen Besichtigungstermin nach dem anderen. Sie wissen, wie es nach den Weihnachtsferien ist. Kaum sind sie zu Ende, bringen die Leute ihre Häuser auf den Markt. Mein Telefon klingelt in einer Tour. Das ist der Weihnachtsfluch.«

»Der was?«

»Statistisch gesehen zerbrechen die meisten Ehen in der Weihnachtszeit.«

»Ach.« Einen Moment lang denke ich über diese deprimierende Statistik nach. »Ich bin sicher, Amber kann mich noch irgendwo unterbringen.«

»Sekunde.« Sarah seufzt. Vor meinem geistigen Auge sehe ich sie in ihren Terminkalender schauen und mit ihren leuchtend rosa lackierten Fingernägeln auf den Schreibtisch trommeln.

Ich nehme einen Stift, schreibe »Browning Street« auf einen Zettel und unterstreiche den Namen. Es ist genau das Richtige, ich spüre es in den Knochen.

»Also gut«, sagt Sarah. »Amber ist gerade in dem Haus. Wenn Sie es in den nächsten zehn Minuten schaffen, kann sie Sie zwischen zwei Terminen rasch mal herumführen. Ich rufe sie an.«

Ich werfe einen Blick zur Zimmerdecke hinauf. »Geht es auch später?«

»Tut mir leid, heute nicht. Jetzt oder nie, fürchte ich.«

Ich zaudere. Verdammte Magda.

»Sind Sie noch da?«

»Ja. Einverstanden. Ich mache mich sofort auf den Weg.«

Und das tue ich – genau das tue ich und begehe den größten Fehler meines Lebens.

5

Draußen regnet es in Strömen. Es kostet mich Kraft, den Schirm aufzuspannen, und dann fährt der Wind hinein und klappt ihn um. Ich werfe einen Blick zurück auf unser Haus, auf das Giebelfenster von Joshs Zimmer. Er wird weiterschlafen, und ich werde mich sputen. Unten an der Straße bin ich schon mit Baufantasien beschäftigt, sehe mich mit Blaupausen und Handwerkern, reiße im Geist Wände ein, lasse Licht in Räume fluten.

Unsere Gegend ist großartig, so weitläufig, dass man keine Platzangst bekommt, und doch so begrenzt, dass wir eine Gemeinschaft bilden. Sie liegt nicht im besten Teil des südöstlichen Londons, besitzt jedoch die typischen Anzeichen allmählicher Gentrifizierung. Es gibt Immobilienmakler, die unsere Ecke jetzt schon auf schamlose Weise als »Szeneviertel« bezeichnen. Wir haben kleine, ausgefallene Cafés, einen gehobenen Weinladen und einen Edel-Pub am Marktplatz, auf dem man einen Spielplatz und einen Ententeich findet. Auf der London Road dagegen florieren McDonald's, KFC und Döner-Läden, sodass alles zusammen eine schön durchmischte Bevölkerung ergibt. Früher habe ich in Streatham gewohnt, deshalb lag es nahe, dass wir uns dort nach unserem ersten Haus umsahen. Danach bewegten wir uns etwas weiter fort, suchten ein Schnäppchen und stießen auf eine

Ecke Londons, in der die Straßen nach englischen Dichtern benannt waren. Die Häuser waren groß. In den Siebzigern und Achtzigern des letzten Jahrhunderts waren sie zu Wohnungen umgebaut worden, aber dann wurden sie langsam wieder zu Einfamilienhäusern. Ein weiteres Plus war, dass wir von dort aus die Ausfallstraße nach Bognor für den Besuch bei meiner Mutter gut erreichen konnten.

Als ich an dem Haus auf der Browning Street ankomme, verabschiedet Amber gerade ein Paar mit einem Kind im Kinderwagen und einem vielleicht zweijährigen Mädchen, das auf den Schultern seines Vaters thront, die Kapuze bis auf die Nase heruntergezogen. Amber schüttelt der Frau und dem Mann die Hand. Die kleine Gruppe kommt auf mich zu und debattiert offenbar über das Haus. Die Frau ist begeistert, der Mann verhaltener. Als sie an mir vorbeikommen, schaue ich in den Kinderwagen. Das Baby ist älter als Josh. Es schläft tief und fest, liegt so sackartig da, wie es nur Babys können, Kinn auf der Brust, alle viere von sich gestreckt, durch und durch entspannt.

»Nick«, sagt die Frau. »Ich will dieses Haus.« Sie erinnert mich an mich selbst.

Nicks Antwort entgeht mir, denn ich laufe zu Amber. Vor meinem inneren Auge steht das Bild von Josh, der in seinem Bettchen liegt und schläft, doch dann beginnt eine leise Sorge, an meiner Zuversicht zu nagen.

Browning Street Nummer 17 ist ein Reihenhaus. Der Eingang liegt in der Mitte und wird links und rechts von gleichgroßen Fenstern flankiert. Das Haus sieht schlimm aus. Die beiden Nachbarhäuser machen jedoch einen guten Eindruck, da haben die Besitzer ordentlich investiert, Lamellenjalousien angebracht, den Weg zum Eingang in schwarz-weißem

Schachbrettmuster gepflastert, die Haustüren in gedämpften Farben gestrichen.

Vor sechs Jahren standen Tom und ich vor unserem Haus auf der Coleridge Street, mit Emily im Kinderwagen. Vor Aufregung brachten wir kaum einen Ton hervor und hielten uns fest an der Hand. Sarah von Johnson Lane mühte sich mit dem Schloss ab und brummelte irgendetwas über den Albtraum eines Immobilienmaklers. Irgendwann stieß sie dann endlich triumphierend die Tür auf, und diese schlug gegen einen Stapel Post, der sich flutartig über den Flur ergoss. Wir stellten den Kinderwagen auf einem sonnenbeschienenen Fleck ab. Sarah hielt sich zurück. Wahrscheinlich hatte sie erfasst, dass sie sich nicht mehr ins Zeug legen musste, wohingegen Tom und ich naiverweise dachten, wir könnten ihr etwas vormachen. Tom ließ kritische, gekünstelt klingende Bemerkungen fallen. Ich legte die Hände auf meinen sich gerade erst abzeichnenden Schwangerschaftsbauch und studierte ostentativ eine feuchte Ecke an der Decke des Wohnzimmers. Wie kleine Kinder, die einen Schatz entdecken, durchwanderten wir das Haus. Als wir den Garten erreichten, wo die Vögel sangen und langstielige Kletterrosen blühten, warf ich meine Arme um Toms Hals.

»Können wir uns das Haus leisten?«

Tom lachte. »Nein, aber wir finden einen Weg.«

Es folgte eine wundervolle, verrückte Zeit. Wir kampierten in den Räumen, die bewohnbar waren, und renovierten abends und an den Wochenenden, während Emily im Dreck herumkrabbelte. Dann kam Polly dazu, neugeboren und winzig. Wenn ich Polly nicht gerade stillte, strich ich Fensterrahmen, legte neue Dielen, brachte Vorhänge an und restaurierte beschädigte Originalstrukturen. Ich verbrachte viele lange Sommertage im Overall, fand Verschönerungsmöglichkeiten, die nicht viel kosteten. Ich war ohne Vater aufgewachsen, in einem verlotterten Haus am Strand, dessen Zimmer von meiner Mutter vermietet wurden. Sie und ich haben uns eine eindrucksvolle Palette handwerklicher Fähigkeiten angeeignet. Inzwischen können wir so gut wie alles reparieren.

Zwei Jahre lang behalfen Tom und ich uns mit einer provisorischen Küche und liefen über rohe Dielen, doch das machte uns nichts aus. Wir liebten uns, liebten unsere Zukunft, unsere Babys und unser Haus. Ich hatte nicht gewusst, wie hoffnungslos Tom als Heimwerker war, aber auch das war nicht weiter tragisch. Wenn es etwas zu tun gab, bei dem er nicht wusste, wie man es machte, hatte er auch kein Problem damit, stattdessen stundenlang Holz abzuschleifen.

Jetzt liegt mein Werkzeug ungenutzt im Keller. Es fehlt mir.

»Mein Gott, dieser Regen, komm rein.« Amber lässt mich ein und wirft einen Blick auf ihre Uhr. »Wir haben nur eine Viertelstunde, also los.«

Ich folge ihr und atme den Geruch des Hauses ein, eine schwere Mischung aus altem Teppich, Feuchtigkeit und süßlich riechendem Verfall. Mit der Hand fahre ich über die braun gestrichene Sockelleiste und schaue zu der Stuckleiste hinauf. Ihre Farbe blättert ab, aber sie ist breit und wirkt großzügig, das Profil mit Ein- und Ausbuchtung ist schlicht und elegant.

»Gefällt es dir?«, fragt Amber und zieht eine Augenbraue hoch.

»Sehr.«

Ein Anflug von Verdruss huscht über ihre Miene und verdunkelt für einen Moment ihren Blick. Es ist nur ein flüchtiger Augenblick, doch er mahnt mich, meine Begeisterung im Zaum zu halten.

»Könnte es sich um eine Art Übertragung handeln?«

»Was?«

»Na, könnte es nicht sein, dass du nur ein Ventil für deine aufgestaute sexuelle Energie suchst?«

Das ist natürlich als Witz gemeint. »Nein. Oder vielleicht ein bisschen. Aber du weißt doch, wie sehr ich alte, muffig riechende Gemäuer mag.«

»Sprichst du von dem Haus oder von deinem geheimnisvollen Mann?«

Ich lache. »Dem Haus. Definitiv.«

Amber zieht mich zur Treppe. Ein versifftes Geländer aus Mahagoni führt das Auge über drei Stockwerke in die Höhe bis zu einem Oberlicht. Das Glas ist verschmutzt und voller Vogeldreck, sodass nur milchiges Licht hindurchfällt, aber ich kann mir vorstellen, wie wunderschön es an einem Sonnentag oder in einer Mondnacht wirkt. Amber zeigt mir die Küche im hinteren Teil des Hauses, einen Raum mit vergilbten Wänden, einer Tür zum Garten und einem kleinen Fenster. Zwischen hässlichen, dreckverklebten gelben Einbauschränken befindet sich eine Spüle an der Wand. Amber drückt auf den Lichtschalter. Neonlicht flackert auf.

»Gut, dass du Josh nicht mitgebracht hast. Das kleine Mädchen bei dem Paar vorhin war ein Albtraum.«

»Dafür hat das Baby geschlafen.« Um meine Sorge um Josh zu überspielen, bücke ich mich und ziehe eine Ecke des brüchigen Linoleumbelags hoch. Die Dielen darunter machen einen soliden Eindruck.

»Sicher, aber sie haben beide Kinder unten bei mir gelassen. Unfassbar, oder? Ich bin doch kein Babysitter. Und weißt du, was sie gesagt hat?« Amber schnaubt. »›Nehmen Sie das Baby bitte nicht aus dem Kinderwagen.‹ Als wäre es so süß, dass ich nicht widerstehen könnte. Also wirklich.«

Ich ringe mir ein Lächeln ab. »Ich habe nie jemanden aus diesem Haus kommen oder hineingehen sehen. Seit wann steht es schon leer?«

»Noch nicht lange. Die Dame, der es gehört, ist letzte Woche in ein Pflegeheim gekommen. Sie ist dreiundneunzig und hat offenbar sehr zurückgezogen gelebt. Die Besitzverhältnisse müssen noch geklärt werden, aber ich glaube nicht, dass das Haus noch lange zu haben ist. Wenn du es willst, fang schon mal an, die Krallen zu wetzen.«

Ich streiche über die braune Tapete und zupfe an einem Riss. »Ich muss Tom überreden, das wird eine Weile dauern. Wenn es nach ihm ginge, würden wir immer noch in unserer alten Mietwohnung hocken.«

Ambers Miene zerfällt.

»Entschuldige, so war das nicht gemeint.«

»Schon gut.«

Ist es nicht. Ich habe sie gekränkt. Robert ist selbstständig, und die beiden zahlen eine horrende Miete, um in einer Gegend zu wohnen, die für seine Kunden gut erreichbar ist. Die Anzahlung auf ein Haus haben sie bisher noch nicht aufbringen können. Normalerweise umgehe ich dieses Thema. Man muss vorsichtig sein, wenn man die eigene Karriere zur gleichen Zeit wie seine Freunde gestartet und diese dann überholt hat. Meine Taktlosigkeit muss an den Ereignissen des vergangenen Tages und an der unruhigen Nacht liegen.

»Du bekommst schon noch das, was du dir wünschst. Du bist der zielstrebigste Mensch, den ich kenne.«

Amber verdreht die Augen. »Wenn du meinst.«

»Ja, natürlich. Es ist nur eine Frage der Zeit.«

»Hoffentlich.«

Wir gehen in den nächsten Raum. Amber wartet, während ich mich umschaue. Ich spüre, dass sie etwas sagen möchte.

»Du solltest das, was du hast, nicht als selbstverständlich hinnehmen«, sagt sie.

»Meinst du Tom oder unser Haus?« Bei ihren Worten fühle ich mich unbehaglich, aber wahrscheinlich habe ich das verdient.

»Beides. Du weißt nicht, wie gut du es hast.«

»Doch.«

»Warum setzt du es dann aufs Spiel?«

»Weil ich jemand bin, der Risiken eingeht. Deshalb bin ich mit einundzwanzig schwanger geworden. Deshalb gehört uns ein Haus auf der Coleridge Street. Das Haus konnten wir uns nicht leisten, aber wir haben es trotzdem gekauft. So etwas könnt ihr übrigens auch tun.«

»Vielleicht.«

»Amber …«, beginne ich, aber da hat sie den Raum schon verlassen.

Ich folge ihr ins Wohnzimmer. Es ist besser in Schuss als die anderen Räume, und der Marmorkamin ist großartiger als der in unserem Haus. Auf den breiten Dielen liegt ein Perserteppich. Die Lücken zwischen den Dielen haben sich in das Gewebe des Teppichs gegraben. Die Wand über der Gardinenstange ist feucht, doch sonst sind die unteren Räume schön geschnitten, und ich kann mir gut vorstellen, hier zu wohnen. Im Geist überschlage ich die Kosten. Wir könnten es schaffen. Die Hypothekenzinsen sind immer noch niedrig, und Tom hat von seinem Großvater ein wenig Geld geerbt, das wir verwenden könnten. Es wird eng werden, ganz ohne Zweifel, sich aber auf lange Sicht auszahlen. Am liebsten würde ich jetzt schon ein Angebot abgeben. Zum ersten Mal seit Tagen lebe ich auf, lasse mich von diesem Projekt verlocken und gebe mich den rosigsten Fantasien hin.

»Komm weiter«, sagt Amber, wieder ganz geschäftsmäßig. »Ich zeige dir noch die oberen Etagen, und dann kannst du einen Blick in den Garten werfen.«

Durch das Rauschen des Regens höre ich es zuerst nicht. Wir stehen im Hauptschlafzimmer und begutachten den Wasserschaden an den Fensterrahmen. Amber erklärt, wie wundervoll das Zimmer aussehen wird, wenn erst die Fensterläden restauriert sein werden. Es ist nur ein schwaches Geräusch, mir jedoch so vertraut, dass ich herumfahre und die Ohren spitze. Ich laufe zur Tür und lausche. Es kommt von oben. Dort weint ein Baby.

»Vicky?« Amber berührt meinen Arm.

Ich beachte sie nicht und steige die Treppe hinauf. Auf den Stufen zum obersten Stockwerk liegt kein Teppich. Sie sind verstaubt, als hätten die Bewohner des Hauses diesen Teil schon vor langer Zeit aufgegeben. An den Wänden hängen zusammengewürfelte Bilder – altmodische Jagdszenen, nichtssagende Aquarelle, banale Ölgemälde der Art, wie sie als Restposten bei Auktionen auftauchen oder in einem gemeinnützigen Laden einsam und unbeachtet an der Wand lehnen. Das Weinen zieht mich an wie ein Magnet. Aber auf dem Flur oben bleibe ich verunsichert stehen. Die Zimmertüren sind geöffnet, die Räume leer, und doch höre ich es deutlich. Es ist das Schluchzen eines Kindes, zu dem niemand kommt, um es zu trösten.

»Es ist das Baby im Nachbarhaus«, sagt Amber. »Sie haben ein kleines Mädchen. Das Geschrei geht einem durch und durch, findest du nicht?«

»Ich muss nach Hause«, antworte ich übergangslos.

»Du hast doch den Garten noch gar nicht gesehen.« Draußen vor dem Fenster ist es so dunkel wie an einem Nachmittag im November. Es regnet noch immer wie aus Eimern. Auf dem Ast eines Baums hockt eine dicke Taube und wirkt unglücklich.

»Ich komme morgen noch mal, wenn ich keine Arche brauche.«

Ich bin in einer solchen Eile, dass ich auf der Treppe ausrutsche und meinen Ellbogen an der Wand aufscheuere. Amber packt meinen Arm und zieht mich hoch.

»Mach langsam. Was soll die Panik? Die nächsten Interessenten kommen erst in ein paar Minuten. Sag mir, wie dir das Haus gefällt.«

»Es ist fantastisch. Ich rufe dich an, aber jetzt muss ich los. Magda soll putzen, sie kann nicht auch noch auf Josh aufpassen.«

»Morgen Abend ist sie bei uns als Babysitter«, sagt Amber, tritt zurück und wischt ein wenig Staub vom Saum ihres Trenchcoats. »Ich weiß nicht, was ich ohne sie machen würde.«

Mist. Was ist, wenn Magda ihr erzählt, dass sie heute gar nicht bei mir war? Ich hätte Josh nicht allein lassen dürfen. Was habe ich mir nur dabei gedacht?

»Ach, und nur damit du es weißt: Ich habe Magda auch schon für die Cocktailparty der Forsyths als Babysitter engagiert.«

Amber sieht mich an und wartet auf meine Reaktion.

»Entschuldige.« Ich öffne die Haustür. »Das Haus ist

wunderbar. Ich brauche noch Zeit, um nachzudenken und mit Tom zu sprechen, aber ich würde es sofort nehmen.«

»Soll ich vorbeikommen und euer Haus schätzen?«, ruft Amber mir nach. »Würde dir das helfen?«

Irgendetwas liegt in ihrer Stimme, ein Hauch Verzweiflung, der mir nachschwebt, als ich durch den Regen nach Hause laufe.

Amber steht im Türrahmen, schaut Vicky nach und verzieht mitfühlend das Gesicht, als ihre Freundin auf der Straße von einem vorbeifahrenden Auto nass gespritzt wird. Sie wundert sich über Vickys Hektik, doch dann zuckt sie mit den Schultern und schaut durch den Regen auf einen Wagen, der sein Tempo drosselt. Die nächsten Interessenten. Die Frau auf dem Beifahrersitz gibt dem Fahrer ein Zeichen. Amber vergisst Vicky, winkt den beiden fröhlich zu und nimmt sie mit aufgespanntem Schirm in Empfang.

»Mrs. Tarrant?«, fragt sie. »Hallo. Ich bin Amber Collins.«

Mr. und Mrs. Tarrant wissen genau, was sie wollen, und brauchen Ambers Verkaufsrede nicht. Das Haus hat so etwas auch gar nicht nötig. Das Objekt Browning Street Nummer 17 verkauft sich von allein. Amber fährt mit der Hand über das splittrige Holz der Fensterbank in einem der oberen Zimmer. Ihr ist, als hätte sie sich in das Haus verliebt, als läge in seinem Geruch etwas moschusartig Männliches und die Wände wären Arme, die sie umfangen wollen. Es ist verrückt, aber fast möchte sie die sich abschälende Tapete mit dem Mund berühren, sich an die Wand schmiegen. Warum können sie und Robert nicht so ein Haus haben? Vielleicht sollte sie tatsächlich Vickys Rat befolgen und auch ein

Risiko eingehen. Amber blickt sich um und malt sich aus, die mit neuem Teppich ausgelegte Treppe hinaufzusteigen, in einer Badewanne mit Löwentatzen zu liegen, sich in einer todschicken Küche zu bewegen. Nein, einen solchen Schritt würde sie nicht wagen. Oder doch? Nein, das würde Vicky ihr niemals verzeihen.

Amber nagt an ihrer Unterlippe. Aber vielleicht würde ihr das gar nichts ausmachen. Immerhin hat Vicky das oberste Gebot ihrer Freundschaft gebrochen. Sie hat gelogen. Sie, Amber, wollte immer wie Vicky sein, aber jetzt ist sie sich dessen nicht mehr sicher. Sie kann nicht fassen, dass ihre Freundin bereit war, alles, was sie hat, für ein billiges, kleines Liebesabenteuer aufs Spiel zu setzen. Armer Tom. Arme Kinder.

»Wie sieht es mit den Schulen in der Umgebung aus?«

Amber fährt zusammen. Sie hat die Tarrants nicht zurückkommen hören. Mit ihrem strahlendsten Lächeln dreht sie sich zu ihnen um.

»Staatliche oder private?«

»Private.«

Sie unterhalten sich über Erziehung und kleine Kinder, unverfängliche Themen, die Amber wieder erden. Mrs. Tarrant durchquert den Raum, schaut aus dem Fenster und betrachtet mit gerunzelter Stirn die verzogenen Fensterrahmen. Ambers Handy klingelt.

»Geht um den Termin um elf«, sagt Sarah. »Die Leute haben abgesagt.«

Amber wirft einen Blick auf ihre Uhr. Jetzt kann sie in dem eiskalten Haus eine halbe Stunde lang die Zeit totschlagen. Na großartig.

Die Handtasche schlägt gegen meine Hüfte, und ich bin schon außer Atem, noch bevor ich die nächste Straße erreiche. Ich werde langsamer, keuche und lege die restliche Strecke im Eilschritt zurück. Mein Gehirn fühlt sich überhitzt an.

Amber wird erfahren, was ich getan habe.

Vielleicht kann ich Magda ja bestechen.

Doch das würde bedeuten, dass ich Magda die Wahrheit sagen müsste.

Ich könnte Magda eine SMS schicken, ihr raten, den verdorbenen Magen und Darm bei Amber lieber nicht zu erwähnen, wenn sie dort am kommenden Abend babysitten will. Dann könnte sie Amber auch nicht erzählen, dass sie heute nicht bei mir war.

Ja, das wäre das Beste.

Josh schreit. Damit habe ich nicht gerechnet, und es überläuft mich kalt. Er ist so laut, dass man ihn sogar auf der anderen Straßenseite hört. Als ich meinen Schlüssel ins Schloss ramme, klingelt das Telefon. Da ich angeblich zu Hause bin, stürze ich ins Wohnzimmer und an das Telefon auf der Anrichte.

»Vicky?«

»Ich kann jetzt nicht, Mum, ich rufe dich zurück.«

»Es ist nur eine kleine Sache, ich …«

»Mum, Josh hat gerade einen Wutanfall. Bitte. Ich melde mich wieder.«

Irgendetwas stimmt nicht. Als ich aufgebrochen bin, stand die Tür des Wohnzimmers offen. Wir schließen sie nur selten. Langsam stelle ich das Telefon zurück. Die Türen zur Terrasse sind nur angelehnt, auf dem Fußboden liegen Glas- und Holzsplitter.

»Verdammt.«

Ich rase die Treppe hinauf, stürme in Joshs Zimmer, bleibe abrupt stehen und schreie auf. Da ist jemand, eine große Gestalt im Dämmerlicht, die hier nichts zu suchen hat. Es ist ein dunkel gekleideter Mann. Er hat Josh an seine Brust gedrückt und hält ihm den Mund zu. Josh wirkt erstarrt, wehrt sich nicht und ist verstummt. Seine tränenglänzenden Augen sind riesig und schauen verwirrt um sich.

»Tun Sie ihm nichts.« Meine Arme hängen herunter. »Bitte.« Noch nie hat mich ein solches Entsetzen befallen. Es betäubt meinen Körper und lähmt mein Hirn.

Unten beginnt das Telefon, wieder zu klingeln, ein Geräusch, das sich schlagartig auf die Szene auswirkt. Noch bevor ich reagieren kann, macht der Mann einen Satz, wirft mir mein Baby zu und rennt an mir vorbei. Ich taumele zurück, stoße gegen die Kante der halb offenen Tür und treffe mit dem Musikknochen auf. Der Schmerz rauscht bis in mein Handgelenk, sodass ich Josh nicht richtig fange und er mit einem schrecklichen Geräusch auf den Boden fällt. In meinem Rücken reißt der Mann die Tür weiter auf. Ich will ihm aus dem Weg springen und gleichzeitig Josh aufheben, doch dabei stoße ich mit dem Fuß gegen Josh, und er schreit vor Schmerz auf. Dann ist es vorbei. Der Mann ist fort. Ich höre ihn die Treppe hinunterrennen und wiege meinen schreienden Sohn in den Armen.

Im nächsten Augenblick spüre ich die Gegenwart eines anderen Menschen, richte mich langsam auf und drehe mich um. Amber steht im Türrahmen und starrt mich mit offenem Mund an. Scham mischt sich in die Erleichterung, die ich bei ihrem Anblick empfinde. Ich sehe sie an und bitte sie stumm, mich nicht zu verurteilen.

6

»Mein Gott, Vicky!« Amber lässt sich an meiner Seite nieder. »Ist alles in Ordnung?«

»Nein«, flüstere ich.

»Gib mir Josh, bevor du in Ohnmacht fällst.«

Sie will ihn mir abnehmen, aber ich weiche zurück und lege schützend den Arm um ihn. Amber lässt mich gewähren, steht auf und hält mir eine Hand hin. Mit ihrer Hilfe stolpere ich zu dem Schaukelstuhl im Zimmer und setze mich. Vorsichtig lege ich Josh auf meine Schenkel, mit dem Gesicht zu mir. Er ist so still, dass es mir Angst macht.

»Ich muss mit ihm in die Notaufnahme. Ich glaube, er hat sich den Arm gebrochen.«

Amber öffnet die Vorhänge und zieht die Rollos hoch. Der graue Morgen wirft verwaschenes Licht ins Zimmer. Joshs Gesicht ist blass, und um den Mund herum ist die Haut bläulich.

»Ich fahre dich.«

Erst jetzt bin ich in der Lage, meine Aufmerksamkeit auf sie zu richten. »Was ist aus deinem Besichtigungstermin geworden?«

Amber kommt und streicht Josh über die Stirn. Er schaut sie mit großen Augen an. »Wurde abgesagt. Ich dachte, ich springe kurz bei dir vorbei. Was um alles in der Welt ist denn passiert? Ich habe einen Mann aus dem Haus laufen sehen.«

»Das war ein Einbrecher. Ich habe ihn überrascht.«

»Allmächtiger.«

Auf dem Flur oben hängt sein Geruch noch in der Luft. Abgestandener Zigarettenrauch und Schweiß. Wir gehen nach unten. Vor der Tür zum Schlafzimmer bleibe ich stehen. Amber betritt es zuerst, verharrt und stemmt die Hände in die Hüften. Die kleinen Holzschubladen an meiner Frisierkommode sind aufgezogen, der glitzernde Inhalt liegt auf dem Bett. Es ist nichts Wertvolles darunter.

»Er hat deinen Safe nicht gefunden. Wenigstens etwas.«

Ich habe keinen Safe, nichts so Großartiges. Meine Wertsachen bewahre ich in einem kleinen Fach auf, das wir hinter dem Schrank in die Scheuerleiste eingelassen haben. Es enthält nicht viel, nur die Ringe, die Tom mir zu besonderen Anlässen geschenkt hat.

»Hast du nicht gesagt, Magda wäre hier?« Amber schließt die Tür hinter uns, und wir nehmen die nächsten Stufen nach unten.

»Sie … sie muss irgendwo sein.« Es ist mehr als offensichtlich, dass außer uns niemand im Haus ist, doch ich brabbele einfach weiter. »Sie war hier. Vielleicht ist sie schon gegangen.«

Amber wirft einen Blick auf ihre Uhr. Ich steige die restlichen Stufen hinunter. Unten am Ende des Geländers hängt Joshs Schneeanzug. Ich nehme ihn herunter.

»Den kannst du ihm nicht anziehen«, sagt Amber. »Das würde ihm doch wehtun. Warte.«

Sie verschwindet im Wohnzimmer, kehrt mit der blauen, karierten Decke zurück, die wir auf der Sofalehne liegen haben, und steckt sie behutsam um Josh herum fest.

Ich zerre das Handy aus meiner Handtasche. Amber hält meine Hand fest. »Was hast du vor?«

»Die Polizei anrufen. Was dachtest du denn?« Ich befreie meine Hand. Unsere Blicke treffen sich.

»Tu's nicht«, sagt Amber. »Zumindest jetzt noch nicht. Vorher müssen wir nachdenken.«

Nach kurzem Zögern stecke ich das Handy zurück. Amber lotst mich zur Haustür.

»Wir reden auf dem Weg ins Krankenhaus. Wenn du willst, kannst du die Polizei gleich nach unserer Ankunft anrufen. Und Tom. Wo sind deine Autoschlüssel? Ich fahre. Du kümmerst dich um Josh.«

Mit einer Handgeste bedeutet Amber mir, mit Josh auf die Rückbank des Wagens zu steigen. Sie ruft in ihrem Büro an und erklärt, es gebe einen Notfall – einen Unfall. Sarah ist nicht sehr erfreut, so viel bekomme ich mit und sorge mich, dass Amber meinetwegen in Schwierigkeiten gerät.

»Also dann.« Amber klingt so geschäftsmäßig, dass ich mich aufsetze. »Erzähl mir genau, was passiert ist. Danach überlegen wir, was wir sagen.«

Obwohl die Heizung warme Luft ausbläst, fröstele ich. Meine Jeans ist immer noch feucht. Das Trommeln des Regens auf dem Wagendach und das gleichmäßige Hin und Her der Scheibenwischer wirken hypnotisch.

»Vicky, bitte! Konzentrier dich.«

Ambers Stimme durchdringt meine Trance, und die Worte sprudeln aus mir heraus. »Ich habe Josh allein gelassen. Es war doch nicht länger als eine Viertelstunde. Er hat tief und fest geschlafen und normalerweise wird er dann nicht wach. Ich dachte, es würde gut gehen.«

»Hast du so etwas schon mal gemacht?«

Ich antworte nicht. Als Tom und ich noch unsere Mietwohnung hatten, habe ich mich manchmal gelangweilt. Die Decke fiel mir auf den Kopf, ich fühlte mich einsam, war frustriert und auch noch so jung, dass ich Dinge tat, die ich besser nicht getan hätte. Ich verließ das Haus und drehte eine kleine Runde um den Block, nur um mich zu bewegen und auf andere Gedanken zu kommen. Eine Zeitung zu kaufen. Ich sagte mir, dass Emily schlief und wir in einem anonymen Altbaukomplex wohnten, wo mir niemand auf die Schliche kommen würde. Jetzt erkenne ich, dass mein Verhalten etwas Zwanghaftes hatte. Ich hörte erst damit auf, als Tom eines Tages früher als sonst von der Arbeit kam und mich bei der Rückkehr von einem meiner Ausflüge erwischte. Ich erzählte ihm, ich sei nur auf einen Sprung in dem Laden an der Ecke gewesen. Aber diesmal habe ich weder Jugend noch Einsamkeit als Entschuldigung.

»Los, Vicky«, drängt Amber. »Wir dürfen keine Fehler machen.«

Ich muss laut sprechen, damit sie mich durch den Regen hindurch hört. »Nur ein- oder zweimal. Um Zeitungen oder Milch zu kaufen. Es war nie ein Problem.«

»Du liebe Güte.«

Ich lasse den Kopf hängen. »Ich weiß.«

»Okay, ist nicht mehr zu ändern. Erzähl mir Schritt für Schritt, was heute passiert ist. Danach sehen wir weiter.«

Ohne etwas zu beschönigen, schildere ich ihr, wie ich mich spontan entschieden habe, in die Browning Street zu laufen. Ich weiß, dass ich in Schwierigkeiten bin und jedes einzelne Wort mich verdammt.

»Das darfst du niemandem sagen.« Unsere Blicke treffen sich im Rückspiegel, Amber hat die Stirn gerunzelt. »Du brauchst eine andere Story.«

»Ich werde nicht lügen. Das kann ich nicht.« Mein Herz schlägt so heftig, dass mir übel wird. »Es ist doch auch besser, die Wahrheit zu sagen, oder?«

»Sei nicht albern«, fährt Amber mich an.

Meine Knie zittern. »Das ist nicht albern, ich …«

»Vicky, wir leben nicht mehr im Jahr 1990, sondern im Jahr 2010. Die Sozialarbeiter haben aus ihren Fehlern gelernt. Wenn du ihnen erzählst, dass du Josh allein gelassen hast, kommt er in eine Pflegefamilie. Du wirst nichts mehr erklären können, ein Anwalt wird dir auch nichts nützen. Josh wird dir weggenommen, und gegen dich wird Strafanzeige gestellt. Möchtest du das?«

Ich fühle mich eingeschüchtert und suche ihren Blick im Rückspiegel. Diese Seite an meiner Freundin kannte ich noch nicht. »Trotzdem. Eine Lüge halte ich nicht aus. Die Polizei wird sowieso *dahinter* kommen.« Ich bin schrill geworden. »Man wird einsehen, dass es ein Fehler war, dass ich erschöpft war und gestresst.«

»Herrgott, Vicky, weißt du, wie viele erschöpfte und gestresste Mütter es gibt? Oder glaubst du, du bist die einzige? Bist du dumm oder nur naiv? Reiß dich zusammen, oder ich setze dich vor dem Krankenhaus ab, und du kannst sehen, wie du klarkommst.«

»Nein, Amber, bitte nicht.« Ich fange an zu weinen.

Nach langem Schweigen sagt sie: »Entschuldige, dass ich dich angegiftet habe.«

So habe ich sie noch nie erlebt. Ich habe nicht gewusst, dass sie so wütend werden kann. Sie atmet tief durch. »Bitte, versuch, es zu verstehen. Wenn du Josh nicht verlieren willst, musst du die Wahrheit für dich behalten. So einfach ist das. Bitte, vertrau mir.«

Ich bringe kein Wort heraus und strecke meine Hand an ihrem Sitz vorbei aus. Amber greift danach und umschließt sie.

»Du wirst Folgendes sagen, und zwar den Ärzten, der Polizei und Tom. Pass auf.«

Ich weine leise, aber ich höre zu.

Amber weiß, dass sie nicht hätte aufbrausen dürfen, aber ihre Freundin hat sie enttäuscht. Sehr enttäuscht. Wie kann man so etwas tun? Ein kleines Kind allein lassen, von ihrer Untreue Tom gegenüber ganz zu schweigen. Denn sie war ihm untreu, auch wenn sie es nicht bis zu Ende durchgezogen hat, etwas anderes zu behaupten ist Haarspalterei. Wie absolut egoistisch muss man sein, um so etwas zuwege zu bringen?

Sie hasst es, die Beherrschung zu verlieren. Es war schwach, Vicky anzufahren und bissig zu werden. Aber wie konnte Vicky nur so etwas tun? Sie selbst würde ein Kind niemals allein lassen. Gut, sie wurde noch nie vor die Wahl gestellt, trotzdem würde sie es nicht tun. Kinder sind verletzlich. Ihr Leben hängt von den Entscheidungen ab, die Erwachsene treffen. Wenn Amber nur daran denkt, zerreißt es sie innerlich.

Sie umklammert das Lenkrad so fest, dass ihre Fingernägel in den Lederbezug stechen, und versucht, ihren Zorn und Groll zu vergessen. Joshs Schluchzer klingen nur noch wie ein Schluckauf, doch sie durchzucken seinen kleinen Körper. Amber gestattet sich noch einen Moment, dann schaut sie wieder in den Rückspiegel und lächelt Vicky beruhigend zu. Vicky sieht aus, als wäre sie kurz davor, aus dem Auto zu springen.

»Wir sind gleich da«, sagt Amber.

»Okay.«

»Braves Mädchen, alles wird gut. Ich lass dich vor der Notaufnahme raus und suche einen Parkplatz. Dann komme ich nach.«

»Du hast einen Termin nach dem anderen«, sagt Sarah. »Du lässt mich hier echt hängen, Amber. Bist du sicher, dass sie dich braucht? Wo ist denn ihr Mann?«

»Sobald er kommt, fahre ich los. Also in spätestens einer Stunde. Wenn ich die Wahl hätte, würde ich nicht hier bleiben, aber Vicky macht mir ernsthaft Sorgen.«

Sarah seufzt. »Was genau ist eigentlich passiert?«

Amber lehnt sich im Fahrersitz zurück. Die Verspannung ihrer Schultern lässt nach. »Arme Vicky. Jemand ist in ihr Haus eingebrochen, als sie mit ihrem Baby allein war. Es war die Hölle. Ich erzähle es dir später ausführlich. Und vielen Dank für dein Verständnis, Sarah. Du hast was gut bei mir.«

»Wo sind sie?«, erklingt Toms Stimme.

Er ist völlig außer Atem und in Panik und steckt noch in seiner regennassen Motorradkluft. Mit den schweren Stiefeln stapft er über den Gummibelag des Fußbodens. Amber hört ihn vor Vicky, geht ihm entgegen und lässt Vicky über das Kinderbett gebeugt zurück. Josh schläft. Auf seiner Wange hat sich ein Bluterguss gebildet.

»Ist mit Josh alles in Ordnung?«

»Nein.« Vicky läuft zu Tom und sinkt schluchzend in seine Arme.

Tom versucht, sie zu beruhigen. »Jetzt ist alles gut, Liebling, ich bin ja da. Erzähl mir, was passiert ist.«

Amber spürt, dass Vicky ihren Blick sucht, doch sie vermeidet es, ihre Freundin anzusehen.

»Ich ... wir hatten einen Einbrecher«, sagt Vicky. »Er hatte Josh. Dann hat er ihn mir zugeworfen, und ich habe ihn fallen lassen.«

Sie bricht erneut in Tränen aus. Amber übernimmt die Fortsetzung und reicht Tom den Bericht des Radiologen.

»Es geht um seinen Arm. Josh hat eine supra... eine suprakondyläre Fraktur und muss über Nacht im Krankenhaus bleiben. Und ich muss zurück zur Arbeit«, fügt sie hinzu. »Vickys Auto lasse ich vor eurem Haus stehen und werfe die Schlüssel in den Briefkasten.«

Ohne Tom loszulassen, dreht Vicky den Kopf und sieht sie an. »Vielen Dank.«

»Das hättest du für mich doch auch getan.«

Ihre Blicke treffen sich. Beruhigt sieht Amber, dass Vicky fast unmerklich nickt. Sie wird vernünftig sein.

»Tschüs«, sagt Amber, aber die beiden hören sie nicht.

An der Tür wendet sie sich noch einmal um und betrachtet Vicky und Tom. Irgendetwas in ihr öffnet und schließt sich, ein Gefühl, so intensiv, dass es sie erschreckt. Sie kennt dieses Gefühl, es ist das Bedürfnis, dazuzugehören, wahrgenommen zu werden. Seit Emily Seagraves Taufe hat sie es nicht mehr empfunden. Jetzt spürt sie, dass etwas an ihr nagt, etwas, das von Vickys Verhalten ausgelöst worden ist, etwas wie Beklemmung oder Frustration. Sie hatte geglaubt, ihre Freundschaft würde die Leere füllen und sie hätte bekommen, was ihr gefehlt hat, aber dem ist nicht so – und würde nie mehr so sein.

Amber hält sich die Jacke über den Kopf und läuft durch den Regen zu Vickys Auto. Vom Fahrersitz aus schaut sie noch einmal auf das Krankenhaus. Die Glasfassade spiegelt das Grau des Tages wider.

Sie mag Tom, leidet an seiner Stelle. Vicky geht so achtlos mit den Gefühlen anderer Menschen um. Wenn ihr Mann ihr so wenig bedeutet, hat sie ihn nicht verdient. Amber hat von jeher eine Schwäche für Tom gehabt, ohne jemals mehr daraus zu machen. Zwischen ihnen besteht eine Verbindung, das lässt sich nicht leugnen, aber die würde sie nie intensivieren. So jemand ist sie nicht.

Das sind nur Pheromone, sagt sie sich und steckt den Schlüssel ins Zündschloss. Liebe ist etwas anderes. Liebe ist das, was Robert ihr schenkt, etwas Solides aus dicken Mauern, das ihre schlechte Seite im Zaum hält. Liebe bedeutet Sophie.

Amber schiebt die Gedanken an Tom Seagrave zur Seite und konzentriert sich auf das Haus in der Browning Street. Sie hat erkannt, wie sehr es Vicky gefallen hat, konnte sich lebhaft vorstellen, wie ihre Freundin im Geist schon die Wände strich und die Dielen abzog. Sie selbst hatte das ja auch getan. Dieses wunderschöne Haus, das seinen Verfall so würdevoll trägt wie ein verarmter Aristokrat, könnte ihr Leben verändern.

Würde sie sich vordrängen? Ja, nach dem, was vorgefallen ist, wäre sie dazu imstande. Ein aufregender Gedanke, den sie im Moment jedoch nicht weiter verfolgt. Darüber muss sie erst einmal schlafen.

März 1992

»Du bist sicherlich Katya.«

Sie konnte schon nicht mehr sagen, wie viele Menschen diesen Satz in der vergangenen Woche zu ihr gesagt hatten. Langsam ging er ihr auf die Nerven. Natürlich war sie Katya. Wer sollte sie sonst sein?

»Mein Name ist Maggie Parrish. Ich komme vom Jugendamt Lambeth.« Sie machte eine Pause, so als wollte sie Katya Zeit geben, etwas zu erwidern. Dann fragte sie: »Wie alt bist du, Katya?«

Maggie Parrish war jung, viel jünger als die Sozialarbeiterin, die erschienen war, als Linda, Katyas Mutter, noch gelebt hatte. Sie war groß und üppig, ohne richtig dick zu sein. Alles an ihr war großzügig angelegt. Große Brüste, breite Hüften, große Augen.

»Zehn.«

»Zehn! Ich habe eine Tochter, die so alt ist wie du.«

»Wie heißt sie?«

Ein kleines, kaum merkliches Zaudern. »Emily.« Maggie hielt erneut inne. »Das mit deiner Mutter tut mir schrecklich leid, Katya. Möchtest du mir etwas über sie erzählen?«

Katya fühlte sich von dieser Frau angezogen, verspürte den Wunsch, sie zufriedenzustellen, sich richtig zu verhalten. Sie versuchte es, kämpfte sich durch das Labyrinth ihrer Erinnerungen, in der Hoffnung, die trügerischen Ecken zu vermeiden. Es war schwierig, sich an die Zeit zu erinnern, als es noch nicht so schlimm gewesen war, und doch hatte es jene Zeit gegeben. Ihre Erinnerungen waren wie Blüten, schön, aber zu zart, um lange überdauern zu können. Sie wusste noch, dass sie die Hand ihrer Mutter gehalten hatte und dass ihre Mutter sich vor sie gehockt und sie umarmt hatte und wie das feine, blonde Haar ihrer Mutter gerochen hatte. Sie erinnerte sich an die Ohrringe, die sie getragen hatte – goldene Reifen in verschiedenen Größen. Dann änderte sich das Bild, und sie sah das Durcheinander in ihrer Wohnung, die Kleider, die auf dem Boden verstreut lagen, die schmutzigen Aschenbecher und die Betten, die wie Schulessen rochen.

Jetzt war sie verwaist, oder so gut wie verwaist, denn sie hatte keine Ahnung, wer ihr Vater war, und bezweifelte, dass er überhaupt wusste, dass er ihr Vater war. In Büchern widerfuhr Waisenkindern zum Schluss immer etwas Schönes. Oft stellten sie sich sogar als ganz besondere Kinder heraus. Wie Annie und Oliver Twist, Aschenputtel und Schneewittchen. Sie trafen auf jemanden, der das Besondere an ihnen erkannte – eine gute Fee oder ein freundlicher Fremder – und ihnen zu dem verhalf, was ihnen zustand.

»Sie ist mit mir auf den Spielplatz gegangen.«

Katya versuchte, das entsprechende Bild heraufzubeschwören, doch es gelang ihr nicht. Sie fragte sich, ob es den Spielplatz überhaupt gegeben hatte. Sie hatte etwas vor Augen, ein verbotenes Gelände voller Müll. Ihre Mutter hatte gesagt, dass die Leute dort gefährliches Zeug wie Spritzen und Kondome hinterließen. Allerdings hatte sie genau diese Dinge auch in ihrer Wohnung, wo Katya ohne Weiteres an sie herankommen konnte. Ihre Mutter war scheinheilig gewesen.

»Oh, wie schön. War der Spielplatz in einem Park?«

»Ja.« Katya starrte auf Maggies Stiefel. Sie waren schwarz und vorn geschnürt. Solche Stiefel hatten die Frauen vor langer Zeit getragen.

Sie bemühten sich, ihr Gespräch in Gang zu halten. Katya grub Erinnerungen aus, mischte Wahres und Erfundenes, Szenen, von denen sie annahm, dass normale Familien so etwas machten, oder die sie im Fernsehen gesehen hatte, zu der Zeit, als sie noch einen Fernseher besessen hatten. Er war kaputtgegangen, als einer der Freunde ihrer Mutter sein Bier über die Rückwand gekippt hatte und Rauch hervorgequollen war. Maggie erzählte ihr von einem Ehepaar, das sie kannte, reizende Menschen, die für kurze Zeit Pflegekinder aufnahmen. Sie hießen Bryant. Luke und Sally.

»Wie lange muss ich bei denen bleiben?«

»Nicht lange. Vielleicht einen Monat. In der Zeit suche ich etwas auf Dauer.«

»Haben sie einen Fernseher?«

»Ja. Das ist prima, oder?«

Katya wünschte, ihre Mutter wäre mehr wie Maggie Parrish gewesen. Wenigstens ein bisschen. Wenn sie daran dachte, wie unfair das Leben sie behandelt hatte, tat sie sich so leid, dass sie gegen die Tränen ankämpfen musste. Maggie umarmte sie. Es kam unerwartet und überwältigte Katya. Im ersten Moment versteifte sie sich, doch dann überließ sie sich Maggies Armen.

»Alles wird gut, Katya. Bald wirst du adoptiert, das weiß ich.«

Katya sah sie mit großen, hoffnungsvollen Augen an. »Von wem?«

Maggie lächelte und fuhr ihr über den Kopf. »Von irgendjemandem. Du bist nämlich ein ganz besonderes kleines Mädchen.«

Den letzten Satz bekam Katya nicht mehr mit. Ihre Gedanken hatten bereits einen neuen Weg eingeschlagen. Wenn Maggie sie adoptierte, würde sie Emilys Schwester sein und für immer bei ihnen wohnen. Aus ihr würde Katya Parrish werden. Sie konnte Emily vor sich sehen, wie sie über den Schulhof rannte, mit fliegendem Pferdeschwanz, sich umdrehte und sie zu sich winkte. Sie würden beste Freundinnen werden. Katya hatte noch nie eine beste Freundin gehabt, war noch nie so viele Tage hintereinander in der Schule gewesen, um sich jemandem anschließen zu können.

»Bald habe ich alles geregelt«, sagte Maggie. »Aber zuerst schauen wir, wie du dich mit den Bryants verträgst.«

Als Katya wieder allein war und noch den Druck von Maggies Körper spürte, war sie wie verzaubert. Emily. Sie flüsterte den Namen vor sich hin. Er hatte etwas, das sich richtig anfühlte. Sie würde Emily kennenlernen. Und dann würden sie Freundinnen werden.

7

Dienstag, 5. Januar 2010

Josh und ich sind wieder zu Hause. In meiner Abwesenheit hat Tom die Terrassentüren provisorisch repariert, was für ihn eine Meisterleistung ist. Über die zerbrochenen Glasscheiben hat er Hartfaserplatten genagelt und, um die Türen geschlossen zu halten, unten über die Türfüllungen eine dicke Holzlatte gelegt und mit Schrauben befestigt. Ansonsten hat er vorsorglich alles gelassen, wie es ist, denn uns wurde gesagt, dass wir auf die Spurensicherung warten sollen. Ich habe keine Ahnung, woher Tom die Holzlatte und die Hartfaserplatten hat. Wahrscheinlich von Jamie Boxer oder unserem Nachbarn von nebenan. Doch so oder so wird die Nachricht über den Einbruch sich mittlerweile verbreitet haben.

Die Küche ist ein einziges Chaos. In dem Spülbecken liegen ein Topf und eine Pfanne, der Geschirrspüler steht offen, die Gitter sind herausgezogen. Auf dem schmutzigen Fußboden liegen Spielsachen. Mein Blick fällt auf die weiße Bohne unter dem Stuhl, auf dem Polly normalerweise sitzt. Spielt alles keine Rolle.

Tom sagt nichts, aber ich weiß, wie er sich fühlt. Das Haus war unser Heiligtum, und jetzt ist es entweiht worden. Dieser Makel wird nicht mehr verschwinden, ganz gleich, was wir tun. Ich wünschte, die Mädchen wären da und würden uns ablenken.

»Tee?«, fragt Tom. Ich nicke und bin dankbar, dass er mir schon einen Schritt voraus ist.

Im Wohnzimmer lasse ich mich auf dem Sofa nieder, rolle mich zusammen und berge den Kopf in meinen Armen. In der vergangenen Nacht im Krankenhaus habe ich nur wenig geschlafen, und wenn, dann immer nur unruhig. Immer wieder träume ich von der Sozialarbeiterin mit ihrem Klemmbrett und dem Namensschild. Sie hat gesagt, sie sei verpflichtet, ihre Bedenken an die zuständige Behörde weiterzuleiten, und sie habe das Recht, Josh aus meiner Obhut zu entfernen, falls sie den Verdacht habe, er sei in Gefahr.

So läuft es nämlich ab, Amber hat recht. Das geschieht, wenn man die Verletzungen eines Kindes nicht zufriedenstellend erklären kann. Die Frau hat nur ihren Job gemacht. Ihre Fragen waren pedantisch und aufdringlich, doch ich gab mich fügsam und demütig, schließlich saß Amber nicht weit entfernt, blätterte in einer Zeitschrift und lauschte meinen Lügen.

Als Nächstes sehe ich ein Röntgenbild vor mir, einen hellen Knochen umgeben von einem milchigen Nebel aus Sehnen, Bändern und Fleisch, und wieder befallen mich Schuldgefühle und Fassungslosigkeit. Die Knochen meines Sohnes sind so klein, so zerbrechlich. Über den Oberarmknochen, kurz vor dem Ellbogen, zieht sich eine dünne Linie.

Der Radiologe erklärte, er habe schon Schlimmeres gesehen, hier handele es sich um einen Bruch, der bei Kindern häufig vorkomme und rasch wieder heile. Ich müsse mir keine Sorgen machen, es sei kein großer Schaden angerichtet worden.

Aber der Schaden ist angerichtet worden. Wie konnte ich Josh nur allein lassen? Wie konnte ich so grausam und gedankenlos und verantwortungslos sein? Als der Radiologe innehielt, hörte man meinen rauen Atem. Daraufhin führte er mich zu einem Stuhl, drückte mich darauf nieder und holte mir ein Glas Wasser aus dem Spender. Ich nahm es dankbar an.

»Er wird sich an nichts mehr erinnern, Mrs. Seagrave«, sagte er. »Sie dürfen sich keine Vorwürfe machen.«

»Vicky? Bist du wach? Die Polizei ist da.«

Auf dem Couchtisch steht eine Tasse mit kalt gewordenem Tee. Ich muss mindestens eine Stunde geschlafen haben.

Detective Grayling ist Ende dreißig, dunkelhäutig, kahlköpfig, mit knubbeliger Schädelstruktur. Er sieht gut aus, hat etwas von einem Naturburschen. Ich überlege, ob er Familienvater ist, und spähe auf seine linke Hand. Ich hoffe, dass er eine Familie hat, denn dann weiß er, wie viel Stress damit verbunden ist. Er trägt keinen Ehering, aber das tut Tom auch nicht. Der Detective lächelt mich an und zieht seinen Notizblock hervor.

»Können wir mit gestern Morgen beginnen, bevor Sie die Kinder zur Schule gebracht haben?«

Das können wir, der Montagmorgen ist mir noch lebhaft im Gedächtnis. Ich spüre noch meine schweren Lider, meinen trägen Körper, höre das Gequassel aus dem Radio, wie Josh schreit, Emily einen Schokoriegel will und Polly so tut, als hätte sie alle Zeit der Welt. In der Nacht zuvor hatte ich kaum geschlafen. Schlaflosigkeit ist wie eine Krankheit, mit schmerzenden Knochen, Gelenken und Muskeln. Sie reißt unseren Schutzwall ein und trübt unser Urteilsvermögen. Ich erinnere mich an das Gefühl, ohne Josh hinaus in den Regen zu laufen, ein Akt, so verboten wie der Kuss eines heimlichen Liebhabers. Und ich erinnere mich an die Angst, die mich in dem Haus in der Browning Street befiel, als ich das Baby im Nachbarhaus weinen hörte. Weiß Grayling, wie das ist? Hat er zu Hause eine abgekämpfte Frau und ein Baby, das nicht schlafen will? Kennt er den Unterschied zwischen einer Erschöpfung, bei der einem die Kraft aus dem Leib gesogen und immer noch mehr verlangt wird, und der gesunden Müdigkeit nach einem arbeitsreichen Tag?

»Später habe ich ein Haus hier um die Ecke besichtigt. In der Zeit erhielt meine Freundin Amber, die für den zuständigen Immobilienmakler arbeitet, einen Anruf und erfuhr, dass der nächste Besichtigungstermin ausfiel. Deshalb hat sie mich nach Hause begleitet.«

Grayling hebt den Kopf und hört auf zu schreiben. Seine Augen sind braun und wirken warmherzig. Ich schaue zur Seite.

»Hat man von Ihrer Freundin nicht erwartet, dass sie in dieser Zeit ins Büro zurückkehrt?«

»Doch, aber ich war durcheinander. Amber hat im Büro angerufen und sich mit ihrer Chefin abgesprochen.«

»Weshalb waren Sie durcheinander?«

Ich nage an meiner Lippe. Tom drückt meine Hand. »Unser Baby ist anstrengend. Ich kann nachts nicht schlafen, und das zehrt an meinen Kräften. Ich musste mit jemandem reden. Tom arbeitet sehr viel, ich möchte ihn nicht auch noch mit meinen Problemen behelligen.«

Grayling nickt, als könnte er das nachvollziehen. »Was geschah, als Sie hierher zurückkamen?«

»Josh lag im Kinderwagen und schlief. Ich habe ihn nach oben getragen und in sein Bettchen gelegt. In der Regel macht er morgens ein Nickerchen. Dann bin ich wieder nach unten gegangen und habe Kaffee gekocht.«

»Ist Ihnen die eingeschlagene Terrassentür nicht aufgefallen?«

»Nein. Ich hatte keinen Grund, ins Wohnzimmer zu schauen. Amber und ich sind geradewegs in die Küche gegangen. Ich habe Wasser aufgesetzt. Dann haben wir Josh weinen hören, und ich bin nach oben gelaufen, um zu sehen, was er hat.« Ich runzele die Stirn, tue so, als würde ich die Szene im Geist noch einmal durchgehen. Ich erzähle die Geschichte, die ich mit Amber abgesprochen habe, und schließe mit dem Moment, als mir Josh aus den Händen glitt.

»Haben Sie oder der Einbrecher etwas gesagt?«

»Er hat nichts gesagt … nicht, dass ich wüsste. Aber ich erinnere mich nicht mehr richtig. Es ging alles so schnell, und ich hatte einen Schock. Ich weiß, dass ich ihn angefleht habe, Josh nichts zu tun. Amber hat mich gehört und ist aus der Küche gekommen, gerade als der Einbrecher aus dem Haus auf die Straße gerannt ist. Ich war vollkommen hysterisch, deshalb hat sie Josh und mich zur Notaufnahme gefahren und im Krankenhaus Tom und die Polizei angerufen.«

»Das alles dürfte äußerst traumatisch gewesen sein.«

»Es war grauenhaft. Jedes Mal, wenn ich die Augen schließe, sehe ich diesen Mann vor mir.«

Graylings Blick wird scharf. »Sie haben sein Gesicht gesehen?«

»Ja. Nein. Ich meine, nicht klar und deutlich. Ich habe in dem dunklen Zimmer einen Mann gesehen, der Josh gepackt hatte.«

Graylings Lächeln ist nachsichtig, doch es liegt auch etwas Skeptisches darin. Tom scheint sich ebenfalls zu wundern, denn er dreht sich zu mir um und lässt meine Hand los.

»Ich frage nur, weil es vor zwei Monaten in der Graves Avenue einen ähnlichen Einbruch gab.«

»Ja, davon habe ich gehört.«

»Sie und Ihre Freundin hatten also keine Ahnung, dass dieser Mann im Haus war.«

»Nein.«

»Obwohl Sie nach oben gegangen sind, um Josh in sein Kinderbett zu legen. Ist Ihnen denn auf dem Weg der Zustand des Schlafzimmers nicht aufgefallen?«

»Nein.«

»Wie hat sich das Ganze Ihrer Meinung nach abgespielt?«, erkundigt sich Grayling.

»Ich glaube, der Einbrecher war auf Schmuck aus. Als er Josh schreien hörte, ist er panisch geworden und nach oben gerannt, um Josh ruhigzustellen.« So viel dürfte zumindest zutreffen.

Für einen flüchtigen Moment furcht sich Graylings Stirn. Er schreibt meine Worte nieder, findet meine Erklärung jedoch etwas weit hergeholt, da bin ich mir sicher.

»Mrs. Seagrave, glauben Sie, dass Sie den Mann wiedererkennen würden?«

»Das weiß ich nicht. Ich sagte ja schon, in Joshs Zimmer war es dunkel.«

»Gab es irgendetwas an dem Mann, an das Sie sich erinnern?«

»Er war nicht besonders groß. Ich glaube, er war nicht mehr jung. Vielleicht Ende dreißig.«

»Dunkel- oder hellhäutig?«

»Hell.«

»Als er aus der Dunkelheit kam und an der Tür war, ist da nicht das Flurlicht auf ihn gefallen?«

»Ich hatte nur Augen für Josh. Das Gesicht des Manns habe ich kaum wahrgenommen. Er wirkte ziemlich durchschnittlich.«

»Inwiefern durchschnittlich?«

Erschöpft lehne ich mich zurück und massiere meine Nasenwurzel. »Die Frage verstehe ich nicht.«

»Damit meine ich, was ist für Sie durchschnittlich? Sehe ich für Sie durchschnittlich aus? Nur um ein Beispiel zu nennen.«

Gehorsam studiere ich sein Gesicht. Seine Augen sind groß, sein Blick wirkt offen. Seine Nasenspitze ist etwas knollig, der Mund breit und voll.

»Bei genauerem Hinsehen wirkt niemand durchschnittlich«, antworte ich ausweichend. »So etwas denkt man über jemanden, den man nur kurz gesehen hat.«

»Ich weiß nicht, ob ich mich geschmeichelt oder gekränkt fühlen soll«, witzelt Grayling. Wahrscheinlich will er es einer neurotischen Frau leichter machen, doch seine Bemerkung wirkt unangebracht, als hätte er eine Grenze überschritten.

»Was ich damit sagen will, ist, dass ich gar keine Möglichkeit hatte, ihn mir genauer anzusehen.«

»Vielleicht kann Mrs. Collins uns in dem Punkt weiterhelfen.«

»Möglich, aber wenn er sich nicht umgedreht hat, hat sie nur seinen Rücken gesehen.«

»Schade. Trotzdem könnte ihr etwas aufgefallen sein.«

»Ich hoffe es.«

Tom beginnt, mit seinen langen Beinen zu wippen. Er spielt mit dem Stift, der auf dem Tisch gelegen hat, dreht ihn zwischen den Fingern. Dann legt er ihn ab, nimmt ihn wieder auf, drückt die Mine heraus, lässt sie wieder zurückschnappen, ein ums andere Mal. Als ich meinen Mann das letzte Mal so nervös erlebt habe, saßen wir im Bad seiner WG und warteten auf das Ergebnis meines Schwangerschaftstests.

»Ich begreife nicht, weshalb er nicht aus dem Haus geschlüpft ist, als du dich mit Amber in der Küche unterhalten hast«, sagt Tom. »Er muss doch gehört haben, wie ihr reingekommen seid. Und wie du Josh nach oben gebracht und hingelegt hast. Er hatte genügend Zeit zu verschwinden.«

»Das begreife ich auch nicht. Aber wer weiß, was in seinem Kopf vor sich ging. Vielleicht hatte er noch nicht das, was er gesucht hat. Oder er hat es mit der Angst zu tun bekommen und ist panisch geworden.«

»Wenn ich in ein Haus einbrechen würde, würde ich mich ganz bestimmt nicht in die Nähe eines schreienden Babys wagen.«

Grayling verfolgt unseren Austausch, schaut von Tom zu mir und wieder zurück, als hätte er ein Tennismatch vor sich. Sein Blick bleibt an mir hängen. »Sie erinnern sich wahrscheinlich an mehr, als Sie glauben, Mrs. Seagrave. Ich würde es gern mit einem Phantombild versuchen. Vielleicht können wir mithilfe Ihrer Erinnerung ein Bild zusammensetzen. Irgendwann im Lauf dieser Woche.«

»Aber was soll ich mit Josh ...«

»Da findet sich was«, fällt Tom mir ins Wort. »Frag Magda.« Er stutzt. »Kommt sie montags nicht? War sie gestern nicht da?«

»Sie war krank.« Ich suche die SMS auf meinem Handy und zeige sie Tom.

Er lächelt kurz, als er die Nachricht liest. »Sie kann auf Josh aufpassen, wenn du mit Amber aufs Revier gehst. Zusammen könnt ihr der Polizei vielleicht etwas Brauchbares liefern. Je schneller der Typ gefasst wird, desto besser.«

Grayling winkt ab. »Das ist alles nicht nötig. Ich schicke jemanden vorbei.«

8

Montag, 11. Januar 2010

»Du bist die Beste. Danke, dass du Emily und Polly abgeholt hast.« Ich winke Amber ins Haus. Ihre Tochter Sophie, die kleine Rose Forsyth und meine Töchter drängen sich an uns vorbei in den Flur. Jenny Forsyth folgt Amber zögernd mit dem Kinderwagen. Sie ist noch relativ neu in unserer Gegend und war noch nie bei uns. Sie scheint jedoch nett zu sein. Intelligent und vernünftig.

»Warst du heute überhaupt mal vor der Tür?«, fragt Amber, während sie und Jenny Mäntel und Schals ablegen und über das Treppengeländer hängen.

»Nein. Dazu war ich nicht imstande.«

»Kein Wunder«, sagt Jenny. »Nach diesem schrecklichen Erlebnis. Was für ein Albtraum.«

»Reden die Leute darüber?«

Jenny nickt. »Auf dem Spielplatz ist es das Thema Nummer eins.«

»Heute früh habe ich einer Frau hier in der Nähe ein Haus gezeigt«, sagt Amber. »Eine Freundin hatte ihr von dem Einbruch erzählt, und sie wollte wissen, ob unsere Gegend sicher ist.«

»O Gott, wie konnte sich das denn so rasch herumsprechen?«

»Ich habe es weitererzählt«, erklärt Amber. »Ich dachte,

auf die Weise würde es für dich einfacher werden; bis zum Ende der Woche wird das Thema alle langweilen. Du solltest dich auch an der Schule blicken lassen, Vicky. Dann stellen die Leute dir eben Fragen, was macht das schon?«

»Heute Morgen habe ich die Kinder zur Schule gebracht«, verteidige ich mich.

»Ich weiß, das klingt jetzt neugierig«, schaltet Jenny sich diplomatisch ein. »Aber meinst du, ich dürfte mal sehen, was ihr aus eurem Haus gemacht habt? Wir überlegen gerade, was wir bei uns so machen wollen.«

Ihr Wunsch hat etwas Schmeichelhaftes und hebt sogleich meine Laune. Ich helfe Jenny, ihren sperrigen Kinderwagen an Joshs Kinderwagen vorbeizulavieren. Die Mädchen stürmen die Treppe hinauf. An diesem Montag war Magda da, und das ganze Haus blitzt und glänzt.

»Wow«, sagt Jenny, als sie mit ihrem Baby auf dem Arm die Küche betritt. »Das sieht fantastisch aus. Hast du das alles selbst entworfen?«

»Ich habe die Küche auf die Rückseite eines Briefumschlags gemalt und die Arbeiten beaufsichtigt, doch mit der Planzeichnung haben wir einen Architekten beauftragt.«

»Stell dein Licht nicht unter den Scheffel«, sagt Amber und zwinkert Jenny zu. »Vicky ist eine begnadete Innenarchitektin und kann auch ganz hervorragend Wände streichen.«

Sie füllt den Wasserkocher und stellt ihn an. Die Geste kommt mir seltsam vor, als wolle sie Jenny etwas demonstrieren, eine Hierarchie etablieren. Ich setze Josh auf seinen Hochstuhl. Mit einem leisen Seufzer lässt Jenny sich nieder, nimmt ihr Baby auf den Schoß und zieht das Gummiband um ihren dicken brünetten Pferdeschwanz nach. Ich hole drei Becher aus dem Geschirrspüler und schubse Amber zur Seite. Sie setzt sich.

»Im Moment geht unser ganzes Geld für die Renovierung drauf«, sagt Jenny. »Wenn ich etwas anderes erwähne, wie Urlaub, antwortet Simon: ›Daraus wird die Arbeitsplatte aus Granit‹, oder etwas ähnlich Irritierendes.«

Ich werfe Amber einen Blick zu. Das Gerede anderer Leute über ihre Häuser dürfte ihr zusetzen. Aber sie scheint nicht darauf zu achten. Die Zeitung von heute liegt auf dem Tisch, und Amber blättert darin. Ich hatte noch keine Gelegenheit, sie zu lesen, denn Josh hat sich den ganzen Vormittag geweigert, sich in sein Kinderbett legen zu lassen. Nicht seine Schuld, halte ich mir vor Augen, sondern meine.

»Schrecklich«, sagt Amber.

»Was?« Ich versuchte, die auf dem Kopf stehende Schlagzeile zu lesen. Amber dreht die Seite zu mir um.

»Eine Frau hat ihr zweijähriges Kind fünf Minuten lang allein im Wagen gelassen. Sie ist nur in einen Laden gesprungen, um Milch zu kaufen. Eine Passantin hat sie angezeigt, und man hat ihr das Kind weggenommen.«

Ich ziehe die Zeitung zu mir heran und überfliege den Artikel. Er enthält drei Fotos. Auf dem größten ist ein gehetzt wirkendes Paar abgebildet. In ihren Augen liegt Verzweiflung. Ein kleineres, überlappendes Foto zeigt ein lächelndes Kleinkind mit einem Teddybär in den Armen, ein anderes die Eltern und das Kind, die sich auf einem Sofa aneinanderschmiegen. Ihr Leben war normal, doch dann wurde es gepackt, geschüttelt und fallen gelassen. Die Eltern haben geklagt, deshalb ist der Fall in die Zeitung gekommen. Sie haben den Prozess gewonnen und ihr Kind zurückerhalten, doch das Ganze hat ein Jahr gedauert. Ein Jahr. Mein Gott.

Mit zitternden Händen falte ich die Zeitung zusammen und lege sie zurück.

Josh beginnt zu weinen. Ich halte ihm mein Schlüsselbund hin. Er nimmt es und pfeffert es auf den Boden. Amber greift nach einem Teelöffel und tippt ihm damit auf die Nase. Josh gluckst fröhlich.

»Unglaublich«, sagt sie. »Big Brother ist überall.«

Jenny setzt ihre Brille ab, reinigt sie mit einer Ecke ihrer Bluse, die sie unter ihrem Pullover hervorgezogen hat, und setzt die Brille wieder auf. »Das Jugendamt würde sagen, dass der Fall ein typisches Verhaltensmuster in dieser Familie aufweist.«

»Sie war in Eile«, ruft Amber aufgebracht. »Lieber Himmel, ich habe auch schon auf der Tennyson Street geparkt und bin ohne Sophie in den Supermarkt gelaufen, um eine Dose Baked Beans zu kaufen. Natürlich schließe ich dann den Wagen ab und parke so, dass ich Sophie sehen kann. Ich gehe mal davon aus, dass wir so was alle schon mal getan haben.«

Ist ihr bewusst, wie unangenehm dieses Thema für mich ist? Unsicher taxiere ich kurz ihre Miene. Hat sich unser Verhältnis geändert? Ich weiß, dass ich Amber enttäuscht habe – ich habe mich ja selbst enttäuscht –, aber ich dachte, unsere Freundschaft wäre stark genug, uns darüber hinwegzuhelfen.

»Sicher«, sagt Jenny. »Aus meiner Sicht als Anwältin ist der Fall jedoch schwierig. Es gibt Menschen, die ihre Kinder sehr viel länger allein lassen, als diese arme Frau es getan hat, und die findet man in allen Gesellschaftsschichten, ihr würdet euch wundern. In diesem Fall hier waren die Folgen extrem, aber er macht wenigstens deutlich, wie sie aussehen können. Den Eltern ist das Ganze wahrscheinlich kafkaesk vorgekommen, trotzdem ist es eine Warnung.« Nach einer kurzen Pause fügt sie hinzu: »Wenn ich ehrlich bin, verstehe ich nicht, wie man ein Kind allein lassen kann. Nach meiner Erfahrung ist dann grundsätzlich etwas faul in der Familie – häusliche Gewalt oder eine scheiternde Ehe. Die Frauen sind jedenfalls so unglücklich, so sehr in ihre Probleme verstrickt, dass sie das aus den Augen verlieren, was tatsächlich wichtig ist, nämlich ihre Kinder.«

Über den Rand ihres Bechers hinweg wirft Amber mir einen belustigten Blick zu. »Sprich ruhig weiter, Jenny. Tu dir keinen Zwang an.«

Jenny lacht. »Tut mir leid, ich wollte kein Plädoyer halten.«

»Gerechterweise muss man sagen, dass man manchmal keine andere Wahl hat«, sagt Amber. »Außerdem frage ich mich, ob ein Kind kurz allein zu lassen schlimmer ist, als mit dem Babyfon zum Nachbarn rüberzugehen und sich mit ihm zu betrinken. Es gibt Unterschiede ...«

Plötzlich flackert vor meinem inneren Auge eine Erinnerung auf. Ich werde in meinem Zimmer wach, schweißgebadet. Ich ziehe die Vorhänge auf, lege meine Stirn an die kalte Fensterscheibe und spüre den feuchten Beschlag. Ich rufe nach meiner Mutter, doch mein Hals tut so weh, dass ich nur ein Krächzen zustande bringe. Als sie nicht kommt, gehe ich in ihr Zimmer, aber ihr Bett ist leer, obwohl jemand darin gelegen hat. Die Wohnung, die wir damals hatten, war winzig: zwei Schlafzimmer, eine kleine Küche und ein Wohnzimmer. Es gab keine Ecke, wo sie sich hätte verstecken können.

Noch bevor ich mich entschieden habe, die Episode zu erwähnen, bin ich schon dabei, sie zu erzählen.

»Ist das wahr?«, fragt Amber.

Ich werde rot. »Ja. Aber ich war kein Baby mehr, sondern zehn Jahre alt.«

Ich erinnere mich noch genau an den Tag, an dem es passiert ist. Es war eine Woche, bevor wir zu meinen Großeltern zogen.

»Es war trotzdem mies«, sagt Jenny. »Wo war deine Mutter?«

»Das weiß ich nicht. Ich habe im Wohnzimmer auf sie gewartet, bis ich ihr Auto gehört habe. Dann bin ich wieder in mein Zimmer gelaufen. Als sie in die Wohnung kam, hat sie geweint.«

Ich erinnere mich noch daran, wie ich die Tür meines Zimmers einen Spaltbreit öffnete und was ich bei dem Anblick meiner Mutter empfand. Für ein Kind gibt es nichts Schlimmeres als weinende Eltern. Ihre Tränen sind beängstigender, als wenn sie ihrem Kind ihren Zorn oder ihre Enttäuschung zeigen. Ich erinnere mich an die Panik, die meinen Magen zusammenzog, an meine Verwirrung und das Gefühl, auf Treibsand zu stehen. Ich wollte meine Mutter trösten, sagte mir jedoch, dass es ihr sicherlich unangenehm wäre, wenn sie wüsste, dass ich sie hatte weinen sehen.

»Ich dachte, ihr hättet Mieter gehabt«, sagt Amber scharf, und ich wundere mich über ihren aggressiven Unterton.

»Zu der Zeit noch nicht. Da haben wir noch in Streatham gewohnt. Es war kurz bevor wir nach Bognor gezogen sind.«

Amber kennt meine Vergangenheit, Jenny noch nicht. Ich erzähle ihr, wie ich aufgewachsen bin, von dem chaotischen Haus am Meer und seinen Bewohnern.

»Wie habt ihr beide euch eigentlich kennengelernt«, erkundigt sich Jenny.

»In einer NCT-Gruppe«, antwortet Amber. »Vicky und ich waren die Jüngsten und hatten null Ahnung.«

Lächelnd höre ich zu, wie sie die Geschichte erzählt. Damals wusste ich nicht einmal, dass NCT, eine gemeinnützige Einrichtung, für National Childbirth Trust stand. Die Tatsache, dass ich Mutter wurde, was das überhaupt bedeutete, all das war noch nicht richtig zu mir durchgedrungen, dabei war ich damals schon im sechsten Monat. Ich feierte mit meinen nicht-schwangeren Freundinnen weiterhin Partys, war voller Elan und schmiedete Pläne, die nichts mit Babys zu tun hatten. Ich wusste, dass ich keinen Alkohol trinken und keinen Rohmilchkäse essen sollte, doch das reichte nicht aus, um mich mental auf die Mutterschaft vorzubereiten. Es war nicht so, dass ich die Realität bewusst verdrängte, vielmehr gab es diese spezielle Realität für mich gar nicht. Selbst die Tritte meines Babys kamen mir irreal vor.

Ich weiß noch, wie ich in Brixton vor dem Gebäude einer ehemaligen Schule stand und mit gekrauster Stirn auf die Firmenschilder an den Klingelknöpfen starrte. Dann kam jemand heraus, und ich ging hinein. Nirgends war ein Hinweis, wo der NCT-Kurs stattfand, ich sah lediglich Türen und eine Treppe aus Beton. Versuchsweise öffnete ich die ersten Türen, bewegte mich rückwärts und Entschuldigungen murmelnd wieder aus einer kleinen Werbeagentur, dann aus einer Steuerberatung heraus. Hinter der dritten Tür entdeckte ich eine Gruppe Frauen, die im Halbkreis saß und sich unterhielt, und eine Hebamme, die einen Rollkoffer auspackte. Einige Frauen wandten sich bei meinem Eintreten um. Eine von ihnen war Amber. Sie lächelte. Es war ein wunderschönes Lächeln, wie eine Explosion aus Licht, Farben und Wärme. Mit einem Mal schien alles schöner, leichter und auch realer zu werden. Ich erinnere mich, dass sie ein quer gestreiftes Oberteil trug – so wie man es oft an Französinnen sieht – und die Streifen sich über ihrem runden Bauch dehnten. Dazu trug sie schwarze

Leggings und Turnschuhe. Ihr Haar war blond – aschblond – und gestuft. Ich setzte mich neben sie.

Amber war zur Hälfte Deutsche. Ihr Vater hatte die Familie verlassen, als sie noch ein Baby war. Er war nach Frankfurt gefahren, um seine Verwandten zu besuchen, und nicht mehr zurückgekommen. Ambers Mutter war Alkoholikerin und starb, als ihre Tochter siebzehn war. Monate später erzählte Amber mir, sie habe sich nie verziehen, an dem Tag nicht rechtzeitig nach Hause gekommen zu sein, um sie vielleicht noch retten zu können. Ich kann mir kaum vorstellen, wie man mit einer solchen Seelenlast fertig wird.

Lächelnd greife ich den Faden auf und berichte Jenny von der enervierenden Frau, die den Vortrag der Hebamme ständig mit Hinweisen auf die natürliche Geburt unterbrach, und wie wir versuchten, nicht zu lachen, als eine der Frauen leise pupste.

»Und jetzt sind wir hier«, sagte Amber. »Und immer noch Seelenverwandte.«

Ich erzähle Jenny nicht, wie groß meine Angst war, Amber nicht mehr wiederzusehen, und dass ich mir den Kopf darüber zerbrach, wie ich ohne mich aufzudrängen sicherstellen konnte, dass sie in der nächsten Woche wieder zu diesem Kurs kam. Ich behalte es für mich, weil ich es auch Amber nie erzählt habe. Ich hatte meinen alten Schulfreundinnen in Sussex von meiner Schwangerschaft erzählt, und natürlich hatte ich Studienfreundinnen, die mittlerweile ihre Karrieren in London gestartet hatten, aber keine von ihnen konnte das, was mir widerfuhr, nachvollziehen. Was Amber betraf, hätte ich mir jedoch keine Sorgen machen müssen, denn als wir aus dem Gebäude hinaus in den Sonnenschein traten, schlug sie vor, einen Kaffee trinken zu gehen.

Wir setzten uns im hinteren Teil eines Costa Coffee Shops an einen Tisch. Amber bestellte einen Cappuccino, ich einen Kakao. Ich schöpfte mir die süße, geschäumte Milch mit einem Löffel in den Mund. Der Zuckerschub löste einen Tritt meines Babys aus.

»Machst du dir Sorgen?«, fragte Amber.

Ich sah mich um. »Warum? Weil ich in einem Coffee Shop sitze?«

»Nein.« Amber lachte. »Weil du dich fragst, ob du eine gute Mutter wirst.«

Ich rührte in meinem Kakao und sah zu, wie sich die cremefarbenen Kringel in der Schokolade auflösten. »Darüber denke ich eigentlich nicht nach. Wahrscheinlich gehe ich irgendwie davon aus und nehme einfach an, dass ich das Richtige tun werde. Warum? Machst du dir deswegen Gedanken?«

»Nein«, antwortete Amber. »Nicht wirklich.«

»Meine Mutter war eine Katastrophe, aber ich habe es überlebt, ohne allzu traumatisiert zu sein. Kinder sind sehr widerstandsfähig.«

»Wirklich?«

Ich wurde unsicher. »Ja«, sagte ich. »Bis zu einem gewissen Grad.«

Amber lehnte sich zurück und legte die gespreizten Hände auf ihren Bauch. Sie hatte lange Finger. Ihr Verlobungsring bestand aus einem Saphir im Quadratschliff, umgeben von Brillanten. »Seit wann bist du verheiratet?«

»Seit einem Monat. Bei der Hochzeit habe ich ausgesehen wie eine weiße Tonne.«

Ich holte mein Handy heraus und zeigte ihr das Foto von Tom und mir vor dem Standesamt, beide strahlend vor

Glück. Mein voluminöses weißes Kleid wehte im Januarwind.

»Du siehst nicht aus wie eine Tonne«, sagte Amber und griff nach dem Handy. »Du siehst wundervoll aus.« Sie scrollte durch die Fotos.

»Wer ist das?«

»Meine Mutter.«

»Deine Mutter? Das ist deine Mutter?«

»Ja.« Ihre Reaktion war nicht verwunderlich, sondern typisch.

»Sie wirkt viel zu jung.«

»Bei meiner Geburt war sie erst siebzehn. Jetzt ist sie neununddreißig und bei der Vorstellung, Großmutter zu werden, alles andere als begeistert.«

Amber vertiefte sich in das Foto und schmunzelte, als sie es mir zurückreichte. »Nächste Woche kommst du doch wieder, oder?«

Wenig später bricht Jenny auf, und ich habe ein schlechtes Gewissen. Ich hätte ihr noch erklären müssen, dass meine Mutter ein durch und durch unabhängiger Mensch ist, darüber hinaus freundlich, liebevoll und die beste Nachbarin, die man sich wünschen kann. Als wir nach Bognor zogen, in das Haus in der Waterloo Street, das meine Mutter aus einem Impuls heraus ersteigert hatte, gab es darin so gut wie nichts – keine Heizung, keine Elektrizität, kein Wasser. Doch schon am ersten Abend sah alles besser aus. Überall brannten Kerzen, wir hatten bei den Nachbarn Eimer mit Wasser gefüllt, die zerbrochenen Fensterscheiben waren durch Spanplatten ersetzt worden, und die Tauben und Möwen, die in den Räumen genistet hatten, verscheucht. All das war meiner Mutter zu verdanken, ihrer Art, mit anderen Menschen zu reden und auf sie einzugehen, denn trotz all ihrer Fehler, ist ihr Interesse an anderen Menschen groß und aufrichtig. Sie gibt mehr, als sie nimmt. Ich wünschte, das hätte ich Jenny noch vermitteln können.

Vicky begleitet Jenny zur Haustür, Amber bleibt bei Josh in der Küche. Sie hätte sich ebenfalls verabschieden können, hätte es sogar tun sollen, aber zwei Gründe haben sie daran gehindert. Zum einen mag sie es, wenn andere sehen, wie sehr sie sich bei den Seagraves zu Hause fühlt. Das ist zwar traurig, trotzdem braucht sie das Gefühl, eine von ihnen zu sein. Der zweite Grund ist der Zeitungsartikel. Vielleicht ist sie zu weit gegangen und hätte ihn gar nicht erwähnen sollen. Dann hätte Vicky ihr nicht unterstellt, sie wolle sie quälen und ihre Schuldgefühle verstärken. Das Letzte, was sie will, ist, einen Keil zwischen sich und Vicky zu treiben.

Amber hört Jennys lautes Lachen. Die beiden stehen noch immer draußen und plaudern. Jenny ist nett, aber auch mitteilsam, sodass es mitunter schwer ist, sie loszuwerden. Als Familienanwältin kann Amber sie sich kaum vorstellen. Dazu ist Jenny zu füllig und gut gelaunt.

Josh spielt mit ihren Fingern. Als Amber mit den Fingern wackelt, lacht er aufgekratzt und vergisst darüber seinen eingegipsten Arm, mit dem er gegen die Tischkante schlägt. Vor Schmerz reißt er die Augen auf, sein Mund verzieht sich, sein Gesicht läuft rot an.

»Mein kleiner Schatz«, säuselt Amber.

Bevor er anfangen kann zu schreien, nimmt sie ihn aus seinem Hochstuhl. Sie möchte nicht, dass seine Mutter angerannt kommt, sondern das Alleinsein mit dem Jungen noch ein wenig genießen.

»Ist ja gut.« Sie küsst den Arm, prustet laute Küsse auf Joshs Bäckchen und leckt sich den salzigen Speichelrest von den Lippen.

Mit Josh auf dem Arm geht sie durch die Küche und nimmt ein silbergerahmtes Foto von Tom in die Hand. Er grinst in die Kamera, in seinen Augenwinkeln haben sich Fältchen gebildet, der Wind spielt in seinen Haaren, und hinter ihm sieht man das Meer. Amber spürt, wie ihre Brust eng wird. Verwirrt stellt sie das Foto wieder ab.

»Guck mal, Joshi«, sagt sie, trägt den Jungen zu der Glastür und deutet auf die schlanke, blauäugige Siamkatze der Nachbarn. »Ist die nicht elegant?«

Josh schiebt die Unterlippe vor, sein Kinn fängt an zu zittern. Amber spricht beruhigend auf ihn ein und streicht über sein zartes Köpfchen. Er schmiegt seinen Kopf an ihren Hals.

Sie und Robert hatten sich mehr als ein Kind gewünscht, doch bis jetzt, sechs Jahre nach Sophies Geburt, ist sie nicht wieder schwanger geworden. In der Regel macht es ihr nichts aus, nur manchmal wünscht sie sich, es wäre anders gekommen. Als Vicky zum dritten Mal schwanger wurde, war Amber niedergeschmettert. Vickys Schwangerschaft war nicht einmal geplant gewesen, was es nur noch schlimmer machte. Es war für sie und für Vicky ein Schock gewesen. Trotzdem hatte Amber ihrer Freundin über diese Schockphase hinweggeholfen. Vielleicht war das der Grund, dass sie manchmal das Gefühl hatte, Josh gehöre zu einem Teil auch ihr.

Wenn Vicky sich über ihre sogenannte benachteiligte Kindheit auslässt, weiß sie nicht, wovon sie redet, geht es Amber durch den Kopf. Solange ein Kind eine liebende Mutter hat, braucht es keine materiellen Güter. Deshalb hat Vickys Verhalten sie ja auch so entsetzt. Gute Mütter lassen ihre Kinder nicht allein.

Sie liebt Josh, spürt eine gewisse Affinität zu ihm. Ebenso wie bei ihr können seine Gefühle übermächtig werden, und genau wie sie will er stets mehr haben, als er bekommt. Und da ist noch etwas, ein Kummer, den Amber erkennt, weil er auch in ihr sitzt. Es ist, als hätte Josh bereits erfasst, wie prekär das Leben ist, dass seine nächste Mahlzeit ausbleiben, seine Mutter verschwinden und nicht mehr zurückkehren kann. Das gibt ihr zu denken.

Vicky hat zugegeben, dass sie Josh schon ein- oder zweimal allein gelassen hat. Was, wenn es öfter war? Was, wenn es Gewohnheit war?

Als ich zurückkomme, sitzt Amber mit Josh auf dem Küchenfußboden. Sie spielt »Das ist der Daumen« und benutzt dazu Joshs Zehen. Zum ersten Mal seit seinem Sturz lacht er wieder, mit funkelnden Augen und hochgeschobenen, rosa Bäckchen. Amber legt sich zurück und setzt ihn auf ihren Bauch. Sie geht entspannt und natürlich mit ihm um. Ihr Haar liegt aufgefächert auf den Steinfliesen, und das Licht, das durch die Fenster hereinfällt, gibt ihr eine reizvolle Blässe. Sie umfasst Josh mit sanftem Griff und lässt ihn reiten. Er quiekt vor Vergnügen und zappelt mit den Füßen.

»Was hältst du davon, wenn ihr Samstag zu uns zum Abendessen kommt?«, fragt Amber und lächelt mich von unten herauf an. »Ich schau mal, wen ich noch einladen kann.«

»Das ist sehr lieb, aber sei mir bitte nicht böse, wenn ich Nein sage. Ich kann anderen noch nicht gegenübertreten.«

»Dann nur wir vier. Du musst mal aus dem Haus gehen. Hier fällt dir doch die Decke auf den Kopf.«

»Ich weiß nicht.«

»Dann Samstag in einer Woche«, drängt sie. Widerstrebend willige ich ein.

»Gut«, sagt sie zufrieden.

»Ich ertrage es nicht, andere zu belügen, Amber. Das ist für mich schrecklich.«

»Ich weiß, ich finde es auch ekelhaft. In diesem Fall ist es trotzdem richtig.«

»Bist du sicher?«

»Selbstverständlich. Außerdem klingt die Wahrheit viel unwahrscheinlicher als die Lüge. Frauen wie du lassen ihre Babys nicht allein und ziehen los, um sich Häuser anzusehen.«

»Was meinst du mit ›Frauen wie du‹?«

»Das weißt du selbst. Ich meine Supermuttis.«

»Vielen Dank.«

»Vicky«, fährt sie fort. »Siehst du es denn nicht ein? Wenn du den Mund hältst, geht es doch viel schneller vorbei.«

»Na schön«, murmele ich.

Später frage ich mich, ob Amber recht hat oder überreagiert. Das Jugendamt würde mir Josh nicht wegnehmen. Ich versuche, den Fall aus der Sicht dieser Behörde zu beurteilen. Mir wird übel. Wenn ich als Lehrerin feststellen würde, dass ein Elternteil ein Kind allein gelassen hätte, würde ich denjenigen melden und davon ausgehen, dass das Jugendamt entsprechend interveniert.

Kann ich Amber vertrauen? Die Antwort sollte ein uneingeschränktes Ja sein, doch da ist irgendetwas, ich kann es nur noch nicht richtig benennen. Dann fällt es mir ein.

Frauen wie du.

Mit diesen Worten hat sie uns unterschieden, und das hat es bisher noch nie gegeben. Wir waren immer Komplizinnen, hatten bei allem die gleiche Meinung, sind gemeinsam durch dick und dünn gegangen, haben über dieselben Witze gelacht. Hinter diesen drei Wörtern jedoch steckt eine Botschaft, selbst wenn Amber sich dessen nicht bewusst ist.

Sie könnte mich vernichten.

Doch das ergibt keinen Sinn. Warum sollte sie das tun?

März 1992

Das Haus, zu dem Maggie sie am darauffolgenden Montag fuhr, war ein Bungalow an einer steilen, baumbestandenen Straße zwischen Streatham und Croydon. Die Fassade mit der leuchtend roten Haustür und den beiden Erkerfenstern links und rechts davon erinnerten Katya an ein schläfriges, pausbäckiges Gesicht, ein Eindruck, der von den halben Netzgardinen noch verstärkt wurde. Auf den Torpfosten am Eingang hockten weiß gestrichene Steinlöwen und bewachten einen Weg aus Steinplatten, der einen ordentlich gemähten Rasen mit Blumenbeeten teilte. Die Rosen waren gnadenlos gestutzt worden, doch die frischen Triebe reckten sich tapfer dem Licht entgegen. Hinter dem Haus, in dem Katya zuvor gewohnt hatte, war ein Hof gewesen, aber dort hatten nur Mülltonnen gestanden.

Die Straße hieß Hillside Way. Das Zimmer für Katya ging nach vorn hinaus, das Wohnzimmer war auf der anderen Seite des Flurs. Das Bad befand sich hinter der Treppe, die nach oben zu Sallys und Lukes Schlafzimmer und dem Bad unter dem Dach führte. An die Küche unten schloss sich ein verglaster Wintergarten an, der sich am Haus entlang in den Garten zog. Darin standen ein großer Tisch aus Kiefernholz, am anderen Ende ein beigefarbenes Sofa, ein Couchtisch aus Glas und Stahl und ein Breitbildfernseher. Da das Haus an einem Hang stand und die meisten anderen Häuser sehr viel weiter unten waren, hatte man einen weiten Blick über den Londoner Süden.

Sally Bryant, eine kleine, auffallend dünne Frau, glich einem Insekt. Ihr Haar war kurz, stachlig und beinah weiß gebleicht. Sie erinnerte Katya an einen Kobold oder eine Elfe, als ob ihr Flügel wachsen könnten. Luke war ausgesprochen gut aussehend. Sein Gesicht war so, wie Katya sich das Gesicht eines Märchenprinzen vorstellte, mit dunkelbraunem, zurückgekämmtem Haar, kantigem Kinn und schmalen Lippen. Sie starrte ihn an, bis er ihr zuzwinkerte.

Maggie blieb noch auf eine Tasse Tee und unterhielt sich mit den Bryants. Katya schaute im Fernsehen *Rugrats* und hörte nur mit halbem Ohr auf das Gespräch der Erwachsenen. Als Maggie sich verabschiedete, löste Katya den Blick vom Bildschirm.

»Wissen sie von meiner Mum?«, fragte sie leise.

»Sie wissen alles über dich, Katya. Aber sie verurteilen weder dich noch Linda. Sie lieben Kinder und wissen, dass das Leben manchmal hart sein kann. Versprich mir, brav zu sein und jeden Tag in die Schule zu gehen.«

Katya nickte. Ihre Augen füllten sich mit Tränen, doch sie zwinkerte sie fort. Maggie beugte sich zu ihr herab und nahm ihre Hände. »Alles wird gut. Und jetzt lächle.«

Katya versuchte zu lächeln, aber es gelang ihr nur, ihren Mund in die Breite zu dehnen.

»Braves Mädchen. Ich muss jetzt los, sonst komme ich zu spät, um Emily abzuholen. Morgen rufe ich dich an und höre, wie du zurechtkommst.«

Luke Bryant war groß und hielt sich kerzengerade wie ein Soldat. Sally hatte Katya erzählt, dass er in der Armee gewesen war, deshalb war Katya der Vergleich vielleicht auch in den Sinn gekommen. Der Umgang mit Sally fiel ihr leichter, denn Luke sprach mit ihr wie ein Lehrer, wohingegen Sally sie wie einen normalen Menschen behandelte.

Bevor Luke am nächsten Morgen zur Arbeit ging, küsste er Sally auf den Mund. Katya starrte auf ihren Teller und fühlte sich unbehaglich.

»Hier sieht jemand schon viel munterer aus«, sagte er und zerzauste Katyas Haare.

»Sie hat gut geschlafen«, sagte Sally. »Nicht wahr, Katya?«

Katya hatte den Mund voll Toast und konnte nicht antworten.

»Noch ein wenig schüchtern, was?«, sagte Luke. »Aber du wirst dich schon noch an uns gewöhnen.« Er drückte Katyas Schulter. Den Druck seiner Fingerspitzen spürte sie noch lange, als hätte er kleine Dellen hinterlassen. Sie war das sechste Kind, das die Bryants über die Jahre hinweg in Pflege genommen hatten.

Katya wollte nach Hause, doch ihr Zuhause gab es nicht mehr. Vielleicht lebten in der alten Wohnung inzwischen sogar andere Leute. Sie hoffte, jemand hatte den Dreck und das Durcheinander beseitigt. Plötzlich sah sie ihre Mutter wieder vor sich, wie sie sich auf dem Boden neben dem Bett um die Spritze krümmte, das lavendelblaue Laken halb vom Bett gezogen. Sie hörte die Laute, die sie von sich gab, den abgehackten Atem, das Röcheln und Würgen. Katya riss sich von diesen Bildern los und stand auf. Sie fragte, ob sie sich die Zähne putzen dürfe. Luke zog die Brauen hoch und schien sich über ihre Förmlichkeit zu wundern.

Am Abend packte sie ihre Sachen aus und legte sie ordentlich zusammengefaltet in die Kommode ihres Zimmers. Dann nahm sie ihr abgegriffenes Märchenbuch und stieg ins Bett. Das Märchenbuch, ihre Kleidung und die Zahnbürste waren das Einzige, das sie aus der alten Wohnung mitgenommen hatte.

Vor dem Einschlafen las sie *Schneeweißchen und Rosenrot*. Seit Kurzem war das ihr Lieblingsmärchen, denn es erinnerte sie an sich und Emily Parrish. »Die beiden Kinder hatten einander so lieb, dass sie sich immer an den Händen hielten, sooft sie zusammen ausgingen. Und wenn Schneeweißchen sagte: ›Wir wollen uns nicht verlassen‹, so antwortete Rosenrot ›So lange wir leben nicht.‹« So musste es sein, wenn man eine Schwester oder eine beste Freundin hatte, das, was Katya sich mehr als alles auf der Welt wünschte. Ihr war, als würde sie Emily kennen, obwohl sie ihr bis jetzt noch nicht begegnet war. Dieses Gefühl war sehr intensiv, ebenso stark wie Hass oder Liebe, und steckte tief in ihr. Es gab ihr die Kraft, ihr Leben auszuhalten, denn diese Kraft speiste sich aus dem Wissen, dass sie und Emily sich eines Tages begegnen und wie die beiden Hälften eines Kreises zusammengehören würden. Es wäre wie im Märchen.

9

Mittwoch, 13. Januar 2010

Grayling schüttelt meine Hand und brummelt etwas über den Verkehr. Während ich Tee koche, verkabelt er seinen Laptop. Ebenso wie Tom legt er die Schnur ordentlich über den Fußboden. Dann stellt er zwei Stühle so, dass wir nebeneinander sitzen können.

Er lässt sich nieder und schaut über den Rand seines Bildschirms hinweg nach draußen. »Schöner Garten.«

»Haben Sie auch einen Garten?«

»Ja, und ich bin ein leidenschaftlicher Gärtner. Dabei kann ich abschalten, nachdem ich die Woche über irgendwelchen Schwerverbrechern das Handwerk gelegt habe.«

Er hat Humor. »Wie hoch ist Ihre Erfolgsquote?«

»Ach, die liegt so bei dreiundneunzig Prozent.«

Daraufhin verfalle ich in Schweigen und höre zu, wie er auf die Tastatur hämmert.

»Stellen Sie die Phantombilder immer selbst zusammen?« Sogar in meinen Ohren klinge ich nervös und kann nur hoffen, dass ich für Grayling nicht auch noch schuldig klinge.

»Nur manchmal. Hängt davon ab, wie viel ich zu tun habe.« Er greift nach seinem Teebecher und stellt ihn wieder ab. »Was wir jetzt tun werden, ist nichts, bei dem man durchfällt oder besteht, Mrs. Seagrave. Ich möchte, dass Sie sich entspannen. Versuchen Sie, sich daran zu erinnern, was Sie gesehen haben, welchen Eindruck der Mann auf Sie gemacht hat. Ist Ihnen seit unserem letzten Gespräch noch etwas eingefallen?«

»Eigentlich nicht. Nur ein paar Bruchstücke.«

Auf dem Bildschirm erscheinen neun Kästchen, jedes mit einer Grundgesichtsform. Ich habe generell nicht viel Fantasie; die Vorstellung, mir aufs Geratewohl ein Gesicht ausdenken zu müssen, ist mir nicht geheuer. Im Geist gehe ich die Menschen durch, denen ich im Lauf meines Lebens begegnet bin – ehemalige Liebhaber meiner Mutter, Lehrer aus meiner Schulzeit, Professoren aus meinem Studium. Es müsste jemand sein, den die Polizei niemals finden wird. Ohne dass ich es will, berühre ich meinen Mund, lege die Hand rasch auf meinen Schoß, klemme sie zwischen meine Schenkel.

Grayling klickt die einzelnen Kästchen an. »Das da«, sagte ich.

Vor meinem inneren Auge taucht ein Gesicht auf, ganz anders als das des Einbrechers, aber eines, das ich beschreiben kann. Ich weiß nicht einmal, wie ich auf den Mann gekommen bin, nur dass ich mit ihm etwas Unangenehmes und jenen überstürzten Umzug vor langer Zeit verbinde. Vielleicht handelte es sich um einen der kurzzeitigen Liebhaber meiner Mutter.

Grayling führt mich durch die verwirrende Vielzahl der Details: Nasen, Münder, Augen, Ohren, Kinnpartien und Haarfrisuren. »Was meinen Sie?«

»Das Haar war ein bisschen voller«, sage ich. »Der Mund dünner, die Nase länger.«

»Ich bin beeindruckt.« Grayling passt das Bild entsprechend an. »Wie ist es jetzt?«

Ich kneife die Augen zusammen, erinnere mich an das einschmeichelnde Lächeln des Manns von früher und an den Moment, als ihm dieses Lächeln verrutschte. Ich nage an meiner Unterlippe, versuche, die Angst von damals wieder wachzurufen. Aber wovor hätte ich mich eigentlich fürchten sollen, ich hatte ja nichts verbrochen? Tatsächlich rechnete ich damit, dass meine Mutter den Wagen jeden Augenblick wieder wenden und wir nach Hause zurückkehren würden.

»Ich weiß nicht.« Ich schüttele den Kopf. »An mehr kann ich mich nicht erinnern.«

Grayling lehnt sich zurück und begutachtet das Ergebnis. »Besser als nichts.«

Er steht auf, tritt an die Glastüren und verschränkt seine Hände auf dem Rücken. Ich habe ihn enttäuscht. Er dreht sich um und sieht, dass ich ihn beobachte.

»Was passiert jetzt?«, frage ich.

»Ich gebe ihn ins System ein, und wir schauen, ob er irgendwo eine Erinnerung auslöst. Da ein Baby involviert war, könnte sich sogar *Crimewatch* für den Fall interessieren. Das Foto ist einigermaßen detailliert. Es würde mich wundern, wenn ihn niemand erkennt.«

Ich stelle mir Grayling in seinem Wagen vor, den Schlüssel schon im Zündschloss. Er kratzt sich am Kopf, so wie man es nach einem Kinobesuch tut, nach einem überfrachteten Thriller, dessen Handlung voller Löcher war. Er wird über das nachdenken, was ich gesagt und wie ich mich verhalten habe. Er hat gelernt, Lügen oder Lücken zu erkennen, weiß, wie es aussieht, wenn jemand mit der Wahrheit geizt. Er wird es nicht an etwas Banalem festmachen, wie dass ich mein Ohr oder meinen Mund berührt habe, die Anzeichen kennt schließlich jeder. Es muss noch andere, subtilere Signale geben.

»Ich hoffe es.«

Er fixiert mich eine Zeit lang. Dann nimmt er seinen Becher und wäscht ihn am Spülbecken aus.

»Das müssen Sie nicht tun.«

»Meine Frau hat mich gut erzogen.«

An unserer Haustür klingelt es. Ich bleibe sitzen, möchte auf keinen Fall, dass jemand mitbekommt, wer bei mir ist, doch dann erkenne ich, wie lächerlich ich mich benehme, und gehe an die Tür. Draußen steht Amber.

»Hast du Zeit für einen Kaffee?«, fragt sie und runzelt die Brauen, als Grayling aus der Küche in den Flur kommt. »Oje, tut mir leid, Vicky. Ich wusste nicht, dass du Besuch hast. Ich komme später noch mal vorbei.«

»Ich wollte ohnehin gerade gehen«, sagt Grayling. »Lassen Sie sich durch mich nicht stören.«

Amber neigt sich zur Seite, um an mir vorbeizuspähen. »Ah, Detective Grayling. Ich dachte mir fast, dass Sie es sind.«

Er kommt und schüttelt Ambers Hand. Amber tritt zur Seite, um ihn vorbeizulassen.

Grayling zögert. »Obwohl, jetzt, wo ich schon mal da bin … Wäre es zu viel verlangt, wenn Sie sich kurz das Phantombild anschauen, das Mrs. Seagrave erstellt hat? Ich weiß, Sie haben den Mann nur von hinten gesehen, aber vielleicht fällt Ihnen doch noch etwas ein.«

»Klar, kein Problem.«

Ambers Tonfall ist fast schon kokett. Ich ziehe die Brauen hoch und bin kurz davor zu kichern. Auf dem Weg in die Küche stoße ich sie an.

»Er ist sehr attraktiv«, murmelt sie mir ins Ohr. In der Küche bleibt Grayling vor dem Esstisch stehen und klappt seinen Laptop wieder auf.

Er beugt sich vor, eine Hand auf dem Küchentisch, die andere an der Maus. Auf dem Bildschirm erscheint das Phantombild. Amber steht neben mir und schweigt.

»Sagt Ihnen das Gesicht etwas?«, fragt Grayling.

»Nein.« Amber tritt an den Küchenschrank, holt ein Glas heraus und lässt es voll Wasser laufen. »Tut mir leid, aber ich habe ja nur einen kurzen Blick auf sein Profil erhascht. Gibt es schon Fortschritte?«

Grayling zuckt mit den Schultern. »Nicht wirklich. Wir haben hier im Haus keine fremden Fingerabdrücke gefunden. Jetzt hoffen wir, dass das Phantombild uns weiterbringt. Man sollte eigentlich annehmen, dass jemand etwas gesehen hat. Immerhin musste der Mann über den Zaun an der Straße in den Garten steigen.«

»Die meisten Leute halten sich tagsüber hinten in ihrer Küche auf«, sage ich. »Erst recht in dieser Gegend. Jeder hat die Küche entsprechend ausbauen lassen. In den Wohnzimmern zur Straße hin sitzt man höchstens mal am Abend.«

»Ach was?«

Habe ich ihn beleidigt? Hält er mich jetzt für verwöhnt und besserwisserisch?

Ich dachte, Grayling würde sich jetzt endlich verabschieden, doch stattdessen bedeutet er uns mit einem Wink, uns zu setzen, und nimmt sich selbst einen Stuhl. Amber und ich lassen uns nieder. Amber schüttelt sich ein paar Haarsträhnen aus dem Gesicht, lehnt sich zurück und schlägt die Beine übereinander. Grayling studiert unsere Mienen, endlos lang, wie mir scheint. Zu guter Letzt ergreift er das Wort.

»Gibt es noch etwas, das Sie mir mitteilen möchten? Inoffiziell.«

»Was?«, fragt Amber, stützt ihre Ellbogen auf den Tisch und das Kinn auf die Hände. »Wir haben Ihnen alles gesagt.«

»Wirklich alles, Mrs. Collins?«, fragt er freundlich. »Ich glaube nicht.«

Ich möchte ihm alles beichten, meinen Kummer auf seine breiten Schultern laden. Amber ahnt es und drückt ihren Fuß gegen meinen.

»Ich weiß nicht, was Sie meinen.« Ich erwidere den Druck, um Amber zu signalisieren, dass ich verstanden habe. »Es ist doch ganz einfach ...«

»Meinen Sie, einfach genug für jemanden wie mich? Mrs. Seagrave, bitte, ich bin kein Trottel, und ich weiß, wann mir jemand nicht die ganze Wahrheit erzählt.«

»Wir lügen doch nicht«, sagt Amber.

»Habe ich das behauptet?« Er macht eine so lange Pause, dass ich mir wie eine Schülerin vorkomme, die sich im Büro der Schulleiterin einfinden musste und sich dort mit gesenktem Kopf eine Moralpredigt abholt. »Wenn es noch irgendetwas gibt, das Sie mir sagen möchten, wäre jetzt der richtige Zeitpunkt.«

»Da gibt es nichts«, entgegne ich fest. »Wir haben Ihnen alles gesagt, was wir wissen. Ich hoffe, das Phantombild hilft Ihnen weiter.«

Ich stehe auf. Grayling erhebt sich ebenfalls, klemmt sich den Laptop unter den Arm und zieht seine Autoschlüssel aus der Hosentasche. Seine Miene ist immer noch freundlich, ohne Anzeichen der Irritation oder der Unzufriedenheit. Trotzdem habe ich das Gefühl, mich auf unsicherem Boden zu befinden.

»Ich möchte diesen Mann fassen, Mrs. Seagrave. Ich finde es frustrierend, dass niemand etwas über ihn sagen kann.«

»Aber so ist das doch immer bei einem Verbrechen, oder nicht?«

»Nein, normalerweise gibt es irgendjemanden, der etwas weiß.«

Grayling geht die Eingangsstufen hinunter. Dann dreht er sich noch einmal um, und für einen Moment setzt mein Herzschlag aus. Ihm ist etwas in den Sinn gekommen. Wie in einem Kriminalroman, wenn der Detective davongeht, stockt, sich mit freundlichem Lächeln zu dem Verdächtigen umwendet und sagt: »Eine Sache noch …«

»Eine wundervolle Magnolie.«

Ich stoße den angehaltenen Atem aus. »Ihre Blüte hält sich leider nicht lang.«

»Nein. Das ist bei schönen Dingen häufig der Fall.«

Ich schließe die Tür, möchte mit dem Beamten, der meinen Fall bearbeitet, nicht über existenzielle Dinge diskutieren.

Amber steht am anderen Ende des Gartens, mit dem Rücken zum Haus. Ich betrachte sie. Sie scheint meine Anwesenheit zu spüren und fährt herum. Ich trete zu ihr.

»Das war nervenaufreibend. Einen Moment lang dachte ich, wir würden …«

»Das Gesicht«, unterbricht sie mich. »Das Phantombild.«

»Was ist damit?«

»Weißt du, wer das ist?«

Ohne dass ich sagen könnte, weshalb, stellen sich mir die Nackenhaare auf. »Nein. Es ist einfach eine unbekannte Person aus meiner Kindheit. Ich würde doch niemanden beschreiben, den ich kenne.«

»Aber er existiert, oder?«

Aus irgendeinem Grund ist das Phantombild für mich mit einem Gefühl der Scham verbunden, als wäre ich von mir selbst enttäuscht, was ja auch zutrifft. »Spielt das eine Rolle?«

»Ach, woher«, sagt Amber leichthin. »Ich wollte nur sicher gehen, dass du nicht irgendein armes Schwein in die Scheiße reitest.« Auf dem Rasen liegt ein rosafarbener Ball. Amber tippt ihn mit der Fußspitze an.

»Das habe ich nicht getan. Wie sieht es mit dem Haus in der Browning Street aus? Es wäre schön, wenn Tom es sich einmal ansehen könnte.«

»Bisher haben wir lächerlich niedrige Angebote bekommen, die wir alle abgelehnt haben. Aber das waren nur erste Angebote, die nächsten werden höher sein. Hast du mit Tom schon darüber gesprochen?«

»Nein, die Gelegenheit hat sich noch nicht ergeben. Er wird nicht begeistert sein, deshalb muss ich den richtigen Zeitpunkt abpassen.«

Im Grunde weiß ich jetzt schon, was er sagen wird, und mir ist nicht nach einem Kampf zumute. In den letzten Tagen hat sich etwas Düsteres auf mir niedergelassen, wie eine dunkle Wolke, die sich nicht auflösen will. Das liegt natürlich an Josh und dem Gipsverband um seinen Arm, eine unübersehbare Erinnerung an meinen Fehler.

»Wenn es dir ernst ist, solltest du nicht mehr lange fackeln. Der Verkauf des Hauses ist nur noch eine Frage der Zeit.« Amber überquert den Rasen, dreht sich noch einmal um und lässt den Blick über unser Haus wandern. Ich glaube, es juckt sie regelrecht, es verkaufen zu können.

April 1992

Katya wartete auf dem Schulhof. Sie war so aufgeregt, dass sie von einem Fuß auf den anderen trat. Dann tauchte Maggie auf und winkte. Katya strahlte und winkte auch. Als sich das Tor öffnete und Maggie allein hindurchtrat, fiel Katyas Hand herab. Aber vielleicht war Emily noch im Auto. Weshalb hätte sie auch bis zur Schule mitkommen sollen? Katya verabschiedete sich von Mrs. Burton und lief zu Maggie.

»Schick siehst du aus«, sagte Maggie.

Katya schaute an sich hinunter. Ihr kariertes Kleid war neu, die Socken auch. Nur die Schuhe waren ihre alten und wurden langsam zu klein, aber sie waren blank geputzt, und Sally Bryant hatte versprochen, ihr bald neue zu kaufen.

»Mrs. Bryant ist nicht deine Mum«, sagte Gabriella Brady, als sie hinter ihrem Vater und ihrem großen Bruder an Katya vorbeilief.

Gabriella war die Einzige in der Schule, die Katya als Freundin bezeichnen konnte, doch nicht einmal auf diese Freundschaft war Verlass. Es gab Tage, an denen Gabriella nicht mit ihr sprach, oder wenn, dann nur, um etwas Gemeines zu sagen. Sie hatte Katya auch noch nicht zu sich nach Hause eingeladen, und Katya würde sie nicht zu den Bryants einladen. Nie im Leben. Gabriella war nur nett, wenn sie sich mit ihren anderen Freundinnen gezankt hatte, was oft geschah, denn sie war eine Nervensäge und wollte immer das Sagen haben. Deshalb brauchte sie Katya gelegentlich als Notstopfen, doch das störte Katya nicht sonderlich. Sie wollte bloß verhindern, dass man sie für einen Loser hielt.

Katya zog an Maggies Hand. Sie verließen den Schulhof und liefen die Straße hinunter. Bei jedem Schritt rechnete Katya damit, dass Maggie stehen blieb und die Autoschlüssel hervorholte.

»Wo ist Ihr Auto?«, fragte sie.

»Dahinten.«

Katya folgte Maggies Fingerzeig mit den Augen und erkannte den roten Fiesta wieder. Doch darin saß niemand. »Holen wir Emily von der Schule ab?«

Katya hatte sich den Nachmittag schon ausgemalt. Wie sie und Emily unter Maggies nachsichtigem Blick am Küchentisch der Parrishs Kuchen aßen, redeten und kicherten. Sie stellte sich Emily als Miniaturausgabe ihrer Mutter vor, mit dichtem braunem Haar und großen sanften Augen. Auch Emily hatte keinen Vater, das hatte Maggie ihr erzählt. Deshalb würde sie von Anfang an etwas Wichtiges verbinden.

»Oh, entschuldige, Katya, das hast du falsch verstanden. Ich fürchte, wir bleiben nur unter uns. Ist das okay? Ich konnte heute bloß kommen, weil Emily auf einer Geburtstagsfeier ist. Dafür machen wir etwas ganz Schönes und gehen Kuchen essen.«

Katya trat in das Herbstlaub auf dem Bürgersteig, ihre Schultern sackten herab. Sie nahm kaum wahr, dass Maggie ihre Hand nahm, um die Straße zu überqueren, wusste nur, dass sie nicht zu Maggie nach Hause fuhren und sie Emily nicht kennenlernen würde.

»Jetzt bist du enttäuscht, oder? Es tut mir leid. Irgendwann mache ich es wieder gut, das verspreche ich dir.«

Katya rang sich ein Lächeln ab. Sie hatte etwas falsch verstanden und fühlte sich klein und hässlich.

»Was hast du heute in der Schule gemacht?«, fragte Maggie.

Niedergeschlagen knabberte Katya am Zuckerguss ihres Teilchens. »Wir hatten Rechnen. Und Sport. Und Erdkunde.«

»Im Rechnen ist Emily gut. Eine der Besten in ihrer Klasse. Das habe ich erst am Elternabend erfahren. Als ihre Lehrerin mir gesagt hat, Emily gehöre in den Hochbegabtenkurs, war ich total überrascht.«

Katya wollte ihr sagen, dass sie auch gut rechnen könne, aber sie mochte nicht prahlen. Außerdem wollte sie viel lieber noch mehr über Emily erfahren, und Maggie schien gewillt zu sein, über ihre Tochter zu sprechen.

»Natürlich mag sie auch Bücher. Im Moment liest sie *Der König von Narnia*. Sie liebt dieses Buch. Wenn sie es ausgelesen hat, leihe ich es dir.«

»Ich mag nur Märchen.«

Maggie legte den Kopf zur Seite. »Die mag Emily auch. Aber wenn man zu alt für sie wird, entdeckt man auch noch andere schöne Geschichten. Ach, und es gibt noch einen Grund, weshalb wir uns heute treffen.«

Katya studierte Maggies Miene und kam zu dem Schluss, dass es sich dabei um den Hauptgrund handelte. Sie hoffte auf das Beste.

»Luke und Sally möchten dich behalten. Ist das nicht wunderbar? Ich weiß, du bist erst seit zwei Wochen bei ihnen, aber sie haben gefragt, ob du ihr Pflegekind bleiben kannst. Wenn alles gut läuft, werden sie dich vielleicht sogar adoptieren.«

Katya rutschte das Herz in die Schuhe. »Mich adoptieren?«

Ihr war, als wäre alles, was sie war, und alles, was sie hatte, zu nichts zusammengeschmolzen. Als hätte sie weder eine Vergangenheit noch eine Zukunft. Wie dumm sie gewesen war, als sie geglaubt hatte, Maggie würde sie vielleicht haben wollen. Es würde auch nichts nützen, ihr zu erzählen, dass sie sich unwohl fühlte, wenn Luke in der Nähe war. Er war zwar nett, aber er hatte etwas, das sie nervös machte. Doch das hatte sie Maggie schon einmal versucht zu erklären. Zu dem Problem gehörte bereits, dass Luke nie laut wurde. Wenn er wütend war, blieb seine Stimme ruhig und vernünftig, sodass immer Katya diejenige war, die rot sah und die Türen zuknallte. Sie hatte auch erkannt, wie Luke auf andere Leute wirkte, wie er dafür sorgte, dass sie sich bedeutungslos fühlten und die Fassung verloren. Es war fast, als würde er mit ihnen spielen. Zwei Häuser weiter wohnte ein Mann, der drei Autos besaß und eins immer vor dem Bungalow der Bryants geparkt hatte, bis zu dem Tag, an dem Luke mit ihm gesprochen hatte. Katya hatte vom Fenster aus zugesehen. Zwei Männer, von denen nur einer aufgeregt mit den Armen fuchtelte und fluchte, mit dunkelroter Gesichtsfarbe. Der andere war ihr Pflegevater.

Aber es gab auch den netten Luke, den Luke, der sich mit ihr unterhielt, wenn Sally unterwegs war, der sie streichelte und ihr die Kuchen und Süßigkeiten kaufte, die sie mochte; der mit ihr fernsah, dabei mit ihrem Haar spielte oder bei lustigen Szenen ihre Hand nahm.

Als sie mit Maggie über die Berührungen gesprochen hatte, hatte diese erklärt, Katya sei es nur nicht gewöhnt, mit einer männlichen Person unter einem Dach zu wohnen, dass sie Männer auf unschöne Weise mit dem Leben ihrer Mutter verband, die meisten Männer jedoch anders seien. Die meisten Männer seien normale, anständige und verantwortungsvolle Menschen, und sie müsse wieder lernen, ihnen zu vertrauen.

»Die Bryants haben dich ins Herz geschlossen und sorgen sich um dich. Sie möchten nicht, dass du wieder irgendwo herausgerissen wirst. In der Schule hast du dich auch sehr gut gemacht. Was hältst du von der Idee?«

Katya schwieg. Maggie beugte sich vor und tippte sie an.

»Katya?«

»Sie wären mir lieber als Sally.«

Maggie lachte. »Das kann ich mir nicht vorstellen. Mit Sicherheit kann ich nicht so gut kochen wie sie.«

»Das Essen ist mir egal!«, brach es aus Katya hervor, als ihre Enttäuschung überhandnahm. »Ich kann für Sie und Emily kochen. Ich kann alles machen.«

»Beruhige dich, Schätzchen. Es tut mir schrecklich leid, aber das geht nicht. Ich bin deine Sozialarbeiterin. Ich muss darauf achten, dass du gut aufgehoben bist, dich sicher fühlst und glücklich bist. Ich werde dich weiterhin besuchen kommen. Und Sally hat meine Büronummer und kann immer anrufen, wenn du mich brauchst.«

»Das ist nicht dasselbe.«

»Nicht weinen, Katya. Ich weiß, das ist jetzt alles ein bisschen viel für dich. Lass es dir durch den Kopf gehen. Es ist sehr schwer, ein Paar zu finden, das ältere Kinder aufnimmt, und in einem Heim würdest du dich nicht wohlfühlen. Du brauchst eine Familie, Katya, und die Bryants bieten dir eine an.«

Maggie reichte Katya eine Papierserviette. Katya knüllte sie zusammen und drückte sie auf ihre Nase. Ihre Tränen flossen an ihren Fingern entlang. Einige Gäste schauten zu ihr hinüber, doch das war Katya egal. Sollten sie doch sehen, wie unglücklich sie war. Maggie stand auf, setzte sich neben Katya und hielt sie in den Armen, bis ihre Tränen versiegt waren.

»Du bist noch so jung«, sagte Maggie. »Es wird auch wieder besser, du wirst schon sehen.«

Beim Verlassen des Cafés überlegte Katya, ob die Leute sie wohl für Maggies Tochter hielten. Sie schaute zu Maggie hoch, genau in dem Moment, als Maggie zu ihr hinabschaute. Ihr Herz machte einen Satz, und sie malte sich aus, wie Maggie im letzten Moment an die Haustür der Bryants hämmerte und rief: »Ich habe einen Fehler gemacht! Ich will sie haben.«

10

Samstag, 23. Januar 2010

»Viel Spaß«, wünscht uns Magda.

Sie hält uns die Tür auf, lächelt beruhigend und hofft wahrscheinlich, dass wir endlich verschwinden. Ich weiß, dass ich ihr vertrauen kann, aber mein Unbehagen bleibt. Nach dem, was geschehen ist, fällt es mir schwer, die Kinder für einen Abend zu verlassen. Dazu habe ich mich nur bereit erklärt, weil Robert und Amber uns zu sich eingeladen haben.

»Danke, aber wenn Josh weint …«

»… dann ich gehe zu ihm. Mach keine Sorgen, Vicky. Mach einen schönen Abend.«

»Bitte, stell den Fernseher nicht zu laut. Und lass Joshs Tür offen …«

Tom läuft los und wickelt sich einen Schal um den Hals. »Komm, Vicky. Magda kommt schon zurecht.«

Er nimmt meine Hand, steckt sie in seine Manteltasche und verschränkt seine Finger mit meinen, wie früher, als wir noch Studenten waren. Dann atmet er tief durch. »Gib zu, dass es guttut, noch mal vor die Tür zu kommen.«

»Ja, endlich mal ein Grund, sich zu schminken.«

»Du siehst toll aus.«

»Du auch.«

Es macht mich stolz, mit ihm die Straße entlangzugehen,

die Hände ineinander verschränkt. Die Nacht ist klar, der Mond steht wie eine dünne Silbersichel am Himmel, die Sterne bilden leuchtende Punkte. Die frische Winterluft streicht über meine Wangen.

»Ich meine es ernst, Vicky. Manchmal schaue ich dich an und weiß, dass ich ein Glückspilz bin.«

»Geht mir umgekehrt genauso.«

Sogar mehr, als du dir vorstellen kannst, füge ich im Stillen hinzu. Ich lausche unseren Schritten auf dem Bürgersteig, dem Klappern meiner Absätze auf Beton. Dann bleibe ich stehen, drehe mich zu Tom um und küsse ihn auf den Mund.

Er zieht die Brauen hoch. »Wofür war das denn?«

»Für nichts. Mir war einfach danach.«

Ich möchte mich unbeschwert mit ihm unterhalten, doch die Worte, die ich dazu bräuchte, finde ich nicht, und die Worte, die sich mir aufdrängen, würden mich verraten. Sie würden zeigen, dass ich etwas erklären möchte und schon im Voraus um Verständnis und Vergebung bitte. Ich muss sie hinunterschlucken, denn sie wären das Ende. Das Ende von Toms Vertrauen und somit des Lebens, das ich liebe. An der Art, wie Tom mich gerade angelächelt hat, ist mir das noch einmal sehr bewusst geworden. Jetzt weiß ich, dass David North eine Verirrung war. Ein Juckreiz nach sieben Jahren Ehe.

»Du bist so still«, sagt Tom. »Woran denkst du?«

Ich zucke mit den Schultern. »Nichts Besonderes. Können wir einen kleinen Umweg machen?«

Tom willigt ein. Wenig später biegen wir in die Browning Street ein. Vor dem Haus Nummer 17 bleibe ich stehen und warte gespannt auf Toms Reaktion. Er betrachtet das Haus. Selbst im Dunkeln ist der Verfall offenkundig.

»Ist dies das Haus, das du am Morgen des Einbruchs besichtigt hast?«

Ich streiche über den Steinpfosten am Eingang und nicke. »Ist es nicht großartig? Meinst du nicht, wir sollten ein Angebot abgeben?«

»Hey, jetzt aber mal langsam. Was stört dich denn an dem Haus, in dem wir jetzt wohnen? Ich liebe die Coleridge Street.«

»Das tue ich auch, aber dieses Haus wäre doch noch viel besser. Es ist größer und … einfach fantastisch, und außerdem wäre es eine fabelhafte Investition. Den Großteil der Arbeiten würde ich selbst übernehmen.«

Tom lacht laut auf. »Das würdest du vielleicht wollen, aber im September fängst du wieder an zu unterrichten, und bis dahin kann Josh laufen und wird dich ständig auf Trab halten. Die Vorstellung, dann noch an einem Haus zu arbeiten, ist absolut unrealistisch.«

Er will weitergehen, aber ich rühre mich nicht vom Fleck.

»Könntest du dir die Räume nicht wenigstens einmal ansehen?«, bettele ich. »Sarah Wilson hat noch freie Abendtermine. Vielleicht schaffst du es am Montag.«

Tom tritt zurück und schaut zu den Fenstern hoch. Dann seufzt er, und ich weiß, die halbe Schlacht ist schon geschlagen. Gut gelaunt hänge mich bei ihm ein. Wir laufen weiter.

»Vielleicht sollten wir mit Amber darüber reden«, sagt Tom, als wir in die Straße einbiegen, in der sie und Robert wohnen.

Um ein Haar hätte ich genickt, doch im letzten Moment schüttele ich den Kopf. »Ich spreche mit ihr, bevor ich den Termin für dich mache, aber heute Abend lassen wir das besser. Robert zuliebe.«

»Du hast recht, es wäre taktlos.«

Ich lächele in mich hinein. Tom ist dabei, sich mit dem Gedanken an ein neues Haus vertraut zu machen.

Aus der Wohnung unter Robert und Amber dröhnt Musik. Als wir näher kommen, sehen wir ein paar sichtlich betrunkene Typen an der Tür, mit Tragetaschen, in denen Flaschen klimpern.

Tom wirft mir einen Blick zu und murmelt: »Kein Wunder, dass Amber und Robert ein eigenes Haus haben möchten.«

Amber nimmt uns in Empfang. Sie trägt ein einfaches dunkelgraues Wickelkleid aus Wolle mit einem V-Ausschnitt. An ihrer Halskette hängt ein winziges Herz von Tiffany, das Robert ihr zu einem Hochzeitstag geschenkt hat. Robert zieht den Korken aus einer Weißweinflasche, gibt mir einen Kuss und schüttelt Tom die Hand.

Robert ist zehn Jahre älter als Amber, mit schütter werdendem Haar und einem gemütlichen, kleinen Bauch. Er liebt seine Frau abgöttisch. Darüber hinaus ist er freundlich, intelligent und gutmütig. Nur als Geschäftsmann ist er hoffnungslos. Er verdient nicht schlecht, doch entweder reichen seine Einkünfte nicht aus oder sie werden für die falschen Dinge ausgegeben. Ich mag ihn sehr, doch hier und da überkommt mich der unschöne Gedanke, dass er Amber verlieren könnte, wenn er sich nicht endlich auf die Hinterbeine stellt und ihr das gibt, was sie sich ersehnt. Sie könnte einen anderen kennenlernen, jemanden, der erfolgreicher ist. Meine Beinah-Affäre mit David kommt mir in den Sinn, und ich winde mich inwendig vor Scham. Er war nicht erfolgreicher als Tom, mir hat schon genügt, dass er anders und neu war.

Die Wohnung ist warm, aufgeräumt und blitzblank geputzt. In den Erkerfenstern und auf der Anrichte brennen Kerzen, die Vorhänge sind zugezogen. Tom hatte recht, es tut gut, mal aus dem Haus zu kommen. Ob Amber ihrem Mann erzählt hat, dass ich Josh am Tag des Einbruchs allein gelassen habe? Ich bete, dass sie es für sich behalten hat.

Tom umarmt Amber, überreicht ihr eine Flasche Wein und lächelt albern, als sie ihm sagt, er sehe fabelhaft aus. Seltsamerweise konnte Tom sie anfangs nicht leiden. Ich hatte ihm wochenlang von Amber vorgeschwärmt und war überzeugt, dass er sie ebenso mögen würde wie ich. Nach Emilys Geburt kam sie erstmals zu uns, lobte unser Baby in den höchsten Tönen und fand auch sonst all die richtigen Worte. Als sie sich verabschiedete, brachte Tom sie zur Tür, kehrte zurück und wirkte keineswegs angetan. Ich wunderte mich.

»Ich dachte schon, sie würde nie mehr gehen.« Er ließ sich neben mir auf das Sofa fallen und hielt Emily einen Finger hin, den sie mit ihrer winzigen Hand umklammerte.

»Wie fandest du sie?«

»Hm.« Tom kratzte sich am Kopf. »Weiß nicht. Ich hatte den Eindruck, dass sie von mir bewundert werden wollte.«

Ich sah ihn verdutzt an. Er hob meine Füße auf seine Schenkel und massierte sie mit seinen warmen Händen.

»Vielleicht hast du nur gedacht, dass sie das erwartet. Mir ist nichts dergleichen aufgefallen. Sie hat dich zum ersten Mal gesehen, vielleicht war sie ein bisschen schüchtern.« Ich bohrte einen Zeh in seinen Schenkel. »Weil du ein so toller Hecht bist.«

Ich weiß nicht genau, wann sich Toms Einstellung änderte, doch irgendwann gingen die beiden so locker miteinander um, dass sie sich sogar gegenseitig necken konnten, ohne es dem anderen übel zu nehmen, und so ist es auch geblieben.

Die Deckenlampen sind ausgeschaltet. Im flackernden Licht der Kerzen sehen wir alle jünger aus. Amber hat das Haar zu einem weichen Knoten aufgesteckt, aus dem sich einzelne Strähnen gelöst haben, die an ihren Wangen haften.

»Du siehst toll aus«, sage ich und meine es auch so. Häufig nimmt man das Aussehen eines Menschen, den man sehr gut kennt, gar nicht mehr wahr, doch wenn das richtige Licht auf Ambers Gesicht fällt und ihre Wangenknochen im richtigen Winkel trifft, oder ich entdecke, dass sie lächelt, als wäre ihr ein Witz eingefallen, oder wenn sie den Blick in weite Ferne gerichtet hat, bin ich von ihr wieder hingerissen wie am ersten Tag.

Tom, Robert und ich setzen uns ins Wohnzimmer, jeder mit einem Glas Wein. Amber ist in der Küche, um nach der Vorspeise zu sehen. »Habe ich das schon erzählt?«, ruft sie. »Sarah wird künftig auch die Vermietung von Wohnungen übernehmen. Sie hat mir einen Job angeboten, als Chefin der neuen Abteilung.«

»Wow«, sage ich. »Super. Nimmst du an?« Ich stehe auf und helfe ihr, die Teller mit Carpaccio und Rucola zum Esstisch zu tragen.

»Ich bin mir noch nicht sicher.« Amber zuckt mit den Schultern. »Die Bezahlung ist nicht so toll, und ich bräuchte zusätzliche Kinderbetreuung. Die Frage ist, ob es sich überhaupt lohnt. Nehmt Platz. Tom, du setzt dich mir gegenüber, und Robert nimmt den Stuhl Vicky gegenüber.«

»Ich kann dir doch unter die Arme greifen.« Ich ziehe meinen Stuhl heraus. »Zumindest bis September. Wann müsstest du denn anfangen?«

»Erst in ein paar Monaten. Sarah will die leeren Ladenräume neben unserem Büro hinzunehmen und verhandelt noch wegen der Miete. Die Räume müssten komplett umgebaut werden. Vor Juni wird aus dem Job also nichts, aber da wird es auch schon stressig, das Schuljahr geht zu Ende, die ganzen Schulveranstaltungen finden statt, und dann beginnen auch schon die Sommerferien.«

Ich mustere sie über die Tischkerzen hinweg. »Willst du den Job?«

»Ja.«

»Dann nimm ihn an. Sag Sarah zu. Gemeinsam kriegen wir das hin. Bis du alles geregelt hast, kümmere ich mich um Sophie, und die paar Schulveranstaltungen wird Sarah dir ja wohl nicht übel nehmen. Wenn ich wieder unterrichte, bekommen wir ein Au-pair-Mädchen. Dann können wir noch mal neu überlegen.«

Amber strahlt mich an. »Also gut. Vielen Dank.«

Tom beobachtet uns, lehnt sich zurück und lächelt. Dabei vertiefen sich die Fältchen in seinen Augenwinkeln. Er dreht sich um, greift nach dem iPad auf der Anrichte hinter ihm und sucht irgendetwas im Internet.

Er hält Robert das iPad hin. »Na, was sagst du zu dem Häuschen? Nicht schlecht, oder? Haben wir für zwei Wochen gemietet.«

Na großartig. Tom und sein loses Mundwerk. Warum muss er so angeben? Die Villa, die wir für die kommenden Osterferien gemietet haben, sieht aus wie eine Hazienda. Sie hat einen Pool und liegt in einem parkähnlichen Gelände. Es ist ein wundervolles Anwesen, luxuriös und entsprechend teuer.

Amber beugt sich über Tom, eine Hand auf seiner Schulter. »Da werdet ihr wohnen? Sehr nobel. Mein lieber Mann, ihr müsst ja Geld wie Heu haben.«

»Der Veranstalter hat uns ein Upgrade gegeben«, werfe ich rasch ein. »Sonst hätten wir uns das nicht leisten können. Bei dem Haus, das wir ursprünglich gebucht hatten, gab es Probleme, da war irgendetwas mit dem Abfluss.«

»Ihr Glücklichen.«

»Verreist ihr auch über Ostern?«, fragt Tom.

»Nein«, antwortet Robert. »Das geht im Moment nicht.« Er und Amber tauschen einen Blick. Ist sie schwanger? Nein, das hätte sie mir erzählt. »Urlaub ist zurzeit gestrichen. Amber kann mit Sophie eine Woche nach Suffolk fahren, wenn sie möchte.«

»Weil es da so schön ist«, wirft Amber spöttisch ein.

Unsere Blicke treffen sich. Ich zwinkere ihr zu, denn ich weiß, was sie von einem Urlaub bei ihren Schwiegereltern in Suffolk hält.

Die Schaltuhr des Küchenofens schrillt. Robert folgt seiner Frau in die Küche. Ich wende mich zu Tom um. Er birgt das Gesicht in den Händen.

»Ich weiß. Tut mir leid. Verdammt.«

Wenn Tom Mist gebaut hat, schämt er sich so sehr, dass es schon wieder entwaffnend wirkt. Dann erinnert er mich an einen sich duckenden Hund, den man mit einem gestohlenen Lammkotelett ertappt hat.

Robert kehrt mit einem Schmortopf zurück, gefolgt von Amber, die eine blassrosafarbene Porzellanschüssel mit Gemüse trägt. Wir atmen das köstliche Aroma einer marokkanischen Tajine ein.

»Wollt ihr eine gute Nachricht hören?«, fragt Amber.

»Ja«, antworte ich.

»Wir haben ein Angebot für das Haus in der Browning Street abgegeben. Es ist angenommen worden.«

Mir verschlägt es die Sprache. Fassungslos drehe ich mich zu Tom um, der kaum merklich die Brauen hebt.

»In der Browning Street?«, wiederholt er, um Zeit zu gewinnen.

»Ja. Hat Vicky dir von dem Haus nichts erzählt? Sie hat es doch besichtigt.«

»Ist es das Haus, wo sie an diesem schrecklichen Morgen war? Ja, davon weiß ich.« Er sieht mich von der Seite an. »Obwohl ich noch immer nicht begriffen habe, warum du es dir angesehen hast. Wir haben nämlich keineswegs vor umzuziehen.«

Ich verstehe die Botschaft. Er bietet mir einen Ausweg an, möchte verhindern, dass ich auffahre und eine Szene mache. Er möchte nicht, dass wir uns wegen eines Hauses mit unseren besten Freunden überwerfen. Das möchte ich auch nicht, trotzdem bin ich wie vor den Kopf gestoßen. Amber hätte sich keinen besseren Augenblick aussuchen können. Sie hat mich auf dem falschen Fuß erwischt und weiß, dass ich mir vor den anderen keine Blöße geben will.

Ich atme tief durch. »Tom hat recht. Im Moment wäre das für uns nicht das Richtige.«

Toms beifälliges Lächeln ist der einzige Lohn dafür, dass ich mir jedes böse Wort verkniffen und Haltung bewahrt habe. Ich kann es trotzdem noch nicht glauben.

»Davon bin ich ausgegangen«, wendet Amber sich an Tom. Mich sieht sie nicht an. »Deshalb dachte ich auch, dass ihr nichts dagegen habt. Warum auch? Wenn der Gutachter da war, kann ich den Preis wahrscheinlich noch mal drücken, denn das Haus hat mehr Schwachstellen, als die Erben zugeben wollen. Genau genommen, ist es in einem fürchterlichen Zustand, aber nur so können wir es uns überhaupt leisten.«

»Es wird sehr viel Geld schlucken«, bringe ich schließlich hervor.

»Klar«, entgegnet Amber unbekümmert, »aber dazu sind Hypotheken ja da. Und eines Tages wird es sehr viel Geld einbringen.«

Ich versuche, mich für sie zu freuen, doch das schaffe ich nicht. Ich liebe dieses Haus, und wenn mein Leben nicht aus dem Ruder gelaufen wäre, hätte ich längst ein Angebot abgegeben. Das hat Amber gewusst und genutzt. Aber warum hat sie mir nichts davon gesagt?

»Vicky weiß, wie dringend wir aus diesem Loch raus müssen«, fährt Amber fort. »Ich hasse diese Wohnung.« Sie hält inne. In der Stille hören wir aus der Wohnung unter uns das Wummern eines Basses und grölendes Gelächter. »Wir sind keine Studenten mehr, sondern eine Familie.«

Ich spüre Toms Blick, nehme einen großen Schluck Wein und sammele mich, zwinge mich, den Hauskauf mit Ambers Augen zu sehen. Sie möchte das Haus ebenso sehr wie ich, und wer bin ich, dass ich mich ihr in den Weg stelle, wenn sie ihre Lebensumstände verbessern will? Ich schlucke meine Enttäuschung hinunter. Alle am Tisch warten auf meine Reaktion. Amber wirkt angespannt.

»Ich hoffe, dass ihr das Haus zu dem gewünschten Preis bekommt«, sage ich. »Wenn es so weit ist, helfe ich euch, die alten Tapeten zu entfernen.«

Amber entspannt sich. »Das musst du nicht.«

»Will ich aber. Du weißt doch, wie gern ich das mache.« Diesmal besteht mein Lohn darin, dass Ambers Augen sich mit Tränen füllen. Ein seltener Anblick. Sie wischt sich mit einer Serviette über die Augen, greift über den Tisch und drückt meine Hand.

»Mich könnt ihr auch einplanen«, bietet Tom an.

»Lieber nicht«, antwortet Amber. »Weißt du noch, wie du diese eklige, rutschfeste Farbe gekauft und auf den Fußboden eures Badezimmers geschmiert hast? Vicky hat eine Woche gebraucht, um sie wieder wegzukriegen.«

Tom zieht die Brauen hoch. »Bin gespannt, wie du dich beim Renovieren anstellst.«

»Tom darf man nicht mal in die Nähe eines Hauses lassen.« Ich lache. »Er ist eine einzige Katastrophe.«

»Hört nicht auf sie«, wehrt sich Tom. »Zeigt mir eine Tapete, und ich löse sie ab. Oder Robert und ich graben den Garten um. Aber jetzt stoßen wir erst mal an. Auf Amber und Robert. Willkommen im Club der armen Hypothekenschuldner.«

»Wie geht es denn mit den Ermittlungen voran?«, fragt Robert und widmet sich seinem Stück Limonen-Tarte. Den Kuchen hat Amber selbst gebacken.

»Schleppend«, erwidert Tom. Er schiebt sein Glas hin und her. Das Kerzenlicht bricht sich darin, und ein Lichtfunke springt mir ins Auge. Tom erzählt, was wir bisher erfahren haben und wie es ihn frustriert, dass die Polizei immer noch nicht weitergekommen ist. »Grayling tritt auf der Stelle. Aber dieser Typ muss echt Nerven gehabt haben, am helllichten Tag bei uns einzubrechen.«

»Bei so einem Modus Operandi wird er früher oder später geschnappt«, sagt Robert.

»Modus Operandi?« Amber lacht. »Bist du unter die Fernsehdetektive gegangen?«

Tom lacht. »Nach dem Einbruch bei uns wird er es so schnell nicht wieder versuchen. Vicky hat ihm einen Mordsschreck eingejagt.«

Amber und Robert sind die Einzigen, bei denen wir über das Thema witzeln können. Ich versuche, mich ihrer Stimmung anzupassen, aber es gelingt mir nicht. Wieder sehe ich diesen Mann vor mir. Mit Josh in den Händen. Mein Herz beginnt zu rasen, das Zimmer und die Menschen darin verschwimmen. Die anderen plaudern munter weiter. Der Wein macht sie redselig. Die beiden Männer blasen sich auf und schildern, wie sie reagiert hätten, wenn sie dem Einbrecher begegnet wären. Ich bekomme keine Luft mehr, meine Glieder sind wie Blei. Warum sprechen sie nicht über etwas anderes? Sehen sie nicht, dass ich zittere? Meine Kuchengabel rutscht mir aus der Hand und fällt klirrend auf den Boden. Ich lasse sie liegen, kann mich nicht bewegen, nicht sprechen.

Amber hatte Tom angeschaut, doch jetzt sieht sie mich an und lächelt besorgt. »Hey«, sagt sie. »Ist alles in Ordnung?«

»Vicky?« Jetzt bemerkt auch Tom, dass es mir nicht gut geht. »Was hast du?«

»Wir müssen nach Hause.« Ich schiebe meinen Stuhl zurück und kippe beinah vornüber. Tom hält mich fest und drückt mich mit sanfter Hand zurück. »Die Kinder ...«

»Mach dir keine Gedanken, Liebling«, sagt Tom. »Magda hat alles im Griff.«

Ich starre ihn an, möchte, dass er mich ernst nimmt, und kämpfe gegen die Tränen. Ich will keine Szene machen, doch dann kann ich nicht mehr.

»Sie hat einen Panikanfall«, höre ich Amber wie aus der Ferne sagen. Sie kommt, hockt sich neben mich und zieht mich zu sich herum, damit ich sie ansehe. »Ganz ruhig, Vicky. Du musst atmen.«

Ich tue mein Bestes, hole tief Luft und stoße sie langsam wieder aus. Amber hat meine Hände genommen. Ich schaue ihr in die Augen, und sie nickt mir aufmunternd zu.

»So ist es brav. Alles ist gut.«

Tom hat sein Handy in der Hand. Er spricht mit Magda, fragt, ob alles in Ordnung ist, und lacht. »Ich weiß, ich weiß«, sagt er. »Es liegt an dem, was passiert ist. Vicky ist mit den Nerven runter. Ist ja auch kein Wunder.« Er lacht erneut. »Vielen Dank. Ich wusste, dass du das verstehst.«

Allmählich schlägt mein Puls wieder normal, und in meine schweren Glieder kehrt Leben zurück. Ich setze mich auf, befreie meine Hände und ringe mir ein Lächeln ab.

»Es tut mir leid.«

»Unsinn, ist doch nicht deine Schuld.« Tom steckt sein Handy wieder ein und tauscht den Platz mit Amber, die in die Küche geht, um mir ein Glas Wasser zu holen. Er legt die Arme um mich. »Ich hätte wissen müssen, wie sehr dich die Sache mitgenommen hat. Wenn du möchtest, gehen wir nach Hause. Wir müssen nicht bleiben, wenn du dich nicht gut fühlst.«

Ich schüttele den Kopf. »Nein, nein. Es geht mir schon wieder besser. Wirklich. Der Anfall ist vorüber.«

Tom streicht mir das Haar aus dem Gesicht und atmet auf.

Amber sammelt die leeren Teller ein. Sie weiß, dass das Wickelkleid ihre schmale Taille betont. Als sie feststellt, dass Tom sie beobachtet, beginnt ihre Haut zu kribbeln. Sie wirft Robert einen Blick zu. Auf seinem blauen Hemd liegen

Kuchenkrümel. Amber verspürt eine Mischung aus Irritation und Zärtlichkeit. Sie hat ihn gewählt und versucht, ihn zu dem Mann zu formen, den sie sich wünscht. Es ist ihr nur zum Teil geglückt, und doch liebt sie ihn ... auf gewisse Weise. Sie wird ihn noch mehr lieben, wenn er sie tatsächlich aus dieser Wohnung herausholt. Ihr Blick huscht zu Tom. Er lächelt ihr zu, weswegen sie nicht mitbekommt, was Vicky sagt, und sie bitten muss, den Satz zu wiederholen. An diesem Abend hat sie Toms Blick mehr als einmal gespürt und registriert, wie verstohlen er sie beobachtet. Ihre Verbindung ist stärker geworden. Der Gedanke macht sie schwindlig. Seit wann ist das so? Sie kann sich nicht erinnern. Doch das, was sie seit Kurzem empfindet, ist so stark, dass sie es nicht mehr ignorieren kann. Wenn sie in seiner Nähe ist, fühlt sie sich wie im Rausch.

»Soll ich dir helfen?« Vicky ist betrunken. Amber hat nichts dagegen. Der Alkohol macht Vicky weich und nachgiebig. Das ist gut, denn dann kreidet sie ihr auch die Sache mit dem Haus nicht mehr an.

»Nicht nötig«, antwortet Amber. »Bleib sitzen.«

Sie nimmt die Szene in sich auf. Heruntergebrannte Kerzen und Krümel auf dem Tisch, gerötete Gesichter, funkelnde Augen, aufblitzende Gläser und Gelächter, harmlose Witze, einige auf Kosten anderer, gemeinsame Erinnerungen, Gespräche über die Marotten ihrer Kinder. Das ist der Kreis, in dem sie sich geborgen fühlt. Oder vielmehr war er es, bis Vicky sie enttäuscht hat. Jetzt fühlt sich nichts mehr sicher an, und ihr ist, als schlittere sie über Eis. Auf die Freundin, die sie stützen soll, kann sie sich nicht mehr verlassen. Sie könnte ihr sogar gefährlich werden. Vielleicht sollte sie sich einfach fallen lassen und das Risiko eingehen. Aber wie viel ist sie bereit zu verlieren? Darauf hat sie noch keine Antwort. So einfach ist das nicht.

»Ist dir kalt?«, fragt Tom. Erst jetzt merkt Amber, dass sie fröstelt.

Robert lehnt sich zurück und lächelt liebevoll. »Stell die Heizung höher, mein Schatz.«

»Kostet das nicht zu viel?«, murmelt Amber. Robert errötet.

Sie trägt die Teller in die Küche und setzt sie ab. Das Besteck hält sie noch in den Händen, als sie beschämt die Augen schließt. Sie muss netter zu Robert sein – es ist nicht seine Schuld, dass er dem Vergleich mit Tom Seagrave nicht standhält. Es ist auch nicht seine Schuld, dass sie sich gefangen fühlt. Im Grunde tut er ihr leid. Er arbeitet hart, aber wofür? Damit sie ihrem habgierigen Vermieter eine unverschämt hohe Miete zahlen können? Mit zusammengebissenen Zähnen schabt sie die Essensreste in den Mülleimer. Sie ist so weit; ihr Leben wird sich ändern. *Ich bin gut*, sagt sie sich. *Ich bin stark. Ich bedeute etwas.*

Vicky bringt den Rest der Tarte in die Küche. »Lass mich helfen, ich muss mich bewegen. Soll ich Kaffee machen? Ich glaube, die Männer könnten einen gebrauchen.«

Sie bezieht sich nur auf Robert, denkt Amber, doch sie nickt. Spontan drückt Vicky sie an sich.

»Ich bin dir so dankbar«, sagt sie mit belegter Stimme. »Du weißt, wofür.«

»Vorhin hast du mir einen ganz schönen Schreck eingejagt«, sagt Amber. »Ich dachte schon, du würdest anfangen zu beichten.«

»Das würde ich nie tun. Oder zumindest nicht, ohne es vorher mit dir besprochen zu haben.«

Amber und ich beladen den Geschirrspüler. Die größeren

Teile wäscht sie mit der Hand. Ich trockne ab und räume alles in den Schrank. Die Küche ist winzig und erinnert mich an die aus meiner frühen Kindheit, mit zwei Stühlen und einem Tisch an der Wand. Mein Blick huscht zu der Zeitanzeige am Herd. Gleich viertel vor zwölf. Unter dem Heißwasserhahn wasche ich einen Lappen aus und wische über Tisch und Herd, schrubbe die angetrockneten Soßenflecken ab, heftiger als nötig. Trotz meines Schwächeanfalls und Ambers Anteilnahme ballt sich in mir noch immer Wut.

»Das mit der Browning Street tut mir leid.« Amber trocknet ihre Hände an einem Tuch ab. »Ich weiß, dass du sauer auf mich bist.«

»Bin ich nicht«, lüge ich. »Wirklich nicht. Irgendwann wird sich für uns etwas anderes ergeben.«

»Aber die Renovierung hätte dir Freude gemacht. Du kannst das doch so gut.«

Ich zucke mit den Schultern. »Was ist denn mit euren Finanzen? Ich dachte immer, ihr müsstet hier wohnen, weil euch die Anzahlung auf ein Haus zu hoch ist.«

Amber hat sich weggedreht, sodass ich ihre leise Antwort nicht mitbekomme. Ich warte, bis sie sich umdreht. Sie sagt es noch einmal, wieder sehr leise.

»Ich dachte, ihr könntet uns helfen.«

Dies ist einer der Momente, einer dieser schrecklichen Momente, auf die wir nie vorbereitet sind. Man vernimmt eine Bitte und weiß, dass man nun äußerst behutsam vorgehen muss, doch die Chance, die richtigen Worte zu finden, liegt bei null. Ich bin verlegen und fühle mich in die Ecke gedrängt. Meine Gedanken schwirren aus und suchen panisch nach einer wenigstens halbwegs akzeptablen Antwort.

»Amber.« Mein Mund ist trocken geworden, und ich schlucke nervös. »Sieh mal …«

Amber wartet. Die wummernde Musik von unten wird zunehmend lauter. Jemand brüllt vor Lachen, dann bricht die Musik ab. In der kurzen Pause, bevor sie wieder einsetzt, schaue ich Amber ins Gesicht.

»Ich würde dir gern helfen, und was die Renovierung angeht, bleibe ich bei meinem Angebot, aber eure Anzahlung können wir nicht übernehmen. Das muss dir doch klar sein.«

Ihre Mundwinkel ziehen sich nach unten. Einen Moment lang fürchte ich, dass sie zu weinen beginnt, doch ihre großen blauen Augen sind trocken und ausdruckslos. »Aber du kannst an das Geld herankommen. Ihr habt doch so viel. Du weißt nicht, wie es ist, kein richtiges Zuhause zu haben. Du …«

»Amber«, unterbreche ich sie. »Ich bin nicht gefühllos. Du weißt, dass ich so viel Renovierungsarbeit wie nur möglich übernehmen werde. Ich werde mich auch um Sophie kümmern, wie ich es gesagt habe. Nur das Geld – es tut mir wirklich leid, aber das geht einfach nicht.«

Amber windet sich ihr langes Haar um die Hand und schiebt es sich in den Nacken. Ein Seufzer entringt sich ihrer Brust. »Vergiss, dass ich dich gefragt habe. Das wollte ich eigentlich gar nicht.«

»Schon gut.« Mir kommt eine Idee, eine Möglichkeit, wie ich sowohl Toms Taktlosigkeit als auch meine abschlägige Antwort gutmachen kann. »Warum fahrt ihr nicht mit uns nach Spanien? Bitte, bitte, bitte! Mit euch wäre es viel schöner. Die Miete für das Haus ist schon bezahlt, ihr müsstet nur für eure Flüge aufkommen.«

Ambers Miene hellt sich auf. »Ist das dein Ernst?«

War ich zu impulsiv? Vielleicht hätte ich darüber schlafen oder wenigstens mit Tom darüber sprechen sollen, aber angesichts ihrer strahlenden Augen verfliegen meine Zweifel. »Natürlich ist es mein Ernst. Wir werden meinen Geburtstag dort unten feiern, je größer die Party, desto besser.«

»Was ist mit Tom? Glaubst du, er ist einverstanden?«

»Er wird sich sogar freuen. Dann hat er Robert zur Gesellschaft, kann mit ihm etwas unternehmen, ich habe dich, und die Mädchen haben Sophie. Es ist für uns alle ideal.«

Als wir uns verabschieden, legt Robert einen Arm um Ambers Taille. Sie schenkt mir ein Lächeln, das mir verschwörerisch und abwägend zugleich erscheint. Es verwirrt mich. Arme Amber, geht es mir durch den Kopf. Ich stelle es mir grässlich vor, Freunde um Geld bitten zu müssen, und Amber wird es ebenso empfinden. Mit Sicherheit hat sie tagelang gegrübelt und sich immer wieder neue Sätze zurechtgelegt. Und dann habe ich ihre Bitte ausgeschlagen, woraufhin sie sich vermutlich noch schlechter gefühlt hat. Ich werde Tom nichts davon erzählen, beschließe ich. Wenn er es wüsste und irgendwann ansprechen würde, wäre das Amber erst recht peinlich. Ich bin froh, dass ich sie nach Spanien eingeladen habe. Es war nicht nur gut, sondern richtig.

Mai 1992

Kurz vor den Sommerferien wurde Luke entlassen. Er sagte, es habe mit Einsparungen der Regierung zu tun, und schien sich keine allzu großen Sorgen zu machen. Sally versicherte, es sei nur ein Übergang und kein Problem, sie könne wieder im King's Hospital arbeiten. Allerdings hatte Katya nicht einmal eine Sekunde gebraucht, um sich auszurechnen, dass sie ab sofort abends mit Luke allein sein würde. Sie saß am Küchentisch, als Sally ihr die Neuigkeit eröffnete. Luke war nicht da. Sally sagte, er werde im Handumdrehen wieder Arbeit finden, doch bis dahin würden sie dafür sorgen, dass es in Katyas Leben keine großen Veränderungen geben werde.

»Ich kann doch nach der Schule ins Krankenhaus kommen und auf dich warten«, schlug Katya vor.

Sally durchwuschelte ihre Haare. »Das ist lieb von dir, aber da würdest du dich nur langweilen. Nein, du marschierst nach der Schule geradewegs nach Hause.«

Katya zog einen Flunsch.

»Na komm.« Sally strich ihr das Haar aus der Stirn und taxierte Katyas Miene. »Alles in Ordnung, Schätzchen?«

»Wenn ich euch zu teuer bin und ihr mich wegschickt, bin ich euch nicht böse.«

Sally schloss sie in die Arme und drückte sie an ihre knochige Brust. Sie roch nach gebratenen Zwiebeln. »Ich gebe dich nicht mehr her, nicht für alles Geld der Welt. Du brauchst Stabilität und gehst nirgendwohin.« Sie ließ Katya los, lächelte und holte die Keksdose aus dem Schrank.

Katya suchte sich einen Keks mit Schokoladenstückchen heraus. Als ihre Mutter noch gelebt hatte, war sie nach der Schule nur selten nach Hause gegangen. Sie hatte ihrer Mutter Zeit lassen wollen, um auf die Beine zu kommen und wieder klar im Kopf zu werden. Nach einer Reihe unangenehmer Überraschungen wusste sie, dass es klüger war, den Heimweg hinauszuzögern und die Wohnung erst zu betreten, nachdem sie sich lautstark angekündigt hatte. Wenn es draußen kalt war, setzte sie sich nach der Schule in die Bücherei und machte dort ihre Hausaufgaben. Im Sommer lief sie in den Park, suchte sich ein einsames Eckchen und steckte die Nase in ein Buch. So könnte sie es jetzt auch wieder halten. Es würde sogar einfacher sein als früher, denn inzwischen war sie schon beinah elf Jahre alt.

»Ich dachte, ich springe mal vorbei und schau nach, wie alles läuft«, sagte Maggie. Es war vier Uhr nachmittags. Katya war aus der Schule gekommen und hatte Maggie am Küchentisch vorgefunden, zusammen mit Luke. Vor ihnen standen Teebecher. Sally arbeitete im Krankenhaus.

»Wir sind ein Herz und eine Seele, nicht wahr, Katya?«, sagte Luke.

Maggie stand auf und trat ans Fenster. »Was für schöne Tulpen.« *Wie komisch ihre Stimme klingt*, dachte Katya, *überhaupt nicht natürlich. Als würde sie etwas aufsagen.*

»Die haben wir Sal zu verdanken«, entgegnete Luke. »Sie ist für die Blumen zuständig, ich mache die schwere Arbeit.«

Luke hielt Maggie die Glastür nach draußen auf, und Katya beobachtete, wie die beiden den Rasen überquerten. Zu ihrer Verwunderung stellte sie fest, dass Luke und Maggie besser zusammenpassten als Luke und Sally. Sie waren beide groß, mit braunem Haar und braunen Augen. Neben Maggie schien es, als würde Luke plötzlich die richtige Kleidung tragen.

Als das Wasser kochte, füllte Katya die beiden Teebecher. Sie hatten ein Muster aus rosa Rosenknospen. In ihrem alten Zuhause waren die Becher alle unterschiedlich gewesen, man konnte sich einen Lieblingsbecher aussuchen. Wenn alle Becher gleich aussahen, hatten sie etwas Unpersönliches. Aber diese hier wurden wenigstens regelmäßig abgewaschen. Katya hoffte, diesmal allein mit Maggie sprechen zu können. Als Luke mit Maggie zurückkehrte, hatte er die Hände in die Taschen seiner Jeans geschoben und sah aus, als wäre er mit sich sehr zufrieden oder hätte gerade einen Witz erzählt. Maggie flatterte umher, als wäre sie plötzlich verrückt geworden.

Später ging Maggie mit Luke ein paar Unterlagen durch. Katya setzte sich mit einem Buch in Hörweite. Maggie erkundigte sich nach der neuen Situation. Fühlte Luke sich unter Druck gesetzt? Wie war die Finanzlage? Wie war seine Beziehung zu Sally? Katya wartete darauf, dass Luke erzählte, wie oft er und Sally sich stritten, und überlegte, ob Maggie sie daraufhin mit zu sich nehmen würde. Aber Luke erwähnte die Streitereien mit keinem Wort.

»Sie haben Ihr Bestes getan«, sagte Maggie. »Wenn Sie die Fürsorge nicht mehr übernehmen können, werde ich Ihnen keinen Vorwurf machen.«

»Ich kann mir nicht vorstellen, Katya nicht mehr bei uns

zu haben«, antwortete Luke. Lauter fügte er hinzu: »Du bist hier doch glücklich, Katya, oder nicht?«

Katya tat, als wäre sie aus ihrer Lektüre herausgerissen worden. Langsam wandte sie sich zu den beiden um. »Ich kann auch woandershin gehen. Mir ist das egal.« Sie versuchte, Maggies Blick aufzufangen, doch Maggie schaute Luke an. Ihre Mundwinkel zuckten, als würde sie sich das Lachen verbeißen.

»Jetzt hast du mir wehgetan«, sagte Luke.

Er setzte eine übertrieben traurige Miene auf, woraufhin Katya erkannte, dass sie ihm keineswegs wehgetan hatte. Solche Spielchen mochte sie nicht. Sie zeigten ihr, dass er sie nicht ernst nahm. Davon abgesehen hatte sich zwischen ihnen vor Kurzem etwas verschoben. Sie konnte es noch nicht richtig benennen. Es war wie ein winziges Körnchen, das einem zwischen den Zähnen steckt, so unangenehm, dass man es ständig mit der Zunge anstößt und entfernen will.

»Ich muss los und Emily abholen«, sagte Maggie. »Sie ist bei einer Freundin. Katya?«

»Ja.«

»Warum begleitest du mich nicht zu meinem Wagen?«

Bevor sie aufstand, kicherte Maggie über etwas, das Luke ihr zugeraunt hatte, und legte eine Hand auf seinen Arm. Katya beobachtete die beiden mit finsterer Miene. Sie war auf Luke eifersüchtig, ein schreckliches Gefühl, das ihre Brust ausfüllte und alles andere hinausdrückte. Es hatte eine Zeit gegeben, da war sie auch auf die Freunde ihrer Mutter eifersüchtig gewesen, bis es so viele geworden waren, dass sie nicht mehr nachkam. Jetzt hatte sie dieses Gefühl manchmal in der Schule, wenn Gabriella mit anderen Mädchen spielte.

»Na?«, sagte Maggie, als sie draußen waren. »Ist alles in Ordnung?«

»Warum muss ich bei den Bryants bleiben?«

»Weil sie dich kennen und mögen. Oder möchtest du dich wieder auf eine neue Familie einstellen?«

Katya zuckte mit den Schultern. »Hier gefällt es mir nicht. Man kann überhaupt nichts machen.«

Sie spürte, wie ihr Kinn zu beben begann, und spannte ihre Kiefermuskeln an. Sie konnte nicht in Worte fassen, was sie Maggie sagen wollte, und wenn sie es versuchen würde, gäbe es wahrscheinlich Ärger. Also versuchte sie, es in ihren Blick zu legen, doch Maggie sah sie gar nicht an, sondern wühlte in ihrer Ledertasche nach ihren Autoschlüsseln. Als sie die endlich gefunden hatte, war Katyas Miene wieder ausdruckslos.

»Wir schauen mal, wie du die nächsten Wochen zurechtkommst«, sagte Maggie. »Dann reden wir weiter.«

»Warum kann ich nicht bei Ihnen und Emily wohnen?«, platzte es aus Katya heraus.

»Das habe ich dir schon erklärt«, antwortete Maggie. »Es wäre unangebracht.«

»Warum?«

»Katya.« Entnervt stieß Maggie den Atem aus. »Ich habe dich sehr gern. Trotzdem musst du begreifen, dass ich nur deine Sozialarbeiterin bin. Wenn ich jedes Kind, um das ich mich kümmere, adoptieren würde, würde meine Wohnung aus allen Nähten platzen. Ich kann meine Arbeit nur machen, wenn ich ein bisschen Distanz wahre. Weißt du, was ich meine?«

Sie umfasste Katyas Schultern. Als Katya zu weinen begann, drückte Maggie sie an ihren großen Busen. Sie strich

Katya über das Haar und schob sie mit sanfter Hand fort. »Kopf hoch, mein Schatz. Es wird auch wieder besser. Und ich werde immer für dich da sein. Das verspreche ich dir.«

Als Katya zurückkehrte, las Luke Zeitung und hatte die Füße hochgelegt. »Komm«, sagte er. »Setz dich zu mir.«

Katya hockte sich auf die Armstütze des Sofas.

»Rutsch ein Stück näher.«

Widerwillig rutschte sie auf den freien Platz an seiner Seite. Luke faltete die Zeitung zusammen, warf sie auf den Couchtisch und legte einen Arm um Katya. Dann strich er ihr durch die Haare, hielt eine Strähne an seine Nase und roch daran.

»Was hast du ihr gesagt?« Seine Stimme war ganz ruhig, beinah desinteressiert.

Katya zog die Haarsträhne aus seiner Hand und klemmte sie sich hinters Ohr. So fing es immer an, mit einer Spannung, die im ganzen Raum zu vibrieren schien. »Nichts.«

»Und warum siehst du dann so schuldbewusst aus? Hast du über mich gesprochen?« Sein Arm schlang sich wieder um sie.

»Nein, habe ich nicht. Würde ich nie tun.« Sie versuchte, sich zu befreien, doch sein Arm war wie aus Stahl.

»Braves Mädchen.«

11

Mittwoch, 27. Januar 2010

Im Winter erinnert mich Bognor Regis – wie vielleicht alle englischen Seebäder – immer an einen ausgesetzten Hund. Es hat etwas Verlassenes und Bedürftiges an sich. Ohne Feriengäste ist der Ort wie ausgestorben. Nur der feuchte Wind, der vom Meer kommt, dringt in jede Ritze. Was dem Ort bleibt, ist ein leicht verbrauchter Charme und der Wunsch, noch zu etwas nutze zu sein, noch immer zu gefallen. Natürlich leben hier auch im Winter Menschen, unter ihnen meine Mutter. Sie wohnt noch in dem Haus, das sie gekauft hat, als ich elf Jahre alt war, ein baufälliges Gebäude aus dem späten achtzehnten Jahrhundert, an der Uferstraße. Es hat einen weißen Putz und einen schmiedeeisernen Balkon, der sicher einmal elegant war, inzwischen jedoch eine Innenumrandung aus Glas hat, die von der salzigen Gischt milchig und rissig geworden ist. In diesem Haus habe ich zehn Jahre lang gewohnt und doch nie ein eigenes Zimmer gehabt. Mein Schlafplatz richtete sich nach der Anzahl der Gäste. Wenn das Haus voll war, konnte es sein, dass ich im Wohnzimmer auf einem Klappbett schlafen musste, manchmal auch auf einer Matratze im Badezimmer meiner Mutter.

Meine Mutter hatte sich für Bognor entschieden, weil sie sich an die schönen Ferienzeiten erinnerte, die sie dort als

Kind mit ihrer Großmutter verlebt hatte. So jedenfalls lautete die offizielle Begründung. Hinzu kam sicherlich, dass das Haus spottbillig war und wir sofort einziehen konnten. Wir brauchten ein Dach über dem Kopf, und meine Mutter brauchte einen Job – wo, spielte keine Rolle. Seitdem hat Bognor sich kaum verändert. Auch das 21. Jahrhundert ist hier noch nicht richtig angekommen. Nur die Läden, in denen man Handys kaufen kann, weisen darauf hin, dass die Zeit nicht vollends stehen geblieben ist. Doch die meisten Geschäfte existierten schon zu der Zeit, als ich noch ein Kind war. Die Arkade mit den Spielhallen ist nach wie vor trostlos, die Mole nichts Besonderes. Aber es gibt auch etwas Positives: Das Geschäft mit den Modelleisenbahnen gehört ebenfalls zu den Dingen, die sich gehalten haben, und noch immer drücken sich Männer und Jungen die Nase an seinen Schaufensterscheiben platt. Die Cafés, deren Fensterscheiben im Winter beschlagen sind, florieren, weil sie in den kalten Monaten einen Zufluchtsort für Rentner bieten. Und durch all das zieht der ewige Geruch von Fisch und Chips.

Wenn wir früher als Teenager ausgehen wollten, fuhren wir mit der Bahn eine Station weiter nach Littlehampton. Dort war wenigstens ein bisschen was los. Ich hatte Freundinnen, die in Pagham wohnten, in schönen Häusern aus Feuerstein, mit riesengroßen Gärten. Und doch war es immer unser Haus, wohin es uns nach unseren Discoabenden zog, was eine Menge über meine Mutter aussagt. Ganz gleich, wie viele wir waren und ob wir schon früher hätten zu Hause sein müssen oder in welchem Zustand wir ankamen, meine Mutter nahm uns auf. Es war ihr egal, wenn die Sofas von komatösen Teenagern belagert wurden, sie machte sich einfach daran, in der Küche Schinkenspeck zu braten, denn sie wusste, der Geruch würde uns schneller auf die Beine bringen als gutes Zureden. Der Nachteil war, dass alle meine Freunde in sie verliebt waren, was ich unmöglich fand.

Manchmal hasste ich meine Mutter. Dann wieder schämte ich mich für sie. Andere Mütter gaben sich mit einem einzigen Ehemann oder Partner zufrieden, warum konnte sie das nicht auch tun? Warum wurde sie ein ums andere Mal verlassen und hoffte dennoch bei jedem neuen Mann wieder auf eine Reise ins ewige Glück? Ich verstand es erst, als ich älter war und erfuhr, dass ihre Mutter ständig etwas an ihr auszusetzen gehabt hatte. Das Selbstwertgefühl meiner Mutter hatte massiv darunter gelitten. Sie hatte nach Anerkennung gesucht, wollte sich begehrt fühlen. Vielleicht war ihr das zur Gewohnheit geworden. Als Teenager hatte sie sich beinah mit jedem eingelassen, so lange, bis sie als leichtlebig galt und ihr Ruf ruiniert war. Als sie schwanger wurde, war sie siebzehn Jahre alt; der Junge, der sie schwängerte, war fünfzehn. Seinen Namen behielt meine Mutter lange für sich. Sie sagte ihn mir erst nach Emilys Geburt. Ich lernte den Mann sogar kennen, doch als ich ihm gegenüberstand, empfand ich nicht das Geringste. Er ist ein netter Kerl, wohnt mit seiner Familie in Dorking und arbeitet in einer Firma, die Computerteile herstellt. Als ich ihm erklärte, dass ich nicht auf eine Beziehung aus sei, es nur schön fände, ihn endlich einmal getroffen zu haben, war er sichtlich erleichtert.

Als wir Streatham seinerzeit Hals über Kopf verlassen mussten, verbrachten meine Mutter und ich mehrere Wochen bei meinen Großeltern. Sie wohnten in einem Reihenhaus aus der Vorkriegszeit. Bei ihnen war es schrecklich. Meine Mutter war siebenundzwanzig Jahre alt, ohne Job und litt unter dem, was in Streatham vorgefallen war. Ich erinnere mich an die giftigen Bemerkungen meiner Großmutter beim Essen: »Ich hoffe, du sorgst dafür, dass Vicky später etwas mehr Stolz besitzt als du. Wir möchten nicht, dass es ihr auch so ergeht wie dir.« Mein Großvater trug auch ein paar nutzlose Bemerkungen bei: »Als Kind warst du so klug.«

Als ich Josh in das Haus meiner Mutter trage, kommt uns ein Mann entgegen, der sich leicht verneigt, als ich ihn vorbeilasse. Er ist hochgewachsen, wahrscheinlich Mitte fünfzig, mit weißer Löwenmähne und einer markanten Nase. Ich schaue meine Mutter vielsagend an und ziehe die Brauen hoch.

»Sei nicht albern«, murmelt sie. »Er ist stockschwul. Tritt in *Lady Windermeres Fächer* auf.«

»Oh, entschuldige.«

Max, der Zwergschnauzer meiner Mutter, begrüßt mich mit herzerwärmender Begeisterung und legt die Vorderpfoten auf meine Knie. Ich kraule seinen bärtigen Unterkiefer.

Meine Mutter nimmt mir den Mantel ab und hängt ihn über eine Stuhllehne. Ich gebe ihr einen Kuss. Sie versucht, sich mit ihrer Wiedersehensfreude zurückzuhalten, doch das schafft sie nie. Wie immer drückt sie mich an sich und küsst mich ab.

»Wie geht es dir?« Sie streicht mein windzerzaustes Haar glatt. Ich schiebe ihre Hand fort.

»Mum, ich bin kein kleines Kind mehr.«

Ihre Küche ist klein, kalt und unpraktisch. Sie reicht aus, um einen Tisch und vier Stühle unterzubringen. Über dem Kühlschrank hängt eine Micky-Maus-Wanduhr. Eine Tür führt in die Speisekammer. Von dort aus gelangt man durch eine Außentür in den Durchgang, der uns vom Nachbarhaus trennt – zu schmal, um als Hof bezeichnet zu werden. Zum Glück hat meine Mutter sich nie für Gartenarbeit interessiert und somit nichts vermisst. Dem Haus gegenüber liegt eine Grünfläche mit einem Spielplatz, und dahinter erstreckt sich der Strand. Mehr brauchen Max, meine Mutter und ihre Enkelkinder nicht.

Ich reibe an einem Teefleck auf der Tischplatte. Meine Mutter steckt zwei Scheiben Brot in den Toaster. Eines der Dinge, die ich früher an diesem Bed and Breakfast so liebte, waren die erkalteten, gummiartigen Toasts aus weißen Sandwichscheiben, die vom Frühstück übrig geblieben waren. Ich aß sie mit Butter und Marmelade und trank dazu einen Becher starken schwarzen Tee. Heute sind die Toastscheiben bei meiner Mutter aus frischgeschnittenem Körnerbrot.

»Das Brot gibt es in dem Café unten an der Ecke«, sagt sie, während sie einen Mond und Sterne auf Joshs Gipsverband malt. »Wir gehen mit der Zeit.« Sie setzt Josh auf ihren Schoß und lässt ihn mit ihrer Perlenkette spielen. »Drei Zimmer sind belegt, alle für Mitglieder der Chichester Touring Company. Sie spielen Oscar Wilde. Morgen Abend gehe ich in eine der Vorstellungen. Den Hauptdarsteller hast du ja schon gesehen.«

Ich lasse sie erzählen. Ich möchte mit ihr reden, aber zuerst einmal ist sie mit ihren Neuigkeiten an der Reihe. »Hat Peter sich mal gemeldet?«

Meine Mutter zuckt mit den Schultern. »Er hat gestern Abend angerufen, um zu klären, wann er seine Sachen abholen kann.«

»Du wirst sehen, in drei Monaten ist er wieder bei dir.«

»Ist seine Sache.«

Meine Mutter streicht sich die Haare hinter die Ohren.

Ihre Hängeohrringe funkeln in dem Licht, das durch die Fenster hereinfällt. Seit Kurzem färbt sie sich die Haare, aber nicht sehr gut. Sie haben einen metallischen Glanz. An diesem Tag trägt sie ein mit winzigen Perlen besetztes Wollkleid, eine schwarze wollene Strumpfhose und Stiefeletten mit hohem Absatz. Sie ist eine sehr attraktive Frau. An unserer Schule gibt es Mütter, die in ihrem Alter sind.

»Ach, Mum.«

»Nichts ›ach, Mum‹. Warum erzählst du mir nicht, was dich bedrückt.«

Ich bringe keinen Bissen mehr hinunter, schiebe den Teller zur Seite und greife nach meinem Teebecher. Meine Mutter sieht zu, wie ich trinke, und wartet. Dann reicht sie mir meinen Mantel.

»Komm, wir machen mit dem süßen kleinen Josh einen Spaziergang. Dabei kannst du mir alles erzählen.«

Auf dem Weg über die Strandpromenade bläst uns der Wind ins Gesicht. Josh liegt im Buggy unter einem durchsichtigen Regenschutz. Ich erzähle, wie ich David begegnet bin, wie mich das Aufregende daran berauscht hat, wie durcheinander ich jedes Mal war, wenn ich ihn gesehen habe, wie ich mich innerhalb eines halben Jahres von einer normalen zu einer besessenen Frau entwickelt habe. Ein Blick, ein Lächeln von ihm, und ich hatte meine Familie vergessen, wusste nicht mehr, dass es so etwas wie ein Gewissen gab, dachte nur noch an die Möglichkeiten.

Ich habe mir eine Wollmütze meiner Mutter bis über die Ohren gezogen. Max springt vor uns her, beschnüffelt andere Hunde und den Unrat, der aus dem Meer an Land gespült wurde. Als er zurückkommt, hat er ein Stück blaue Nylonschnur im Maul. Meine Mutter zieht daran und lacht, als er knurrt und den Kopf mit vorquellenden Augen hin- und herwirft. Er ist so Furcht einflößend wie ein Meerschweinchen.

Ich weiß noch, dass ich bei unserer Ankunft hier dachte, ich wäre im Paradies. Der Zustand des Hauses interessierte mich nicht, für mich war nur wichtig, dass wir das Meer vor der Tür hatten und ich vom Wohnzimmer aus die Mole und den Minigolfplatz sehen konnte. Es war wie im Traum, und ich verspürte ein Gefühl von Freiheit, das ich bis dahin nicht gekannt hatte.

Ich wische mir die Gischt von den Wangen und stecke die Hand wieder in meine Manteltasche.

»Tom weiß nichts davon, das ist die Hauptsache«, sagt meine Mutter.

»Aber das bedeutet, dass ich ihm für den Rest meines Lebens etwas verschweigen muss. Ich glaube nicht, dass ich das kann.«

»Das ist natürlich deine Sache, aber denk daran, was passiert, wenn du es ihm sagst. Das ist nichts, was man erzählt, um es los zu sein, und dann ist es erledigt. Wenn er es erfährt, wird seine erste Reaktion für lange Zeit seine Gefühle bestimmen, auch später noch, wenn er sich wieder beruhigt hat. Du liebst diesen anderen Mann doch nicht, oder?«

»Nein.«

»Na also.«

Schweigend gehen wir weiter und hören dem Kreischen der Möwen zu. Über dem Meer ist der Himmel blau, doch wie so oft ist er über dem Landesinneren grau. Das liebe ich an der Küste: Man fährt bei schlechtem Wetter in London ab und weiß, hinter den South Downs kann das Meer in der Sonne glitzern. Auf der Rückfahrt ist es dann leider oft umgekehrt, und man rechnet ab den South Downs wieder mit dunklen Wolken.

»Hast du dir jemals gewünscht, du hättest geheiratet?«

Meine Mutter schnaubt. »Nein, nie.«

»Aber es muss doch mal jemanden gegeben haben, den du mehr geliebt hast als die anderen.«

»Ja, einen. Und am Ende hat sich rausgestellt, dass er noch schlimmer war als all die anderen zusammen.«

»Wer?« Aus meiner Sicht stehen mehrere zur Auswahl.

»Unwichtig. Außerdem sprechen wir gerade über dich, falls du dich erinnerst. Hat dieser David sich noch mal gemeldet?«

Ich schüttele den Kopf. »Und ich hatte durch den Einbruch und Joshs gebrochenen Arm auch keine Zeit, an ihn zu denken. Wenn ich es mir recht überlege, hatte ich ein Riesenglück. Ich hätte alles verlieren können. Und wofür? Was sollte das Ganze?« Ich kann ihr nicht gestehen, was ich am Morgen des Einbruchs getan habe, das schaffe ich nicht. Aus irgendeinem Grund schäme ich mich dafür mehr als für die Sache mit David North.

Max trottet zu uns zurück, schnüffelt an den Reifen des Buggys und rennt wieder davon, diesmal zum Strand, wo er die Wellen anbellt.

»Man mag nicht glauben, dass er sein Leben lang am Meer zu Hause war«, sagt meine Mutter. »Oder er leidet an Amnesie, und jedes Mal, wenn er das Meer sieht, ist es für ihn wie das erste Mal. Gibt es so was bei Hunden?«

Ich lache. »Keine Ahnung.«

Die nächsten Schritte legen wir wieder schweigend zurück.

Dann sagt meine Mutter: »So ist das Leben, so ist der

Mensch, Vicky. Manchmal gibt es zwischen zwei Personen eine bestimmte Chemie.«

»War es für dich nie mehr?«

»Ach – ich habe mich einfach gehen lassen, ich war schwach. Aber du bist anders. Du hast dich gefragt, was du aufs Spiel setzt, und einen Rückzieher gemacht. Das habe ich nie geschafft. Und was ist dabei herausgekommen? Dass ich jetzt nur noch Ausschussware bekomme – Männer wie Peter Calder.«

»So schlecht war er auch wieder nicht. Tom mochte ihn.«

»Wirklich?« Meine Mutter lächelt. »Das finde ich nett. Aber ich muss zugeben, ich bereue nur wenig. Wahrscheinlich hatte ich nie so viel zu verlieren wie du. Ich war ja immer unabhängig und wollte mich nicht binden.«

Ich schaue aufs Meer hinaus und atme tief ein und aus. Ein Tankschiff durchbricht die Linie des Horizonts und bewegt sich so langsam voran, dass man den Eindruck hat, es käme nicht vom Fleck. »Weißt du, wovor ich Angst habe?«

Meine Mutter hakt sich bei mir ein und bückt sich, um Max zu tätscheln, der nicht begreift, weshalb wir so langsam geworden sind. »Wovor?«

»Dass ich mein wahres Ich verleugne und mein ganzes Leben lang dagegen ankämpfen werde, mich nicht immer wieder in einen anderen Mann zu verlieben. Dass ich zum Schluss allein dastehe.«

»Jetzt übertreibst du aber.«

»Meinst du?« Der Wind bläst mir die Haare ins Gesicht. Ich ziehe salzig schmeckende Strähnen aus meinem Mund und stecke sie unter die Mütze.

»Herrgott, jeder verguckt sich mal in einen anderen, nur dass die meisten es dabei belassen. Dieser Mann war eine

Warnung, Vicky, weiter nichts. Ihr seid die Einzigen, die es wissen, denn er wird es ja wohl kaum seiner Frau auf die Nase gebunden haben. Und du erzählst Tom nichts, weil er deine große Liebe ist.« Meine Mutter bleibt stehen und sieht mich an. Der Wind schlägt ihr den weiten Rock um ihre Beine. »Das tust du doch nicht, oder?«

»Nein, aber ich habe es Amber erzählt.«

»Na schön, aber sie ist deine beste Freundin. Ihr wirst du ja hoffentlich vertrauen können.«

Josh setzt sich auf. Ich hebe den Regenschutz hoch und befreie Josh aus seinem Gurt. Wir lassen den Buggy am Rand der Promenade stehen und laufen zum Wasser. Ich halte mein Baby fest und küsse seine rosigen Bäckchen, als er auf die Möwen zeigt. Vor uns wischen Wellen über den Sand und lassen Schaumkronen zurück.

»Ich war dir kein besonders gutes Vorbild«, sagt meine Mutter und wird beinah vom Wind übertönt.

Ich drehe mich zu ihr um. »Doch, das warst du. Du hast mir beigebracht, wie man auf eigenen Füßen steht, mir gezeigt, was man dazu braucht. Und du hast mich gelehrt, anderen gegenüber großzügig zu sein. Ich möchte nicht, dass du glaubst, ich würde dich für meine Fehler verantwortlich machen.«

Nach dem Mittagessen verbringe ich eine angenehme Stunde in einem Badezimmer der Pension und verfuge die gelben Kacheln neu. Josh, der nicht gewillt ist, sich von seinem Gipsverband einschränken zu lassen, sitzt in der leeren Wanne und wirft mit den Plastikspielsachen, die meine Mutter immer vorrätig hat. Meine Mutter streicht die Fensterrahmen. Das Radio ist auf einen Lokalsender eingestellt, und die

Musik hebt meine Stimmung. Wie gern ich früher solche Arbeiten mit meiner Mutter verrichtet habe! Ebenso gern wie andere Kinder mit ihren Müttern Kuchen backen. Dabei entsteht eine unkomplizierte Intimität, der Rest der Welt versinkt, es gibt niemanden außer uns. Ich lächele in mich hinein und werfe meiner Mutter einen Blick zu. Wir beide sind Macherinnen.

Nachdem die Fugen getrocknet sind, wasche ich die Kacheln ab. Dann setze ich mich auf den Wannenrand, kratze Fugenmasse von meinen Fingern und bewundere meine Arbeit. Meine Mutter fährt sich mit dem Handrücken über die Stirn. In ihren Haaren bleibt Farbe hängen.

»Warum kommst du über Ostern nicht mit uns nach Spanien?«, frage ich.

Meine Mutter seufzt. »Wie lieb, dass du das fragst, aber das geht leider nicht. Ich werde hier alle Hände voll zu tun haben.«

»Kann Maureen nicht für dich einspringen?«

Schon als wir hierherzogen, hat Maureen im Haus nebenan gewohnt und meine Mutter seitdem jedes Mal vertreten, wenn sie Urlaub gemacht hat. Bei Maureen geht zwar einiges schief, aber das Haus hat sie noch nicht in Brand gesteckt. Sie zerbricht höchstens das Geschirr oder legt abends an der Eingangstür die Sicherheitskette vor, sodass die Gäste nicht mehr ins Haus kommen.

»Könnte sie, aber du solltest dich auf deinen Mann und deine Kinder konzentrieren.«

»Mach dir deswegen keine Gedanken. Außerdem wird Amber in der ersten Woche mit ihrer Familie da sein. Ein Tapetenwechsel würde dir doch auch guttun, und in dem Haus ist genug Platz für uns alle. Wir haben einen Pool, Barcelona ist nicht weit, und die Kinder würden sich freuen.«

Meine Mutter denkt nach und schüttelt den Kopf. »Tut mir leid, Vicky, aber in der Zeit habe ich Hochsaison.«

»Fast hätte ich es vergessen. Warte einen Moment.« Meine Mutter läuft zu ihrer Kommode und kehrt mit einem Schuhkarton zurück. »Den habe ich auf dem Speicher gefunden, unten in einer Kiste mit altem Gerümpel. Die Sachen gehören dir.«

Ich nehme ihr den Karton ab. Er ist schwer, und als ich ihn zum Tisch trage, rutscht der Inhalt hin und her. »Was ist darin?«

»Mach ihn auf und schau nach.«

Ich hebe den Deckel ab und nehme eines nach dem anderen die in Seidenpapier gewickelten Erinnerungsstücke heraus, die in der Kiste liegen. Ein Porzellanschuh, der mit winzigen Vergissmeinnicht-Blüten aus Porzellan verziert ist. Die Kanten der Blüten schneiden in meine Finger. Als Nächstes kommt eine kleine Venus von Milo, deren weiße Farbe von dem Metallkörper blättert. Meine Mutter beobachtet mich. Ein Lächeln spielt um ihre Lippen.

»Ich wusste gar nicht mehr, dass ich das mal hatte.«

Ich ziehe ein gerahmtes Foto hervor. Es zeigt mich und meine Mutter am Strand, jede mit einem Dauerlutscher im Mund. Danach kommt ein Elfenbeinelefant, vielleicht fünf Zentimeter groß, dem ein Stoßzahn fehlt – ein Porzellanfrosch und sonst noch jede Menge Krimskrams. All diese Schätze reihe ich auf dem Tisch auf, erinnere mich wieder, wie sie früher in Streatham auf dem Regalbrett über meinem Bett standen, und stelle jedes Teil so, dass es seine alten Gefährten wiederfindet.

»Wir sind damals so Hals über Kopf ausgezogen«, sagt

meine Mutter. »Trotzdem weiß ich noch, wie ich die Sachen in den Karton gelegt habe.«

Ich nicke zerstreut, denn in Gedanken bin ich bei meinen Erinnerungsstücken. Irgendetwas stimmt nicht. Der Elefant stand damals nicht neben der Venus, dazwischen war noch etwas. Ich rücke die Figuren auseinander und starre auf die Lücke. Es ist, als hätte ich ein Puzzle zusammengesetzt und das letzte Stück wäre nirgends zu finden.

»Der Bernstein«, stelle ich fest. »Der ist nicht mehr da.«

»Ich bin mir eigentlich sicher, dass ich alles aus deinem Zimmer eingepackt habe«, sagt meine Mutter. »Vielleicht ist er irgendwann heruntergefallen und hinter deinem Bett gelandet.«

»Das macht nichts. Es ist schön, diese Dinge wieder zu haben. Ich nehme sie für Polly und Emily mit. Die werden ganz aus dem Häuschen sein.« Und für den verlorenen Schmuckanhänger hatte ich in der Zwischenzeit ja Amber bekommen, also auch wieder einen Bernstein. Plötzlich taucht wie aus dem Nichts ein beunruhigendes Bild vor meinem inneren Auge auf. Es zeigt meine Freundin in einem Brocken Harz, eine schwarze Gestalt, die sich drohend aufrichtet, als der Harz schmilzt, und sie aus der klebrigen Masse heraustritt.

12

Amber beobachtet, wie Vicky den Kinderwagen im Eiltempo zum Schultor schiebt und an den Eltern und Kindern vorbeikurvt, die schon auf dem Weg nach Hause sind.

»Gott sei Dank, endlich bist du da«, sagt Amber. Vicky ist ganz außer Atem und trabt weiter zum Schulhof. Amber hält mit ihr Schritt. »Kannst du Sophie mitnehmen? Ich treffe mich mit unserem Finanzberater. Tut mir leid, dass ich dich damit überfalle, aber er hatte nur um sechzehn Uhr noch einen Termin frei, und da kann Robert auch, und ...«

»Natürlich kann sie mitkommen«, fällt Vicky ein.

Amber atmet auf. Sie war sich nicht sicher, wie Vicky ihre Bitte aufnehmen würde, ob sie nach Samstagabend beide befangen sein würden. Doch vielleicht denkt Vicky, Amber sei betrunken gewesen und habe das mit der Anzahlung nicht ernst gemeint. Aber sie hat es ernst gemeint. Sogar sehr ernst.

Die Mädchen warten schon. Sophie zieht den Reißverschluss ihrer Steppjacke zu und strahlt, den Mund voller Zahnlücken. »Darf ich mit euch nach Hause gehen?«, fragt sie.

»Na klar«, antwortet Vicky. »Um mir eine Freude zu machen.«

»Du bist zu spät«, meldet sich Emily zu Wort.

Und das nicht zum ersten Mal, fügt Amber im Geist hinzu. Sie machen sich auf den Heimweg. Polly hält sich am Griff des Kinderwagens fest und hüpft über den Bürgersteig. Sie ist Ambers Patenkind, ein entzückendes, unkompliziertes Mädchen, das Vicky nicht verdient hat.

»Ja, Emily, ich weiß«, sagt Vicky. »Es tut mir leid. Ich habe Omi besucht, und auf der Rückfahrt war furchtbar viel Verkehr.«

Die Kinder wetteifern um die Aufmerksamkeit ihrer Mütter und möchten von ihrem Tag erzählen. Amber und Vicky kommen kaum zu Wort und können sich nicht unterhalten. Aber bitte, denkt Amber, worüber sollten sie auch reden? Über den Morgen, an dem Vicky ihr Kind allein gelassen hat, sprechen sie nicht mehr. Das Thema scheint tabu zu sein. Da wäre höchstens noch Vickys Affäre. Amber hat nachgerechnet, sich an Vorkommnisse erinnert, an Bemerkungen, die ihre Freundin hat fallen lassen, und an Ausflüchte, und sich den Rest zusammengereimt. Und da sie Vicky kennt, weiß sie, dass diese darauf brennt, ihr den Namen des Mannes zu verraten; lediglich ein letzter Funken Anstand hält sie noch davon ab.

Amber stößt Vicky an und raunt mit Singsang-Stimme: »Ich weiß, wer es war.«

Vicky fährt zusammen. »Wer was war?«

»Der Mann, mit dem du dich getroffen hast.«

»Weißt du nicht!« Vicky kichert.

»Doch! Ich habe den Namen per Ausschlussverfahren herausgefunden. Es ist der Vater von Astrid North. Stimmt doch, oder?«

Vicky errötet. »Und jetzt fasst du dir an den Kopf und fragst dich, ob ich noch bei Trost war.«

»Warum?«

»Weil er zu alt, zu dick und verheiratet ist.«

»Das hat Anne Boleyn auch nicht abgehalten.«

»Nein.« Vicky lacht. »Aber warum ist es für dich so wichtig zu wissen, wer es war?«

»Wenn ich eine Affäre hätte, ginge es dir genauso.«

»Hm, du hast recht. Ich bin nur froh, dass Astrid nicht mehr in meiner Klasse sein wird, wenn ich im Herbst wieder unterrichte. Das wäre zu schrecklich. Es war ein Anfall von Wahnsinn, Amber, anders kann ich es nicht erklären.«

»Wann hat es angefangen?«

»Als Hellie für zwei Wochen in Schweden war. David wollte mit mir über die Schulprobleme seiner Tochter sprechen. Wie konnte ich nur so unprofessionell sein?« Vicky stöhnt. »Stell dir vor, es wäre herausgekommen. Was für ein Theater das geworden wäre. Eine Lehrerin, die eine Affäre mit dem Vater einer Schülerin hat. Obwohl ich ja eigentlich keine Affäre hatte«, ergänzt sie rasch.

»Natürlich nicht. Übrigens ist er nicht so unattraktiv, wie du tust. Er hat Schlafzimmeraugen.«

»Amber, bitte.«

Amber lacht. »Ist ja schon gut. Drück mir für heute Nachmittag die Daumen. Bisher haben wir es geschafft, die Erben des Hauses hinzuhalten.« Befriedigt sieht sie, dass Vicky erneut rot anläuft. Sie soll sich ruhig unwohl fühlen.

»Habt ihr die Anzahlung noch nicht zusammen?«

»Nein, und anscheinend gibt es andere Interessenten, die ihr Glück weiterhin versuchen. Ich habe Angst, dass wir ausgebootet werden. Deshalb ist das Treffen heute Nachmittag so wichtig.«

»Aber du arbeitest für das Maklerbüro. Das ist doch sicherlich von Vorteil.«

»Nicht, wenn es um Geld geht, Vicky. Es ist mir wahnsinnig unangenehm, aber ich frage aus reiner Verzweiflung. Könnt ihr uns die Anzahlungssumme nicht doch leihen? Nur für ein paar Monate.«

Vicky legt sich ihren Pashmina-Schal um, hüllt sich in den weichen Stoff. »Du weißt, dass wir das nicht können.«

Der Wind ist kälter geworden. Amber ruft den Mädchen nach, an der Ampel zu warten. Sie gehorchen. Polly lässt sogar den bereits gehobenen Finger vor dem Ampelknopf verharren. Amber und Vicky schließen zu ihnen auf und warten, bis die Fußgängerampel auf Grün springt. Vicky tritt vom Bürgersteig und wird beinah von einem Radfahrer angefahren. Amber reißt sie im letzten Moment zurück.

»Ich habe dir neulich auch einen Gefallen getan«, sagt sie.

»Amber! Ich weiß nicht, was du dir vorstellst, aber Tom und ich haben keinen Sack voll Geld herumstehen. Was wir haben, steckt in unserem Haus. Wir können auch nicht einfach zur Bank gehen und um die Summe bitten, die du brauchst. Dazu müssten wir unsere Hypothek neu strukturieren. Warum nehmt ihr das Geld nicht auf, statt uns darum zu bitten?«

»Du hast recht. Entschuldige«, sagt Amber mit dünnem Lächeln. »Lass uns ein andermal darüber reden.«

13

Ich beobachtete die Bolognesesoße, die vor sich hin blubbert. Sophie kommt die Treppe herunter. Sie trägt Emilys geliebtes gelbes Prinzessinnenkleid. Der dünne Stoff spannt an ihrem pummeligen Körper. Im Rücken hat sie die Druckknöpfe offen gelassen, sodass ihr Unterhemd hervorschaut. Sie steht im Türrahmen, in der Hand eine meiner alten Abendtaschen, und mustert mich. Äußerlich kommt Sophie nach ihrem Vater, doch sie hat den durchdringenden Blick ihrer Mutter.

»Was gibt's zum Essen?«, erkundigt sie sich.

Ich lasse eine Handvoll Spaghetti in einen Topf mit kochendem Wasser gleiten. »Spaghetti bolognese. Hast du Hunger?«

»Ja.«

»Das Essen ist in zehn Minuten fertig. Lauf nach oben und sag Emily, dass ihr euch umziehen sollt.«

»Kann ich das Kleid nicht anbehalten?«

»Nein, Sophie, nicht wenn wir Spaghetti essen. Da kleckert man zu leicht. Zieh deine Sachen von vorhin wieder an.«

Sophie macht kehrt, stampft die Treppe hoch und erinnert mich an Klopfer, das Kaninchen aus *Bambi*. Ich rühre die Soße um. Ambers Bitte spukt mir noch immer durch den Kopf. Sollen wir ihnen helfen? Könnten wir das überhaupt? Bin ich gemein, wenn wir es nicht tun? Herrgott, ich weiß es einfach nicht. Außerdem hasse ich es, wenn ich gezwungen werde, mein Gewissen zu prüfen und über mich und meine Motive nachzudenken.

Gleich darauf höre ich das Getrappel von mehr als einem Paar Füße auf der Treppe. Emily und Sophie erscheinen. Emily hat sich als Ballerina verkleidet, Sophie trägt weiterhin das gelbe Prinzessinnenkleid. Offenbar wollen die beiden den Aufstand proben. Ich nehme meine Niederlage im Voraus hin.

»Ihr seht wundervoll aus«, sage ich. »Sehr elegant.«

»Kann ich das Kleid auf Emilys Geburtstagsfeier tragen?«, erkundigt sich Sophie.

»Das musst du Emily fragen. Wenn sie es selbst nicht anziehen will, überlässt sie es dir bestimmt. Pass aber schön auf, dass es vorher nicht schmutzig wird.«

Die beiden Mädchen tragen nur Socken und fahren auf dem Küchenboden Schlittschuh. Polly kommt auch angezockelt. Sie hat ihren imaginären Freund dabei und erklärt ihm, welche Kuchen sie mag und welche nicht.

Ich schenke mir ein Glas Wein ein, lehne mich an den Küchentresen und nehme ein paar kleine Schlucke. Die Kinder sitzen am Küchentisch und essen. Seit Kurzem überlasse ich es Josh, alleine zu essen, in der Hoffnung, dass es dann besser klappt, als wenn ich ihn füttere. Es war ein Rat meiner Mutter. Seinen Gipsverband schütze ich mit einer Plastikhülle, was jedoch wenig nützt, es endet immer mit einer Schweinerei. Joshs neueste Idee ist, sich die Plastikschale mit Brei auf den Kopf zu setzen. Auch das gestatte ich, denn unsere Kämpfe führen zu nichts. Mit breiverschmiertem Gesicht grinst er mich nun an. Ich schneide ihm eine Grimasse.

Als Amber um halb sieben noch immer nicht gekommen

ist, um Sophie abzuholen, werde ich unruhig. Ich muss Josh baden, und Emily und Polly müssen unter die Dusche. Ich checke mein Handy. Keine SMS. Um viertel vor sieben höre ich Toms knatterndes Motorrad. Die Mädchen stürzen zur Tür. Emily trägt ein Paar von meinen Pumps und läuft mit klappernden Absätzen. Tom kommt herein, hebt zuerst Emily hoch und küsst sie auf die Nase, dann Polly. Er krault Sophie am Kinn. Ich werfe einen Blick auf meine Uhr.

»Amber hätte schon vor einer Dreiviertelstunde da sein sollen.«

»Das ist doch kein Problem«, sagt Tom. »Wie oft hat sie sich schon um unsere Kinder gekümmert.«

Er nimmt mich in die Arme und knabbert an meinem Hals. Ich schmiege mich an ihn.

»Ist was?«, fragt er.

»Nein.« Ich gebe ihm einen Kuss.

Tom erwidert meinen Kuss. Dann tritt er zurück und mustert mich mit gehobenen Brauen. »Die Seeluft scheint dir gutgetan zu haben.«

Lächelnd betrachte ich sein Gesicht, an das ich so gewöhnt bin, dass ich es kaum noch richtig wahrnehme. Doch dann erinnere ich mich wieder, wie es war, als wir uns begegnet sind. Unter den vielen gut aussehenden Studenten in Bristol fiel mir einzig und allein Tom Seagrave auf. Was für ein Glück, dass ich bei David noch rechtzeitig zur Vernunft gekommen bin. Ich weiß, welches Leben ich führen und mit wem ich es führen will.

Es klingelt an der Haustür. Ich lasse Amber ein, die an mir vorbeiläuft, Toms Lederjacke auf dem Treppengeländer entdeckt und ihm einen Gruß zuruft.

»Hi, Amber«, antwortet er aus der Küche.

Das fasst sie offenbar als Einladung auf und betritt die Küche. Ich folge ihr. »Tut mir leid, dass ich so spät komme«, sagt sie. »Jemand hatte sich vor die U-Bahn gelegt. Wir haben eine ganze verdammte Stunde lang zwischen zwei Bahnhöfen festgesessen. Können Selbstmörder sich nicht eine andere Uhrzeit aussuchen?«

»Du hast recht«, sagt Tom. »Wie kommen sie nur dazu, so rücksichtslos zu sein. So egoistisch.«

Amber lacht. »Schon gut, ich hab's begriffen.«

»Möchtest du etwas trinken?«, fragt Tom.

»Gern.«

Amber tritt ans Fenster und nimmt das Glas Wein von Tom entgegen. Er bleibt bei ihr stehen. Die beiden schauen nach draußen, mit dem Rücken zu mir. Amber ist kleiner als ich und schmaler. Neben Tom wirkt sie wie ein zerbrechliches Püppchen. Die Lampe über dem Fenster hüllt die beiden in einen Lichtkegel. Amber ist bei uns wie zu Hause, das war schon immer so.

»Bald ist es wieder so warm, dass die Kinder draußen spielen können.« Mit einem glücklichen Lächeln dreht sie sich zu mir um und merkt, dass ich sie taxiert habe. »Ich kann es kaum erwarten. Hoffentlich ist unser Hauskauf bis dahin abgeschlossen.«

»Wieso denn nicht?«, fragt Tom. »Gibt es Vertragsklauseln, die dem im Weg stehen?«

»Gott sei Dank nicht. Nur die Finanzierung ist ein bisschen problematisch.« Amber zuckt mit den Schultern und sieht mich an. »Aber damit will ich euch nicht behelligen.«

»Habt ihr noch mal über den Urlaub in Spanien nachgedacht?«, fragt Tom. »Das Angebot steht. Es sei denn, du fährst lieber nach Suffolk.«

Amber verdreht die Augen. »Logisch. Ich finde es wunderbar, wenn meine Schwiegermutter mir zigmal am Tag erklärt, Sophie sei zu dick, und mein Schwiegervater andeutet, es wäre klüger, wenn wir nach Suffolk ziehen würden.« Mit gesenkter Stimme imitiert sie ihren Schwiegervater. »›Hier käme unser lieber Junge finanziell viel besser über die Runden.‹ Ich darf gar nicht dran denken. Aber ich will mich nicht beklagen. Sie sind großzügig. Unter Urlaub stelle ich mir allerdings schon etwas anderes vor.«

Ich greife nach der Weinflasche und schenke uns allen nach. »Du musst mit uns kommen, Amber. Polly und Emily werden es auch schöner finden, wenn sie ihre Freundin dabeihaben.«

»Wie lieb du bist. Aber Robert …« Amber zuckt mit den Schultern.

»Was ist mit ihm?«, fragt Tom.

»Er meint, dass er sich dann wie der arme Verwandte fühlt.«

»Ach.«

»Das ist das Problem.«

»Vielleicht sollte ich mal mit ihm reden.«

»Tu das.« Amber geht mit ihrem Glas zur Spüle, kippt den Bodensatz aus und stellt das Glas in den Geschirrspüler. »Ich würde sehr gern mit euch kommen. Aber ich … na, ihr wisst schon. Ich muss auf Roberts Gefühle Rücksicht nehmen.«

Später, als Vicky Josh badet, halten Tom und Amber nach Sophies Lesebuch Ausschau – das heißt, Tom sitzt auf Emilys Bett und schaut Amber beim Suchen zu. In seinem Blick liegt etwas Nachdenkliches. Im Bad singt Vicky: »Die Räder am Bus drehen sich rundherum, rundherum, rundherum …«

Tom hebt eine halb bekleidete Puppe auf, drückt den Klettverschluss auf dem Rücken ihres Hochzeitskleids zu und streicht über ihre goldblonden Locken. Amber fragt sich, warum er mit ihr nach oben gekommen ist. Er macht sie nervös. Sie lässt sich auf allen vieren nieder und schaut unter Emilys Bett nach.

»Ich hab's.« Sie hält das Buch hoch.

»Ich hatte noch keine Gelegenheit, mit dir über den Morgen des Einbruchs zu sprechen«, sagt Tom.

Ach, darum geht es, denkt Amber. Sie ist enttäuscht, doch das lässt sie sich nicht anmerken. »Darüber haben wir doch schon geredet.«

»Nicht richtig.« Leise setzt Tom hinzu: »Sonst war Vicky immer dabei.«

Amber zögert. »Da gibt es weiter nichts. Nichts, was ich nicht auch in Vickys Beisein sagen würde.«

»Trotzdem habe ich das Gefühl, dass sie mir etwas verschweigt.«

»Das tut sie nicht.« *Wie seltsam, dass ich Vicky in Schutz nehme*, denkt Amber. Dabei könnte sie das, was sie weiß, zu ihrem Vorteil nutzen. Aber gegen alte Loyalitäten verstößt man nicht so leicht. Obwohl sie nicht weiß, ob sie ihre Freundin immer noch liebt oder schon hasst. Sie ist verwirrt, auch was ihre Gefühle für Tom betrifft.

Tom studiert ihre Miene. Amber schaut zur Seite, setzt sich neben ihn auf das Bett und klemmt die Hände zwischen ihre Schenkel.

»Ehrlich, da gibt es nichts zu erzählen. Ich gehe davon aus, dass Vicky sich noch immer im Schock befindet. Wer weiß, was Josh hätte zustoßen können. Ihr hattet Glück im Unglück.«

Toms Miene verdüstert sich. Offenbar stellt er sich die Alternativen vor. »Gut, dass du an dem Tag vorbeigekommen bist.«

Er berührt Ambers Arm. Es ist eigentlich keine besondere Geste, doch auf Amber wirkt sie elektrisierend. Sie dreht den Kopf zu ihm um. Ihre Blicke treffen sich. Irgendetwas spielt sich zwischen ihnen ab – ein Aufzucken, ein Stocken des Atems, ein Herzschlag, der kurz aussetzt.

»Tom«, ertönt Vickys Stimme. »Kannst du die Mädchen rufen?«

Abrupt steht Tom auf. »Polly! Emily! Zeit zu duschen!«, ruft er von der Tür aus und läuft die Treppe hinunter.

Amber legt ihre Hand auf die warme Stelle, die er auf dem Bett hinterlassen hat. Wenn sie ein schlechter und schwacher Mensch wäre, würde sie sich mit ihm einlassen.

Okay, das reicht. So jemand ist sie nicht. Sie springt auf. Zeit, nach Hause zu gehen.

Vorher schaut sie noch ins Bad. Vicky kniet vor der Wanne und versucht, Joshs Gipsverband aus dem Wasser zu halten, doch von dem vormals glänzend weißen Verband ist ohnehin nicht mehr viel zu erkennen. Er ist übersät von mit Filzstift geschriebenen Wörtern, Gemälden, Aufklebern, Flecken von Speiseresten. Wahrscheinlich riecht er schon.

»Ich fahre jetzt«, verabschiedet sie sich. »Vielen Dank, dass Sophie bei euch bleiben durfte.«

»*De nada.*« Vicky lächelt zu ihr hoch.

Amber tupft eine kleine Traube Schaumblasen auf und setzt sie Josh auf die Nase. »Bis morgen, Kleiner.«

Mai 1992

»Was habt ihr denn heute vor?« Sally reichte Luke einen Becher Kaffee.

Katya hatte Schulferien – Schulferien, die kein Ende nehmen wollten. Ein einziges Mal war es ihr gelungen, zu Gabriella eingeladen zu werden. Danach hatte sie ihre Klassenkameradin zu sich eingeladen. Luke hatte es ihr erlaubt. Katya hatte sich gesagt, wenn noch jemand bei ihnen wäre, würde er sie in Ruhe lassen, wenigstens für ein paar Stunden. Aber Gabriella hatte die Einladung ausgeschlagen. Es war, als hätte sie geahnt, dass bei ihnen etwas nicht stimmte, dass es etwas Unsichtbares und Hässliches gab. Oder sie hatte etwas Besseres vor.

Sally lehnte sich an den Küchentresen. In ihrer blauen Schwesternuniform mit dem gebauschten Rock erinnerte sie Katya an eine Glocke, die dünnen Beine waren die Klöppel. Man müsste nur an einem Strick ziehen, und Sally würde hin- und herschwingen.

»Wir gehen schwimmen«, sagte Luke.

Katyas Magen zog sich zusammen. »Ich habe keinen Badeanzug.«

Sally strich ihr über das Haar. »Das ist kein Problem. Ich besorge dir einen von unseren Nachbarn.«

Vier Häuser weiter wohnte eine Familie mit zwei Töchtern und einem Sohn. Katya kannte die Kinder nur vom Sehen und glaubte, dass es an der Mutter lag, die etwas gegen sie, Katya, hatte. Wenn sie zur gleichen Zeit wie die Kinder draußen war, kam die Mutter und rief ihre Kinder ins Haus. Es würde Katya wundern, wenn sie ihr etwas leihen würde, das ihren kostbaren Töchtern gehörte.

»Ich schwimme nicht gern«, sagte sie. »Ich würde lieber hierbleiben und fernsehen.«

»Nein, du wirst nicht den ganzen Tag vor der Glotze hocken«, sagte Luke. »Wir gehen schwimmen, das ist eine großartige Idee. Abgesehen davon würde mir ein bisschen Bewegung nicht schaden.«

Katya verschluckte sich fast an ihrem Toast und fing an zu husten. Luke schlug ihr so fest auf den Rücken, dass es wehtat.

»Mir ist nicht gut«, sagte sie.

»Für mich siehst du vollkommen gesund aus.« Luke legte eine Hand auf Katyas Stirn. Katya erstarrte, konnte kaum noch atmen. »Du fühlst dich auch gesund an.«

Sally musterte Katya und furchte die Stirn. »Kannst du nicht schwimmen?«

Katya schaute zu Boden. »Nein.«

»Deshalb musst du dich doch nicht schämen. Es ist nicht deine Schuld, dass du nicht die gleichen Möglichkeiten hattest wie andere Kinder.«

»Die Sache ist geritzt«, erklärte Luke. »Wir gehen ins Schwimmbad, und ich bringe dir das Schwimmen bei. Wenn wir bald aufbrechen, ist es dort noch nicht so voll. Sally besorgt dir einen Badeanzug von Annies Töchtern.«

»Ich will aber nicht«, sagte Katya verzagt.

Ihr graute vor Wasser. Sie war vier Jahre alt gewesen, als einer der Freunde ihrer Mutter wütend geworden war, ihren

Kopf in die volle Badewanne getaucht und unter Wasser gehalten hatte. Die Erinnerung an die Hand, die ihren Kopf nach unten drückte, an ihre schmerzende Lunge und ihre Panik war nie verblasst.

»Dummerchen«, sagte Sally. »Jeder Mensch muss schwimmen können. Das kann dir irgendwann einmal das Leben retten. Hol dir ein Handtuch aus dem Bad und binde deine Haare zusammen.«

Als Sally aus dem Nachbarhaus zurückkehrte, wirkte sie verstimmt. Anscheinend hatte man ihr den Badeanzug für Katya nur ungern überlassen. Er war blassrosafarben, mit weiß eingefasstem Ausschnitt und einer glitzernden Meerjungfrau auf dem Vorderteil. Katya fand ihn scheußlich. Außerdem war er ihr zu groß und verrutschte immer wieder. Zehn Minuten lang saß Katya am Rand des Schwimmbeckens und atmete den Chlorgeruch ein. Erst als ihr zu kalt wurde, konnte Luke sie überreden, ins Wasser zu kommen. Er versprach ihr, dass sie den Kopf nicht untertauchen müsse – ein Versprechen, das er bereits nach fünf Minuten brach.

Lukes Badehose war blau, sein Körper entsetzlich weiß, und im Wasser bewegten sich die dunklen Haare auf seiner Brust. Er erklärte, Katya solle sich mit beiden Händen am Beckenrand festhalten und Wasser treten. Sie gehorchte und hoffte, das wäre alles, was sie tun müsse.

Lukes Hand schob sich unter ihren Magen. Katya versteifte sich.

»Treten, Katya. Ja, so ist es richtig«, sagte er. »Und den Bauch und die Beine hochhalten.«

Der Druck seiner Hand verstärkte sich. Katya trat noch fester, versuchte, sich noch höher zu halten.

Sie ekelte sich vor seiner Hand, wollte nicht, dass er ihren Bauch berührte und an ihren Beinen entlangstrich. Es war, als gäbe ihm das Wasser die Erlaubnis, sie anzufassen. Sie richtete ihren Blick auf die Wanduhr.

»Kann ich jetzt wieder raus?«, fragte sie und hielt sich am Beckenrand fest, ganz gleich, wie oft Luke sie drängte, den Rand loszulassen.

»Noch zehn Minuten.«

Luke schwamm von ihr fort. Seine Arme hoben und senkten sich, durchschnitten die Wasseroberfläche beinah ohne Spritzer. Katya beobachtete, wie sein Kopf hin und her glitt. Dann machte er kehrt, schwamm unter Wasser und tauchte wie ein Seehund vor ihr auf.

»Wir gehen erst, wenn du den Rand losgelassen hast«, erklärte er. »Also los. Sei kein Frosch.«

Katya schüttelte den Kopf. »Nein, das möchte ich nicht.«

»Stell dich nicht an. Schwimmen ist etwas ganz Natürliches. Na komm.«

Luke beugte sich von hinten über sie und löste ihre Finger vom Beckenrand, einen nach dem anderen, ganz gleich, wie sehr sie sich wehrte. Seine Brusthaare kitzelten ihre Schultern. Katya stieß ihn zurück. Er lachte, hob sie aus dem Wasser und warf sie mit Schwung ein paar Meter weiter wieder hinein. Katya schrie auf – panisch, aber auch aufgeregt –, und dann ging sie unter, paddelte mit Händen und Füßen, sah Lukes Beine und den im Wasser wogenden Stoff seiner Badehose. In ihrer Not griff sie danach und geriet an den Bund. Luke packte ihre Hand, und für einen furchtbaren Moment dachte sie, er wolle sie unter Wasser festhalten. Er zog sie an sich, schob sie an sich hoch, bis ihr Bauch seine Brust streifte.

»So, jetzt üben wir noch mal«, sagte er. »Diesmal werfe ich dich nicht.«

Er ließ sie auf dem Bauch treiben und hielt beide Hände unter sie, doch dann glitt seine Hand immer weiter nach unten. Im ersten Moment dachte Katya, es sei ein Versehen, doch dann wurde ihr klar, dass er genau wusste, was er tat. Inzwischen waren auch andere Schwimmer im Becken, sodass Katya es nicht wagte, sich gegen Luke zu wehren. Sie begann zu weinen, doch ihre Tränen vermischten sich mit dem Wasser, und niemand merkte etwas. Es war ja auch nur ein rascher Griff, eine kurze Berührung gewesen. Gleich darauf stand sie im seichten Wasser, und Luke zog sich am Metallgeländer der Treppe hoch.

»Ich glaube, das reicht für einen Tag«, sagte er. »Wir wär's mit einer schönen heißen Schokolade?«

Katya gab ihm keine Antwort. Sie stieg aus dem Schwimmbecken. Ihre Augen brannten und sie hustete Chlorwasser. Sie wollte Luke wehtun, ihre Finger in seine Augen krallen, die Augäpfel aus ihren Höhlen drücken, ihm in die Weichteile treten, bis er sich vor Schmerzen krümmte und schrie.

»Du zitterst wie Espenlaub«, sagte er. »Lauf unter die heiße Dusche. Wir treffen uns in der Eingangshalle.«

Katya ging in eine Kabine, rieb sich trocken, kleidete sich an und schlug den scheußlichen Badeanzug in ihr Handtuch ein. Dann blieb sie stehen. Sie wollte den Umkleidebereich nicht verlassen. Der Lärm aus dem Schwimmbecken drang zu ihr herüber, aber er klang weit entfernt, wie ein Echo. An der Ausgangstür hing ein Wegweiser zu den Notausgängen. »Luke ist ein Wichser«, hatte jemand darauf geschrieben und einen Penis gemalt.

14

Samstag, 20. Februar 2010

An diesem Tag habe ich mich gut gefühlt, mich sogar auf Jennys Cocktailparty gefreut. Doch um sieben Uhr abends schlägt meine Stimmung um. Die Kinder sind bettfertig, ich habe geduscht und bin dabei, mich für die Party zurechtzumachen. Es ist Polly, die mich daran erinnert, dass in diesem Haus nicht mehr alles so ist wie früher. Sie kommt ins Schlafzimmer scharwenzelt, als ich gerade mein Make-up auftrage.

»Ich will nicht, dass der Einbrecher kommt«, sagt sie.

Ich lehne mich dichter an den Spiegel heran und ziehe einen Lidstrich. »Er kommt ja auch nicht, Polly, das verspreche ich dir.«

Mit großen, vertrauensseligen Augen schaut sie mein Spiegelbild an. »Hat der Polizist ihn gefangen?«

Was soll ich darauf antworten? Dass man ihn nicht gefangen hat, weil ich bei dem Phantombild gelogen habe? Muss ich auch mein Kind belügen? Ja, muss ich. Ich hole tief Luft.

»Er kommt nicht zurück, weil er davor zu große Angst hat. Er ist auch gar nicht mehr in London. Die Polizei weiß, dass er viele hundert Meilen von uns entfernt ist, denn sie hat mit den Polizisten in anderen Städten gesprochen, und die haben gesagt, dass er jetzt in Schottland ist.« *Armes Schottland.*

»Ich will nicht nach Schottland.«

»Musst du ja auch nicht. Geh wieder ins Bett, Schätzchen. Gleich komme ich noch mal und decke dich zu.«

Unsere Babysitterin macht es nicht besser. Sie ist neu, denn Magda wurde schon von Amber engagiert. Ich betrachte das Mädchen, das angeblich sechzehn ist, mir mit seinen Zöpfen aber mehr wie vierzehn oder fünfzehn vorkommt. Es trägt abgewetzte Jeans, Sweatshirt und ausgetretene Sneakers, aber was besagt das heute schon?

Die Forsyths wohnen in der Keats Avenue, in einem schmalen viktorianischen Reihenhaus. Tom geht gleich ins Wohnzimmer, wo schon die ersten Gäste versammelt sind, während ich die beiden Flaschen Wein, die wir mitgebracht haben, in die Küche trage. Ein Mädchen, das nicht älter als zwölf sein kann, arrangiert Appetithäppchen auf einem Tablett. Jenny kommt herein. Anscheinend hält sie mich in Sachen Innendekoration für eine Expertin, denn sie will wissen, wie ich die Farben finde, die sie für die Wände im Haus ausgesucht hat. Als ich schließlich ins Wohnzimmer komme, steht Tom mit Jennys Mann Simon und mit Robert zusammen.

Der Lärmpegel im Raum erschlägt mich förmlich. Da Vorhänge und Teppiche noch fehlen, wird er durch nichts gedämpft. An den Dielen sieht man, wo die Stemmeisen angesetzt wurden, um unter dem Fußboden Leitungen und Rohre zu legen. Hinten im Raum befindet sich ein Tapeziertisch, mit einem Laken als Tischdecke. Ein zweites junges Mädchen steht dort und schenkt Wein aus. Ich lasse mir ein Glas Weißwein geben. Rechts von dieser improvisierten Bar führen verglaste Sprossentüren zu einem schmalen, langen Garten, in dem sich Lichterketten um Sträucher und ein Spalier ranken. Überall auf dem Rasen draußen glühen Teelichter in braunen Papiertüten. Offenbar hat sich bisher noch keiner in die Kälte hinausgewagt, aber es wird nicht mehr lange dauern, bis die Raucher den Garten entdecken.

Amber hat sich zu den Männern gestellt. Sie trägt ein eng anliegendes burgunderrotes Kleid, das ihre schmale Taille und ihre Brüste betont und sie kurvenreicher macht, als sie ist. Der Saum des Kleids reicht kaum bis zur Mitte ihrer Schenkel. Das Haar hat sie zu locker fallenden Wellen geföhnt. Im Vergleich zu den anderen, eher bieder gekleideten Frauen wirkt sie auffallend sexy. Millie Boxer tippt mich an, und ich trete zu einer Gruppe Mütter. Wir unterhalten uns über das Übliche, also die Kinder und die Schule. Selbst diejenigen, die noch kleine Kinder haben, diskutieren bereits über die Aufbauklassen. Da ich Lehrerin bin, gehen sie davon aus, dass ich ihnen Ratschläge geben kann, aber ich weiß selbst nicht viel darüber. Danach geht es um den Einbruch in unserem Haus. Sie möchten jedes kleine Detail erfahren. Wie ist der Mann ins Haus gelangt? Welche Alarmanlage benutzen wir? Wie konnten Amber und ich uns so seelenruhig in der Küche aufhalten, ohne zu merken, dass noch jemand im Haus war?

»Ihr seid also reingekommen, habt Kaffee gekocht, und du hast Josh schlafen gelegt. Und in der ganzen Zeit hat dieser Mann sich irgendwo versteckt gehalten! O Gott, ich wäre wahnsinnig geworden.« Das sagt ausgerechnet Imogen Parker, die sich sonst damit brüstet, dass sie, wenn sie in ihrem Haus allein ist, nicht mal die Alarmanlage einschaltet.

Wenig später entschuldige ich mich und suche die sogenannte Bar noch einmal auf, um mir von der Zwölfjährigen nachschenken zu lassen.

»Wir haben gerade über Träume gesprochen«, erzählt Tom.

»Ich habe letzte Nacht geträumt, ich wäre Stabhochspringer. Es war fantastisch.« Wenn Simon lacht, wackelt sein Bauch.

»Vicky träumt davon, Babys umzubringen«, sagt Amber und zwinkert mir zu.

»Amber!« Ich lache verlegen. »Dir erzähle ich nichts mehr.«

Sie lehnt sich an meinen Mann, lächelt zu ihm hoch. Wie auf Kommando legt Tom einen Arm um sie. Tom ist jemand, der die Leute, die er mag, berührt, was mir bisher nie etwas ausgemacht hat. Warum also geht es mir jetzt gegen den Strich? Vielleicht weil Amber sich Tom gegenüber so seltsam benimmt – nicht mehr so natürlich wie sonst. Oder empfinde ich das so, weil ich mir nicht mehr sicher bin, wie gut ich sie tatsächlich kenne?

»Das war nur in der Zeit, als ich mit Josh schwanger war.« Ich schaue die Männer beschwörend an, damit sie mir glauben. »Da waren meine Träume voller Gewalt. Das lag an den Schwangerschaftshormonen. Aber ich habe nie gesagt, dass ich im Traum Babys töte. Ich habe nur meine beste Freundin ermordet.«

»Oh, Vicky.« Amber rückt zur Seite und zieht mich zu sich. Jetzt steht sie zwischen Tom und mir. »Ich habe doch nur Spaß gemacht.«

Eine Weile später stehe ich allein da und fühle mich mit einem Mal so unsicher, dass ich nicht in der Lage bin, an einem der Gespräche ringsum teilzunehmen. Ich öffne die Terrassentüren und trete hinaus in die kalte Luft. Der Garten liegt ganz still da und wirkt verzaubert. Die Teelichter bescheinen einen Kirschbaum von unten, verwandeln sein Geäst in ein

Gespinst von Zweigen und lassen winzige grüne Knospen aufschimmern.

Am anderen Ende des Gartens steht ein dunkler Schuppen. Ich wandere dorthin, in der Hoffnung, mich für einen Moment verstecken zu können, bis ich mich wieder besser fühle oder mir zu kalt wird, je nach dem, was zuerst kommt. Andere machen es wie ich, kommen heraus und spazieren im Garten umher. Ich entferne mich, doch meine Absätze versinken immer wieder im weichen Rasen. Als ich ein lautes Lachen höre, fahre ich herum, aber es hatte nichts mit mir zu tun. Hier und da zündet jemand eine Zigarette an, und ich sehe einen glühenden roten Punkt. Ein Mann löst sich aus der Rauchergruppe und kommt auf mich zu. Es ist Robert.

»Rauchst du heimlich?« Meine Stimme ist unstet. Um es zu überspielen, lache ich. Dann räuspere ich mich und versuche, den nächsten Satz mit festerer Stimme zu sagen. »Pass auf, dass Amber dich nicht erwischt.« Ich möchte mich nicht unterhalten und wende mich ab, doch Robert hält mich fest.

»Bleib einen Moment. Ich habe so selten Gelegenheit, allein mit dir zu reden. Wie geht es dir?«

»Gut.«

»Arme Vicky. Du hast eine harte Zeit hinter dir, oder?«

Ich studiere Roberts Miene und schlinge die Arme um meinen Oberkörper, um mich gegen die Kälte zu schützen.

»Was hat Amber dir erzählt?«

Plötzlich sehe ich die beiden abends im Bett vor mir, wie sie vor dem Einschlafen über mich reden.

»Keine Angst, sie hat mir kein Geheimnis verraten. Ich habe ganz allgemein gesprochen und dachte an die Monate seit Joshs Geburt. Mir scheint, dass diese Zeit schwierig für dich war, weiter nichts.«

»Ich kann mich nicht beklagen«, entgegne ich. »Ich bin glücklich und zufrieden.«

»Aber?«

»Mein Gott, du weißt, wie es manchmal ist.« Ich zucke mit den Schultern. Robert nickt und belässt es dabei. Er ist ein rücksichtsvoller Mensch.

»Ich wollte dich etwas fragen«, sagt er.

»Okay.«

Er zögert. Robert war noch nie jemand, der viel über sich spricht. Wenn man ihn fragt, wie es ihm geht, antwortet er ebenso wie ich, es gehe ihm gut.

»Findest du, dass Amber sich in letzter Zeit verändert hat?«

»Wie denn?« Ich zucke mit den Schultern. »Sie wird sich auf das neue Haus freuen. Vielleicht färbt das generell auf ihr Verhalten ab.«

Robert schnaubt und schüttelt den Kopf. Dann bricht es aus ihm heraus. »Wenn sie glücklich oder euphorisch wäre, würde ich gar nichts sagen. Aber Amber ist … ich weiß nicht … irgendwie anders. Ich kann ihr einfach nichts recht machen … entschuldige, ich sollte dir so etwas gar nicht erzählen.«

Soll ich sagen, dass ich weiß, wovon er redet? Aber was würde das nützen? Abgesehen davon möchte er ja auch nicht, dass ich seinen Eindruck bestätige, sondern dass ich das Gegenteil behaupte.

»Also mir ist nur aufgefallen, dass sie sich auf den Umzug freut. Was mich nicht wundert, denn an ihrer Stelle würde es mir genauso gehen.«

Robert wirkt betreten. »Ich habe mein Bestes getan.«

»Das kann niemand bestreiten.« Ich nicke beruhigend.

»Ich frage mich bloß, woher wir das Geld für die Anzahlung nehmen sollen. Ein Problem, das Amber offenbar nicht erkennt. Oder sie will es nicht erkennen. So habe ich sie jedenfalls noch nie erlebt. Es ist, als wäre sie von diesem Haus besessen, und wehe dem, der sich ihr in den Weg stellt.« Er schaut zu Boden. »Und das schließt mich ein.«

Ich weiß, dass ich jetzt sehr vorsichtig sein muss, denn ich will ihn nicht verletzen. »Vielleicht glaubt sie, wenn sie bei ihrem Wunsch bleibt und kein Nein akzeptiert, wird aus dem Wunsch Wirklichkeit. So zu denken scheint heute modern zu sein. Siehst du denn keine Möglichkeit, das Geld zusammenzukratzen?«

»Ich könnte meine Eltern ermorden und auf die Auszahlung meines Erbes warten, doch davon abgesehen ist die Antwort ein klares Nein. Ich stehe finanziell ohnehin schon auf der Kippe. Viel ist nicht mehr nötig, um mich in die Knie zu zwingen. Als ich noch nicht verheiratet war, war das kein Problem, aber jetzt ist es anders. Der Druck ist enorm.«

»Ja, das Gefühl kenne ich.«

»Und selbst wenn ich das Geld für die Anzahlung erbetteln, stehlen oder als Kredit aufnehmen würde, bliebe immer noch die Frage, wie ich die restlichen Summen auftreiben soll. Amber lebt in Wolkenkuckucksheim.« Robert errötet. »Entschuldige, das hätte ich nicht sagen sollen.«

»Keine Sorge, ich erzähle es nicht weiter.«

Robert zieht hektisch an seiner Zigarette und stößt den Rauch aus. »Meine größte Angst ist, dass ich ihr nicht geben kann, was sie sich wünscht, und sie sich jemanden sucht, der es kann.«

Er ist sehr offen. Ich brauche einen Moment, um seine Worte zu verdauen, obwohl mir das Gleiche selbst schon durch den Kopf gegangen ist.

»So ist sie nicht«, sage ich schließlich. »Sie liebt dich.«

»Sie ist mein Leben.« Robert fährt sich durch die Haare. »Ich darf sie nicht verlieren.«

Im Halbdunkel und in seiner Verzweiflung ist er richtig attraktiv. Seine Augen sind zwar klein, aber sein Blick hat eine unglaubliche Intensität.

»Wie kommst du darauf, dass du sie verlieren könntest?«, frage ich leise.

»Weil ich sie nie richtig hatte. Ich mache mir nichts vor, Vicky, ich weiß, dass ich Amber mehr liebe als sie mich. Ist ja auch in Ordnung, Amber hat es verdient, geliebt zu werden. Ich wünschte nur ... ich wünschte, wir hätten noch ein Kind. Und mehr Geld. Ich komme mir vor wie ein Versager. Und jetzt sollen wir euch auch noch unseren Urlaub in Spanien verdanken.«

Die letzten Worte klingen so deprimiert, dass ich mir Zeit lasse, um nichts Falsches zu antworten. Er ist stolz, und das kann ich nachvollziehen. Meine Mutter, die auch oft knapp bei Kasse war, hat nie von anderen Geld angenommen, nicht einmal von ihren Freunden. In Notsituationen haben wir uns immer etwas einfallen lassen.

»Ich weiß, wie dir zumute ist, ich bin in sehr bescheidenen Verhältnissen groß geworden und kenne leere Kassen. Aber was den Spanienurlaub betrifft, brauchst du dir keine Gedanken zu machen. Ihr seid doch so gut wie Familie. Bitte, kommt mit.«

»Also schön, meinetwegen«, sagt Robert nach kurzem inneren Kampf. »Danke.« Er greift nach meiner Hand, führt sie an den Mund und küsst sie, immer noch die heruntergerauchte Zigarette zwischen zwei Fingern. So habe ich ihn noch nie erlebt, doch ich finde seine Geste reizvoll und charmant. »Weißt du was, Vicky? Du hast ein gutes Herz.«

»Nur wenn es um meine Freunde geht. Komm, lass uns wieder hineingehen. Die anderen werden sich schon fragen, was wir die ganze Zeit hier draußen machen.«

Robert hält meine Hand fest. »Wenn du Tom von unserem Gespräch erzählen willst, verstehe ich das. Aber bitte sag Amber nichts.«

»Ich werde keinem der beiden etwas erzählen.«

Als wir gegen elf Uhr nach Hause kommen, ist Tom bester Laune. Er bezahlt die Babysitterin, begleitet das Mädchen hinaus und wartet, bis es auf seinem Fahrrad davonradelt. Dann kehrt er zurück und schließt mich in die Arme. Ich befreie mich, sinke auf die unterste Treppenstufe, streife meine Pumps ab und reibe meine Füße.

»Warum fahren wir morgen nicht ans Meer?«, schlägt Tom vor und verbeißt sich ein Gähnen. »Ich hab Lust auf frische Luft.«

Ich überlege, zucke mit den Schultern. »Ja, warum nicht. Die Kinder würden sich auf jeden Fall freuen. Morgen früh rufe ich Mum an und sage ihr Bescheid.«

Tom legt seine Jacke über das Treppengeländer. »Warum fragst du Robert und Amber nicht, ob sie mitkommen wollen?«

Das lasse ich mir eine Weile durch den Kopf gehen. »Kann ich machen«, antworte ich schließlich. »Aber vorher frage ich Jenny und Simon. Ich möchte, dass wir sie besser kennenlernen.«

Tom betrachtet mich erstaunt. Ich lächele, als wäre nichts. Woher soll er auch wissen, dass ich nicht mehr weiß, wie gut ich mich auf meine beste Freundin verlassen kann? Ich mag Amber sehr, doch manchmal ist es, als würde ich ihr gehören, als müsste ich sie bei allem, was ich tue, um Erlaubnis fragen und sie in alles, was ich unternehme, einbeziehen.

»Simon und Jenny werden morgen aufräumen und putzen«, sagt Tom. »Sie werden keine Zeit haben.«

Aber da hat er nicht mit Jenny gerechnet, die, als ich sie um acht Uhr morgens anrufe, schon seit zwei Stunden auf den Beinen ist und sich nichts Schöneres vorstellen kann, als ihre Familie einzusammeln, ins Auto zu springen und mit uns ans Meer zu fahren.

Juni 1992

Um nach der Schule nicht nach Hause gehen zu müssen, setzte Katya sich in die Bücherei und machte ihre Hausaufgaben. Es waren Rechenaufgaben, die sie in kürzester Zeit gelöst hatte. Sie überlegte, ob Luke sich wegen ihres Ausbleibens sorgte, und stellte fest, dass es ihr egal war. Er würde sie nicht verraten, denn wenn, würde Sally vielleicht fragen, warum sie nach der Schule nicht nach Hause gekommen sei. Katya ging zu den Kinderbüchern, zog einige aus den Regalen, blätterte sie durch und stellte sie wieder zurück. Sally hatte gesagt, im Lesen mache sie Fortschritte, aber sie war noch nicht so gut wie Gabriella, die schon Bücher für Erwachsene lesen konnte. Katya hatte Hunger, doch den verdrängte sie. Seit Neuestem war sie ständig hungrig und hoffte, sie würde endlich wachsen. Dann entdeckte sie ein Buch mit Bildern, ließ sich damit an einem Lesetisch nieder, las ein wenig und schaute sich die Bilder an. Wenig später bettete sie den Kopf auf ihre Arme und döste ein. Als sie wach wurde, hatte sich eine Kante des Buches in ihrer Wange abgedrückt.

Gegen Abend verließ sie die Bücherei und lief zu McDonald's. Sie wusste, dass man sie dort in Ruhe lassen würde und sie noch eine Stunde totschlagen konnte, indem sie übte, die Wörter zu schreiben, die man ihr aufgegeben hatte: Freund, Lastwagen, Kino, Löwin, Petersilie, Übung, Schloss, Tablett. Es ärgerte sie, dass Gabriella andere Wörter lernen musste wie: exzellent, Fantasie, Katastrophe, Rhythmus. Katya mochte es nicht, wenn man ihr das Gefühl gab, zurückgeblieben zu sein, erst recht nicht im Vergleich zu Gabriella, die keine Gelegenheit ausließ, sich auf Katyas Kosten hervorzutun.

Plötzlich sah sie Luke und Maggie, die sich von der anderen Straßenseite her näherten. Wieso waren die beiden zusammen? Wahrscheinlich hatte Luke Maggie angerufen und ihr irgendeine Lüge aufgetischt, um sich als guter Pflegevater darzustellen, der wegen Katya ganz krank war vor Sorge. Maggie gestikulierte mit den Händen und stieß mit dem Arm gegen Luke. Er hatte die Hände in den Hosentaschen, die Schultern leicht gekrümmt und sich Maggie zugeneigt, als wollte er verhindern, dass ihm auch nur das kleinste Wort von ihr entging. Als Maggie an die Fensterscheibe klopfte, tat Katya überrascht. Maggie und Luke tauschten noch einige Worte. Luke zuckte mit den Schultern und holte ein Päckchen Zigaretten aus seiner Jackentasche. Maggie kam allein durch die Tür und setzte sich zu Katya.

»Willst du mir erzählen, was mit dir los ist?«

Katya warf einen Blick nach draußen. Luke blies den Rauch seiner Zigarette in die Abendluft. »Ich wollte nicht nach Hause gehen.«

»Du darfst anderen Leuten nicht solche Angst einjagen. Luke und ich wussten nicht mehr, wo wir dich noch suchen sollten. Wenn wir dich in den nächsten Minuten nicht gefunden hätten, hätten wir Sally im Krankenhaus verständigen müssen.«

»Ich mag ihn nicht.«

»Aber er ist doch so nett. Er hat dich gern. Sally geht es ebenso. Du kannst ihnen ihre Freundlichkeit nicht vergelten, indem du dich nach der Schule verdrückst. Das ist nicht fair.«

Katya kannte die Wörter nicht, um das, was sie Luke gegenüber empfand, richtig zu beschreiben.

»Sie streiten sich«, sagte sie schließlich. »Es ist meine Schuld. Er hat seinen Job verloren, und ich bin ihnen lästig. Ich möchte zu einer anderen Familie.«

Maggie nahm Katyas Hände. Ihre braunen Augen begannen zu funkeln. »Worüber streiten sie?«

»Über alles Mögliche. Ich hasse es, bei ihnen zu wohnen. Ich kann nicht ...«

Katya wusste nicht weiter. Sie durfte Maggie nicht erzählen, dass Luke sie ständig berührte. Luke hatte sie gewarnt und gedroht, wenn sie das tue, werde er allen erzählen, dass sie genauso verdorben sei wie ihre Mutter. Doch dann wieder sagte er, dass er sie liebe, und manchmal – in den Momenten, in denen sie ihn nicht hasste – dachte sie, dass sie ihn auch liebte. Er behandelte sie wie eine Erwachsene und erzählte ihr Dinge über sich und Sally, die sie eigentlich nicht wissen durfte. Er lobte sie, weil sie zwar noch ein Kind sei, doch dafür schon so reif. Es war so verwirrend, dass Katya sich, wenn sie nachts an ihn dachte, mit ihrem Zirkel stach, um nicht mehr an ihn denken zu müssen. Nun fuhr sie mit dem Finger über die verschorften Stellen auf ihrem Handrücken.

Luke lehnte sich über sie, um die Haustür ins Schloss zu drücken. Katya versuchte, sich klein zu machen. In Maggies Auto hatte sie einen Blick auf die Uhr am Armaturenbrett geworfen. Zwanzig nach sieben. Sally würde erst in einer

Stunde und vierzig Minuten zurückkehren. Die Zeit bis dahin war zu lang, um sich sicher fühlen zu können.

»Du hast doch keine Angst vor mir, oder?«

»Nein«, murmelte sie.

Luke nahm ihr Gesicht in die Hände, die Kuppen seiner Daumen auf ihren Mundwinkeln. Sie rochen nach Zigaretten. Katya versuchte, nicht einzuatmen.

»Du weißt, dass ich es nur gut mit dir meine.«

Katya nickte und stellte sich vor, wie es wäre, in seine Daumen zu beißen, wie er schreien würde. Sie musste aufs Klo. Luke ließ sie los, und sie rannte zum Bad. Er lachte, als sie die Tür zuknallte und verriegelte. Zehn Minuten später traf sie ihn in der Küche an, wo er gebackene Bohnen aus einem Kochtopf auf eine Scheibe gebutterten Toast gleiten ließ. Katya aß langsam, dehnte die Mahlzeit so lange wie möglich aus, obwohl sie so hungrig war, dass sie ihr Essen am liebsten hinuntergeschlungen hätte.

»Ich werde Sally nicht verraten, was du heute gemacht hast. Und du wirst ihr nicht verraten, dass ich geraucht habe«, sagte Luke. »Haben wir einen Deal?«

Später saß sie auf der Sofakante, die Hände unter ihrem Po, und schaute *Coronation Street*. Seit sie die Serie zum ersten Mal gesehen hatte, war sie süchtig danach. Inzwischen hatte sie sich fast schon an die Beklemmung gewöhnt, die Luke in ihr auslöste, wenn er nichts mit sich anzufangen wusste und von ihr unterhalten werden wollte, aber sie hoffte, dass sie wenigstens *Coronation Street* ungestört genießen konnte.

»Warum bist du nicht nach Hause gekommen?« Er hatte sich angeschlichen und stand jetzt hinter dem Sofa, die Hände auf die Lehne gestützt.

Katya setzte sich so, dass sie den Alkohol in seinem Atem

nicht riechen musste. Seit Kurzem roch er wie einige der Männer, die ihre Mutter besucht hatten.

Sie starrte auf den Bildschirm. »Weiß ich nicht.«

Luke massierte ihre Schultern. Katya verkrampfte sich und hielt den Atem an, während seine Finger ihre Muskeln kneteten und sich tief in ihre Haut gruben. Von seinem Platz aus konnte er nicht sehen, dass sie ihr Gesicht schmerzhaft verzogen hatte und mit den Lippen »hör auf« formte.

»Fühlst du dich jetzt besser, Prinzessin? Sally liebt das, wenn sie verspannt ist.«

Luke ging in die Küche. Katya zog die Beine an, rollte sich wie ein Ball zusammen und zog den Saum ihres Kleides über die Knie.

15

Sonntag, 21. Februar 2010

»Haben wir das Gefühl für Verhältnismäßigkeit verloren? Wer ist denn nicht schon mal in einen Laden gesprungen, während sein Baby im Auto geschlafen hat?«

Auf der Fahrt zum Meer hören wir Paddy O'Connells Diskussionsrunde im Radio. Einer seiner Gäste ist auf die elterliche Fürsorgepflicht zu sprechen gekommen.

»Die Frage ist doch, wo wir die Grenze ziehen.«

»Aber Sie müssen doch zugeben, dass es ein großer Unterschied ist, ob man ein Baby abends in der Wohnung lässt und ausgeht oder ob man in den Laden an der Ecke läuft, um eine Flasche Milch zu kaufen.«

Ich will das Radio ausschalten, doch Tom schiebt meine Hand zur Seite.

»Lass, das interessiert mich.«

Ich falte die Hände auf meinem Schoß zusammen. Was denkt Tom? Verbindet er das, was er im Radio hört, mit mir und Josh? Ich drehe mich um und werfe einen Blick auf die Kinder. Josh schläft, Emily schaut aus dem Fenster, Polly knabbert an dem Stückchen Toast mit Marmite, das sie beim Frühstück partout nicht mehr essen wollte.

»Sie wissen, dass die meisten Unfälle im Haus oder nicht weit davon entfernt geschehen. Das dauert manchmal nur eine Sekunde«, kommt es aus dem Radio.

»Was wollen Sie damit sagen? Dass wir ein Kind nicht einen Moment lang aus den Augen lassen dürfen, nur für den Fall, dass der Blitz einschlägt?«

»Ich will damit sagen, dass kleine Kinder äußerst schutzbedürftig sind. Tiere lassen ihre Jungen auch nicht allein, aus Furcht vor Feinden. Es ist ein Überlebensinstinkt.«

»Ist das Baby gestorben?«, fragt Emily.

Ich fahre zusammen. »Was?«

»Ist das Baby gestorben?«, wiederholt Emily.

Tom schaltet das Radio aus. »Nein, das Baby ist nicht gestorben, dem geht es gut. Es ist nichts passiert.«

»Warum reden die dann darüber?«

»Das weiß ich nicht, Schätzchen.«

»Du lässt mich nicht allein, Mummy, oder?«

»Nein, natürlich nicht.«

Ich greife nach den CDs. »Sollen wir ein bisschen Musik hören?«

Nach einem großen englischen Frühstück mit schwarzem Tee, um unseren Kater vom Vorabend zu beschwichtigen, gehen wir an den Strand. Max, der Hund meiner Mutter, kommt mit und springt um uns herum. Der Himmel ist strahlend blau, und der Wind weht vom Meer her. Die Luft ist zwar frisch, doch das macht nichts, denn wir tragen dicke Steppjacken, Mützen, Schals und feste Schuhe. Jenny, in Skijacke, Pelzmütze mit Ohrenklappen und lammfellgefütterten Stiefeln, sieht aus, als hätte sie sich für einen Marsch durch die Arktis zurechtgemacht. Ich spüre die Kälte, aber sie setzt mir hier weniger zu als in London. Dieses Wetter ruft Kindheitserinnerungen wach – an seichte Wellen, durch die man in Stiefeln platscht, an wilde Möwenschreie und den dichten Nebel, der unser Haus morgens in grau-weiße Schleier hüllte, bis man hätte glauben können, wir wohnten in den Wolken.

Es ist Ebbe. Das Meer ist weit zurückgetreten. Die Mädchen laufen in ihren leuchtend bunten Fleecejacken über den Strand und hocken sich auf den feuchten Sand. Um ihre Stiefel herum bilden sich Dellen, die sich mit Wasser füllen. Max springt zu ihnen, riecht an dem Loch, das sie mit ihren Schaufeln graben, schaut zu uns zurück und bellt. Rose Forsyth hebt einen Regenwurm auf, der sich am Rand ihrer Schaufel kringelt, und sie und Emily stürzen kreischend davon, dicht gefolgt von Max. Auch Polly bleibt ihnen auf den Fersen, ihr feines blondes Haar weht ihr wie eine Fahne hinterher. Die Mädchen breiten die Arme aus, laufen zu dritt nebeneinander über das Watt wie eine Gruppe davonstiebender Vögel und quieken, wenn sie in Pfützen treten.

»Jetzt schau dir Emily an«, sagt Jenny. »So was nenne ich gekonnt.«

Meine Tochter schlägt mehrere Räder hintereinander, ihre Beine zerteilen die Luft, die Füße berühren den Sand sicher und ohne zu wackeln. Rose tut es ihr nach. Polly versucht es auch, setzt die Hände auf dem feuchten Boden auf und lupft Hinterteil und Beine.

Tom und Simon, mit Josh und Spike auf dem Rücken, laufen uns voraus. Hier und da drehen sie sich nach uns um. Ich freue mich, dass die beiden Männer sich verstehen, denn ich mag Jenny und würde sie und Simon gern öfter sehen. In Jennys Gesellschaft fühle ich mich so wohl wie früher bei Amber. Der Gedanke erschreckt mich, und ich frage mich, ob ich dieses Gefühl bei Amber inzwischen nicht mehr habe. Irgendetwas ist jedenfalls anders geworden. Hat es mit ihrer

Bitte um das Darlehen zu tun oder geht es um das, was ich mir habe zuschulden kommen lassen? Ich bin mir nicht sicher, doch in mir regt sich der Verdacht, dass das eine mit dem anderen zusammenhängen könnte. Ich habe Amber gekränkt, weil ich ihr David verschwiegen habe. Außerdem nimmt sie mir übel, dass ich Josh an jenem Morgen allein gelassen habe. Vielleicht ist sie deshalb so fordernd geworden. Natürlich hätte ich weder das eine noch das andere tun dürfen, aber jetzt kann ich es nicht mehr ungeschehen machen, dazu ist es zu spät. Ich kann nur hoffen, dass sie mir irgendwann verzeiht.

Jenny atmet tief ein und aus. »Es ist so schön hier. Vielen Dank, dass ihr uns eingeladen habt.«

Die Mädchen kommen angelaufen. Jenny wühlt ein Fläschchen Wasser aus ihrer riesengroßen Schultertasche hervor, schraubt es auf und reicht es Rose. Rose legt den Kopf zurück und trinkt. Dann drückt sie die Flasche so fest zusammen, dass sie aufreißt, und Jenny schimpft mit ihr. Tom und Simon sind stehen geblieben und warten auf uns. Sie haben fast die gleichen schlammgrünen Gummijacken an, doch damit endet die Ähnlichkeit auch schon. Tom trägt eine enge schwarze Jeans, Simon eine Hose aus senffarbenem Cordsamt. Simon ist klein und untersetzt, Tom groß und schlank. Tom steht mit gekrümmtem Rücken da, wie immer, wenn er neben jemandem steht, der kleiner ist als er.

»Ein herrlicher Tag«, sagt Tom, als wir zu den beiden Männern aufgeschlossen haben. »Es tut gut, mal aus der Stadt rauszukommen. Wessen brillante Idee war das?«

»Deine, mein Schatz.« Ich drücke ihm einen Schmatz auf die Wange.

Wir finden ein relativ trockenes Fleckchen im Sand und

lassen uns auf unseren Jacken nieder. Die beiden kleinen Jungen krabbeln um uns herum. Josh hat beinah zwei Stunden geschlafen und ist gut aufgelegt. Trotz des Gipsverbands bewegt er sich auf allen vieren voran, zieht die Beine an und stößt sich mit den Füßen ab, als wäre er ein Frosch. Dann will er den Sand mit den Händen schaufeln. Ich streife den Schutzbezug über seinen Gips. Josh zerrt ihn ab. Ich stecke die Kante unter dem Rand seines Verbands fest. Josh schreit, versucht den Plastikbezug herauszuziehen, schafft es nicht und wird fuchsteufelswild.

»Er mag den Schutz nicht«, sagt Polly.

»Tut mir leid, Joshi, aber der Bezug muss bleiben.« Ich wende mich zu Jenny um. »Ich hätte ihm etwas anderes überziehen sollen, der Gips darf nicht nass werden.«

»Wann wird er entfernt?«

»Nächste Woche. Ich kann es kaum erwarten. Unglaublich, wie einschränkend so etwas ist. Ohne ihn wäre Josh auch schon viel mobiler.«

Jenny hält Josh einen Finger hin, den er umklammert. »Du bist ein tapferer kleiner Junge«, lobt sie. Josh lacht sie an.

Wenig später sagt Jenny leise: »Amber hat gestern Abend toll ausgesehen. Richtig umwerfend.«

»Ja, ich fand sie auch sehr hübsch.«

Ich meine es aufrichtig, doch mir scheint, Jennys Worte hatten einen Unterton. Vielleicht hat es mit ihrem Beruf als Anwältin zu tun, und sie nimmt unter dem Äußeren Dinge wahr, die andere übersehen.

»Ich weiß, es geht mich nichts an, aber habt ihr euch gestritten?«

»Nein, wie kommst du darauf?«

Jenny klopft sich den Sand von den Händen. »Weil ihr angespannt wirkt, wenn ihr miteinander sprecht, aber vielleicht bilde ich mir das auch nur ein. Vergiss es.« Sie streicht sich die Haare aus dem Gesicht und blinzelt in die Sonne. Simon und Tom wechseln sich damit ab, die Mädchen an den Händen zu fassen und durch die Luft zu wirbeln. Max rast bellend um sie herum und ist kurz davor, durchzudrehen.

Lächelnd schaue ich ihnen zu. Dann wende ich mich wieder zu Jenny um. »Zwischen Amber und mir gibt es keine Probleme.«

Mir ist nicht klar, ob Jenny auf Tratsch aus ist oder sich ernsthaft Sorgen macht, dazu kenne ich sie noch nicht gut genug. Aber ich habe nicht damit gerechnet, dass ein Außenstehender die Spannungen zwischen Amber und mir spüren kann.

Jenny kramt in ihrer Tasche, als wollte sie Zeit gewinnen und ihre Worte mit Bedacht wählen. »Sie hat mit Simon geflirtet. Wenn sie gewollt hätte, dann hätte er ihr aus der Hand gefressen.«

»Ach.« Ich betrachte ihren beleibten, rotgesichtigen Mann und muss mir das Lachen verkneifen. »Amber flirtet mit jedem Mann. Wahrscheinlich hat Simon sich geschmeichelt gefühlt. Er ist schließlich ein Mann, und sie sieht sehr gut aus. Bei Tom tut sie das auch, mach dir also keine Sorgen. Es ist harmlos.«

Mit einem »Ping« trifft eine SMS auf meinem Handy ein. Wenn man vom Teufel spricht …

Hast du Zeit für einen Kaffee? A. X

Ich überlege, dann tippe ich die Antwort.

Tut mir leid, bin den ganzen Tag unterwegs. V. X

Warum habe ich ihr nicht geschrieben, dass wir in Bognor sind und dass wir die Forysths mitgenommen haben? Sonderbar, dass ich das nicht zugeben wollte. Vielleicht hat mein Instinkt mir dazu geraten. Allerdings hat mein Instinkt mir schon zu allem möglichen Unsinn geraten.

»Ich liebe dieses Haus«, sagt Jenny, als wir mit roten Wangen zu meiner Mutter zurückkehren und den Kindern trockene Sachen anziehen.

Meine Mutter kocht für die Mädchen heiße Schokolade mit Marshmallows. Wir Erwachsenen trinken Kaffee. Für Spike und Josh öffnet Mum die Spielzeugkiste. Die Jungen wühlen in der Kiste und brabbeln zufrieden vor sich hin. Ich decke den Tisch in der Küche, während meine Mutter Suppe kocht. Jenny nippt an ihrem Kaffee und will wissen, wie die Frühstückspension läuft, wie man sie führt und ob meine Mutter noch Spaß daran hat.

»Ja und nein«, antwortet Mum. »Manchmal finde ich, dass ich weiterziehen und etwas anderes machen sollte. Inzwischen wohne ich seit siebzehn Jahren hier, und Bognor wird keineswegs besser. Eine Veränderung wäre nicht schlecht.«

»Das höre ich jetzt zum ersten Mal«, sage ich. »Ich kann mir dieses Haus ohne dich gar nicht vorstellen.«

»Mag sein, aber ich bin erst sechsundvierzig. Ich könnte noch mal neu anfangen, mich neu erfinden.«

»Was hat Sie denn hierher verschlagen?«, fragt Jenny.

»Umstände, auf die ich keinen Einfluss hatte«, sagt meine Mutter, und ihr Gesicht verrät, dass sie es dabei belassen möchte.

»Ich mache einen kleinen Spaziergang!«, ruft Amber über den Flur.

»Soll ich mitkommen?«, antwortet Robert.

»Nein, arbeite ruhig weiter. Sophie ist in ihrem Zimmer und liest. In zwanzig Minuten bin ich wieder da.«

Amber schlüpft in ihre schwarze Jacke, wickelt sich einen rosafarbenen Schal um den Hals und läuft die Treppe hinunter. Eine Etage tiefer wirft sie der Wohnung unter ihnen einen bösen Blick zu. Glücklicherweise sind die Typen seit Freitag fort. Anscheinend werden sie ihr wildes Leben dann und wann leid und fahren zu Mutti aufs Land, um sich ihre versifften Klamotten waschen zu lassen. Amber hebt die Post der Jungen auf, geht sie durch, und lässt alles, was uninteressant ist, wieder zu Boden fallen. Offiziell aussehende Briefumschläge zerreißt sie und stopft die Fetzen in ihre Handtasche, um sie später zu entsorgen.

Dass Tom und Vicky die Forsyths zu einem Ausflug ans Meer eingeladen haben, ist eine Sache, doch es ihr zu verheimlichen, sie sogar anzulügen, ist unverzeihlich. Erst recht, wenn die Lüge so rasch herauskommt. Am Morgen hat Robert Simon Forsyth beim Zeitungskaufen auf der Straße getroffen, und der hat es ihm erzählt. Als sie es hörte, musste sie sich beherrschen, sonst wäre sie ausgerastet. Aber sie ist immer noch wütend und verletzt. Sie hat Vicky die Chance gegeben, ihr die Wahrheit zu sagen, aber nicht einmal das hat Vicky geschafft. Sie ist einfach zu feige.

Amber schließt die Haustür der Seagraves auf, schaltet die

Alarmanlage aus und drückt leise die Tür zu. Dann stellt sie ihre Handtasche ab und zieht die Stiefel aus. Schon seit Jahren hat sie einen Zweitschlüssel zu dem Haus, ebenso wie die Seagraves einen zu ihrer Wohnung haben. Wenn Vicky und Tom verreist sind, schaut Amber bei ihnen nach dem Rechten, bewegt die Gardinen, sammelt die Post ein und tut so, als wäre das Haus bewohnt.

Auf dem Küchentisch steht ein Korb blauer Hyazinthen, deren schwerer süßer Duft sich mit dem schwachen Geruch nach Toast und Kaffee vermischt. Wie anders die Räume sich ohne Menschen darin anfühlen, nicht einfach leer, sondern irgendwie tot und kalt. Amber sieht sich um, schätzt ganz automatisch den Wert des Hauses und geht davon aus, dass er sich seit dem Kauf verdoppelt hat.

Aber deshalb ist sie nicht gekommen. Sie läuft die Treppe hoch und betritt das Bad oben bei den Kinderzimmern. Dort drückt sie den Stöpsel auf den Abfluss des Waschbeckens und dreht den Wasserhahn auf. Perfekt. Könnte eines der Mädchen gewesen sein, wahrscheinlich wird man es Polly in die Schuhe schieben, denn Polly kommt auf die dümmsten Ideen – aber man lässt ihr ja auch alles durchgehen. Die Krakel an den Wänden sind nur ein Beispiel von vielen.

Als Nächstes schlüpft sie in Toms Arbeitszimmer. Sein Schreibtisch ist voll, aber aufgeräumt. Er kann nichts wegwerfen, schlampig ist er jedoch nicht. Auf der Stuhllehne hängt seine blaue Fleecejacke. Amber nimmt sie herunter und drückt sie an ihre Wange. Sie riecht nicht nach Tom, sondern nach Waschpulver. Amber hängt sie zurück und konzentriert sich auf die Aktenordner im Regal. Auf einem Aufkleber steht der Name einer Bank. Die rasche Durchsicht der jüngsten Kontoauszüge ergibt, dass Tom und Vicky Geld haben. Amber erinnert sich, dass Toms Großvater im vergangenen Jahr gestorben ist. Tom hat erzählt, dass er etwas geerbt hat. Kein Vermögen, aber ein hübsches Sümmchen.

Sie stellt den Ordner zurück und geht noch einmal ins Bad. Das Wasser ist schon über den Beckenrand gelaufen. Bisher ist sie immer nachsichtig gewesen, immer verständnisvoll, doch damit ist jetzt Schluss. Die Loyalität, die sie Vicky gegenüber empfunden hat, lässt nach. Vicky muss lernen, dass Taten Konsequenzen haben.

Ihr kommt noch eine Idee. Sie steigt über die Pfütze auf dem Fußboden hinweg und stellt Pollys kleinen weißen Trittschemel vor das Waschbecken.

Dann verlässt sie das Haus.

16

Um kurz nach sechs Uhr abends sind wir wieder in London. Die Kinder sind hundemüde. Polly hat sich im Auto an Joshs Kindersitz gelehnt. Sie hat Zwiebackkrümel an der Wange und in den Haaren. Joshs Wasserfläschchen ist umgekippt, das Wasser tröpfelt durch den Sauger auf seine Hose. Emily schläft. Meine Haare sind windzerzaust und salzverklebt. Ich bin ebenfalls müde, aber es fühlt sich gut an. Wir haben einen schönen Tag verbracht, und ich bin froh, dass es auch Jenny und Simon gefallen hat. Nur Ambers SMS und meine Antwort machen mir zu schaffen, aber heute kann ich nichts mehr retten. Morgen werde ich die Sache mit dem Ausflug im Gespräch mit ihr fallen lassen und so tun, als hätte ich sie niemals täuschen wollen. Es war nicht gut, ihr die Wahrheit vorzuenthalten.

Als wir die Coleridge Street erreichen, seufzt Tom erleichtert. Gleich darauf stöhnt er auf, denn nur wenige Meter von unserem Haus entfernt steht ein Streifenwagen. Die Polizistin auf dem Fahrersitz dreht sich zu uns um. An ihrer Seite sitzt Grayling.

»Was meinst du, was die wollen?«, fragt Tom.

»Weiß der Himmel«, antworte ich mit wild hämmerndem Herzen.

Grayling steigt aus, kommt und hilft uns, die Kinder,

Jacken und Taschen zum Haus zu tragen. Polly wirkt verdattert, Emily begutachtet Grayling, ist jedoch zu müde, um ihn ins Verhör zu nehmen. Vor der Haustür stelle ich meine Taschen ab. Um die Tür aufzuschließen, befördere ich Josh, ein schlaffes Bündel mit feuchter Hose, auf meinen linken Arm, doch in meiner Nervosität lasse ich das Schlüsselbund fallen.

Grayling bückt sich. »Fuß weg«, sagt er.

Ich mache einen kleinen Schritt zur Seite, und er hebt die Schlüssel auf und öffnet die Tür. Ich trete in den dunklen Flur und schalte die Alarmanlage aus. Josh schaut über meine Schulter zu Grayling, krallt sich in mein Haar und fängt jämmerlich an zu schreien. Ich wende mich um. Vor dem Schein der Straßenlaterne hebt Grayling sich als dunkle Silhouette ab.

»Ist ja gut, Kleiner«, sagt Grayling und knipst das Flurlicht an. »Er muss mich für den Einbrecher halten.« Er lächelt entschuldigend. »Tut mir leid.«

»Es ist ja nicht Ihre Schuld.« Tatsache ist, dass ich diesen Polizeibeamten mag. Er ist vernünftig, intelligent und scheint mitfühlend zu sein. Die Mädchen klammern sich an meine Beine und starren Grayling an. »Was ist denn passiert?«, frage ich. »Weshalb sind Sie hier?«

»Wir haben jemanden, der auf Ihre Beschreibung passt. Im Moment hilft er uns offiziell noch bei unseren Ermittlungen, aber wenn es Ihnen nichts ausmacht, würden wir Sie gern zu einer Gegenüberstellung bitten.«

»Wann? Ich meine, wir sind gerade erst zurückgekommen und waren den ganzen Tag unterwegs. Kann das nicht bis morgen warten?«

Tom tritt zu uns und nimmt mir das Baby ab, indem er

Joshs Finger einen nach dem anderen aus meinen Haaren löst. »Ich mache den Kindern was zu essen«, sagt er. »Fahr du ruhig aufs Revier.«

Ich sehe Grayling fragend an.

»Wenn es jetzt ginge, wäre das ideal. Wir können den Mann nämlich nicht mehr lange festhalten. Ich lasse auch Mrs. Collins abholen.«

»Scheiße!«, brüllt Tom in der Küche. »Das glaube ich einfach nicht.« Die Küchentür fliegt auf, und Emily kommt herausgeschossen.

»Da ist Wasser«, ruft sie mit aufgerissenen Augen. »Überall.«

Ich laufe in die Küche. Sie hat nur wenig übertrieben. Ich schaue hoch. An der Decke ist ein großer runder Fleck, aus dem in rascher Folge Tropfen fallen und platschend in dem kleinen See auf den Fliesen landen. Tom stellt einen Topf unter die undichte Stelle, reicht mir Josh und rennt nach oben. Gleich darauf ruft er nach den Mädchen. Ich werfe Grayling einen Blick zu. Er nickt und lächelt, als wolle er sagen, ich kann warten.

»Ich brauche noch einen Moment«, sage ich.

»Kein Problem. Ich setze mich schon mal in den Wagen.«

Tom steht in der Tür des oberen Badezimmers, zusammen mit Emily und Polly. Der Fußboden steht unter Wasser, die blauen und weißen Linoleumfliesen wellen sich. Selbst der Teppichläufer im Flur ist feucht und gibt, wenn man darüber läuft, schmatzende Geräusche von sich.

»Dada«, sagt Josh und zeigt auf seinen Vater.

Polly steckt den Daumen in den Mund und sieht mich erschrocken an.

»Wer war das?«, fragt Tom.

Die Mädchen schütteln die Köpfe. Pollys Kinn fängt an zu beben, Emily macht einen gefestigten Eindruck.

»Ich war das nicht«, sagt sie.

»Polly?« Ich bücke mich und schaue ihr in die Augen. »Hast du das getan, Schätzchen? Sag mir die Wahrheit.«

»Ich habe nichts gemacht.«

Ich studiere ihr Gesicht. Tom legt eine Hand auf ihren Kopf und fährt ihr über das Haar.

»Bist du sicher, dass du es nicht warst? Vielleicht war es ein Missgeschick. Du kannst es ruhig sagen.«

Die ersten Tränen laufen über Pollys Wangen. Hilflos schaue ich zu Tom hoch. Ich weiß nicht, was ich tun soll. Grayling wartet auf mich, aber vorher müssen wir diese Geschichte hier regeln. Es ist zu spät, um böse zu werden, aber wir können den Vorfall auch nicht einfach übergehen. Josh zappelt in meinem Arm. Ich setze ihn auf den Fußboden, er muss sowieso gebadet werden. Er krabbelt zu Polly, sieht ihr tränennasses Gesicht und scheint ihren Kummer zu erkennen. Gleich darauf weinen beide. Aus Polly ist kein Wort mehr herauszubekommen. Tom ist nach unten gelaufen, mit Emily auf den Fersen, um den Mopp zu holen. Ich hebe Josh hoch und führe Polly in das Zimmer, das sie sich mit Emily teilt.

»Es ist nicht schlimm«, sage ich. Polly sieht mich mit tragischer Miene an. Ich wische ihre Tränen ab. Josh klammert sich an mich. Tom kommt mit Eimer und Mopp die Treppe herauf.

»Du machst dich besser auf den Weg«, sagt er.

»Meinst du, du findest heraus, was passiert ist?«

»Wozu? Was ändert das?«

»Nichts, aber deshalb musst du mich nicht gleich anblaffen.«

»Entschuldige, aber ich bin einfach nicht bereit, mir den schönen Tag verderben zu lassen.«

»Meinst du, ich habe dazu Lust?«

Doch die Sache geht mir an die Nieren, mehr als ich es für möglich gehalten habe. Polly war noch nie hinterlistig. Sie hat mitunter einen kleinen Zerstörungsdrang, doch wenn sie etwas angerichtet hat, gibt sie es zu und entschuldigt sich. Dass sie lügt, habe ich noch nie erlebt. Aber vielleicht tue ich Polly Unrecht, und Emily war die Übeltäterin. Nein, eine Überschwemmung auszulösen passt nicht zu ihr. Das würde sie uns nicht antun. Auch nicht dafür sorgen, dass man Polly verdächtigt. Sie kann Polly gegenüber arrogant sein, aber dass sie sich etwas ausdenkt, damit ihre Schwester Ärger bekommt, ist ausgeschlossen. Und ich hatte mir unsere Heimkehr so schön vorgestellt – ein Glas Wein trinken und etwas zu essen bestellen. Und nun diese Bescherung. Darüber hinaus wartet unten ein Streifenwagen, und Amber werde ich womöglich auch noch früher begegnen, als ich erwartet hatte.

17

Die Polizistin am Steuer des Streifenwagens macht eine schneidige Kehrtwende und fährt Richtung London Road. An der Ampel staut sich der Verkehr, ein Doppeldeckerbus ist liegen geblieben. Wir stecken fest. Ich habe Grayling von der Überschwemmung in unserem Bad erzählt, seitdem jedoch keinen Ton mehr von mir gegeben. Ich denke an den entstandenen Schaden, das Wasser, das von der obersten Etage bis in die Küche durchgesickert ist. Der Wasserhahn muss bis zum Anschlag aufgedreht gewesen sein, sonst wäre niemals so viel herausgeflossen. Das war kein Missgeschick. Ich frage mich, welches Unrecht ich oder Tom einem der Mädchen getan haben, dass sie auf eine solche Idee kommen konnten. Das passt weder zu Polly noch zu Emily. Der Trittschemel vor dem Becken deutet allerdings auf Polly, Emily braucht ihn nicht mehr. Aber Polly ist ein unkompliziertes Kind. Sie drückt ihren Zorn oder ihren Groll nicht auf Umwegen aus.

Grayling dreht sich zu mir um und sagt im Plauderton: »Wie ich höre, waren Sie heute an der Küste.«

Ich konzentriere mich auf ihn statt auf meine Töchter. »Ja.«

»Und wo?«

»In Bognor Regis.«

Unsere Blicke treffen sich im Rückspiegel. Er lächelt. In seinen Augenwinkeln bilden sich Fältchen.

»Da wohnt meine Mutter. Ich bin dort aufgewachsen. Für Kinder ist der Ort ideal.« Wie immer verteidige ich das arme, von vielen so verachtete Bognor noch bevor jemand etwas darüber sagen kann.

»Es tut sicher gut, mal aus London rauszukommen.«

Sein Blick ruht weiterhin auf mir. Seine Miene wirkt freundlich, gelassen, als wolle er mir signalisieren, dass sein Interesse an meinem Tag am Meer nur Teil unserer Konversation ist. Doch bei unserem ersten Gespräch damals habe ich erkannt, dass er dem, was ich sage, mit Skepsis begegnet, seitdem bin ich auf der Hut.

Der Verkehrsstau löst sich langsam auf. Wir fahren weiter, schaffen es fast bis zur London Road. Um den defekten Bus sind orangerote Verkehrskegel gestellt worden, die Motorhaube ist hochgeklappt. Vorsichtig fahren wir daran vorbei. An der Bushaltestelle wartet ein junges Mädchen. Als wir an ihr vorbeifahren, blickt sie von ihrem Handy auf und schaut mir direkt in die Augen. Sie ist eines der beiden Mädchen, die auf der Cocktailparty der Forsyths bedient haben.

Ratet mal, wen ich hinten in einem Streifenwagen entdeckt habe! Vicky Seagrave.

Durch das Rückfenster beobachte ich das Mädchen. Als es sich wieder seinem Handy zuwendet, lehne ich mich zurück und schließe die Augen. Ich muss mich zusammenreißen. Ich bin auf dem Weg aufs Revier, um der Polizei zu helfen, nicht weil man mich verdächtigt. Eines Tages werde ich diese Geschichte anderen Leuten erzählen, und wir werden lachen.

Grayling unterbricht meine Gedanken. »Sie und Mrs. Collins sind eng befreundet, oder?«

Ahnt er, wie befrachtet diese Frage ist? Muss er wohl, denn er klingt wie Jenny vor ein paar Stunden, als sie über Amber und mich gesprochen hat. Grayling wirkt wie jemand, der eine Situation intuitiv erfasst, seine Eindrücke anschließend jedoch sorgfältig überprüft. Diese letzte Frage hat er bestimmt nicht gestellt, um Konversation zu machen.

»Ich kenne sie seit Jahren. Wir sind uns kurz vor der Geburt meiner ältesten Tochter begegnet.«

»Meine Frau hat eine beste Freundin, mit der sie sich ständig streitet. Macht mich wahnsinnig.« Sein Blick zuckt zum Rückspiegel und trifft meinen. »Bei so was komme ich nicht mit. Männerfreundschaften sind einfacher.«

»Wie die von Jesus und Judas«, erwidere ich.

Er lacht. »Eins zu null für Sie.«

»Was macht Ihre Frau beruflich?«

»Sie ist Hausfrau und Mutter. Sie war Sozialarbeiterin, doch als die Kinder kamen, hat sie aufgehört.«

»Sozialarbeiterin ist ein schwieriger Beruf«, sage ich unverbindlich.

»Das müssen Sie mir nicht erzählen.«

»Fehlt ihr die Arbeit?« Sind seine Antworten zweideutig? Testet er mich unauffällig?

»Manchmal schon. Sie wollte etwas bewirken, aber es gab Fälle, die sie nicht mehr schlafen ließen, die sie derart mitgenommen haben, dass sie kaum noch ansprechbar war. Sie hat erst mit zunehmender Erfahrung gelernt, sich gefühlsmäßig zu distanzieren, aber das war ihr dann auch nicht recht. Sie ist ein wunderbarer Mensch, doch sie hat Dinge gesehen … die sich nicht so einfach abschütteln lassen. Es bleibt ein Seelenschmerz zurück.«

»Ihre arme Frau. Sie hat Glück, dass sie mit Ihnen zusammen ist.«

»Umgekehrt. Ich bin derjenige, der Glück hat.« Grayling öffnet den Mund, wie um noch etwas zu sagen, überlegt es sich aber anders und schließt ihn wieder.

Ich nutze den Moment und frage: »Wer ist der Mann, den ich mir anschauen soll?«

»Er wurde gestern Abend bei einem Einbruch gefasst, nur zwei Meilen von Ihrem und dem Haus in der Graves Avenue entfernt. Ähnliche Vorgehensweise wie bei den früheren Fällen. Zutritt durch die Terrassentür. Wieder bei hellem Tageslicht.« Grayling beobachtet mich im Rückspiegel. »Allerdings hat er nichts mit Ihrer Beschreibung zu tun, aber ich dachte, ein Versuch kann nicht schaden.«

Ich halte seinem Blick stand. »Natürlich nicht.«

Endlich haben wir die Ampeln hinter uns und freie Fahrt bis zum Polizeirevier. Unsere Chauffeurin biegt in eine Seitenstraße ein, die zu einem Parkplatz hinter dem Polizeigebäude führt, und stellt den Wagen zwischen einem Zivilfahrzeug und einem Motorrad ab. Wir steigen aus. Grayling führt mich durch die Hintertür über einen Flur mit grauen Wänden in einen leeren Warteraum.

»Wo ist Mrs. Collins?« Ich drehe mich zu Grayling um. »Ich dachte, sie wäre auch hier.«

»Sie wird bei der Gegenüberstellung sein. Kann ich Ihnen einen Tee anbieten?«

»Nein, danke.«

An drei Wänden des Raums reihen sich blaue Stühle, über denen Plakate vor den Gefahren in unserem Alltag warnen. Ich sortiere sie alphabetisch: Autodiebstahl, Drogen, Einbruch, Missbrauch.

Ich habe fest damit gerechnet, dass Amber und ich gemeinsam an der Gegenüberstellung teilnehmen würden, und frage mich, ob Grayling uns absichtlich getrennt hat, ob das zu seinem Plan gehört. Ich habe mir vorgestellt, wie wir die Männer einen nach dem anderen begutachten. Ich ziehe mein Handy heraus und schaue nach, ob sie mir eine E-Mail oder eine SMS geschickt hat, aber da ist nur ihre SMS vom Mittag. Warum hat sie mich nicht angerufen?

Auf dem Nachbarstuhl liegt ein zusammengefaltetes Exemplar der *Mail on Sunday*. Ich schlage die Zeitung auf, lese die Überschrift, und mein Magen verkrampft sich. »Der Preis für eine Flasche Milch.«

Der Text stammt von einer Journalistin, und es ist eine Tirade gegen die Mutter, die ihr Kind wegen der Flasche Milch allein gelassen hat, wütend und giftig geschrieben. Die Wörter verschwimmen vor meinen Augen. Ich werfe die Zeitung zurück, als hätte ich mir die Finger verbrannt. Als sich nach einer gefühlten Ewigkeit die Tür öffnet, zucke ich zusammen. Eine Polizistin steckt den Kopf herein.

»Wir sind so weit, Mrs. Seagrave.«

Auf dem Flur kommt mir Amber entgegen, die von einer anderen Polizistin hinausgeleitet wird. Amber lächelt und hebt grüßend die Hand. Ich erwidere ihren Gruß. Die Zeit scheint sich zu dehnen, bis wir auf gleicher Höhe sind und einen Blick wechseln können. Danach fließt die Zeit wieder in ihrem normalen Tempo. Allerdings konnte ich ihrem Blick nichts entnehmen und werde noch nervöser.

Ich betrete einen Raum, wo sich hinter Einwegspiegeln eine Reihe von acht Männern in Jeans und T-Shirt befindet. Sie stehen da mit leicht gespreizten Beinen, Hände vor dem Bauch, die rechte Hand umfasst das linke Handgelenk.

Nicht weit von mir entfernt lehnt Grayling an der Wand, die Arme vor der Brust verschränkt.

»Lassen Sie sich Zeit, Mrs. Seagrave.«

Ich nehme ihn beim Wort, lasse meinen Blick langsam von einem Mann zum nächsten wandern. Unser Einbrecher ist der zweite von links. Ich erkenne ihn sofort, registriere Details, die mir entfallen waren – die Form der Stirn, die linke Schulter, die tiefer sitzt als die rechte, der dünne, blasse Mund, das breite Gesicht. Er hat den Kopf leicht vorgeneigt und schaut mit halb gesenkten Lidern geradeaus. Der Ausdruck seines Gesichts ist leer, aber ich kann mir denken, was ihm durch den Kopf geht. Wir sitzen im selben Boot. Ich kann ihn nicht entlarven, er kann mich nicht verraten. Ich frage mich, was geschieht, wenn Ambers Aussage mit meiner nicht übereinstimmt, und sage mir, dass es keine Rolle spielt, sie hat ja behauptet, sie habe den Mann nur von hinten gesehen. Ob die Männer ihr alle den Rücken zukehren mussten?

Resigniert schüttele ich den Kopf.

»Nicht mal die kleinste Übereinstimmung?«, fragt Grayling.

»Nein, da gibt es keine Ähnlichkeiten. Tut mir leid.«

Grayling stößt sich von der Wand ab und kommt zu mir. Ich spüre seine Nähe so deutlich, dass mein Herz ängstlich zuckt. Sekunden vergehen. Er sagt nichts. Mir bricht der Schweiß aus. Es kribbelt in meinen Achselhöhlen, und auf meinem Rücken breitet sich ein klebriges Gefühl aus. Endlich geht Grayling zur Tür und hält sie mir wortlos auf. Ich atme erst wieder normal, als ich das Revier verlassen habe und wieder auf der Rückbank des Streifenwagens sitze. Wie auf der Hinfahrt fährt mich eine Polizistin, und dafür bin ich dankbar. Eine weitere Fahrt mit Grayling hätte ich nicht durchgestanden. Kurz vor unserem Haus kommt mir eine

Idee. Ich bitte die Polizistin, vor dem Supermarkt in der Tennyson Street zu halten, und sage ihr, ich müsse noch etwas besorgen und könne den Rest des Wegs anschließend zu Fuß zurücklegen. Sie tut mir den Gefallen und lässt mich vor dem Supermarkt aussteigen. Ich gehe hinein und lungere im Eingangsbereich herum, bis ich sehe, wie sie davonfährt. Dann laufe ich wieder hinaus und mache mich auf den Weg zu Ambers Wohnung.

Amber betätigt den Türöffner, um Vicky ins Haus zu lassen, zieht ihre Wohnungstür auf und geht zurück in die Küche. Vor sich hin summend schabt sie die Reste von dem Hähnchen, das Robert zum Abendessen zubereitet hat, auf einen kleinen Teller, spannt Klarsichtfolie darüber und stellt den Teller in den Kühlschrank. Am nächsten Tag kann sie die Reste in einen Salat geben, und schon hat sie wieder ein Mittagessen fertig. Sie hört, wie Vicky in die Küche kommt und ihre Handtasche auf einen Stuhl fallen lässt. Amber dreht sich herum.

»Wo ist Robert?«, fragt Vicky und gibt Amber einen Kuss auf die Wange.

»Hallo, Vicky. Wie geht es dir?«

»Oh, okay … Ich fange noch mal an. Hallo, Amber.« Vicky streift ihre Jacke ab und hängt sie an den Haken für Ambers Schürze. Sie reibt sich die Hände und legt sie kurz auf den Heizkörper. »Ganz schön kalt draußen.«

»Robert liest Sophie etwas vor. Möchtest du ein Glas Wein?«

»Nein, ich kann nicht lange bleiben, bei uns gab es eine mittlere Katastrophe. Ich wollte nur kurz über den Besuch auf dem Polizeirevier reden.«

Amber nickt und schließt die Küchentür. »Wie ist es bei

dir gelaufen?« Sie wackelt mit den Augenbrauen und bringt Vicky zum Lachen.

»Ich weiß nicht. So einigermaßen, würde ich sagen. Ich habe so getan, als würde ich den Mann nicht wiedererkennen, ohne meine Rolle zu übertreiben, was nicht ganz einfach war. Ich könnte wetten, dass Grayling mich durchschaut hat. Man konnte es an seinem Blick erkennen. Vielleicht hat er einen Kurs in Körpersprache gemacht.«

»Wahrscheinlich. War es nicht seltsam, diesen Mann wiederzusehen? Mir ist es kalt über den Rücken gelaufen.«

»Was hast du Grayling gesagt?«

Amber sieht Vicky über den Rand ihres Weinglases hinweg an. »Nichts. Du kannst ganz beruhigt sein. Niemand wird dir etwas anhaben können.«

»Mein Gefühl sagt mir etwas anderes. Ich wünschte, ich hätte von Anfang an die Wahrheit gesagt. Und dich hätte ich niemals in die Sache verwickeln dürfen. Es tut mir sehr leid.«

»Sei nicht albern.« Amber macht eine Pause. »Wie geht es Jenny? Hattet ihr einen schönen Tag am Meer?«

Stille breitet sich aus. Amber und Vicky fixieren einander. Vicky wendet den Blick als Erste ab. Von unten ertönt Musik. Die Jungs unter ihnen sind zurück. Amber schaut aus dem Fenster. Ja, einer sitzt auf der Gartenmauer und raucht eine Zigarette. Graham. Oder Paul. Sie hat sich nie die Mühe gemacht, die beiden auseinanderzuhalten. Er ascht in seine Bierflasche und sieht hoch. Sie hält seinem Blick stand. Jeder in der Wohnung da unten ist ihr verhasst.

Amber wendet sich wieder Vicky zu. »Es war nicht nötig, den Ausflug geheim zu halten.«

Vicky treten Tränen in die Augen. »Ich wollte es dir sagen. Bitte, sei mir nicht böse.«

»Bin ich nicht«, antwortet Amber. »Es ist auch meine Schuld. In der letzten Zeit ist alles ein bisschen seltsam gelaufen. Ich weiß, dass du gestresst bist. Ich hätte nicht sticheln sollen.«

»Ich hätte es dir sagen müssen, aber als deine SMS kam, hatte Josh einen Tobsuchtsanfall, und ich konnte mich auf nichts konzentrieren.«

»Vicky, ich bin nicht eifersüchtig, nur weil ihr mit einer anderen Familie am Meer wart. Ich möchte bloß wissen, ob es mit meiner Bitte zusammenhängt. Habe ich unserer Freundschaft geschadet?«

»Nein! Natürlich nicht. Amber, du bist meine beste Freundin.«

Und du bist unglaublich transparent, geht es Amber durch den Sinn, und ihr wird klar, woher Polly das hat. Man muss nur andeuten, dass es ein Problem geben könnte, und schon verliert Vicky die Fassung. Jetzt braucht die Ärmste ein paar Streicheleinheiten, ihr Ego muss gehätschelt werden, und schon ist alles wieder gut.

Aber warum fühlt sie sich selbst so niedergeschlagen und verloren? Woher kommen diese Gefühle? Amber wendet sich von Vicky ab, wäscht einen Lappen aus und wischt das Kochfeld des Herds sauber. Robert ist ein chaotischer Koch. Vielleicht deprimiert es sie, an das Ende ihrer Freundschaft mit Vicky zu denken. Was wird sie ohne Vicky machen? Ist das, was zwischen ihnen vorgefallen ist, es wirklich wert, sich von Vicky zu trennen? Sie könnten doch auch zusammenbleiben, da weitermachen, wo sie vor kurzer Zeit noch waren, vor Vickys Fehltritten und Provokationen.

Sie spürt Vickys Hand auf ihrer Schulter. »Amber, was ist mit dir?«

Amber dreht sich um und lässt sich umarmen. »Es tut mir

leid«, sagt sie mit erstickter Stimme. »Es liegt nicht an dir. Ich hatte einfach ein beschissenes Wochenende.«

»Geht es um das Haus in der Browning Street?«

Amber nickt. »Ich bin davon wie besessen. Am Freitag habe ich die Schlüssel aus dem Büro mitgenommen, und am Wochenende bin ich immer wieder durch die Räume gelaufen. Es war die reinste Folter, aber ich wünsche mir das Haus so sehr. Es macht mich fix und fertig. Deshalb wollte ich mit dir Kaffee trinken gehen und reden.«

»Wahrscheinlich hilft es nicht viel, wenn ich dir sage: ›Es ist doch nur ein Haus‹«, antwortet Vicky.

Amber ringt sich ein Lächeln ab. »Nein. Sag Robert nichts davon. Er weiß nicht, dass ich in dem Haus war, und er soll es auch nicht wissen.« Sie befreit sich aus Vickys Armen und putzt sich die Nase. »Von welcher Katastrophe hast du gesprochen?«

Vicky schlüpft wieder in ihre Jacke, knöpft sie zu und stellt den Kragen auf. Sie stöhnt.

»Du wirst es nicht glauben, aber eine meiner Töchter hat das Wasser oben im Bad angestellt und das Waschbecken zugestöpselt. Das Wasser ist den ganzen Tag gelaufen und bis in die Küche durchgesickert.«

»Gott, wie schrecklich. Wer von beiden war es denn? Doch nicht Polly.«

»Sie streiten es beide ab.«

Amber deutet ein Schulterzucken an. »Vielleicht war es ein defektes Rohr.«

»Ich sage dir doch, das Waschbecken war zugestöpselt. Das ist es ja, was uns zu schaffen macht.«

»Lieber Himmel, ich hätte nie gedacht, dass Polly oder Emily zu einer solchen Niedertracht fähig sind.«

Etwas Defensives huscht über Vickys Gesicht. »Sind sie auch nicht.«

Okay, »Niedertracht« war ein zu starkes Wort. »Nein, natürlich nicht. Aber vielleicht hast du etwas gesagt oder getan, das sie verletzt hat. Oder Tom. Vielleicht hat sich eins der Mädchen herabgesetzt gefühlt. Solche Reaktionen kommen ja nicht von ungefähr. Wir vergessen zu leicht, wie tief Kinder empfinden.«

»Wahrscheinlich trage ich die Schuld.« Vicky seufzt. »Komisch ist nur, dass die Mädchen heute Morgen ganz friedlich waren. Und wir hatten einen so schönen Tag.«

Wunderbar, denkt Amber. *Freut mich für euch.*

Juni 1992

Im Flur hing Maggies grüne Leinenjacke über dem Treppengeländer. Katya zog die Brauen zusammen. Hatte man sie in der Schule etwa schon vermisst und Alarm geschlagen? Seit sie bei den Bryants wohnte, hatte sie an diesem Tag zum ersten Mal geschwänzt. Und zwar deshalb, weil Gabriella gesagt hatte, Katyas Mutter sei eine Prostituierte gewesen, die Drogen genommen habe und daran gestorben sei, und Katya dürfe nicht mitspielen. Katya war gleich zu Beginn der Mittagspause gegangen, es wäre also verwunderlich, wenn in der Schule schon aufgefallen wäre, dass sie nicht mehr da war. Und wie war Maggie überhaupt ins Haus gelangt? Sally hatte Dienst im Krankenhaus, und Luke hatte gesagt, er sei den ganzen Tag fort. Bei einem Vorstellungsgespräch in der Stadt. Wäre Luke zu Hause, hätte Katya die Schule niemals verlassen. Aber anscheinend hatte er gelogen. Vielleicht log er immer. Nur, wie wollte er eine neue Stelle finden, wenn er sich nicht bewarb?

Katya entdeckte Maggie in der Küche. Sie trug ein buntes Sommerkleid mit einem Gummizug unter der Brust. Von da aus floss das Kleid förmlich an ihr herab. Das Haar trug sie offen. Es war zerzaust. Das Radio lief. Katya sah zu, wie Maggie zwei Scheiben Brot mit Butter bestrich und dabei ihr fülliges Hinterteil zur Musik hin und her schwang.

»Maggie.«

Maggie zuckte zusammen, ließ das Messer fallen und drückte eine Hand auf ihre Brust. »Katya! Du hast mich fast zu Tode erschreckt. Warum bist du nicht in der Schule?«

Katya ließ die Szene auf sich wirken. Dann antwortete sie mit einer Gegenfrage. »Was machen Sie hier?«

Maggie nahm das Messer und steckte es in den Geschirrspüler. Als sie sich zu Katya umdrehte, war ihr Gesicht rot angelaufen. »Ich war in der Gegend und dachte, ich spreche mit Luke mal über deinen Eintritt in die Mittelstufe.«

Katyas Blick richtete sich auf Maggies bloße Füße und kehrte wieder zu ihrem Gesicht zurück. Maggie wandte sich ab und trug das Sandwich auf einem Teller zum Tisch.

»Wo ist Luke?«

»Unter der Dusche. Als ich hier ankam, war er noch nicht einmal aufgestanden.«

Maggie sprach zu schnell, wie jemand, der sich herausreden wollte. Ihre Blicke trafen sich. In Katya stieg ein entsetzlicher Verdacht auf. Sie trat zurück und schüttelte langsam den Kopf. Maggie eilte zu ihr und griff nach ihrem Arm.

»Lassen Sie mich los«, sagte Katya. »Ich weiß, was Sie und Luke machen.«

Sie versuchte, sich zu befreien, aber Maggie war stärker. Katya hatte sie sich immer sanft und nachgiebig vorgestellt, doch jetzt merkte sie, wie kräftig Maggie war. In ihrem Blick sah Katya Furcht. Und noch etwas. Den Ausdruck kannte sie noch von ihrer Mutter, wenn einer ihrer Freunde bei ihr gewesen war. Auch den Geruch kannte sie. Katya hatte also recht. Die beiden hatten es getan, weil sie dachten, sie wären allein.

»Er hat gesagt, er hätte ein Vorstellungsgespräch«, rief

Katya aufgebracht und versuchte, sich Maggies Griff zu entwinden. »Warum belügt ihr mich?«

»Ganz ruhig, Katya. Niemand belügt dich. Luke ist unglücklich, weil er keine Arbeit findet. Er tut nur so, als wäre alles in Ordnung. Als ich gesehen habe, in welchem Zustand er war, habe ich ihn unter die Dusche geschickt und ihm etwas zu essen gemacht. Er hat mir leid getan, Schätzchen, weiter nichts.«

»Was machst du denn hier?«, ertönte Lukes Stimme.

Er stand im Türrahmen, rubbelte sich das Haar mit einem Handtuch trocken und wirkte keineswegs unglücklich. Maggie ließ Katya los. Katya wich zurück und rieb sich die schmerzenden Stellen.

»Katya ist auf dem Weg zurück in die Schule«, antwortete Maggie. »Sie hatte ihre Sporttasche vergessen. Tja, ich muss auch langsam los.«

Sie und Luke wechselten einen Blick. Er beugte sich vor und raunte Maggie etwas ins Ohr. Dann begleitete er sie nach draußen. Katya lief ins Wohnzimmer und beobachtete die beiden vom Fenster aus. Sie registrierte, wie dicht sie zusammen standen. Maggie legte Luke kurz die Hand auf die Brust und schien ein Lächeln zu unterdrücken. Wie schnulzig. Katyas Atem hinterließ einen Fleck auf der Fensterscheibe. Sie wischte ihn fort. Am liebsten hätte sie die Faust gegen die Scheibe geschlagen. Stattdessen krallte sie eine Hand in die Gardine, so fest, dass ihre Fingernägel sich in den Stoff bohrten.

Sie hatte erwartet, dass Luke sie zur Schule fahren würde, doch als er hereinkam, schien er davon auszugehen, dass sie den Nachmittag mit ihm verbringen würde. Katya überschlug die Zeit und rechnete. In zwanzig Minuten würde ihr

Naturkundeunterricht beginnen. Wenn sie den Weg bis zur Schule rannte, würde niemandem auffallen, dass sie fort gewesen war.

18

Samstag, 6. März 2010

Prinzessin Daisy, die Unterhaltungskünstlerin, die wir zu Emilys Geburtstagsfeier engagiert haben, erscheint mit einer Kiste voll Gesichtsfarben, Strass und Federn. Sie ist eine strahlende, quirlige Person, die fünfzehn kleine Mädchen in Kobolde, Feen und Prinzessinnen verwandeln wird. Obwohl sie noch nicht kostümiert ist, kommt sie ins Haus getänzelt, ruft, wie entzückend alles sei, wie reizend die Kinder seien und dass sie bereits die Magie in der Luft spüre. Es hätte mich nicht verwundert, wenn ihr tatsächlich Flügel gewachsen wären. Ein wenig überwältigt, führe ich sie in die Küche. Es klingelt an der Haustür. Amber und Sophie sind gekommen. Emily begrüßt ihre Freundin und schleift sie in die Küche, um ihr den Tisch zu zeigen, den zu schmücken sie geholfen hat.

Wir tun unser Bestes, um alles im Griff zu behalten, doch schon nach kurzer Zeit bricht das Chaos aus. Die Haustürklingel geht unentwegt, Eltern geben mir Anweisungen, die ich sofort wieder vergesse – ein Kind darf keine Schokolade essen, ein anderes muss man immer mal wieder fragen, ob es aufs Klo muss. Ich nicke, zeige sogar Freude, als man mir eine Plastikdose mit Süßigkeiten überreicht, die weder Gluten noch Eier noch Zucker enthalten. Ich schwöre einer Mutter, dass ich weiß, wie man einen EpiPen benutzt. Dann, gerade als eine andere mir erzählt, ihr Kind dürfe auf keinen Fall die Socken ausziehen, es habe Fußwarzen, erhalte ich eine SMS.

Da ich annehme, dass es sich um eine Absage in letzter Minute handelt oder jemand den Zettel mit unserer Adresse verlegt hat, sehe ich nach. Es ist eine Nachricht von David. Ich fluche lautlos.

Muss immerzu an dich denken. Ich weiß, wie du die Sache siehst, aber ich muss mit dir reden.

Der Lärm der Party steigert sich, doch mir ist, als wäre ich nicht mehr einbezogen, als würde meine Familie von mir abrücken. Ich bin wütend, und doch spüre ich wieder Davids Arme um mich und wie seine Bartstoppeln über meine Wange schaben. Warum will er noch mal Kontakt aufnehmen?

»Was hast du?«, fragt Amber, und ich schrecke zusammen. »Vicky? Was ist los?«

Ich schenke ihr mein schönstes Lächeln. »Nichts. Ich war nur kurz weggetreten.«

Aber ich halte das Handy noch in der Hand. Amber nimmt es, liest den Text und verdreht die Augen. An der Haustür betätigt jemand den Türklopfer und klingelt gleichzeitig. Bevor ich loslaufen kann, um zu öffnen, ruft Amber Magda herbei und bittet sie, an die Tür zu gehen. Dann zieht sie mich die Treppe hoch ins Schlafzimmer. Ich setze mich auf die Bettkante.

»Was für ein Arschloch«, sagt sie. »Warum kann er dich nicht in Ruhe lassen?«

Ich zucke mit den Schultern.

»Ich dachte, du bist über ihn hinweg.«

»Bin ich auch«, entgegne ich. »Aber was soll ich denn tun? Wenn ich ihn irgendwo sehe, tue ich so, als wäre er Luft, aber das scheint nicht auszureichen. Ich dachte, an dem Abend im Januar hätte er es begriffen. Er war so einsichtig und hat gesagt, er könne meine Entscheidung nachvollziehen und dass er sie respektiere. Das ist offenbar nicht der Fall. Wahrscheinlich habe ich ihn in seiner Eitelkeit gekränkt.«

Amber tritt an die Frisierkommode. Auf der Marmorplatte stehen gerahmte Fotografien: unser Hochzeitsfoto und eins, das uns mit unseren Töchtern, Toms Eltern und meiner Mutter zeigt. Zu der Zeit war Josh noch nicht einmal ein Gedanke. Amber nimmt das Foto auf, betrachtet es und stellt es wieder zurück.

»Vielleicht solltest du dich doch noch mal mit ihm treffen«, schlägt sie vor. »Die Art, wie du es beendet hast, war nicht ganz fair. Einfach abzurauschen und ihn splitterfasernackt stehen zu lassen. Der arme Kerl verdient eine vernünftige Erklärung.«

»Ich bin nicht abgerauscht«, antworte ich. »Und wie kann er denn gleichzeitig ein Arschloch und ein armer Kerl sein? Du musst dich schon entscheiden.«

»Was ist er denn für dich?«

»Keine Ahnung. Und wie soll ich ihn denn noch mal sehen können? Du hast wirklich gut reden. Vergiss nicht, dass ich Josh nicht allein lassen kann.«

»Vielleicht solltest du ihn mitnehmen«, sagt Amber belustigt. »Dann tust du auch nichts, was du nachher bereust.«

Ich werfe ihr einen Blick zu, der ihr klarmachen soll, was ich von ihrem Vorschlag halte.

»Oder bitte Magda, mal vormittags auf Josh aufzupassen. Sag, du hättest einen Arzttermin. Sie wird sich kaum nach den Einzelheiten erkundigen.«

»Darüber muss ich noch nachdenken.«

Ich schaue in den Spiegel auf der Frisierkommode, bürste durch meine Haare und streiche die Sitzfalten in meinem weißen Rock glatt. Ich bin schon etwas ruhiger geworden.

»Das mit Sonntag tut mir immer noch leid«, sage ich. »Kein Wunder, dass du sauer warst. Es war dein gutes Recht.«

»Nein, ich habe überreagiert. Und überhaupt, wer braucht denn Bognor, wenn er sich auf Spanien freuen kann?«

In einer liebevollen Geste legt sie den Kopf an meine Schulter. Wir geben ein merkwürdiges Paar ab. Amber mit ihrer etwas spröden Schönheit, und ich mit meinem weicheren, wenig provokanten Aussehen. Es ist erstaunlich, dass ich diejenige war, die beinah eine Affäre gehabt hätte.

Unten ist wieder jemand an der Haustür. Amber streicht sich die Haare aus dem Gesicht und strafft die Schultern.

»Okay, genug herumgegluckt. Komm, wir gehen nach unten, bevor man uns vermisst.«

Jenny ist in der Küche. Sie trägt eine Baumwollhose, die nicht richtig sitzt, und einen Pullover, der fast bis zu ihren Schenkeln reicht. Um sie herum sind Kinder, denen sie aus Mänteln und Schuhen heraushilft. Als sie mich sieht, lächelt sie. »Hier herrscht doch bestimmt schon den ganzen Tag Trubel, oder?«

Offenbar mache ich einen mitgenommenen Eindruck. »Ohne Unterbrechung.«

»Du glaubst nicht, wie sehr Rose sich auf diesen Tag gefreut hat. Brauchst du Hilfe? Wenn du magst, bleibe ich.«

»Danke, aber ich schaffe das schon. Außerdem ist Magda da, und Tom müsste auch irgendwo stecken.«

Ihre Augen hinter den Brillengläsern blicken forschend. Sie runzelt die Stirn. »Geht es dir auch wirklich gut?«

Warum werde ich das ständig gefragt? »Ja. Ich hatte bloß einen stressigen Vormittag, was meine eigene Schuld ist. Ich hätte gestern mehr vorbereiten sollen.«

Sobald die Party einmal in Schwung ist, habe ich keine Zeit mehr, über Davids Nachricht zu brüten, denn wir Erwachsenen sind vollauf damit beschäftigt, Spiele zu organisieren und Kinder, die aus der Küche laufen, wieder einzufangen und zurückzuscheuchen. Fünfzehn kleine Mädchen sind nicht so einfach zu bändigen. In ihren Satin- und Spitzenkleidchen schlüpfen sie einem wie Wasser durch die Hände, quieken und versuchen, sich in die verbotenen Bereiche zu stehlen, sprich unser Schlafzimmer und Toms Arbeitszimmer. Wie ein Virus breiten sie sich aus, kichernd und ohne Rücksicht auf Verluste.

Durch das Fenster beobachte ich Tom, der im Garten einer Horde kleiner Disneyfeen davonläuft. Die Kälte scheint den Mädchen nichts auszumachen. Plötzlich dreht Tom sich um, breitet die Arme aus und brüllt wie ein wildes Tier. Die Mädchen flüchten kreischend zum anderen Gartenende. Tom verfolgt sie mit Riesenschritten. Er schneidet Grimassen, wackelt mit den Brauen, reißt die Augen auf und verzieht den Mund, ohne auch nur das Geringste darauf zu geben, wie albern er wirkt. Ich finde ihn wundervoll. Die Kinder sind begeistert, wollen von diesem Ungeheuer gejagt und geängstigt werden. Unsere armen Nachbarn. Amber kommt und schließt sich den Mädchen an, kreischt ebenso laut wie die Kleinen und klatscht Emily ab, als die beiden Toms großen Händen entrinnen. Ich sehe Amber zu, finde sie unglaublich, so lebendig und charismatisch. Dann fällt mein Blick auf Tom. Er beugt sich vor, um Luft zu schnappen, hat die Hände auf die Knien gestützt und die Augen ebenfalls auf Amber gerichtet.

Punkt fünf Uhr am Nachmittag löst Prinzessin Daisy sich in einer glitzernden Rauchwolke auf. Mittlerweile sind die Mädchen außer Rand und Band, rennen überall herum, sowohl im Haus als auch im Garten. Ich habe es schon vor einer Weile aufgegeben, ihnen die Treppe nach oben zu verbieten. Die ersten Eltern treffen ein, um ihre Töchter einzusammeln. Ich laufe in den Keller, um Weinflaschen hochzuholen. Der Keller ist der einzige Bereich im Haus, in den wir nicht investiert haben. Wir nutzen ihn lediglich als Abstellraum für Koffer, Reisetaschen, Toms Skier, die Gitarren, die er nicht mehr spielt, und mein Werkzeug. Ich nehme zwei Flaschen Weißwein aus dem Kühlschrank, den wir dort unten stehen haben, und bin schon auf der halben Treppe nach oben, als es erneut an der Haustür klingelt. In der Annahme, dass es sich um einen Vater oder eine Mutter handelt, setze ich ein Lächeln auf. Mit einer Flasche Wein in der Hand, einer weiteren unter dem Arm und die Begrüßung schon auf den Lippen, öffne ich die Tür. Der Mann und die Frau, die vor mir stehen, sehen nicht nach Eltern aus. Sie tragen die falsche Kleidung und die falsche Miene, und dass jeder von ihnen einen Aktenordner dabeihat, passt ebenfalls nicht ins Bild. Für einen Moment denke ich, dass es sich um Zeugen Jehovas handelt und bin schon im Begriff, sie freundlich, aber bestimmt abzuwimmeln, als die Frau das Wort ergreift und mir einfällt, dass ich ihr vor nicht allzu langer Zeit begegnet bin.

»Mrs. Seagrave?«

»Ja. Leider erinnere ich mich nicht mehr an Ihren Namen.«

»Das macht nichts. Als wir uns das letzte Mal gesehen haben, hatten Sie einen ziemlich aufreibenden Vormittag. Mein Name ist Miriam Cornwall und das ist mein Kollege Ian Banner. Wir kommen vom Jugendamt Lambeth. Dürfen wir eintreten?«

19

Miriam versucht, an mir vorbei in den Flur zu spähen. Ian, in blauer Cordhose und braunem Pullover mit V-Ausschnitt, ist geduldiger. Er trägt einen Bart, allerdings keinen hübsch gestutzten Spitzbart, sondern eine Art Rauschebart. Er scheint mir jünger als Miriam und ihr untergeordnet zu sein. Beide haben blaue Augen, was irgendwie komisch wirkt. Miriam hat dickes, schwarzes Kraushaar, das ihr ovales Gesicht wie ein Kranz umrahmt.

»Kommen Sie rein«, sage ich.

Sie treten an mir vorbei in den Flur und warten höflich. Ich halte noch immer die kalten Weinflaschen und drücke die Haustür mit der Schulter zu. Danach weiß ich nicht weiter. Ian sieht sich interessiert um, und mir ist, als würde er mich für das, was wir besitzen, verurteilen. Ich könnte ihm erklären, dass ich dieses Haus im Schweiße meines Angesichts renoviert habe, dass ich jeden Zentimeter abgekratzt, gespachtelt, geschliffen und gestrichen habe. Aber was würde das bringen? Ich bin sicher, er hat uns bereits als privilegierte Angehörige der Mittelschicht abgehakt.

Sonderbar, wie sehr die Anwesenheit bestimmter Menschen in einem Haus die eigene Wahrnehmung verändern kann. Was eben noch die Geräuschkulisse krähender, lachender Kinder und gut aufgelegter, plaudernder Eltern war, kommt mir jetzt wie penetrantes Gänsegeschnatter vor. Hätte ich einen Zauberstab oder eine Fernbedienung, würde ich damit wedeln oder darauf drücken, um schlagartig Stille herrschen zu lassen. Ein schriller Schrei ertönt. Ein Mädchen mit grün angemaltem Koboldgesicht kommt aus der Küche gestürzt, bleibt abrupt stehen und sieht uns mit kugelrunden Augen an. In der einen Hand hält sie eine Papierblume, in der anderen ein zermatschtes Stück Törtchen.

»Isabel«, sage ich zu der Kleinen. »Wohin willst du?«

Ich sehe mich mit den Augen meiner beiden Besucher: eine Frau, die sich fürsorglich gibt, und hofft, als kinderfreundlich durchzugehen, wenn sie mit hoher Stimme spricht.

»Ich will zu meiner Mummy.«

Isabel stopft sich den Rest ihres Törtchens in den Mund, bohrt sich in der Nase und wischt den Finger am Rock ihres glitzernden Spitzenkleidchens ab. Ians glatte Stirn kraust sich. Vielleicht hat er noch keine Kinder.

»Deine Mummy wird jeden Moment hier sein. Geh wieder zu den anderen, Schätzchen. Ich komme gleich nach.«

Isabel knabbert an ihrem Daumennagel. Sie kehrt in die Küche zurück, wo inzwischen das Lied »Ich wäre gern wie du« aus dem Dschungelbuch erklingt. Ich werfe Miriam und Ian einen nervösen Blick zu, woraufhin sie mir so etwas wie ein nachsichtiges Lächeln schenken.

»Feiern Sie einen Geburtstag?«, fragt Miriam.

»Ja, den meiner ältesten Tochter. Wie Sie sehen, haben Sie einen denkbar ungünstigen Zeitpunkt gewählt. Vielleicht sollten wir einen neuen Termin machen. Im Moment habe ich fünfzehn überdrehte kleine Mädchen im Haus.« Ich klinge zu panisch, halte inne und sammele mich. »Ich muss mich um sie kümmern.«

»Ich fürchte, das wird nicht gehen, Mrs. Seagrave«, antwortet Miriam. »Für uns ist es wichtig, unangemeldet zu erscheinen.«

Nur wenige Menschen sprechen mich mit »Mrs. Seagrave« an. Selbst für meine Schüler und Schülerinnen bin ich »Miss Vicky«. Grayling hat meinen Nachnamen benutzt, aber aus seinem Mund klang die Anrede respektvoll, wohingegen ich bei Miriam den Verdacht habe, dass sie die offizielle Distanz zwischen uns betonen will.

»Und wie lange haben Sie vor zu bleiben?«

»Hängt davon ab.«

Miriam und ich starren uns an.

»Können Sie mir wenigstens fünf Minuten geben, damit ich unsere Gäste verabschieden kann? Ich werde unser Gespräch nicht vor den Schulfreundinnen meiner Kinder und deren Eltern führen. Das ist weder ihnen noch mir und meinem Mann gegenüber fair.«

»Lassen Sie sich Zeit«, sagt Ian. »Wir haben es nicht eilig.«

In der Küche lehnt Tom mit einer Bierflasche in der Hand am Schrank und unterhält sich mit Amber. Polly, mit zerzaustem Haar, umschlingt seine Beine. Für einen Moment beobachte ich die drei, doch dann geht die Haustürklingel wieder.

Ich drehe mich zu Magda um. »Mach du auf«, bitte ich sie.

Magda scheint meine gepresste Stimme zu registrieren. Sie nickt mit gerunzelter Stirn.

Gleich darauf drängen sich weitere Elternpaare in unserer Küche. Etliche der Frauen haben ihre Ehemänner mitgebracht, was bedeutet, dass sie länger bleiben möchten und mit einem Drink rechnen. Den würde ich ihnen auch anbieten, wenn in unserem Wohnzimmer nicht zwei Geier säßen, die bereit sind, sich auf mich zu stürzen.

Einige der Kinder fangen an zu jammern. Sie wollen nicht nach Hause sondern weiterfeiern. Es war ja auch eine schöne Party.

»Tom«, sage ich. »Kann ich dich kurz sprechen?«

Er streift Pollys Arme ab und schiebt seine Tochter zu Amber. Dann folgt er mir hinaus in den Garten. Ich schließe die Tür hinter uns.

»Tom, wir müssen die Leute loswerden.«

Tom reißt die Augen auf und schaut sich mit gespielter Panik um. »Brennt's irgendwo?«

»Bitte, Tom, es ist mein Ernst.«

Erst in diesem Moment fällt ihm auf, dass ich tatsächlich nervös bin.

»Was ist denn?«, fragt er.

Obwohl uns eine Glastür mit Schallschutz von unseren Gästen trennt, senke ich meine Stimme. »Im Wohnzimmer sitzen zwei Sozialarbeiter und wollen mit uns reden. Vorher gehen sie nicht.«

Tom kann mir offenbar nicht folgen, also muss ich deutlicher werden. »Vom Jugendamt.«

»Du machst Witze, oder?«

Ich schüttele den Kopf.

»Verdammt.« Mit einer Kopfbewegung deutet Tom auf die Tür. »Und was machen wir jetzt mit unseren Gästen?«

Über den Nachbarhäusern im Westen geht die Sonne unter und färbt die Wolken rosa und orange. Hinter der Glastür sieht Amber mich mit schief gelegtem Kopf fragend an. Ich verziehe meinen Mund zu einem Lächeln.

»Wir müssen wieder hineingehen«, flüstere ich. »Die Leute gucken schon.«

Wieder in der Küche, klatsche ich in die Hände. Alle werden still und sehen mich erwartungsvoll an, als dächten sie, ich würde einen Toast aussprechen. Instinktiv moduliere ich meine Stimme, so wie wenn ich Kinder in der Schule auffordere, sich ordentlich in einer Reihe aufzustellen.

»Liebe Geburtstagsgäste, es tut mir leid, aber für heute müssen wir Schluss machen. Ich danke euch allen sehr für euer Kommen. Wir hatten einen wunderbaren Nachmittag.« Es folgt enttäuschtes Gemurmel, das ich jedoch ignoriere. Ich lächele so verkrampft, dass meine Gesichtsmuskeln schmerzen. »Ich habe eine schlechte Nachricht erhalten. Es ist etwas, um das ich mich kümmern muss.«

Mein Blick fällt auf Amber. Bilde ich es mir nur ein oder liegt in ihrem Lächeln eine Art Befriedigung? Ich wende den Blick ab.

»Es geht um meine Mutter«, lüge ich. »Sie musste ganz plötzlich ins Krankenhaus. Ich danke euch für euer Verständnis.«

So, der schwierige Teil wäre geschafft. Tom macht sich daran, die Mäntel und Schuhe zusammenzusuchen, die von den Kindern irgendwo im Haus deponiert worden sind. Ich höre ihn von oben etwas rufen. Einige Kinder kommen quiekend und lachend die Treppe herunter. Unterdessen beantworte ich höflich Fragen und bedanke mich, so gut ich kann, für das Mitgefühl, das etliche Eltern äußern. Für jemanden, der in jüngster Zeit ziemlich viel gelogen hat, stelle ich mich nicht sehr geschickt an.

»Kann ich irgendetwas tun?«, fragt Jenny, die an meiner

Seite aufgetaucht ist. Sie mustert mich schon wieder, aber ich finde es nett, dass sie helfen will.

Meine Hände haben zu zittern begonnen, doch um vor Jenny den Schein zu wahren und auch um die Kinder nicht zu beunruhigen, reiße ich mich zusammen. »Du könntest die kleinen Beutel mit den Süßigkeiten an die Kinder verteilen. Sie stehen neben dem Fernseher.«

Amber benimmt sich ebenfalls großartig. Sie unterhält sich mit den Eltern, sucht die Sachen der Kinder heraus und denkt sogar daran, die Plastikdose mit den Öko-Süßigkeiten zurückzureichen. Sie ist noch fast voll.

Sophie steht am Küchentisch und pickt sich die Smarties von einem halb verzehrten Kuchen. Offenbar nimmt sie an, dass die Verabschiedung für sie nicht gilt, und normalerweise wäre das auch so. Ihre Gesichtsbemalung zeigt, dass sie eine Nixe sein wollte, eine Linie eisblauen Glitters zieht sich über ihre Nase und dann in zwei Schwüngen über die Schläfen. Es sieht hübsch aus.

Ich wische Sophies klebrige Finger mit einem feuchten Tuch ab und bringe das Mädchen zu seiner Mutter.

»Warum darf ich nicht bleiben?«, fragt Sophie.

»Weil wir nach Hause müssen«, antwortet Amber. »Das mit deiner Mutter tut mir leid«, ergänzt sie und zwinkert mir zu. »Ich hoffe, es geht ihr bald besser.«

Einer nach dem anderen verlässt das Haus. Einige Kinder werden angehalten, sich bei »Emilys Mummy« zu bedanken. Ich lächele und lächele und erkläre, wie entzückend sie mit ihren geschminkten Gesichtern aussehen. Emily steht unten an der Treppe, mit einem Gesichtsausdruck, den ich kenne. Sie hebt sich ihre Beschwerde für später auf.

Ich kann es nicht ändern.

Tom tippt mich an. »Sie sind alle weg.«

Wir betreten das Wohnzimmer. Bei jedem Schritt ist mir, als liefe ich meinem Verhängnis entgegen.

20

Mittlerweile ist es Abend geworden. Miriam oder Ian hat das Licht eingeschaltet, die Vorhänge jedoch offen gelassen. Auf diese Weise wird unser Wohnzimmer zur Bühne. Jeder, der am Haus vorbeikommt, kann uns mit unseren Besuchern sehen. Verärgert ratsche ich die Vorhänge zu. Die beiden erheben sich.

»Das ist Tom, mein Ehemann.«

Tom, der Ian und Miriam deutlich überragt, schüttelt ihnen die Hände. Nur ich erkenne, dass er etwas getrunken hat; er kann so etwas sehr gut überspielen. Das macht mich noch nervöser, als ich es ohnehin schon bin. Tom redet zu viel, wenn er ein paar Gläser über den Durst getrunken hat.

Ich lasse mich in einer Sofaecke nieder, nehme Josh auf den Schoß und lehne mich mit ihm zurück, in der Hoffnung, dass er an meiner Brust einschläft. Tom setzt sich zu mir und greift nach meiner Hand. Dann schlägt er die Beine übereinander. Unter einem hochgerutschten Hosenbein wird eine grellblaue Socke sichtbar.

»So«, sagt Tom, lächelt und beugt sich zu Miriam vor. »Um was geht es?«

Miriam setzt sich gerade hin und betupft ihre Haare. »Wir folgen dem Anruf eines Ihrer Nachbarn, der sich um das Wohlergehen Ihrer Kinder sorgt.«

Tom bleibt gelassen und klingt ruhig, als er antwortet. Nur an seiner verkrampften Kinnlade sieht man, was er empfindet. »Darf man fragen, wer das war?«

Mir fällt nur ein einziger Mensch ein, der mir Böses wollen könnte, und das ist Hellie North. Aber ich glaube nicht, dass sie etwas weiß. David hat ihr bestimmt nichts erzählt, er ist nicht der Typ, der sein Gewissen erleichtern muss. Trotzdem sollte ich ihn fragen. Doch darüber werde ich später nachdenken, nicht jetzt.

»Das dürfen wir nicht sagen, Mr. Seagrave. Es ist ja auch nicht so wichtig. Das, was Nachbarn melden, ist außerdem oft unbegründet. Vielleicht hat jemand nachts ein Kind weinen hören oder einen Streit der Eltern mitbekommen, solche Dinge eben. In Anbetracht des Unfalls, den ihr Baby hatte, möchten wir lediglich auf Nummer sicher gehen.«

In Toms Miene mischen sich Unglaube und Interesse. »Aha. Tja, Ihre Sorgfalt weiß ich natürlich zu schätzen, aber, offen gestanden, hätten Sie sich keinen schlechteren Zeitpunkt aussuchen können. Ich schlage vor, Sie stellen Ihre Fragen, dann können wir wieder zur Tagesordnung übergehen. Es ist schließlich Wochenende, und Sie haben sicherlich noch etwas anderes zu tun. Ebenso wie ich.«

»Für uns zählt nur das Wohlergehen eines Kindes«, erklärt Ian. »Deshalb würden wir uns gern umsehen und Ihren Kindern ein paar Fragen stellen.«

»Sie werden doch die Kinder nicht in diese Geschichte hineinziehen wollen.«

»Tom.« Ich werfe ihm einen warnenden Blick zu. »Das ist kein Problem. Ich zeige unseren Besuchern das Haus. In der Zeit kannst du mit den Mädchen reden.«

»Nein«, antwortet Ian. »Das können wir nicht zulassen. Dann heißt es später, Sie hätten Ihre Töchter beeinflusst.«

»Schon gut«, schalte ich mich wieder ein. »Kommen Sie mit.«

Tom nimmt mir Josh ab. Ich führe Ian und Miriam hoch in unser Schlafzimmer. Tom und ich bauen uns im Türrahmen auf, die beiden Sozialarbeiter schnüffeln im Zimmer herum. Sie schauen in den Kleiderschrank, schieben Kleidungsstücke zur Seite, um dahinter und darunter nachsehen zu können; öffnen die Schubladen unserer Nachttische, lesen die Titel der Bücher, die wir auf den Nachttischen liegen haben, und fahren mit den Händen unter die Matratze.

In unserem Bad zieht Miriam die Türen des Schränkchens über dem Waschbecken auf und prüft wahrscheinlich, ob wir irgendetwas Giftiges offen herumstehen haben. Ian checkt die Sicherheit der Fenstergriffe. Ich habe die Arme vor der Brust verschränkt und die zitternden Hände in meine Achselhöhlen gesteckt.

»Irgendwelche potenziellen Todesfallen?«, fragt Tom spitz.

Ian gibt ihm keine Antwort. Er macht sich Notizen. Wir gehen weiter. Tom treibt Konversation. Ian verzieht keine Miene. Die etwas bemühten Witzeleien meines Mannes bleiben wirkungslos.

Die Zimmer der Kinder sind für unsere Besucher noch interessanter als unser Schlafzimmer. In jeder Ecke sieht man, dass die Party bis in den obersten Stock gedrungen ist. Auf den Betten wurde herumgesprungen, Spielzeug liegt über den Fußboden verstreut. Polly neigt dazu, die Wände der Kinderzimmer zu bemalen, und mindestens ein Kind hat es ihr nachgetan. Ich sage nichts dazu, aber im Stillen freue ich mich darüber; an diesen Wänden kann Miriam erkennen, dass ich kein grausamer Diktator bin.

Sie begutachten das Badezimmer der Kinder. Ich erkläre ihnen, dass wir eine Überschwemmung hatten. Deshalb fehle ein Teil der Fliesen auf den rohen Fußbodendielen, die leider ein wenig rau und splittrig seien. In Joshs Zimmer wird mir erst recht mulmig. Nach dem Einbruch und der Arbeit der Spurentechniker hat Magda dort zwar Wunder gewirkt und die schwarzen Pulverflecken entfernt, aber für mich liegt weiterhin etwas Ungutes in der Luft. *Selbst Wochen nach dem Einbruch* kommt mir das Zimmer noch misshandelt vor, und wenn ich Josh in sein Kinderbett lege, lasse ich die Rollos jetzt immer oben, denn das verdunkelte Zimmer kann ich nicht ertragen. In einer Übersprunghandlung tippe ich den Schaukelstuhl an, lasse ihn vor und zurück wippen. Miriam inspiziert die eingebauten Schränke links und rechts des kleinen, weiß gestrichenen Kamins. Außer Bettlaken, Handtüchern, Ersatzsteppdecken und Kissen wird sie darin nichts finden.

»Hier ist es also passiert.« Ian tritt an das Kinderbett. Sein Blick umfasst den Raum, als wolle er ihn ausmessen. »Das muss ein Schock gewesen sein.«

Mein Mund ist trocken, aber ich lecke mir nicht über die Lippen. Ich will nicht zeigen, wie angespannt ich bin. »Ja, es war schrecklich.«

»Seltsam, dass Sie nicht gemerkt haben, dass jemand im Haus war.«

»Ja, ich weiß. Aber das Haus ist groß, und der Einbrecher war in unserem Schlafzimmer.«

Ian runzelt die Stirn und nimmt das Babyfon vom Kaminsims. »War das eingeschaltet?«

»Nein. Das heißt, doch. Das da war eingeschaltet, aber das unten in der Küche nicht.«

»Machen Sie das immer so? Bei einem so großen Haus sollten diese Geräte überall eingeschaltet sein.«

Ich habe Angst, dass meine Knie gleich nachgeben. Ich möchte mich setzen, bleibe aber stehen. »Sicher, aber in der letzten Zeit war ich so müde. Josh schläft nachts nicht durch und ...« Tom sieht mich warnend an. »Normalerweise stelle ich das Gerät unten an, aber ich hatte Besuch von einer Freundin. Ich habe einfach nicht klar gedacht. In der Regel schreit Josh, wenn ich ihn morgens schlafen lege, und dann brauche ich kein Babyfon, ich höre ihn überall.«

Ian stellt das Gerät zurück, justiert es, bis es seine ursprüngliche Position wieder eingenommen hat, und macht sich eine Notiz. »Ein Babyfon sollte nie ausgeschaltet sein.«

»Normalerweise ist es eingeschaltet«, meldet Tom sich zu Wort. »Es ist ja auch kein Schaden entstanden.«

»Ihr Baby hat einen gebrochenen Arm«, erwidert Miriam. »So etwas bezeichne ich als beträchtlichen Schaden.«

»Ja, natürlich«, erwidert Tom steif. »Ich wollte auch nur sagen ... dass es Josh gut geht.«

»Hat die Polizei schon jemanden gefasst?«

Ich schüttele den Kopf. »Soweit ich weiß, tritt sie auf der Stelle.«

»Zu dumm.« Ian zögert. »Aber es war doch ein Mann in Ihrem Haus, oder?«

»Was soll das heißen?«, fahre ich auf. »Natürlich war da ein Mann.«

Ian legt den Kopf zurück und taxiert mich mit halb zugekniffenen Augen. Die Geste wirkt aggressiv und ängstigt mich.

»Reg dich nicht auf, Vicky«, kommt es von Tom. »Jeder von uns weiß, dass du die Wahrheit sagst.«

Wissen sie das? Ich wende mich an Ian. »Warum sollte ich mir so etwas ausdenken? Aber wenn Sie mir nicht glauben, sprechen Sie ruhig mit Detective Grayling.«

Miriam konsultiert ihre Notizen. »In Ihrem Bad unten befindet sich Amitriptylin. Wenn mich nicht alles täuscht, ist das ein Antidepressivum.«

»Was?« Ich versuche mich zu erinnern. »Oh, jetzt weiß ich, was Sie meinen. Es sind sehr niedrig dosierte Tabletten. Mein Arzt hat sie mir als Schlaftabletten verschrieben, wenn Josh …« Ich breche ab, weil ich kurz davor bin, etwas Falsches zu sagen und mich als selbstsüchtige Mutter hinzustellen. »Josh sollte die Nacht inzwischen durchschlafen, aber das tut er noch nicht. Mein Arzt war der Ansicht, dass ich deshalb durchschlafen soll, sodass Josh merkt, dass niemand zu ihm kommt, wenn er schreit, und er sich das Schreien abgewöhnt. Ich habe die Tabletten erst genommen, als ich nicht mehr gestillt habe, und ich habe sie auch nicht für lange Zeit genommen. Ich mag es nicht, wie ich mich am nächsten Morgen fühle.« Ich mache eine Pause. »Um auf den Einbruch zurückzukommen: Ich lüge nicht, um Aufmerksamkeit zu erregen, falls Sie das glauben. Das habe ich nicht nötig.«

»Vielen Dank für diese Informationen«, sagt Miriam.

Sie fragt nach meiner Kindheit. Als sie und Ian erfahren, dass meine Mutter alleinerziehend war, leben sie auf, als hätten sie Gott weiß was entdeckt. Ian erkundigt sich nach meiner Beziehung zu meinem Vater. Offenbar sind wir jetzt bei Freud gelandet.

»Ich habe keinen Vater«, antworte ich gereizt. »Ich meine, ich habe keine Beziehung zu ihm. Einen Vater habe ich natürlich, aber er war nie Teil meines Lebens. Genau genommen habe ich ihn nur ein einziges Mal getroffen. Er lebt mit seiner Familie in Dorking. Wenn Sie mehr über ihn wissen wollen, müssen Sie meine Mutter fragen.«

Doch Ian bleibt bei dem Vaterthema. »Gab es vielleicht andere Vaterfiguren? Ich nehme an, Ihre Mutter hatte auch nachher noch Männerbekanntschaften.«

»Wie kommen Sie zu der Annahme? Sie kennen sie doch gar nicht.«

»Vicky«, sagt Tom. »Beantworte seine Fragen. Es wird langsam spät.«

Ich schaue auf die Uhr. Kurz nach halb sieben. Die Mädchen müssen in die Badewanne, und ich brauche einen starken Drink. *Das kann doch alles nicht wahr sein*, fährt es mir immer wieder durch den Sinn. Ich zähle doch nicht zu den Müttern, bei denen das Jugendamt vorbeischaut. Wir sind eine ganz normale Familie.

Tom legt Josh in sein Bettchen, und ich bete, dass unser Baby kein Theater macht. Aber anscheinend ist es dazu zu müde, denn alles bleibt still. Ich höre das Schlagen meines Herzens und ein Auto, das die Straße hinunterfährt. Die Sekunden verstreichen. Josh schläft. Tom und ich wagen wieder zu atmen.

»Ja, meine Mutter hatte noch andere Beziehungen. Drei oder vier.« Wohl eher acht oder neun. »In der Regel handelte es sich um nette Männer. Meine Mutter hat nie geheiratet, aber ihre Beziehungen haben länger gedauert. Zwischen ihr und ihren Freunden gab es nur selten Streit.«

Ian wirkt skeptisch. In seinen Ohren klinge ich wahrscheinlich unglaubwürdig. Die wenigsten Töchter mögen die Liebhaber ihrer Mutter, erst recht nicht, wenn diese Mutter bei jedem von ihnen auf das ewige Glück hofft und die Männer nie länger als ein paar Monate bleiben. Ian tut gut daran, meine Worte anzuzweifeln; ich habe von keinem dieser Männer viel gehalten. Vielleicht hofft er, ich erzähle ihm, dass mich einer von ihnen missbraucht hat. Aber da muss ich ihn enttäuschen. Meine Mutter mag die Gefühle ihrer Männer falsch eingeschätzt haben, aber nicht ihren Charakter. Nicht einer von ihnen hat sich je an mir vergriffen.

Ich lotse die beiden Sozialarbeiter hinaus auf den Flur und schließe die Tür von Joshs Zimmer. Miriam erkundigt sich nach dem Einbruch. Sie will wissen, wie es zu Joshs gebrochenem Arm gekommen ist und ob er sich zuvor schon einmal Verletzungen zugezogen hat. Ich beantworte die Fragen ausnahmslos. Im Grunde wiederholt sie nur das, was sie mich schon vor Wochen im Krankenhaus gefragt hat. Wir nehmen die Treppe nach unten und gehen in die Küche. Unsere Besucher möchten sich mit Emily und Polly unterhalten. Ich gerate von einer Panik in die andere. Was ist, wenn Ian und Miriam etwas wissen, das sie nicht aussprechen? Was, wenn sie mich im Geist schon verurteilt haben und nur noch nach einer halbwegs plausiblen Begründung suchen, um mir die Kinder wegnehmen zu können? Was, wenn die Mädchen irgendetwas sagen, das mich belastet?

Ich versuche, meinen Töchtern zu erklären, wer Miriam und Ian sind und was sie bei uns wollen. Polly ist müde und reibt sich die Lider. Emilys Miene ist ausdruckslos, doch sie möchte auf meinen Schoß. Polly klettert auf Toms Schoß. Wie um sie zu schützen, legt er einen Arm um sie.

Miriam plaudert über Familien, Schule und Freundinnen. Dann kommt sie zum Punkt. »Erwachsene werden manchmal ärgerlich und schreien, nicht wahr?«

Emily furcht die Stirn. »Ja.« Ich halte die Luft an und versuche, mir nichts anmerken zu lassen. Ganz gleich, was sie sagt, diese Situation ist nicht Emilys Schuld. »Sophies Mum schreit Sophie manchmal an.«

Ich könnte sie küssen.

Emily ist noch nicht fertig. »Und einmal hat Sophies Mum zu mir gesagt, ich bin verwöhnt.« Sie dreht sich halb zu mir um. »Aber das bin ich nicht, Mummy, oder?«

Ich wundere mich über das, was Amber gesagt hat. Ich bin sogar schockiert. Wie kommt sie denn auf so etwas? »Natürlich nicht.«

»Und einmal, da hat sie zu Polly …«

»Schon gut, Schätzchen.« Ich streiche über Emilys Haar. »Wir wollen jetzt nicht über Sophies Mummy sprechen.«

Die Sozialarbeiter fragen meine Töchter, ob sie sich zu Hause schon einmal verletzt haben. Emily zeigt ihnen einen Kratzer am Ellbogen und die Lücke im Mund, wo ein Backenzahn war.

»Und was ist mit dir, Polly?«, fragt Miriam.

Polly zieht die Stirn kraus und nuckelt an ihrem Daumen. Mit sanfter Hand zieht Tom ihr den Daumen aus dem Mund.

»Polly«, sagt er. »Hast du dich schon mal verletzt?«

»Ja, Oliver schubst mich manchmal, wenn wir spielen. Ich bin hingefallen.«

Tom zuckt mit den Schultern und lässt Pollys Hand los. Der Daumen wandert zurück in den Mund.

Miriam rafft ihre Unterlagen zusammen, steckt sie in ihre Aktentasche und lässt die Schlösser zuschnappen. Das scheint es gewesen zu sein.

»Wir erhalten gelegentlich Anrufe, hinter denen eine böse Absicht steckt«, sagt sie. »Mir scheint, das war hier der Fall.«

Ich durchforste ihr Gesicht nach Anzeichen von Enttäuschung oder Misstrauen, aber sie ist zu professionell, um ihre Gefühle zu zeigen oder zu verraten, was sie denkt.

»Sind wir jetzt aktenkundig?«, fragt Tom.

»In Form eines Vermerks. Aber machen Sie sich keine Sorgen. Wie ich sehe, werden Ihre Kinder geliebt und behütet.«

An der Haustür tritt Tom hinter mich, nimmt mich in die Arme und legt sein Kinn auf meinen Kopf. Miriam und Ian verabschieden sich. Nach einigen Schritten drehen sie sich noch einmal um. Ich lächele gezwungen und drücke die Tür leise ins Schloss.

Tom sitzt zusammengesackt am Küchentisch. Er legt einen Arm um mich, zieht mich an sich und drückt seine Stirn an meinen Bauch.

»Was meinst du, wie es den Mädchen geht?«

»Polly ist todmüde. Emily wollte wissen, ob meine Mutter so krank ist, dass sie stirbt. Ich habe ihr gesagt, dass es sich um falschen Alarm gehandelt hat. Sonst hat sie kein Problem. Ich dachte schon, sie würde mir den Abbruch ihrer Geburtstagsfeier übel nehmen, aber ich glaube, insgeheim war sie froh darüber. Es war ihr zu viel geworden.«

»Und was ist mit dir?«

»Ich bin ein bisschen zittrig.« Ich strecke meine unstete Hand aus. »Mir ist, als wären wir körperlich angegriffen worden, oder ist das zu extrem formuliert?«

»Nein.«

Ich ziehe mir einen Stuhl heran und lasse mich so dicht an Toms Seite nieder, dass sich unsere Schenkel berühren. Dann stütze ich die Ellbogen auf den Tisch und meinen Kopf auf die Hände.

»Sie haben von böser Absicht gesprochen«, sagt Tom nachdenklich. »Aber wessen? Was haben wir getan? Ich überlege schon die ganze Zeit, wen ich gegen mich aufgebracht haben könnte. Wir kennen die meisten Nachbarn persönlich, und allen anderen nicken wir zumindest zu, wenn wir ihnen begegnen. Glaubst du, es könnte jemand aus dem Haus hinter unserem Garten sein? Was ist mit dem Typ, den ich mal gebeten habe, die Musik leiser zu stellen? Oder mit der alten Dame, die neben den Boxers wohnt? Mein Motorrad ist ihr zu laut.«

»Tu das nicht. Sonst fällt dein Verdacht auf jeden von ihnen.«

»Sag bloß, du überlegst nicht, wer es war. Das würde ich dir nämlich nicht glauben.«

»Ich gebe mir zumindest Mühe, es nicht zu tun. Es war ein Schock, klar, aber die Hauptsache ist doch, dass wir unschuldig sind und die beiden nicht mehr wiederkommen.«

»Ich wünschte, ich wäre so zuversichtlich wie du.«

Ich bin nicht zuversichtlich. Natürlich bin auch ich die Nachbarn im Geist durchgegangen, habe mir diesen oder jenen als Anrufer vorgestellt und meinen Verdacht wieder verworfen. Übrig geblieben ist Hellie North. Ich sehe sie förmlich vor mir, diese skandinavische Eiskönigin. Falls sie entdeckt hat, dass ihr Mann ein Techtelmechtel mit der Lehrerin ihrer Tochter hatte, wird sie sich auf leise, subtile Weise rächen. Auf dem Küchentresen liegt mein Handy neben den beiden Weißweinflaschen. Ich will nicht hinschauen, aber es juckt mich in den Fingern, David eine Nachricht zu schicken und ihn zu warnen. Zu guter Letzt wird mein Wunsch übermächtig und ich greife nach dem Gerät.

»Ich gehe nach oben und räume das Zimmer der Mädchen auf«, sage ich. »Wenn sie gebadet sind, bringe ich sie ins Bett.«

Tom steht auf. Er nimmt einen Besen und kehrt die Überbleibsel der Geburtstagsparty zusammen. Er macht es nicht sehr ordentlich, aber ich hüte mich, ihn auf die Stellen hinzuweisen, die er vergisst. Oben auf der Treppe schreibe ich David eine SMS, doch dann schicke ich sie nicht ab. Was ist, wenn Hellie sich gar nichts hat zuschulden kommen lassen? Ich könnte großen Schaden anrichten. Ich beschließe, bis Montag zu warten, wenn David in seinem Büro ist.

Juni 1992

»Katya?«

Katya sah auf. Sie hatte vor sich hin geträumt, aber offenbar wollte Luke etwas von ihr. Am Vortag waren sie mit dem Bus in ein Einkaufszentrum gefahren. Durch das Fenster hatte sie Maggie mit Emily auf der Straße entdeckt. Emily ging an der Hand ihrer Mutter und hüpfte, um mit ihr Schritt zu halten. Statt ihrer Schuluniform trug sie eine Jeans mit Schlag, Turnschuhe und eine violette Fliegerjacke. Als der Bus um die Ecke bog, drehte Katya sich um, weil sie einen Blick auf Emilys Gesicht erhaschen wollte, aber sie saß auf dem Oberdeck und konnte nicht viel erkennen – nur, dass Emily nicht so hübsch war, wie Maggie behauptet hatte, sondern ganz normal aussah. Das war ein gutes Zeichen. Gabriella, die sehr hübsch war, konnte nämlich unglaublich gemein sein. Emily dagegen würde nett sein. Mit einem zufriedenen Seufzer schaute Katya wieder geradeaus.

Gerade hatte sie sich ausgemalt, wie sie den Bus verließ und Maggie und Emily nach Hause folgte. Sie klingelte an ihrer Tür und sackte ohnmächtig zusammen, vielleicht vor Hunger. In ihrem Tagtraum trug Maggie sie ins Haus und legte sie auf ein Sofa. Emily wollte wissen, wer dieses blasse, fremde Mädchen sei, und Maggie antwortete: »Das ist Katya. Sie hat niemanden auf der Welt.« Doch dann hatte Luke sie aus ihren Gedanken gerissen.

»Komm her und sag mir, wie dir mein Eintopf schmeckt.«

Widerwillig rappelte Katya sich auf und tappte auf Strümpfen in die Küche, wo Luke am Herd stand und in einem Topf rührte. Mit einem Löffel schöpfte er etwas heraus, blies darüber und hielt ihr den Löffel hin. Katya wollte danach greifen, doch Luke führte den Löffel an ihren Mund und wartete, bis sie ihn öffnete.

»Schmeckt gut«, sagte Katya und wich zurück, damit sie nicht noch einmal kosten musste.

»Gut? Weiter fällt dir nichts ein? Dabei habe ich mir so viel Mühe gegeben. Warte, du hast ein Stückchen Tomatenschale am Mund.«

Luke zupfte die Schale ab und hielt ihr Kinn fest, sodass sie den Kopf nicht wegdrehen konnte. Sie starrte auf die Wand, nur um nicht in sein Gesicht sehen zu müssen, und schauderte, als sein Blick über sie glitt. Es machte sie wütend. Gleichzeitig flößte dieser Blick ihr Angst ein, und manchmal fühlte sie sich irgendwie schuldig, ohne zu wissen, warum. Luke ließ die Hand sinken, doch Katya spürte seine Finger noch Stunden später auf ihrem Mund.

In dieser Woche hatte Sally Nachtdienst. Sie fuhr zur Arbeit, wenn Katya aus der Schule kam, und kehrte erst im Morgengrauen zurück. Wenn Katya mit Luke allein war, wusste sie nie, in welcher Stimmung er war. Manchmal wollte er mit ihr schmusen, dann wieder beachtete er sie gar nicht. Die Unsicherheit machte sie so nervös, dass sie ständig auf die Toilette musste. Luke hatte auch wieder vom Schwimmunterricht gesprochen und erklärt, es bereite ihm Sorgen, dass sie nicht schwimmen könne. Bisher war es ihr gelungen, sich zu drücken, aber den scheußlichen Badeanzug hatte sie nach wie vor. Er war immer noch in das Handtuch eingerollt und lag unten im Korb mit der Schmutzwäsche. Wenn es nach ihr ginge, konnte er dort verschimmeln.

»Kann ich jetzt meine Hausaufgaben machen?«, fragte sie.

Luke nickte, gab eine große Prise Salz in den Eintopf, deckte den Topf zu und stellte ihn in den Ofen.

Am Abend lauschte Katya seinen Schritten auf dem Flur. Er knipste die Lichter aus und blieb vor ihrer Tür stehen. Mit angehaltenem Atem wartete sie, bis er die Treppe hinaufstieg. In dem stillen Haus hörte sie, wie er im Bad über ihr urinierte.

21

Mittwoch, 10. März 2010

»Natürlich nicht. Sag mal, für wie blöd hältst du mich eigentlich?«, fährt David mich an. Ich zucke zurück. Seine Stimme wird sanfter. »Mein armer Schatz. Der Besuch vom Jugendamt muss dir ganz schön zugesetzt haben. Bitte glaub mir, dass Hellie nicht das Geringste von uns weiß. Und selbst wenn, würde sie sich nie auf diese plumpe Art rächen.

»Ich bin nicht dein Schatz«, erwidere ich. »Und ich würde so etwas auch nicht als plump bezeichnen, sondern als durch und durch heimtückisch.«

Wir spazieren im Hyde Park am Serpentine entlang. Davids Büro liegt nicht weit entfernt in Bayswater. Es ist unwahrscheinlich, dass wir hier Bekannte treffen. Magda passt zu Hause auf Josh auf. David trägt einen eleganten schwarzen Wollmantel und wirkt trotzdem nachlässig gekleidet. Ich bin in Jeans, abgetragenen Stiefeln, einer blauen Winterjacke, Handschuhen und Schal – also keineswegs verführerisch-gekleidet. Auf dem Serpentine sind einige Ruderboote zu sehen. Schwäne schwimmen am Ufer entlang, in der Hoffnung, dass wir sie füttern.

Es ist interessant, dass ich jemanden wie Tom geheiratet habe, der kaum ein Gramm Fett am Leib hat und regelmäßig Sport treibt, und dann David anziehend fand, einen ungepflegten, übergewichtigen Mann, der wahrscheinlich seit zwanzig Jahren kein Fitnessstudio mehr von innen gesehen hat. Aber er gefällt mir noch immer. Der Unterschied ist nur, dass ich ihn nicht mehr begehre wie noch vor wenigen Wochen. Dieses Bedürfnis hat sich gelegt.

Wir haben uns in den Italian Gardens getroffen. David war vor mir da, was mich wunderte, denn sonst ist er immer zu spät gekommen. Er hielt für jeden von uns einen Pappbecher Kaffee in den Händen und strahlte, als ich ihm winkte und zu ihm eilte. Wegen der Kaffeebecher konnten wir uns zur Begrüßung nicht umarmen, was vielleicht ganz gut war. David beugte sich vor, um mich zu küssen. Ich wollte ihm rasch meine Wange hinhalten, und wir stießen mit den Nasen aneinander.

Das Prickeln, das ich in seiner Gegenwart verspürt habe, kehrt zurück. Ich freue mich, ihn zu sehen, aber mittlerweile weiß ich, dass wir uns nicht lieben. Trotzdem ist es nicht einfach. Sein Lächeln, seine Stimme, diese Aura des Ungehörigen, die ihn umgibt, lassen meine Knie immer noch weich werden.

»Verdammt, ich wünschte, ich wäre mit dir ins Bett gegangen«, sagt er.

Ich muss lachen. »Das sollte wohl nicht sein.«

Eigentlich haben wir gar nicht so viel Zeit zusammen verbracht. Bis zu jenem grässlichen Tag Anfang Januar haben wir uns vielleicht alle drei Wochen heimlich getroffen und irgendwo einen Kaffee getrunken. Hier und da bin ich ihm mit seiner Familie begegnet. Dann hat er mich jedes Mal als Lehrerin seiner Tochter begrüßt, ebenso wie Hellie es getan hat. Unser Liebesakt stand von Anfang an unter einem schlechten Stern. Allein, dass wir den Tag so lange im Voraus geplant haben und warten mussten, bis Hellie mit Astrid bei ihren Verwandten in Schweden war, hat den Reiz gemindert. Und ich musste ja auch für mich eine Ausrede finden, den Besuch bei meiner Mutter, um sie wegen des Verlusts ihres Liebhabers zu trösten.

Es gab keine Spontaneität. Ich werde nie vergessen, wie ich mich am helllichten Tag entkleidete, einen Blick in den Spiegel warf und erkannte, wie peinlich das alles war – ich, mit dem Bauch, der seit meiner letzten Schwangerschaft schlaff geworden war und von silbrigen Dehnungsstreifen überzogen wurde. Der Unterschied zu dem Tag, als Tom und ich zum ersten Mal im Bett gelandet waren, war so krass, dass ich beinah laut gelacht hätte.

Tom wohnte damals in einem heruntergekommenen Haus in einer Wohngemeinschaft. Nach einer Party zogen wir mit einer Gruppe Studenten dorthin und tranken weiter. Irgendwann ging Tom schlafen. Er hatte am nächsten Morgen ein Fußballspiel. Ich wartete eine Weile, dann klopfte ich an seine Tür. Ich dachte, vielleicht bin ich so betrunken, dass ich mich traue, ihn zu verführen. Ich war seit Wochen hinter ihm her, aber Tom hatte davon nichts mitbekommen, er zog nachts ständig mit anderen Studenten um die Häuser. Ich trat in sein Zimmer. Tom schlug die Augen auf, und noch bevor ich Luft holen und fragen konnte, ob er auch richtig wach sei, hatte er mich schon in sein Bett gezerrt. Allein bei der Erinnerung überläuft mich noch heute ein Kribbeln.

David versucht, mich auf den Mund zu küssen, aber ich weiche ihm geschickt aus.

»Warum bist du nur immer so vernünftig«, sagt er. »Benimm dich doch wenigstens ein einziges Mal daneben.«

»Nein. Reiß dich zusammen, David, oder ich mache auf

dem Absatz kehrt und fahre nach Hause. *Du* wolltest, dass wir uns aussprechen, nicht ich. Lass uns also wie Freunde miteinander reden und uns wie Freunde trennen. Im Moment habe ich nämlich schon genug Probleme und brauche nicht noch mehr Schwierigkeiten.«

David sieht mich besorgt an. »Was für Probleme?«

Ich erzähle ihm von dem Einbruch und Joshs gebrochenem Arm. Am liebsten würde ich ihm die Wahrheit anvertrauen, aber das geht nicht. Er ist nicht mein Liebhaber und hat kein Recht, meine Geheimnisse zu erfahren.

»Ja, davon habe ich gehört«, sagt er.

»Von wem?«

»Hellie hat es mir erzählt. Du Arme, du musst außer dir gewesen sein.«

Zwei Rollschuhfahrer kommen auf uns zu. Der eine fährt an Davids Seite vorüber, der andere an meiner. In Bognor bin ich als Kind mit meinen Freundinnen auf Rollschuhen über die Strandpromenade gerast. Dabei trieb uns der Wind entweder an oder wir mussten uns gegen ihn stemmen.

»Du fehlst mir«, sagt David. »Das, was passiert ist, bedauere ich unendlich. Es war falsch. Ich habe dich bedrängt, und du warst noch nicht so weit. Kein Wunder, dass du weggelaufen bist.«

Ich beiße mir auf die Lippe und bin von mir enttäuscht. Wie kann ich so eitel sein, dass seine Worte mir schmeicheln? Dabei weiß ich doch, hätte ich mit ihm geschlafen, hätte ich eine innere Tür geöffnet, die ich vielleicht nie mehr hätte schließen können. Ich wäre wie meine Mutter geworden, süchtig nach Liebesbeziehungen, hätte immer wieder diesen ersten Kuss gewollt und die vielen anderen Reize, auf die man einer guten Ehe wegen verzichtet. So möchte ich nicht sein, werde ich auch nie sein wollen. Das Eheleben ist nicht perfekt, aber mir sind die kleinen Kompromisse einer Ehe lieber, als ewig nach etwas Unerreichbarem zu suchen. Ich will Tom, meine Kinder und Stabilität. Das Aufregende finde ich, wenn ich ein Haus kaufe und renoviere, und dafür bin ich dankbar.

»Liebst du Hellie?«

»Ja, das habe ich nie geleugnet. Und du liebst Tom. Wir hätten einfach nur ein bisschen Spaß miteinander gehabt.«

»Und das findest du richtig? Ich mag dich, David, du bist sexy und du bringst mich zum Lachen. Aber du bist nicht Tom, und ich lege keinen Wert auf Spielereien.« Ich kann nicht fassen, dass ich zu weinen beginne, und wische mir zornig über die Augen. »Ich muss jetzt gehen.«

»Nein.« Davids Lächeln ist verblasst. Er nimmt meine Hand, doch ich entwinde sie seinem Griff. »Tu das nicht, Vicky. Wieder wegzulaufen bringt doch nichts. Das kannst du nicht machen.«

»Und ob ich das kann.«

Ich gehe. Ohne mich noch einmal umzudrehen, laufe ich in Richtung Hyde Park Corner zur U-Bahn. Ich habe es getan. Jetzt ist es offiziell vorbei. Gott sei Dank. Jetzt kann ich ein Stückchen meiner Selbstachtung zurückerobern.

Amber eilt über den Marktplatz und zieht ihr Handy hervor. Sie hätte es schon früher checken müssen, aber sie hatte einen Besichtigungstermin nach dem anderen. Das Handy hat gesummt, als sie gerade dabei war, die Vorzüge eines wunderschön renovierten Hauses anzupreisen. Sie hat es ignoriert, sich gesagt, dass Robert wahrscheinlich etwas von ihr wollte. Aber es war jemand von der Schule. Man hat

Vicky nicht erreichen können und Amber gebeten, die kleine Polly Seagrave abzuholen, die sich übergeben und Fieber habe. Als Amber zurückruft, ist Tom bereits verständigt worden. Er hat sich auf sein Motorrad geschwungen, halb London durchquert und Polly mit nach Hause genommen.

Amber läuft in die Coleridge Street und klingelt an der Haustür. Während sie darauf wartet, dass Tom ihr öffnet, streicht sie sich übers Haar und zupft ihren Rock glatt.

Sie hört, wie Tom mit lauten Schritten die Treppe herunterkommt. Er zieht die Tür auf. »Amber!« Die Freude auf seinem Gesicht schmeichelt ihr. »Komm rein.«

In der Küche versucht Amber, die Rolle der patenten und besorgten Freundin zu spielen, nicht die einer Frau, die seit Kurzem in den Mann ihrer besten Freundin verschossen ist.

»Musst du sofort wieder ins Büro?«, fragt sie und hofft, dass er noch bleiben kann. Sie möchte helfen, aber nicht allein hier im Haus warten, bis Vicky von ihrem Rendezvous zurückkommt, und sich dabei wie der letzte Trottel fühlen.

Tom wirft einen Blick auf seine Uhr. »Ein paar Minuten kann ich noch bleiben. Möchtest du einen Tee?«

»Ja, gern.« Amber streift ihre Jacke ab und legt sie über das Treppengeländer. »Wo ist Vicky?«

»Wenn ich das wüsste. Sie hat ihr Handy ausgeschaltet.« Tom steht mit dem Rücken zu ihr und setzt Wasser auf.

»Seltsam. Zu dumm, dass ich die Nachricht der Schule nicht eher gesehen habe.«

Tom dreht sich zu Amber um. »Das ist nicht deine Schuld, du hast gearbeitet. Ich nehme an, du hättest sowieso nicht alles stehen und liegen lassen können.«

Wenn sie in der Vergangenheit mit Tom allein gewesen ist,

war sie immer ein wenig befangen, ohne sich je nach dem Grund zu fragen. Tatsächlich aber hat es von Anfang an eine sexuelle Unterströmung zwischen ihnen gegeben, auch wenn sie es nicht zugeben wollte. Amber setzt sich und faltet die Hände auf dem Küchentisch.

»Hat sie dir nicht gesagt, was sie heute vorhat?«, fragt Tom. Der Wasserkocher schaltet sich aus. Tom gießt das heiße Wasser in einen Becher, in dem ein Teebeutel hängt, gibt einen Schuss Milch hinzu und rührt um.

Was soll sie darauf antworten? Sie und Vicky haben nichts abgesprochen. »Nein, ich war heute Morgen in Eile. Wir haben nicht miteinander gesprochen. Vielleicht hat sie einen Liebhaber.« Der letzte Satz war boshaft, aber Vicky hat es nicht anders verdient.

»Klar.«

»Glaubst du, sie ist nicht attraktiv genug?«

Amber wollte Tom necken, aber ihm scheint nicht nach Spaßen zumute zu sein. Er schiebt ihr den Teebecher hin. Eigentlich möchte sie keinen Tee, aber so weiß sie wenigstens, wohin mit ihren Händen. Sie wirft einen Blick auf sein Gesicht, und ihr Puls beschleunigt sich.

»Sie kommt sicher gleich zurück. Wahrscheinlich …«

»Hat sie dir von dem Besuch vom Jugendamt erzählt?«, fällt Tom ihr ins Wort.

Die Möglichkeit, die Amber sich gerade vorgestellt hat, verpufft. Sie schluckt ihre Enttäuschung hinunter. »Ja. Das muss entsetzlich gewesen sein.«

»Ich verstehe es nicht. Glaubst du, jemand hat erfahren, dass Josh sich den Arm gebrochen hat, und beschlossen, uns etwas anzuhängen?«

»Keine Ahnung. Vielleicht ist jemand neidisch auf euch.

So etwas steckt doch meistens dahinter.« Sie seufzt leise. »Ich frage mich nur …«

Tom sieht sie abwartend an. »Was?«

»Na, wie es sich auf Vicky auswirkt. Ich habe Angst, wenn sie so weitermacht, bekommt sie noch einen Nervenzusammenbruch.«

»Einen Nervenzusammenbruch?«, fragt Tom entgeistert.

»Entschuldige, das ist vielleicht übertrieben. Ich finde nur, dass sie im Moment ein wenig labil wirkt.«

Tom fährt sich mit den Händen durch das Haar und stöhnt. »Wenn das so weitergeht, bin ich derjenige, der einen Nervenzusammenbruch kriegt.«

Um ein Uhr mittags drängen sich in der Tennyson Street Mütter mit Kinderwagen und kleinen Hunden. Auf halber Höhe liegt das Café »Butter und Brot«. Als ich an den Fenstern vorbeikomme, sehe ich Jenny mit zwei Frauen an einem Tisch sitzen. Sie sind in ihre Unterhaltung vertieft, doch als Jenny mich sieht, winkt sie mich zu sich. Mit einem bedauernden Lächeln schüttele ich den Kopf.

Zu Hause angekommen, schließe ich die Haustür auf und sehe Pollys Schultasche und Jacke unten an der Treppe liegen, daneben Toms Motorradhelm. Wie erstarrt bleibe ich stehen und versuche, mir einen Reim darauf zu machen. Dann wird mir klar, dass ich ein Problem habe. Ich gehe in die Küche, wo mein Mann und meine beste Freundin am Tisch sitzen und Josh zu Ambers Füßen spielt. Er krabbelt zu mir, streckt die Arme nach mir aus und fällt auf die Nase.

»Da bist du ja«, sagt Amber.

»Was ist denn los?« Ich nehme Josh auf und tröste ihn.

»Wo ist Polly? Und wo ist Magda? Sie sollte eigentlich hier sein.«

»Polly liegt im Bett.« Tom greift nach seinen Schlüsseln und klimpert mit ihnen.

»Was hat sie?« Ich will nach oben laufen, doch Tom hält mich zurück.

»Magda ist vor einer Stunde nach Hause gegangen. Wo warst du?«

Ich übergehe die Frage. »Sie hat gesagt, dass sie bis halb zwei bleiben kann. Was soll das heißen, sie ist nach Hause gegangen?«

»Sie hat sich nicht gut gefühlt«, antwortet Amber. »Es ist irgendein Virus, der ihr schon seit einer Weile zu schaffen macht. Vielleicht hat sie Polly angesteckt. Ich hätte Polly abgeholt, aber ich habe die Nachricht zu spät gesehen. Tom war schon unterwegs. Ich bin so bald wie möglich hergekommen – aber jetzt bist du ja da.«

Ich verstehe zwar nur die Hälfte, aber dass Tom gereizt ist und dringend losfahren will, ist überdeutlich zu erkennen. Ich hebe seinen Helm auf und begleite ihn hinaus.

»Tut mir leid.«

»Warum hast du mir nicht gesagt, dass du aus dem Haus gehst, Vicky? Als der Anruf kam, war ich mitten in einer Besprechung.«

»Es war eine spontane Idee.« Etwas Besseres fällt mir nicht ein. Ich reiche Tom den Helm und hoffe, dass er nicht nachhakt.

Doch das tut er. »Wo warst du denn?«

»Ich habe mir die Barbara-Hepworth-Ausstellung angesehen. Dann bin ich eine Zeit lang an der Themse entlangspaziert. Ich musste mal aus dem Haus kommen.«

Tom wirkt verdutzt. »Ach ja? Okay, dann bis später.«

Im Flur ist Amber dabei, ihre Jacke anzuziehen.

»Musst du sofort wieder weg?«, frage ich. »Lass uns doch noch zusammen essen.«

Ich laufe die Treppe hoch. Polly liegt in ihrem Bett und schläft. Ich lege eine Hand auf ihre Stirn. Sie hat Fieber. Ihr Teddybär ist aus dem Bett gefallen. Ich lege ihn zu Polly, küsse ihre heiße Stirn und lasse die Zimmertür offen, für den Fall, dass sie nach mir ruft.

In der Küche wärme ich eine gekaufte Möhren- und Pastinaken-Suppe auf und gieße sie in zwei Schalen. Amber schneidet ein paar Scheiben Brot ab, buttert sie und arrangiert sie auf zwei Tellern. Wir lassen uns nieder, Salz- und Pfeffer-Streuer stehen für jede greifbar zwischen uns.

Ich nehme meinen Löffel – und lege ihn wieder ab. Mir ist der Appetit vergangen. »Ich mache es immer schlimmer.«

»Das kommt dir nur so vor. Tom ist im Büro gestört worden, aber er hat keinen Verdacht. Du musst dich zusammenreißen, Vicky. Er fängt an, sich Sorgen um dich zu machen.«

»Wie kommst du denn darauf?«

»Er hat gesagt, dass du ein wenig labil zu sein scheinst.«

»Das hat er dir gesagt?« Ich schaue Amber in die Augen, und sie sieht fort. Ich wollte nicht aggressiv klingen, aber die Vorstellung, dass die beiden sich in meiner Küche bei einer Tasse Tee über mich unterhalten, geht mir gegen den Strich. »Hat er von physischer oder psychischer Labilität gesprochen?«

Als sie nicht antwortet, fahre ich sie an. »Amber, ich habe dich etwas gefragt.«

»Herrgott, Vicky, ich weiß es nicht. Mir war das Thema unangenehm.«

»Habt ihr gerade darüber gesprochen, als ich zurückgekommen bin?«

»Nein. Tom hat mir von dem Besuch vom Jugendamt erzählt. Das hat ihn wirklich mitgenommen. Was mich nicht wundert. Ich fände es furchtbar, wenn jemand zu mir kommen und solche scheußlichen Andeutungen machen würde.«

Ich schaue zu Boden. Amber greift über den Tisch und tätschelt meine Hand. »Kopf hoch, Vicky. Niemand außer uns weiß etwas. Erzähl mir, wie das Treffen mit deinem Lover gelaufen ist.«

»Gut. Wir haben uns endgültig getrennt. Ganz zivilisiert. Er ist sehr nett gewesen.«

»Und wie fühlst du dich jetzt?«

Ich schaue aus dem Fenster und verfolge den Flug einer Krähe. »Ich bin froh, dass ich es beendet habe. Wenn wir uns nicht getroffen hätten, wäre so etwas wie eine offene Wunde geblieben ... aber einfach war es nicht. Trotzdem, es war die richtige Entscheidung. Danke, dass du mich ermuntert hast, noch einmal mit ihm zu sprechen.«

22

Samstag, 27. März 2010
Osterferien

Keiner von uns steckt sich bei Polly an, und zweieinhalb herrlich ereignislose Wochen später beginnen die Osterferien. Als wir nach Spanien aufbrechen, regnet es in London. Bei der Landung in Barcelona empfängt uns heller Sonnenschein. Auf dem Flughafen verläuft alles reibungslos. Unsere Gepäckstücke zählen zu den ersten, die auf dem Band erscheinen, unser Mietwagen steht vollgetankt bereit. Unser Navigationssystem kommuniziert auf Englisch, die Kinder, denen schöne Landschaften gleichgültig sind, sitzen auf dem Rücksitz und dösen.

Unsere Villa liegt ungefähr fünfunddreißig Fahrminuten vom Flughafen entfernt, umgeben von Weingärten, die sich über die Ebene erstrecken und in der Ferne zu Hügeln ansteigen. Am strahlend blauen Himmel stehen hier und da dünne, beinah reglose Schleierwolken. Wir fahren durch ein reich verziertes schmiedeeisernes Tor und halten vor etwas, das einem kleinen mediterranen Palast ähnelt. Emily schnappt nach Luft und drückt sich die Nase an der Fensterscheibe platt.

Amber hat für sich und ihre Familie Billigflüge von Luton aus gebucht, mit denen sie einen Tag vor uns angekommen sind. Als wir aus dem Auto steigen, kommt Sophie in einem rosafarbenen Bikini und Flipflops um die Ecke gewetzt. Sie redet schon drauflos, noch bevor sie uns erreicht hat, und erzählt vom Pool, den Zimmern und dass wir zwei Fernsehgeräte haben. Dann stürzt sie zu Tom und umschlingt seine Beine.

»Langsam, Tiger«, sagt Tom und zupft an Sophies nassem Pferdeschwanz.

»Wir waren zuerst hier«, erklärt sie. »Wir haben gewonnen.«

»Das ist nicht wichtig«, entgegnet Emily. »Wir wären die Ersten gewesen, wenn Dad nicht noch einen Termin gehabt hätte.« So ganz unwichtig scheint es ihr also doch nicht zu sein.

»Ich habe mir die beste Seite im Bett ausgesucht«, trumpft Sophie auf.

Ich wechsele einen Blick mit Tom und verdrehe die Augen. »Lass es gut sein, Sophie«, sage ich. »Es ist unsere Schuld, dass Emily erst heute ankommt. Wir werden es wettmachen.«

»Was kriegt sie dafür?«

»Das wird eine Überraschung«, antwortet Tom und macht scheuchende Armbewegungen in Richtung Haus. »Ab mit euch.«

Um zu zeigen, wie gut sie sich bereits auskennt, rennt Sophie los. Emily tut mir aus tiefstem Herzen leid. Um Polly muss ich mir keine Sorgen machen. Wer irgendwo zuerst ankommt, interessiert sie nicht die Bohne. Sie ist froh, nicht mehr im Auto zu sitzen. Ich hole Josh aus dem Wagen. Er wacht auf, und ich knuddele seinen verschwitzten kleinen Körper. Mit großen Augen schaut er sich um und birgt seinen Kopf abrupt an meiner Schulter.

»Das Haus ist der Hammer, oder?« Tom stößt mich liebevoll in die Seite.

Es ist ein zweistöckiges, lang gestrecktes Haus mit leuchtend weißem Verputz unter wild wuchernden grellrosafarbenen Bougainvilleas. An den Seiten wachsen Palmen und Pinien, und aus den geöffneten Fenstern wehen weiße Musselin-Gardinen. Ich höre ein Platschen, gefolgt von einem begeisterten Aufschrei, und fühle mich leicht und beschwingt. Auf einem grasbewachsenen Pfad umrunden wir das Haus. Dahinter liegt eine riesengroße Terrasse, die von einem gigantischen Sonnenschirm, einem modernen L-förmigen Korbsofa und Korbsesseln mit olivgrünen Kissen beherrscht wird. Sie umgeben einen Holztisch, an dem man gut und gern zwanzig Personen unterbringen könnte. Der Pool ist tiefer gelegen und wird auf drei Seiten von einer Mauer geschützt, die halb unter Bougainvilleas verschwindet. Das Wasser schimmert und wirft blitzende Sonnentupfer zurück.

Ich schaue auf den Pool hinab und blinzele in dem gleißenden Licht. Robert, Sophie und Polly sind im Wasser. Polly, die sich bis auf die Unterhose ausgezogen hat, paddelt wie ein Hündchen drauflos. Emily sitzt am Beckenrand und taucht ihre Zehen ins Wasser. Nicht für Geld und gute Worte würde sie sich vor anderen Leuten ausziehen und in Unterhose schwimmen gehen. Amber hat sich auf einer Sonnenliege ausgestreckt. Sie trägt einen leuchtend blauen Bikini und eine Baseball-Kappe, an die sie zur Begrüßung tippt. Offenbar hatte sie in London genügend Zeit, sich mit Selbstbräuner einzusprühen und die Beine enthaaren zu lassen, was ich leider nicht geschafft habe. Sie ist ungeschminkt und wirkt entspannt.

»Fantastisch, endlich seid ihr da!« Elegant schwingt sie ihre Beine von der Liege, setzt sich auf und dehnt ihren Rücken. »Kommt, ich zeige euch das Haus.«

Ich gebe ihr einen Kuss auf die Wange. Sie riecht nach Ko-

kosnussöl. »Nein, bleib liegen, wir finden uns allein zurecht.« Ich wende mich zu Emily um. »Komm mit zum Auto, wir suchen deinen Badeanzug heraus.«

»Na schön«, sagt Amber. »Dann lass wenigstens Josh bei mir. Wir haben eins der Schlafzimmer, das nach hinten hinausgeht. Ich wusste nicht, welches ihr wollt, aber da sie alle wundervoll sind, ist es wahrscheinlich egal.«

Tom und ich tragen unsere Koffer in eine große Eingangshalle. Der Fußboden und die Deckenstreben sind aus Holz. Wir streifen unsere Schuhe ab und steigen die Eichenholztreppe hinauf zu einem Flur, von dem mehrere Zimmer abgehen. Es dauert nicht lange, bis wir das Schlafzimmer entdecken, das Robert und Amber gewählt haben. Es ist das größte von allen und hat eine Gewölbedecke. Tom hatte es für uns vorgesehen. Die Fensterläden vor den großen Sprossenfenstern sind geöffnet, die dünnen weißen Gardinen geschlossen. Ich ziehe sie auf. Unter mir liegen die Terrasse, dahinter der Garten und die sich anschließende Landschaft, schön wie auf einer Ansichtskarte. Ich erkenne Ambers Füße, die unter dem Sonnenschirm hervorlugen, die strassbesetzten Flipflops glitzern in der Sonne. Die Seiten einer englischen Tageszeitung liegen auf den Terrakotta-Fliesen verteilt.

Tom tritt zu mir. Wortlos drehen wir uns um und nehmen das Zimmer in Augenschein. Das breite Doppelbett ist ungemacht, die Decken zur Seite geschlagen, die Kopfkissen zerdrückt, auf dem Fußende liegen zwei Morgenmäntel. Der geöffnete Koffer liegt auf einem Ständer, und in einer Ecke sieht man ein Häufchen Schmutzwäsche. Noch immer schweigend werfen wir einen Blick ins Badezimmer. Feuchte, zusammengeknüllte Handtücher auf den Heizkörpern, in einem Glas auf der Ablage über dem Waschbecken zwei Zahnbürsten, daneben Toilettentaschen und eine Plastikflasche Sonnencreme.

»Sie muss gewusst haben, dass wir dieses Zimmer wollten.«

»Soll ich etwas sagen?«, fragt Tom.

»Nein, das übernehme ich.«

Ich setze mich auf die Bettkante und bohre meine Zehen in den weichen, cremefarbenen Teppich. Damals, während unserer Indienreise, mussten Tom und ich jeden Penny umdrehen. Am letzten Abend und von unserem letzten Geld gönnten wir uns ein Zimmer wie dieses. Wir waren an Studentenzimmer gewöhnt, mit feuchten Flecken an den Wänden und modrig riechenden Teppichen, an heimliche Liebesakte auf den schmalen Betten im Haus unserer Eltern während der Semesterferien, an Nächte voller Ungeziefer in Jugendherbergen, an Luftmatratzen am Strand unter Sternen. In unserem indischen Luxuszimmer glaubten wir, unseren Augen nicht zu trauen. Ich weiß noch, wie ich auf dem Bett lag und zusah, wie Tom nackt den Raum durchquerte, mit einer einfach Lederschnur als Armband und einer Halskette aus braunen Perlen, die seine Schlüsselbeine berührte. Sein Anblick raubte mir fast den Verstand. Ich war wunschlos glücklich.

»Ist dir aufgefallen, dass nirgends ein zweites Auto zu sehen ist?«

»Natürlich.« Tom setzt eine resignierte Miene auf. »Aber vergiss nicht, dass wir ihnen gesagt haben, sie müssten lediglich für ihre Flüge aufkommen, und erwähn das mit dem Auto nicht. Sie sind kurz davor, ein Haus zu kaufen, und Robert hat finanzielle Probleme. Schau, dass du ein bisschen

Mitgefühl und Verständnis aufbringst – mach sie nicht verlegen.«

Sofort stellen sich meine Stacheln auf. »Ich weiß durchaus, was Rücksichtnahme ist.« Wütend verlasse ich den Raum.

Sophies Koffer steht in einem Zimmer mit einem Doppelbett und einem Feldbett. Das Feldbett ist schon hergerichtet worden, in dem Punkt habe ich also keinen Grund zu klagen. Tom holt die restlichen Sachen aus dem Auto. Ich inspiziere die Küche, um nachzuschauen, was unsere Gäste an Lebensmitteln eingekauft haben. Es ist nicht viel, und das wenige sieht aus, als hätten sie es aus England mitgebracht. Auf einer Ablage entdecke ich auch prompt ein paar zerknitterte Tüten von Sainsbury's. Sauber ist die Küche auch nicht: Auf dem Tisch liegen Krümel, im Abwaschbecken weichen ein Topf und zwei Becher ein, ein butterverschmiertes Messer liegt auf dem Rand. Draußen erschallen hohe, fröhliche Kinderstimmen. Ich beschließe, den Zustand der Küche zu ignorieren und mich zu den anderen zu gesellen. Wahrscheinlich ist es auch besser, nicht als Erstes die Küche zu putzen. Es wäre ein stummer Vorwurf, und ich möchte unsere Ferien nicht mit einem Misston beginnen. Ich trete hinaus auf die Terrasse.

Robert ist wieder im Pool. Die drei Mädchen hängen wie Äffchen an ihm. Er wirft sie der Reihe nach hoch, und sie tauchen unter, schießen wieder hervor und verlangen lautstark nach einer Wiederholung. Polly und Emily paddeln im Wasser, aber Sophie schwimmt wie ein Fisch. Amber, die selbst nicht schwimmen kann, hat Sophie schon mit sechs Monaten im Schwimmen unterrichten lassen.

»Ist dir nicht zu warm?«, fragt Amber.

Sie hat Josh auf dem Schoß. Er trägt nur noch seine Windel und glänzt vor Sonnencreme. Sein pummeliger Körper ist unglaublich süß, der Bauch so kullerrund wie der eines Buddhas. Ich krempele die Hosenbeine meiner Jeans hoch, suche mir die schattigste Liege und lasse mich in die Polster sinken. Trotz des Sonnenschirms dringt mir die Wärme bis auf die Knochen. Es fühlt sich wunderbar an. Langsam weicht die Anspannung aus meinen Schultern.

»Paradiesisch, oder?«, sagt Amber.

»Hm. Hör mal, Amber …« Ich halte inne und fühle mich unbehaglich. Amber wirft mir einen Seitenblick zu und konzentriert sich wieder auf Josh, der vor Freude gluckst. »Es geht um das Schlafzimmer …«

»Was ist damit?« Sie prustet Josh einen langen Kuss auf den Bauch. Er kriegt sich kaum noch ein vor Lachen.

»Es ist das größte Schlafzimmer von allen. Ich würde ja nichts sagen, nur dass es auch Toms Urlaub ist und er für das Haus hier bezahlt hat.«

Amber hebt Josh hoch und lässt ihn auf ihren Schenkeln hüpfen. Dann nimmt sie eine Babystimme an, bei der mir ein Schauder über den Rücken läuft.

»Der kleine Joshi findet, dass seine Mummy gemein ist.«

»Amber, bitte …«

»Der kleine Joshi hat nicht vergessen, wie er einmal ganz allein gelassen wurde.«

»Hör auf«, bitte ich mit erstickter Stimme und greife nach Josh. Amber zieht ihn fort.

»Der kleine Joshi will, dass seine Mummy Tante Amber glücklich macht.«

Wütend springe ich auf, reiße ihr Josh fast aus den Armen und habe schon eine saftige Antwort auf den Lippen – doch da kommt Tom. Er trägt Shorts, ein hellblaues Leinenhemd mit hochgerollten Ärmeln und lederne Flipflops.

»Hey.« Er bückt sich und gibt Amber einen Kuss auf die Wange. »Wie ich sehe, habt ihr euch schon eingelebt. Ich werde mal Einkaufen fahren. Habt ihr irgendwelche Wünsche?«

»Die nächsten Geschäfte sind in dem Dorf, durch das ihr gekommen seid«, erklärt Amber. »Zu Fuß ist der Weg zu weit. Wir hatten schon überlegt, einen Wagen zu mieten, doch wozu, wenn wir nur eine Woche lang am Pool liegen und in der Sonne braten wollen? Es wäre Geldverschwendung gewesen.«

Mir fällt auf, wie unruhig sie mit einem Mal ist. Sie kratzt sich an den winzigen Narben auf ihrem Handrücken. Tom gibt ihr recht und erklärt, sie solle ihr Geld lieber für die Renovierung ihres neuen Hauses aufheben.

»Ich komme mit dir.« Amber streckt die Hand aus und lässt sich von Tom hochziehen. »Dann sehe ich wenigstens ein bisschen was von der Gegend.« Sie sieht mich an. »Du passt mit Robert auf die Mädchen auf, ja? Ich springe nur noch kurz ins Haus und ziehe mir was an.«

»Aber ich …«

»Wir brauchen nicht lang«, unterbricht mich Tom.

Bevor ich etwas einwenden kann, ohne eifersüchtig zu klingen, sind die beiden fort. Kurz darauf schlagen zwei Wagentüren zu, ein Motor wird angelassen, jemand drückt munter auf die Hupe, und der Wagen braust davon.

Beim Auspacken der Einkäufe sind Tom und ich allein. »Hast du das mit dem Schlafzimmer erwähnt?«

Ich wende den Blick ab und zucke mit den Schultern. »Nein, das war es mir letztlich doch nicht wert.« Ich schließe die Kühlschranktür und drehe mich lächelnd um. »Es ist ja auch ein Luxusproblem.« Für die Antwort habe ich mich entschieden, als Tom mit Amber unterwegs war.

Tom setzt sich und greift nach meiner Hand. »Ich bin ein Mann, mir ist es egal, wo ich schlafe. Aber für dich tut es mir leid.«

Er zieht mich auf seinen Schoß, und ich lege einen Arm um seinen Hals. »Wie galant von dir.«

»Erinnerst du dich noch an Indien? Wie wir am Strand geschlafen haben?«

»Wie könnte ich das vergessen?«

»Gott, war das unbequem.« Tom grinst. »Ich habe kein Auge zugetan.«

Juni 1992

Maggie hatte gesagt, sie würde zum Sportfest kommen, um Katya anzufeuern, vorausgesetzt, dass sie es zeitlich schaffe, denn vorher müsse sie noch andere Kinder besuchen. Katya wollte sich Maggie nicht zusammen mit anderen Kindern vorstellen. Auf dem Weg zum Sportplatz hielt sie deshalb gar nicht nach ihr Ausschau. Sally war nicht da. Sie hatte Nachtschicht gehabt und musste schlafen. Aber Luke war unter den Zuschauern. Er trug eine Baumwollhose und ein weißes Hemd mit hochgekrempelten Ärmeln. Er sah gut aus und wurde von einer Gruppe hübscher junger Müttern in Sommerkleidern umringt, die an seinen Lippen hingen, als wäre er ein Gott. Er winkte Katya zu, und zu ihrem Ärger winkte sie automatisch zurück.

Den Dreibeinlauf absolvierte Katya mit Gabriella. Mitten auf der Strecke entdeckte sie plötzlich Maggie unter den Zuschauern. Sie geriet aus dem Tritt, stolperte und riss Gabriella mit sich zu Boden.

»Katya!«, schrie Gabriella. »Pass doch auf!«

Sie rappelten sich auf und starteten noch einmal. Maggie, die sich bei dem Sturz eine Hand vor den Mund geschlagen hatte, kam näher und feuerte Katya an.

»Gut gemacht«, sagte Maggie, als die beiden Mädchen

sich japsend auf den Rasen fallen ließen. Katya löste den Strick, der sie und Gabriella verbunden hatte. Gabriella sprang auf und rannte ohne ein Wort davon. *Wahrscheinlich hasst sie mich jetzt*, dachte Katya.

»Wir haben verloren«, sagte sie.

»Das spielt keine Rolle. Ich bin so stolz auf dich, Katya.«

Maggie umarmte sie, wie es auch die anderen Mütter bei ihren Kindern taten. Sie war stärker geschminkt und sah hübscher aus als sonst, beinah schön – wie an dem Mittag, als sie mit Luke allein im Haus gewesen war. Katya wurde sofort misstrauisch, und als Luke zu ihnen stieß, versuchte sie, sich ein wenig abseits zu halten. Sie wollte nicht, dass die Leute über sie tuschelten, und schämte sich, als sie sah, wie Maggie sich in Lukes Beisein aufführte. So albern benahm sich Gabriella, wenn Jungen in der Nähe waren.

Beim Weitsprung wurde Katya Dritte. Sie gesellte sich zu einer Gruppe Mädchen, deren Eltern Decken ausbreiteten und den Inhalt von Picknickkörben verteilten. Sie ließen sich auf dem ausgedörrten Gras nieder, denn es hatte seit Wochen nicht mehr geregnet. Maggie und Luke saßen ebenfalls auf dem Gras, vor sich einen noch gefüllten Picknickkorb. Katya blieb auf Distanz, doch sie konnte hören, was gesprochen wurde, und beobachtete, wie Maggie mit dem Saum ihres langen Rocks spielte, unter dem ihre bloßen Füße zum Vorschein kamen. Ihre Zehennägel waren dunkelrot lackiert.

»Glaubt sie das wirklich?«, fragte Luke.

Maggie legte den Kopf in den Nacken. Ihr kastanienbraunes Haar fiel in weichen Wellen über ihre Schulterblätter und glänzte in der Nachmittagssonne. Sie war so sehr auf Luke fixiert, dass ihr Katyas finstere Miene entging.

»Ich fürchte, ja. Ich möchte ja nichts sagen, aber das Kind weiß Dinge, die man in dem Alter noch nicht wissen sollte. Du kannst dir nicht vorstellen, wie ihre Mutter war – einfach abstoßend. Ich spreche nicht nur von ihrem Gewerbe und ihrem Drogenkonsum, sondern vor allem davon, dass sie ihr Kind nicht geschützt hat. Katya hat alles mitbekommen. Es ist nicht ihre Schuld, dass sie verhaltensgestört ist.«

»Du bist zu nett, das ist dein Problem.«

Maggie lachte leise. »Das arme kleine Ding. Vielleicht vergisst sie eines Tages, was sie erlebt hat, aber achte bitte darauf, dass sie nie jemandem aus ihrem alten Leben über den Weg läuft. Das darf einfach nicht passieren.«

»Ich weiß doch, wie sehr ihr Wohlergehen dir am Herzen liegt.«

Luke griff nach einer Strähne von Maggies Haar, und Katya sah angewidert zu, wie Maggie es geschehen ließ – ja, es schien ihr sogar zu gefallen. Katya tat, als hätte sie nichts gehört. Sie glättete die Bänder der gelben Siegerschleife, die sie im Weitsprung gewonnen hatte, und summte vor sich hin. Luke musterte sie. Er wusste, dass sie gelauscht hatte, das erkannte sie an seiner Miene. Abgesehen davon hatte sie schon seit einer Weile den Verdacht, dass er ihre Gedanken lesen konnte.

»Möchtest du ein Sandwich mit Schinken oder Marmite?«, fragte Maggie und schob Katya den Picknickkorb zu. »Such dir etwas aus. Zum Nachtisch habe ich die Donuts eingepackt, die du so gerne magst.«

Katya streifte ihre Turnschuhe und Socken ab. Die Schuhe stellte sie ordentlich nebeneinander auf den Boden, die zusammengerollten Socken steckte sie hinein. Als sie aufschaute, starrte Luke auf ihre nackten Füße.

»Durst?« Maggie reichte ihr eine Flasche Wasser.

Katya trank die Hälfte, suchte sich ein Sandwich aus und ging davon. Maggie rief ihr hinterher, aber Katya drehte sich nicht um.

23

Donnerstag, 1. April 2010

Robert streichelt Ambers Po. Amber wird wach. Sie hat von Tom geträumt. Unwirsch dreht sie sich zu ihrem Mann um. Er lächelt hoffnungsvoll. Amber schiebt seinen Arm fort und setzt sich auf, das Laken bis zum Hals gezogen. Erleichtert nimmt sie die von unten kommenden Kinderstimmen wahr.

»Die anderen sind schon wach«, sagt sie.

Sie trinkt einen Schluck Wasser aus der Flasche auf dem Nachttisch und lehnt sich gegen das Kopfteil des Betts. Die Stimme ihres Gewissens sagt ihr, es wäre besser gewesen, wenn sie dieses Schlafzimmer nicht in Beschlag genommen hätte, aber die Stimme ist nicht sehr laut. Die Fensterläden und die dünnen Musselin-Gardinen sind einfach wundervoll. Diesen Stil – weiß und leicht – könnte sie sich auch für ihr neues Haus in der Browning Street vorstellen. Das Badezimmer nebenan würde sie ebenfalls gern nachgestalten lassen.

»Niemand wird uns hören.« Robert wälzt sich herum und legt seinen Kopf auf ihre Beine. Er hat fettiges Haar, und die kahle Stelle wird immer größer. Amber mag ihn gar nicht anschauen.

»Ich könnte mich trotzdem nicht entspannen. Rück mal ein Stück, ich muss aufs Klo.«

Mit einem Seufzer steht Robert auf, schlüpft in Shorts

und Poloshirt und verlässt das Zimmer. Amber spürt, dass sie dabei sind, auseinanderzutreiben. Sie geht ins Bad und betrachtet sich im Spiegel. Sie stößt Robert nicht absichtlich fort, aber sie kommt nicht dagegen an. Alles, was er tut, geht ihr auf die Nerven, sogar die Art, wie er atmet.

»Ich bin gut«, murmelt sie. »Ich bin stark. Ich bedeute etwas.« Das Gesicht im Spiegel schaut sie gleichmütig an. *Rede dir das ruhig ein*, scheint es zu sagen. *Wenn du dich dann besser fühlst.*

Später sitzt Amber mit Vicky unter dem Sonnenschirm. Sie türmen Bauklötze aufeinander, damit Josh die Türme umwerfen kann. Die Männer sind im Pool und passen auf die Mädchen auf, die wie Delfine um sie herumschwimmen. Die Stimmung zwischen Amber und Vicky ist ein wenig frostig, aber damit wird Amber fertig. Es wird ohnehin nicht lange andauern, denn Vicky hält Spannungen nicht aus. Als es ihr zu warm wird, geht Vicky mit Josh in den Pool. Der Junge mag Wasser, patscht mit den Händen darauf und kräht vor Freude. Noch lieber aber schaut er den Mädchen zu, insbesondere Sophie, die ihm offenbar am besten gefällt. Vicky, die immer jammert, dass sie drei Kinder hat, um die sie sich kümmern muss, weiß nicht, wie glücklich sie sich schätzen kann. Es ist, als hätte das Leben ihr die besten Karten ausgeteilt. Sie hat Tom, drei Kinder, Geld und sogar einen Liebhaber, auch wenn Amber gern wüsste, was um alles in der Welt die beiden in einander gesehen haben. Auf seine schmuddelige Art ist David North zwar attraktiv, aber Vicky ist nur ein Durchschnittstyp, wogegen Hellie North wie ein Model aussieht, mehr Geld verdient als ihr Mann und in der Familie ganz generell die Hosen anhat.

»Emily!«

Sophie klingt gereizt. Seit einer Weile versucht sie, Emily zu zeigen, wie man einen Kopfsprung macht. Sie ist eine gute Lehrerin, wenn auch nicht die geduldigste. Wenn Emily einen Fehler macht, hebt Sophie die Hände und verdreht die Augen.

Emily spuckt Wasser. »Ich versuch's ja.«

»Du musst die Füße zusammenhalten. Stell dir vor, du wärst ein Pfeil.«

Emily klettert aus dem Becken. Sophie folgt ihr und führt es ihr noch einmal vor. Emily presst die Hände zusammen und springt. Es klappt schon besser, nur ihre Beine sind immer noch geknickt. Vicky jubelt ihr zu. Robert packt Polly, brüllt wie ein Ungeheuer und wirft sie in die Höhe. Polly platscht quietschend ins Wasser.

Vicky kehrt mit Josh zurück. Tom taucht durch das Becken. Als er wieder hochkommt, schüttelt er den Kopf wie ein nasser Hund. »Warum kommst du nicht ins Wasser?«, fragt er Amber vom Beckenrand aus. »Sonst entgeht dir doch der ganze Spaß.«

Amber beschirmt ihre Augen mit der Hand, blinzelt ihn an und lässt sich mit der Antwort Zeit. Wassertropfen rinnen über Toms Gesicht. Er wirft sich das dunkle Haar aus den Augen und grinst Amber an. Ambers Blick fällt auf seine feucht glänzenden, gebräunten Schultern. Sie rufen eine unangenehme Szene wach, die sie unwillkürlich zusammenzucken lässt. Doch eine innere Stimme, so eindringlich, dass sie die Erinnerung vertreibt, sagt ihr: *Nimm ihn ihr weg.*

»Du bist unter Freunden«, fährt Tom fort. »Wenn du nicht gut schwimmen kannst, lacht dich niemand aus.«

Josh beginnt zu quengeln. Vicky baut einen neuen Turm – rot, gelb, blau, rot. Josh haut dagegen, und die Klötzchen fliegen in alle Richtungen. Eines landet im Pool. Emily schwimmt darauf zu.

»Na komm«, drängt Tom. »Tauch wenigstens die Zehen ein.«

Amber schüttelt den Kopf. »Ich bin aquaphobisch, ich kann nicht ins Wasser gehen. Tut mir leid.«

»Ach was.« Tom schaut sie von unten herauf an und steigt aus dem Pool. »Hast du es mal mit Schocktherapie versucht?«

Sein Lächeln ist halb verrucht, halb spöttisch. Amber springt von der Liege und stellt sich dahinter.

»Das ist mein Ernst, Tom. Ich gehe nicht ins Wasser, und du kannst mich nicht dazu zwingen.«

Tom geht auf sie zu. Amber läuft kreischend fort und verbirgt sich hinter der Mauer. Die Mädchen glauben, es ist ein Spiel, und rennen ihr nach.

Amber läuft weiter über die Wiese. Tom holt sie ein, schlingt einen Arm um ihre Taille und will sie hochheben. Ambers Pareo öffnet sich. Die beiden verheddern sich in dem Stoff, und er fällt herunter. Was Tom nicht erkennt und Amber ihm nicht sagt, ist, dass sie nicht vor Freude lacht, sondern aus Angst und Hysterie, und dass sie sich nicht zum Spaß mit Händen und Füßen wehrt. Zwar genießt sie es, halb nackt in seinen Armen zu sein, aber die Panik, die sie übermannt, ist echt. Sie schreit und schlägt mit der Faust auf Toms Schulter.

»Autsch.« Er lässt sie los, reibt seine Schulter und wirkt betreten.

»Ich habe Angst vor Wasser«, murmelt Amber.

Sie zittert am ganzen Leib. Tom ist das Lachen vergangen. Ein Bikiniträger rutscht von ihrer Schulter. Gedemütigt und verstört schiebt sie ihn wieder hoch.

»Es tut mir leid«, sagt Tom. »Dass es so schlimm ist, wusste ich nicht.«

Sie sehen einander an, beide außer Atem. Die Mädchen kommen angelaufen, fassen Ambers Hände und versuchen, sie zum Pool zu zerren. Amber wehrt sie ab, doch in ihren Augen glänzen Tränen.

»Das reicht«, fährt Tom die Mädchen an. »Lasst Amber in Ruhe und verschwindet.«

»Das ist nicht fair«, antwortet Sophie. »Uns wirfst du immer ins Wasser.«

»Weil es euch gefällt.«

Vicky kommt mit Josh im Arm zu ihnen herüber. Sie bückt sich und hebt Ambers Pareo auf.

»Es ist eine Phobie.« Amber nimmt Vicky den Pareo ab und bindet ihn sich wieder um die Hüften. »Ich hätte es von Anfang an sagen sollen, aber es war mir zu peinlich.« Sie kehren zum Pool zurück. Amber setzt sich auf die Kante einer Sonnenliege und umschlingt ihren Körper. »Entschuldige, Tom. Habe ich dir wehgetan?«

»Nicht mehr, als ich verdient hab«, antwortet Tom.

24

Freitag, 2. April 2010

Amber und Robert haben nur einen einwöchigen Urlaub geplant. An ihrem letzten Abend besteht Robert darauf, für uns alle katalanisch zu kochen, einen Eintopf mit Auberginen und Schweinefleisch. Er fährt mit Tom zum Einkaufen. Gegen Abend zieht ein köstlicher Duft von gebratenem Fleisch, Zwiebeln und Knoblauch durchs Haus. Tom ist oben, um zu duschen. Amber geht mit den Mädchen in deren Schlafzimmer, um ihnen etwas vorzulesen. Robert und ich bleiben in der Küche zurück. Er reicht mir ein Glas Wein und gießt ein zweites ein, aber aus irgendeinem Grund wirkt er schlecht gelaunt.

»Für meine Frau«, sagt er. »Würdest du es ihr hochbringen?«

Froh, seiner mürrischen Miene zu entkommen, stelle ich meinen Wein ab und trage Ambers Glas die Treppe hinauf. Die Tür zu ihrem Schlafzimmer steht offen. Das Zimmer, in dem ich eigentlich mit Tom logieren sollte, wird von der untergehenden Sonne in warmes, rötliches Licht getaucht. Sobald Amber mit ihrer Familie abgereist ist, werde ich das Bett frisch beziehen, Staub wischen, Staub saugen und das Badezimmer schrubben. Und dann werde ich mich auf das wundervolle Bett sinken lassen und die Füße hochlegen. Vielleicht sind das hässliche Gedanken, aber ebenso hässlich ist mein Verdacht, dass Amber und Tom dabei sind, eine Grenze zu überschreiten.

Ich gehe weiter, um den Mädchen gute Nacht zu sagen. Auch in ihrem Zimmer ist die Tür geöffnet. Ich bleibe davor stehen und höre Amber zu. Sie liest nicht vor, sondern erzählt ein Märchen. In diesem Märchen gibt es drei kleine Prinzessinnen namens Emily, Sophie und Polly. Sie rennen durch einen Wald voller Elfen und Kobolde, denn sie werden von einer bösen Königin namens Tor verfolgt. Tor ist eine der Kurzformen von Victoria. Dann kommt eine gute Fee und hilft den Kindern. Die gute Fee heißt natürlich Amber. Die böse Königin hält den lieben Vater der Kinder in einem Verlies gefangen und will ihn nur freilassen, wenn man ihr eine der kleinen Prinzessinnen schenkt.

Die Rolle, die Amber mir zugeteilt hat, schmerzt im ersten Moment, aber dann tue ich ihre Erzählung mit einem Achselzucken ab. Sie hat etwas gesucht, um die Aufmerksamkeit der Kinder zu fesseln, und das schafft sie natürlich, indem sie unsere Namen verwendet. Die Mädchen hängen wie gebannt an ihren Lippen. Ich stehe schon im Begriff, das Zimmer zu betreten, als mich eine Bewegung zu meiner Rechten stoppt. Ich schaue genauer hin. Es ist ein nackter Fuß, ein Männerfuß. Genau genommen ist es Toms Fuß. Wahrscheinlich lehnt er im Zimmer an der Wand und lauscht der Geschichte ebenfalls. Womöglich ruht sein Blick dabei auf Amber, ihrem markanten Profil, dem vollen roten Mund, den von der Sonne aufgehellten Strähnen in ihrem Haar. Wie jedes Mal, wenn ich die beiden in letzter Zeit zusammen sehe, komme ich mir irgendwie ausgeschlossen vor. Lautlos mache ich kehrt und steige die Treppe hinunter. Erst in der Küche fällt mir auf, dass ich noch immer Ambers Glas Wein in der Hand halte. Robert zieht die Brauen hoch.

»Sie erzählt den Kindern eine Geschichte«, sage ich. »Ich wollte sie nicht stören.«

»Das kann Amber gut«, entgegnet er. »Ich rate ihr ständig, sie aufzuschreiben. Sie hat sehr viel Fantasie.«

Er hält inne, und mir scheint, dass er noch mehr sagen möchte. Ich warte, denn ich will nicht, dass er denkt, seit er mir auf Jennys Cocktailparty sein Herz ausgeschüttet hat, ginge ich ihm aus dem Weg. Er lächelt mich an. Ich erwidere sein Lächeln und nippe an meinem Wein.

»Amber hat es mir erzählt.«

Mein Magen verkrampft sich. »Was erzählt?«

»Dass sie dich gebeten hat, uns das Geld für die Anzahlung zu leihen. Was ich sehr bedaure. Ich bin wütend auf sie, und dir gegenüber ist es mir peinlich. Bitte vergiss, dass sie dich gefragt hat.«

»Ja, okay, aber dir muss das doch nicht peinlich sein. Es tut mir leid, dass wir nicht einspringen können. Ich weiß, wie schwierig es ist, so eine Summe aufzubringen.« Ich mache eine Pause, um mich so vorsichtig wie nur möglich auszudrücken. »Ich habe auch schon Dinge getan, die ich nachher bereut habe. Zum Beispiel steigere ich mich leicht in etwas hinein, und dann wird alles andere zweitrangig. Ich mache Fehler wie alle Menschen – wie Amber.«

Tom kommt in die Küche. Sein Haar ist noch feucht, das sonnenverbrannte Rot seiner Haut hat sich in eine schöne Bräune verwandelt. Amber erscheint gleich nach Tom und sieht mich an, als wüsste sie, dass ich sie vorhin belauscht habe. Ich frage mich, wie viel mir ihre Freundschaft wert ist.

Amber trägt ein fließendes grünes Kleid. Tom mustert sie und sagt: »Sehr retro.«

»Ja, so was hat man in den Siebzigerjahren getragen«, antwortet Amber.

Ihr Haar wirkt auf kunstvolle Weise ungekämmt und wird von einem Haarreifen aus Schildpatt gebändigt. Sie könnte eine Wald-Fee aus ihrer Märchenerzählung sein.

Ich trage eine wadenlange Hose und eine rosa Leinenbluse. Vor einigen Stunden sah ich noch großartig darin aus, doch inzwischen hat die Bluse Ziehharmonikafalten bekommen. Ich ziehe meinen Bauch ein, fahre mir mit den Händen durch die Haare und bleibe an unzähligen Knoten hängen.

Während ich die Töpfe und Pfannen abwasche, die Robert zum Kochen verwendet hat, bereitet Amber den Salat zu. Sie zerteilt eine Avocado, schneidet die Hälften in Streifen und holt sie mit einem Löffel aus der Schale. Dann arrangiert sie die Streifen mit ein paar Tomatenscheiben auf einem Bett aus grünen Salatblättern. Tom rührt die Salatsoße an. Seit ich bewusst nach Hinweisen suche, entdecke ich sie überall: an der Art, wie Amber einen Rest Avocado vom Finger saugt, wie sie ihren Kopf dreht und ihr Kinn hebt, um die Länge ihres eleganten Halses zu betonen. Wie sie Tom anschaut und dann die Lider senkt. War das von jeher so, oder bin ich paranoid geworden? Noch vor nicht allzu langer Zeit habe ich gelacht, als Jenny sich über Amber beklagte, und erklärt, so sei sie nun mal. Warum kann ich jetzt nicht lachen?

»Ich habe eine Idee«, sagt Robert, während wir mit einem letzten Stückchen Brot unsere Teller blank wischen. »Ich muss für ein paar Wochen nach Singapur fliegen und kann nicht länger hierbleiben, aber für Amber und Sophie gibt es eigentlich keinen Grund, schon morgen abzureisen.«

Es wird still. Sorgfältig stelle ich mein Glas ab und schaue Tom an. Er reagiert nicht.

»Robert!«, sagt Amber.

Sie klingt, als wolle sie ihn rügen, doch das halte ich für reine Schau.

»Musst du denn nicht zur Arbeit?«, frage ich Amber.

Robert lächelt so gequält, dass ich weiß, es war nicht seine Idee.

»Nein«, antwortet er an Ambers Stelle. »Sie hat die nächste Woche noch frei.«

Amber nickt, sagt jedoch nichts. Die Peinlichkeiten überlässt sie ihrem Mann.

»Ihr würdet mir einen Gefallen tun«, wendet Robert sich an Tom und mich. »Denn dann müsste ich mich nicht so schlecht fühlen, weil ich die beiden mitten in den Ferien verlasse. Und Sophie ist hier doch so glücklich – zusammen mit euren Mädchen. Wäre eigentlich schade, die drei jetzt auseinanderzureißen. Aber natürlich bleibt es euch überlassen. Es ist euer Urlaub, und keiner von uns möchte sich aufdrängen …« Seine Stimme versickert.

»Absolut nicht«, sagt Amber. »Bitte, vergesst alles, was er gesagt hat. Wir hatten eine so schöne Zeit, und ihr wart schon so großzügig, uns für die eine Woche einzuladen. Das Letzte, was ich möchte, ist, euch noch länger zur Last zu fallen.« Mit einer raschen Kehrtwendung wechselt sie das Thema und spricht mich an. »Du hast morgen Geburtstag. Weißt du schon, wie du ihn feiern wirst?«

Bis zu diesem Augenblick war mir nicht klar, wie sehr ich mir nach der Geschichte mit dem Schlafzimmer und ihrem aufreizenden Benehmen Tom gegenüber wünsche, dass sie verschwindet. Es ist ja auch natürlich, dass ich meinen Mann für mich allein haben will. Amber lächelt mich an, so voller Wärme und Zuneigung, dass ich das Lächeln unwillkürlich erwidere.

»Wir könnten an den Strand fahren«, schlägt Tom vor, als von mir nichts kommt. »Und dort den Tag verbringen.«

Danach wird die Unterhaltung größtenteils von den Männern bestritten. Amber und ich werfen nur hier und da etwas ein. Von der kommenden Woche ist keine Rede mehr, doch in den Lücken der Unterhaltung, der gelegentlichen Stille, spüre ich, dass das Thema noch im Raum schwebt. Ich lehne mich zurück und drehe den Stil meines Weinglases zwischen den Fingern. Ich muss nicht lange warten.

»Um noch einmal auf meine Idee zurückzukommen«, sagt Robert, schaut in die Runde und konzentriert sich auf mich.

Tom verrenkt sich halb, um sich am Rücken zu kratzen. Amber zeigt sich entgegenkommend und kratzt die Stelle, die er nicht erreicht. Aber sie tut es wenigstens *auf* und nicht *unter* seinem Hemd. Ich werfe Tom einen Blick zu, und er hat noch so viel Anstand, dass er von ihr abrückt.

»Wir hatten eine wunderbare Woche«, beginne ich, »aber …«

»Ja, nicht wahr?«, fällt Amber ein. »So geruhsam. Und wie schön die Kinder zusammen gespielt haben.« Sie strahlt. »Natürlich kann ich morgen abreisen, das ist kein Problem, aber wenn ihr Sophie und mich noch eine Woche lang ertragen könntet, wäre das einfach fabelhaft. Ich könnte mit euch zusammen sein, und die Kinder hätten auch noch ein paar gemeinsame Tage.«

Zu meinem Entsetzen wischt sie sich eine Träne aus dem Auge. Tom sieht es und wird zum edlen Ritter.

»Was hast du denn?«, fragt er betroffen.

»Entschuldigt«, sagt Amber gepresst. »In den letzten Tagen habe ich mich euch so zugehörig gefühlt. Ihr wart für mich wie Familie.« Sie entschuldigt sich erneut und betupft sich die Augen mit einer Papierserviette. »Beachtet mich gar nicht. Ich benehme mich unmöglich.«

»Das tust du nicht«, entgegnet Tom. »Wenn ihr bleiben möchtet, ist das kein Problem. Im Gegenteil, es würde uns freuen, euch auch in der nächsten Woche noch bei uns zu haben.«

Oh, Tom!

»Danke, Tom«, haucht Amber. »Ich ziehe auch aus dem Schlafzimmer aus. Was soll ich denn ohne meinen Ehemann mit einem so großen Bett?«

Ich stehe auf und räume den Tisch ab. Es ist entschieden, ich kann nur noch das Geschick bewundern, mit dem Amber sich durchgesetzt hat. Aber gut, meine Töchter werden sich darüber freuen, das ist wenigstens etwas. Vielleicht kann ich Amber an einem Abend bitten, auf die Kinder aufzupassen, und mit Tom irgendwo romantisch essen gehen. Der Gedanke muntert mich ein wenig auf.

»Tja«, sagt Tom. »Dann wäre das also geregelt. Eigentlich ist es doch auch super, dass Amber und Sophie an Vickys Geburtstag noch hier sein werden.«

Juni 1992

Sie saßen am Küchentisch: Maggie und Sally gegenüber von Katya und Luke. Vor Maggie lag ein aufgeschlagener Aktenordner, in dem sie blätterte. Luke wirkte geistesabwesend, Sally müde und besorgt. Es war der erste Besuch, bei dem Maggie professionell gekleidet war.

»Katya, möchtest du etwas dazu sagen?«, fragte Maggie sanft.

Bevor Katya antworten konnte, wandte Sally sich an sie. »Wir haben dich sehr gern, Schätzchen, aber im Moment weiß ich nicht, wo mir der Kopf steht, und ich kann mir nicht noch Gedanken machen, wo du den ganzen Tag steckst. Ich habe dir gegenüber eine Fürsorgepflicht.«

»Katya, bitte sag was«, bat Maggie.

Aber Katya wollte nichts sagen – nicht solange Sally und Luke anwesend waren. Sie schüttelte den Kopf und sah zu Boden.

»Du hattest dich so gut gemacht«, fuhr Maggie fort. »Warum hast du wieder angefangen, die Schule zu schwänzen? Schikaniert dich dort jemand?«

»Nein.«

Sally zuckte mit den Schultern. »So ist sie seit Neuestem immer. Ich kriege nicht ein vernünftiges Wort aus ihr heraus.«

»Na schön.« Maggie seufzte. »Vielleicht sollte ich mich

nach einer Alternative umschauen.« Sie klopfte mit ihrem Stift auf die Unterlagen in ihrem Ordner, ein ums andere Mal. »Dazu muss ich mehrere Telefonate führen. Kann Katya bei Ihnen bleiben, bis ich etwas anderes gefunden habe? Ich möchte sie nicht im Waisenhaus unterbringen, wenn es irgendwie anders geht.«

»Was meinen Sie, wie lange es dauert?« Sally umschloss Katyas Hand, damit sie aufhörte, ihre verschorften Wunden aufzukratzen. »Es tut mir leid, Schätzchen. Du darfst nicht glauben, es wäre deine Schuld.«

Sally sah Maggie verständnisheischend an. Katya nahm an, dass Sally eine Pflicht loswerden wollte, ohne schlecht dazustehen.

»Ich muss ja auch an meine Schwester denken«, sprach Sally weiter. »Sie hat Krebs im Endstadium, und ich muss mich öfter als bisher um sie kümmern.«

Sally begann, lautlos zu weinen, was ihr Gesicht seltsam entstellte. Katya fand, dass sie grässlich aussah.

»Es tut mir so schrecklich leid. Ich komme mir vor wie ein Versager. Wir haben uns so sehr gewünscht, dass es funktioniert.«

»Du hast es versucht, Liebling«, ließ Luke sich vernehmen. »Du darfst dir keine Vorwürfe machen.«

Katya taxierte Maggie, um zu sehen, wie sie reagierte. Maggie klappte ihren Ordner zu. Ihre Miene verriet nichts.

»Gut, dann sind wir uns einig«, sagte sie. »Ich melde mich nächste Woche und sage Ihnen, was ich erreicht habe. Und Katya, du wirst dich bitte benehmen. Du gehst in die Schule, und wenn sie aus ist, kommst du hierher zurück. Es ist unfair, Menschen, die es gut mit dir meinen, so viel Kummer zu bereiten.«

Katya schaute Maggie in die Augen und versuchte, ihr etwas zu vermitteln, aber Maggie wandte den Blick ab. Anscheinend wollte sie nichts wissen. Aber was hatte sie denn auch erwartet? Maggie hielt sie für verhaltensgestört, nicht gut genug, um dieselbe Luft zu atmen wie ihre Tochter. Luke dagegen war ohne Fehl und Tadel. Aber was würde passieren, wenn Katya die Wahrheit sagte? Wenn sie sagte: *Luke lässt mich nicht in Ruhe. Er berührt mich da, wo er mich nicht berühren darf, und mit Maggie hat er Sex gehabt.* Dann wäre der Teufel los. Aber dazu war sie zu feige.

Voller Zorn und mit einem lauten Scharren schob Katya ihren Stuhl zurück und stürmte aus der Küche in ihr Zimmer. Sie warf sich auf ihr Bett, rasend vor Wut, weil Sally so blind und dumm war, weil ihre Mutter sie im Stich gelassen hatte und weil Maggie ihr gezeigt hatte, wie eine Mutter sein musste und sie dann enttäuscht hatte. Warum wurde sie von niemandem geliebt und verstanden? Es war so ungerecht, dass es sie krank machte.

Sie hörte, wie Maggie sich im Flur verabschiedete und dann an ihre Tür klopfte. Katya drehte ihr Gesicht zur Wand. Maggie kam herein, setzte sich auf die Bettkante und legte eine Hand auf Katyas Schulter.

»Sei nicht traurig, mein Schatz. Alles wird gut.«

»Hau ab!«

Katya wartete, bis sie die Haustür zuschlagen hörte. Dann schaute sie aus dem Fenster. Luke stand draußen und sah Maggies Wagen hinterher. Bevor der Wagen verschwunden war, wandte er sich ab. Auf dem Weg zurück zum Haus entdeckte er Katya am Fenster und zwinkerte ihr zu.

25

Samstag, 3. April 2010

Ich bin noch schlaftrunken, doch die Ereignisse des vergangenen Abends drängen sich wieder in mein Bewusstsein. Ein Bild schält sich heraus. Es ist Amber, die Toms Rücken kratzt. Eine kleine Geste unter engen Freunden, wie Affen, die einander lausen. Amber war von jeher jemand, der Körperkontakt brauchte. Sophie ist genauso. Ich schlage die Bettdecke zurück und setze mich auf.

Mitten in der Nacht hatte ich einen meiner gewaltträchtigen Träume. Diesmal war ich wieder an der Uni, und Amber war gekommen, um mich zu besuchen. Ich erklärte den anderen in meiner WG, wer Amber war und warum sie und Tom zusammen in einem Bett geschlafen hatten, ich jedoch auf dem Sofa lag. Ich zog den Reißverschluss meines Schlafsacks auf und merkte plötzlich, wie feucht meine Hand war. Als ich den Schlafsack zurückschob, sah ich, dass ich voller Blut war. Es war sogar in das Sofapolster gesickert, und ich hatte Angst, dass unser Vermieter mir etwas von der Kaution abziehen würde. Dann kam Tom herein, unrasiert, verkatert und nur in Boxershorts. »Wo ist Amber?«, fragte ich. Er sah mich an, als wäre ich geistesgestört. »Na, dort.« Er deutete auf eine Ecke des Zimmers. Amber saß auf dem Fußboden. Das Kinn war auf ihre Brust gesackt, und sie hielt die Hände auf ihren Bauch gedrückt. Neben ihr auf dem Fußboden sammelte sich Blut. Selbst jetzt bei der Erinnerung packt mich erneut das Entsetzen. Die meisten schlechten Träume lassen ein leises Unwohlsein zurück, bevor sie vergehen, doch diesen Traum werde ich nie vergessen.

Danach fand ich für lange Zeit keinen Schlaf mehr. Ich versuchte, an nichts zu denken, doch dann tauchten Ian und Miriam, die beiden Sozialarbeiter vom Jugendamt, vor meinem inneren Auge auf. In der stillen Dunkelheit wusste ich plötzlich, dass sie früher oder später die Wahrheit herausfinden würden. Ich quälte mich mit einer Szene, in der sie mich beschuldigten, und überlegte, was ich dann sagen und tun würde, um dem Jugendamt klarzumachen, dass man mir meine Kinder weiter anvertrauen konnte.

Ich bin noch nicht lange wach, da kommt Polly ins Zimmer gestürzt und wirft sich auf das Bett. Tom folgt ihr auf den Fersen. Er trägt Josh auf dem Arm. In der freien Hand hat er einen Becher Kaffee. Er stellt den Becher auf meinen Nachttisch und lässt Josh neben mich gleiten. Emily ist hinter ihm ins Zimmer geschlüpft. Sie hat die Hände auf dem Rücken verborgen.

Polly robbt hoch und schlingt ihre Arme um mich. »Wir haben ein Geschenk für dich.«

Pollys Umarmung wirkt Wunder. Meine Stimmung hellt sich augenblicklich auf. Ich schließe die Augen, drücke meine Tochter an mich und rieche ihren Morgenduft. Ich bete, dass sie sich nie ändert und mich immer umarmen will, sogar dann noch, wenn sie erwachsen ist.

»Und wo ist es?«, frage ich. Ich tue, als würde ich suchen, schaue unter dem Kopfkissen nach, beuge mich über die Bettkante und spähe unter das Bett. »Bist du sicher, dass irgendwo ein Geschenk für mich ist?«

»Ja!« Emily holt ihre Hände hervor und überreicht mir einen buchförmigen Gegenstand, der in Glitzerpapier eingeschlagen ist. »Pack es aus«, befiehlt sie.

»Zuerst die Karten«, sagt Tom, händigt mir drei Umschläge aus und gibt mir einen Kuss auf die Wange.

Seit unserer Ankunft hat er sich nicht mehr rasiert; aus seinen kratzigen Bartstoppeln ist etwas wie das Fell eines kleinen Tieres geworden. Den letzten Bart hat er sich während seiner Elternzeit wachsen lassen, passend zu seiner schlunzigen Kleidung. An dem Morgen, an dem er wieder chic und glatt rasiert erschien, um mir eine Tasse Tee ans Bett zu bringen, hätte ich heulen können.

Tom setzt sich zu mir. Ich rücke zur Seite. Sofort zwängt Polly sich in die Lücke, und dann möchte Emily auch dorthin. Ich öffne den ersten Umschlag. Die Karte ist von Tom und zeigt vorn die Dame von Shalott von John William Waterhouse. Auf der linken Innenseite steht: *Ich wünsche meiner wundervollen Frau alles Gute zum Geburtstag, in Liebe, Tom.* Rechts davon ist ein Gedicht von ihm, so schrecklich schön, dass ich vor Glück platzen könnte. Ich strahle Tom an. Er lächelt verschämt, scheint aber sehr mit sich zufrieden zu sein.

»Lies es uns vor!«, bittet Polly, und ich tue ihr den Gefallen. Die Mädchen sind tief beeindruckt und halten es zweifellos für das Beste, was je gedichtet wurde.

Ich wünsche dir alles Gute und viel Glück
Und gib mir auch von dem Kuchen ein Stück.
Der ist wie du voller Süße,
süßer sind nur deine Küsse.
So, das sind alle meine Zeilen,
denn ich will dich ja nicht langweilen.

»Was für ein Talent«, sage ich.

Die Mädchen halten mir ihre Karten hin. Eine soll von Josh sein, darauf ist ein leuchtend gelber Abdruck seiner kleinen Hand. Die andere haben Polly und Emily gemeinsam für mich gemalt – eine Familie, die sich unter einer großen gelben Sonne an den Händen hält.

Ich fahre mit dem Finger an der Frauenfigur entlang. »Soll ich das sein? So schön bin ich doch gar nicht.«

»Doch«, antwortet Polly und gibt mir einen innigen Kuss auf die Wange. »Du bist die schönste Mummy der Welt.«

»Vielen Dank, mein Schatz.«

Ich wickele mein Geschenk aus dem Papier und spüre einen Kloß im Hals. Es ist ein Foto in einem schlichten schwarzen Rahmen.

»Das haben wir an dem Tag machen lassen, als du in Bognor warst, um deine Mutter zu trösten.«

Davids Gesicht taucht vor mir auf. Gut, dass Tom nicht weiß, dass das Foto an dem Tag aufgenommen wurde, an dem ich beinah alles zerstört hätte. Ich wünschte, er hätte es mir nicht erzählt, jedenfalls nicht heute.

Auf dem Foto sind Tom und die Kinder. Sie sind auf dem Spielplatz und sitzen auf einer Bank. Alle tragen Wollmützen und grinsen um die Wette, einschließlich Josh. Es ist ein ziemlich albernes Foto, und das einzig Natürliche daran ist der schwarze Hund, der im Hintergrund über eine Wiese rast, aber ich finde es wundervoll.

»Ein super Foto«, sage ich.

»Die Mützen waren Ambers Idee.«

»Ach? Hat sie euch fotografiert?« Dumme Frage. Sie war ja an dem Tag dabei.

»Ja.« Tom nimmt das Bild an sich und betrachtet es.

»Ich hätte die Mütze weglassen sollen, ich sehe aus wie ein Depp.«

»Nein, du siehst klasse aus.« Ich gebe ihm einen Kuss. »Vielen Dank.«

»Später bekommst du noch ein Geschenk.«

»Was?«

»Das sage ich nicht. Es ist etwas, das ich mir ausgedacht habe. Um dir zu zeigen, wie sehr ich dich liebe.«

»Eine Ballonfahrt?«

»Nein. Hör auf zu raten.«

»Wir backen einen Kuchen«, mischt Polly sich in der Art von Kindern ein, die das Gefühl haben, dass man sie jetzt lange genug außen vor gelassen hat. »Einen Schokoladenkuchen.«

Um zehn Uhr kommt Roberts Taxi. Wir begleiten ihn hinaus und verabschieden uns von ihm. Danach verziehen die Mädchen sich in eines der Zimmer und spielen. Sie sind müde, weil sie am Vortrag zu viel Sonne abbekommen haben. Wir Erwachsenen nehmen auf der Terrasse einen Brunch ein. Amber überreicht mir eine Geburtstagskarte. Sie ergeht sich in Erinnerungen, wie wir uns kennengelernt haben, was sie gedacht hat, als sie mich zum ersten Mal gesehen hat, und wie schön die vergangenen Jahre dank unserer Freundschaft für sie waren. Dann entschuldigt sie sich, weil sie kein Geschenk für mich hat.

»Ich hatte zu viel im Kopf, die Sache mit dem Haus und noch zig andere Dinge. Es tut mir leid, Vicky, ich schäme mich.«

»Sei nicht albern«, antworte ich. »Ich brauche keine Geschenke.«

Es schmerzt mich, es zuzugeben, aber zwischen Amber und mir hat sich eindeutig etwas verändert. Vielleicht liegt es an dem Haus in der Browning Street, vielleicht an einem Grund, den ich noch nicht richtig benennen kann, aber in unserer Beziehung stimmt etwas nicht, und ich weiß nicht, wie ich es richten soll – ob ich es überhaupt will. Doch dann beschließe ich, noch einmal auf sie zuzugehen. Wir mögen einander, sonst hätten wir ja nicht entschieden, zusammen Urlaub zu machen – aber irgendetwas Kostbares ist verloren gegangen.

Tom liest seine E-Mails und schlägt geistesabwesend eine Wespe fort. Die Mädchen kommen heraus und springen wieder in den Pool. Bisher hat Tom nicht mehr versucht, Amber ins Wasser zu locken. Sie steht auf, legt sich mit einem Buch auf eine Sonnenliege und seufzt zufrieden.

Tom springt in den Pool. Er ist ein guter Schwimmer, wirbelt mit Armen und Beinen jedoch ganze Fontänen auf. Die Mädchen liegen mit den Oberkörpern auf einer grünblau gestreiften Luftmatratze und lassen sich von den Wellen wiegen.

Josh schläft in meinen Armen ein. Ich lege ihn auf eine Decke und drehe den Sonnenschirm so, dass er ihm Schatten spendet. Vor unserer Ankunft hätte ich geschworen, dass Josh in der Wärme leiden würde, doch das Gegenteil ist der Fall. Er liebt die Sonne und ist zart gebräunt, trotz der Creme mit Sonnenschutzfaktor 50, mit der ich ihn ständig einreibe. Sein heller Haarflaum ist nahezu weiß gebleicht worden, doch das Beste ist: Er schläft jetzt nachts durch. Und was gut für Josh Seagrave ist, ist gut für uns alle.

Ich steige in den Pool, schwimme unter Wasser und kitzele Emilys Füße. Sie tritt aus, und als ich auftauche, krabbelt sie auf meinen Rücken. Sophie muss es ihr natürlich sofort nachmachen. Sie schlingt ihre Arme so fest um meinen Hals, dass ich kaum noch Luft bekomme. Ich tauche wieder, schlüpfe aus ihren klammernden Armen und schwimme davon.

Später hole ich eine Handvoll Münzen aus meinem Portemonnaie und werfe sie in den Pool, um die Mädchen danach tauchen zu lassen. Mein Handy kündigt eine Nachricht an. Von David. Meine Brust zieht sich zusammen. Ich dachte, ich hätte ihm deutlich gemacht, dass es zwischen uns aus ist.

Ich habe Dich nie nackt gesehen.

Ich spüre, wie ich feuerrot anlaufe. Das, was er schreibt, ist auch nur halb richtig, denn zum Schluss hatte ich nur noch BH und Slip an. Langsam fühle ich mich von ihm bedrängt. Ich antworte umgehend.

Bitte, hör auf mich zu kontaktieren.

Die SMS ist kaum verschickt, da könnte ich mich schon ohrfeigen. Ich hätte seine SMS einfach ignorieren sollen.

Ich setze mich zu Amber. Sie lässt ihre Sonnenbrille herunterrutschen und sieht mich über den Rand hinweg an.

»Was ist mit dir?«

Ich zeige ihr die SMS.

»Das ist doch wohl nicht wahr.« Sie kichert.

»Das ist nicht lustig. Ausgerechnet heute.«

»Stimmt, ich hätte nicht lachen sollen. Was machst du denn jetzt?«

»Keine Ahnung. Wahrscheinlich nichts. Er ist ja ein intelligenter Mann und wird die Botschaft verstehen. Oder er sucht sich eine andere.«

»Mummy!«, ruft Emily. »Komm ins Wasser. Wir haben alle Münzen gefunden.«

Sie legt die nassen Münzen auf den Beckenrand, wo sie wie der Fund aus einer Schatzkiste glänzen. Mit einem Seufzer stehe ich auf, werfe die Münzen wieder ins Wasser und hechte ihnen mit meinem Kopfsprung hinterher. Die Mädchen werden nass gespritzt und quietschen vor Begeisterung. Ein ums andere Mal tauchen wir nach den Münzen. In den meisten Fällen lasse ich die Mädchen gewinnen, aber nicht immer. Ich tauche und suche nach einer Euromünze, die sich irgendwo versteckt hat. Deshalb höre ich auch nicht, wie ein Wagen vor dem Haus hält und eine Autotür zugeworfen wird. Als ich auftauche, schaue ich in die Sonne und sehe nicht, dass da jemand steht. Mir dämmert erst etwas, als Emily »Omi! Omi!« ruft und wie eine Wilde zum Beckenrand paddelt.

Dann erkenne ich meine Mutter, die mit ausgebreiteten Armen dasteht und meine beiden Töchter auffängt. Am liebsten würde ich vor Freude jauchzen. Mein Blick fällt auf Tom, der von einem Ohr zum anderen grinst.

»Überraschung«, sagt er.

Ich nehme mir nicht einmal die Zeit, mich bei ihm zu bedanken, sondern klettere aus dem Pool und greife nach dem Badetuch, das an Ambers Liege hängt. An ihrer Miene erkenne ich, dass ihr die Ankunft meiner Mutter nicht passt. Ich lege mir das Handtuch um die Schultern und gehe meiner Mutter entgegen.

»Mum«, sage ich. »Ich glaube, ich traue meinen Augen nicht. Seit wann hast du das geplant?«

»Tom hat mich beschwatzt. Was für ein traumhaft schönes Haus.« Sie schließt mich in die Arme. Ich bin überglücklich und trete einen Schritt zurück, um sie zu begutachten. Verrückt, wie sie ist, trägt sie einen schwarzen Zigeunerrock, ein strassbesetztes pfauenblaues Oberteil, einen Strohhut und Ohrringe aus grünen und blauen Federn.

Amber legt ihr Buch zur Seite, kommt und küsst meine Mutter auf beide Wangen. Im Vergleich zu meiner Mutter wirkt sie winzig.

»Maggie, wie geht es dir? Wir haben uns ja ewig nicht mehr gesehen.«

Anscheinend macht sie gute Miene zum bösen Spiel, denn meine Mutter und meine beste Freundin haben sich noch nie gut verstanden. Zum ersten Mal ist mir das bei Emilys Taufe aufgefallen. Bei den Taufen von Polly und Josh war es auch nicht zu übersehen.

»Ich glaube, das letzte Mal war es auf Joshs Taufe«, sagt meine Mutter und dreht sich zu Sophie um. »Du musst Sophie sein. Ich weiß noch, wie gut dir mein Schokoladenkuchen geschmeckt hat.«

Als Nächstes kommt Tom an die Reihe, dem sie ein Kompliment über sein Aussehen macht. Die Mädchen möchten ihr das Haus zeigen. Emily möchte wissen, wer jetzt in Bognor auf Max aufpasst. Sophie erzählt meiner Mutter, dass sie Emily gezeigt hat, wie man taucht.

Amber kehrt zu ihrer Liege und zu ihrem Buch zurück. Sie muss sich wieder fassen. Warum hat Tom sie nicht vor dem Besuch gewarnt? Dass er Vicky nichts gesagt hat, ist logisch, aber warum hat er sie nicht eingeweiht? Stattdessen fühlt sie sich jetzt als Außenseiterin – wie immer. Und wie gut Maggie aussieht, jung, wie das blühende Leben. Wie kommt sie dazu? Warum hat die Schuld, die auf ihr lastet, sie nicht gezeichnet? Hat sie kein Gewissen? Warum muss sie, Amber, diejenige sein, die sich selbst hasst und schämt, wohingegen Maggie durch ihr Leben spaziert, als wäre nichts gewesen?

Amber hört Maggies Stimme. Sie spricht mit den Mädchen, lacht mit ihnen, bewundert das Haus. Amber beugt sich vor und späht an dem Sonnenschirm vorbei nach oben. Maggie steht auf Ambers Balkon, Vicky hinter ihr. Tom ruft aus der Küche und fragt, ob jemand Kaffee möchte. Maggie ruft »Ja«. Polly lacht. Eine glückliche Familie, zu der Sophie noch eher gehört als sie, Amber.

Was soll sie tun? Es war kein Problem, sich auf den Familienfeiern der Seagraves im Hintergrund zu halten. Da war Maggie zu sehr mit ihren Enkelkindern und den Gästen beschäftigt, um sich für die Freunde von Vicky und Tom zu interessieren, von denen Amber ohnehin nur eine unter vielen war. Selbst auf Pollys Taufe, als sie die Patentante war, hat Maggie sie kaum registriert. Damals hat Vickys Mutter sich um Emily gekümmert, die noch nicht einmal zwei Jahre alt und an jenem Tag äußerst anstrengend war. Doch jetzt würden sie eine Woche lang zusammen sein, im selben Haus, würden sich unterhalten … Amber fasst an ihr Haar. Früher war es heller und schulterlang, mit einem Mittelscheitel. Jetzt trägt sie es länger, gestuft, mit Pony. Als Kind war sie unterernährt und hatte ein spitzes Gesicht. Zwar ist sie immer noch zart, aber ihr Gesicht ist das einer gesunden erwachsenen Frau. Vermutlich wird Maggie ein, zwei Tage brauchen, doch dann wird bei ihr der Groschen fallen. Auf den Augenblick muss Amber sich vorbereiten. Oder ihn verhindern. Maggie darf Vicky nichts erzählen. Aber wahrscheinlich wird sie das gar nicht wagen, schließlich hat Amber auch einige Geschichten parat.

»Vielen Dank, Tom, das war eine so schöne Idee. Ich bin ganz gerührt.«

»Gut, das freut mich.«

Entspannt schlendern wir um das Haus herum. Ich habe Josh auf dem Arm, wir reden über unsere Kinder. Und dann verderbe ich alles.

»Amber scheint nicht gerade erfreut, dass Mum gekommen ist.«

»Was sollte sie denn dagegen haben?«

»Keine Ahnung. Vielleicht, dass sie jetzt nicht mehr im Mittelpunkt steht.«

Tom zieht die Brauen zusammen. »Herrgott, Vicky, manchmal bist du so sensibel wie ein Rhinozeros. Amber fühlt sich wahrscheinlich nicht ganz wohl in ihrer Haut. Ich hätte sie auf den Besuch vorbereiten müssen. Sie hat sich und Sophie für diese zweite Woche eingeladen, ohne zu wissen, dass deine Mutter kommt und wir die Woche vielleicht lieber im Kreis der Familie verbracht hätten. Jetzt fühlt sie sich wie das fünfte Rad am Wagen und kann nichts mehr daran ändern.« Josh beginnt zu quengeln. Tom murmelt ihm beruhigend ins Ohr.

»Ja, vielleicht hast du recht.«

»Welchen Grund sollte sie denn sonst haben?«

»Das weiß ich nicht«, erwidere ich gereizt.

Tom zieht mich an sich und küsst meine Schläfe. Das gefällt Josh nicht, er greift in mein Haar und zieht daran.

Tom löst Joshs Finger, was den Jungen erst recht aufbringt. Sein wütendes Geschrei zerreißt die friedliche Stille.

Tom nimmt Josh und geht zum Pool. Ich folge ihnen nicht, sondern beobachte, wie Tom zu Amber tritt – zu der Frau mit den schönen, gebräunten Beinen und dem blond glänzenden Haar. Er erzählt ihr etwas und lacht, dann macht er kehrt und trägt Josh ins Haus. Amber legt sich zurück und räkelt sich genüsslich.

Joshs Schreie verstummen, wahrscheinlich hat jemand ihm eine Brotstange in die Hand gedrückt. Die darauffolgende Stille ist beinah spürbar, selbst die Vögel scheinen ihren Gesang eingestellt zu haben. Amber schaut zu mir herüber, lächelt und winkt mich zu sich. Ich sollte Tom gegenüber fair sein. Wahrscheinlich hat er recht, und Amber fühlt sich, als wäre sie uns im Weg. An ihrer Stelle würde mir das ebenso gehen. Und falls sie tatsächlich in Tom verschossen ist, sollte ich Mitleid mit ihr haben, statt ihr zu grollen. Wer im Glashaus sitzt … Außerdem schulde ich ihr noch etwas und habe allen Grund, mit Verständnis auf sie zu reagieren. Ich setze mich auf den Rand ihrer Liege.

»Rück mal ein Stück.«

Sie macht mir Platz. Eine Zeit lang schweigen wir, doch dann setzt Amber sich auf und lehnt sich an mich. Reglos sehen wir zu, wie Insekten über den Pool schwirren und auf dem Wasser landen.

»Wie geht es dem Geburtstagskind?«

»Gut. Ich bin froh, dass du geblieben bist.«

26

Beim Abendessen bin ich schweigsam. Dann und wann wirft Tom mir einen fragenden Blick zu, aber ich tue so, als bemerke ich es nicht. Meine Mutter macht meine Passivität wett, erzählt von den Schauspielern in ihrer Pension und deren Ticks. Es sind lustige Anekdoten und das Einzige, das die Unterhaltung in Gang hält. Ich hatte vorgehabt, frühzeitig zu Bett zu gehen, aber ich möchte wenigstens warten, bis Amber in ihr Zimmer verschwindet. Doch die Erste, die sich zurückzieht, ist meine Mutter. Tom, Amber und ich nehmen unseren Kaffee in dem größeren der beiden Wohnzimmer auf dem gigantischen Sofa ein. Amber sitzt mit untergezogenen Beinen, ich lehne mich in die Polster und gähne unentwegt. Tom hat neben Amber Platz genommen, die langen Beine ausgestreckt, die Hände hinter dem Kopf verschränkt.

Die Deckenstreben, von denen zwei Leuchter aus dunklem Holz herabhängen, ziehen sich über die gesamte Länge des Raums. Auf dem glänzenden Holzfußboden liegen dicke, weiche Teppiche. Lampen mit Füßen aus Terrakotta und cremeweißen Schirmen tauchen das Zimmer in sanftes Licht und verleihen ihm etwas Lässiges und zugleich Luxuriöses. Ich möchte unbedingt wach bleiben, doch unser Gespräch schleppt sich dahin, und irgendwann döse ich ein. Toms und

Ambers Stimmen dringen nur noch gedämpft an mein Ohr, Gemurmel, das mich an meine Kindheit erinnert, wenn meine Mutter mir an meinem Bett vorgelesen hat und ich langsam eingeschlafen bin.

Ich weiß nicht, wie viele Minuten auf diese Art verstreichen. Es könnten fünf oder auch dreißig sein. Dann lacht Amber, und ich bin wieder ganz da, jedoch ohne die Augen zu öffnen.

»Als wir uns kennengelernt haben, konntest du mich nicht leiden«, sagt sie mit gedämpfter Stimme. »Gib es zu.«

»Wie kommst du denn darauf?«

»Es war ganz offensichtlich. Ist ja auch nicht schlimm. Ich würde nur gern wissen, warum.«

Die Polster bewegen sich, als Tom sich aufsetzt und die Beine anzieht. Wahrscheinlich stützt er die Ellbogen auf die Knie.

»Ich kann mich nicht erinnern, so empfunden zu haben. Deshalb kann ich es auch nicht erklären.«

Ich lausche der nachfolgenden Stille, höre die beiden atmen. Meine Nackenhaare richten sich auf.

»Hast du dich von meiner Freundschaft mit Vicky bedroht gefühlt?«

»Das ist doch Unsinn. Typisch weiblich – ihr müsst immer alles überinterpretieren.«

»Du weichst aus.«

Tom lacht leise. »Ich habe vergessen, um was es ging.«

Ihre Watte-Stimmen schweben um mich herum. Dann ändert sich etwas in ihrem Tonfall, und ich halte den Atem an.

»Was habe ich falsch gemacht?«, fragt Amber. »Was habe ich gesagt, um von dir abgelehnt zu werden?«

»Nichts. Wenn überhaupt, hat es sich einfach so ergeben.

Vicky und ich waren noch so jung und hatten diese ungeheure Entscheidung getroffen. Wir mussten Träume begraben – beide mussten wir das. Vielleicht war ich zu der Zeit unsicher. Jeder sollte denken, dass ich alles im Griff hatte, dabei war ich erst zweiundzwanzig.«

»Sprecht ihr manchmal darüber?«

»Nicht wirklich. Warum auch? Wir wollten die Ehe, und wir haben daran gearbeitet.«

»Das klingt, als wäre sie eine Pflicht.«

»Wirklich? Nein, das ist sie für mich nicht. Ich bereue nichts, warum also groß darüber diskutieren? Es ist nun mal so.« Tom hält inne. »Außerdem liebe ich Vicky.«

»Das weiß ich.«

Bedeutungsvolles Schweigen. Ich frage mich, wie Tom sich dermaßen manipulieren lassen kann.

»Vielleicht ist diese Last die Erklärung«, murmelt Amber.

»Wofür?«

»Für das, was ich vor ein paar Wochen gesagt habe. Dass ich Angst habe, sie könnte einen Nervenzusammenbruch bekommen. Aber vielleicht irre ich mich ja.«

»Hoffentlich.«

Was ist denn das für eine Antwort? Ich spüre, wie Tom sich Ambers Worte durch den Kopf gegen lässt und überlegt, ob sie recht haben könnte, ob ihm an mir etwas Ungewöhnliches aufgefallen ist, ob ich beispielsweise in mich gekehrt und verschlossen war? Das war ich nämlich, aber nicht, weil ich kurz vor einem Nervenzusammenbruch stand, sondern weil ich mit einem anderen Mann beschäftigt war. Ich war Tom gegenüber distanziert, inzwischen weiß ich das. Ich möchte, dass die beiden aufhören, über mich zu reden, doch gleichzeitig dürste ich nach mehr. Ich will wissen, was sie über mich denken. Es ist das bekannte Risiko, wenn man andere belauscht.

»Falls ich aber recht habe«, fährt Amber fort, »dann braucht sie professionelle Hilfe. Es dreht sich schließlich auch um das Wohlergehen eurer Kinder. Ich sage das nur, weil ich an euch hänge und Vicky im Moment so verletzlich ist. Ich glaube, Joshs Geburt war ein Schock für sie. Jedenfalls neigt sie dazu, ihn für den Auslöser sämtlicher Probleme zu halten. Natürlich will ich nicht … nein, entschuldige. Hör nicht auf mich.«

»Willst du was nicht?«

»Nichts.«

Tom seufzt. »Vielleicht war ich nicht aufmerksam genug. Das liegt an meiner Arbeit – du weißt ja, wie das ist. Man hat so viel zu tun, dass man nicht abgelenkt werden möchte. Ich danke dir, Amber. Was würden wir ohne dich machen?«

Mir reicht es. Ich tue, als würde ich wach, schlage langsam die Augen auf und reibe mir ächzend den Nacken. Die beiden drehen sich zu mir um.

»Wie spät ist es?«

Tom schaut auf seine Uhr. »Halb elf. Schon nach deiner Schlafenszeit.«

Er steht auf und zieht Amber und mich hoch. Meine Hand streift Ambers bloßen Arm. Er ist warm und seidenweich. Die Haarspange, die sie beim Abendessen noch getragen hat, ist verschwunden, und das Haar fällt ihr lose über die Schultern, eine wilde, honigblonde Mähne, die perfekt zu ihrer gebräunten Haut passt. Die harten Kanten ihres Gesichts werden durch das sanfte Licht gemildert.

Im Bett kuschele ich mich an Toms Rücken, die Knie in seinen Kniekehlen. Er dreht sich halb zu mir um und küsst mich auf die Wange.

»Wie fühlst du dich?«

»Müde«, murmele ich.

»Aber nicht zu müde?«, fragt er hoffnungsvoll.

»Noch nicht ganz.« Ich lege meine Hand auf seine Hüfte, küsse seine Schulter, fahre mit der Hand über seinen Schenkel. Tom wälzt sich zu mir herum. Unsere Münder treffen sich, unsere Körper reagieren auf all die vertrauten Signale.

Ich mache Tom einen Knutschfleck auf den Hals, was ich seit Jahren nicht mehr getan habe, seitlich, wo er ihm beim Blick in den Spiegel nicht sofort auffällt.

Hinterher sinkt Tom sofort in tiefen Schlaf. Ich habe meine Chancen auf sofortigen Schlaf mit dem kurzen Nickerchen auf dem Sofa ruiniert und liege noch lange wach. Immer wieder lasse ich mir das, was Tom und Amber gesagt haben, durch den Kopf gehen, und frage mich, ob Ambers Sorge berechtigt sein könnte. Irgendetwas muss ja mit mir nicht stimmen, sonst hätte ich Josh nicht allein gelassen – und hätte auch nie an eine Affäre gedacht.

Beim Frühstück ist Vicky so müde und ungeschickt, dass sie ein Glas frischen Orangensaft umstößt, der sich auf dem Tisch verteilt und auf den Boden tropft. Amber springt auf und holt einen Lappen, während die anderen Teller und Becher hochheben.

Maggie, mit Josh auf dem Schoß, mustert Vicky. »Hast du Kopfschmerzen?«

Vicky nickt. Maggie reicht Josh an Tom weiter, öffnet ihre Handtasche und zieht ein Päckchen Schmerztabletten hervor.

»Leg dich noch mal eine Stunde hin«, schlägt sie vor. »Wir kümmern uns um die Kinder.«

»Stimmt, du siehst ein wenig mitgenommen aus«, sagt Amber. Sie schenkt Vicky ein Glas Wasser ein und sieht zu, wie Vicky die Tabletten schluckt. Sie wundert sich nicht, dass Vicky nachts nicht schlafen kann. Das könnte sie an ihrer Stelle auch nicht.

»Danke. Macht es euch wirklich nichts aus, wenn ich mich noch mal hinlege?«, fragt Vicky. »Ich fühle mich entsetzlich.«

»Wahrscheinlich hast du gestern zu viel Sonne abgekriegt«, antwortet Tom. »Leg dich ruhig hin. Wir kommen auch ohne dich zurecht.«

Vicky lächelt verkniffen und steht auf. Amber folgt ihr. »Was hast du?«, fragt sie draußen auf dem Flur.

»Nichts.« Vicky schaut sie an, wendet sich ab und schleppt sich die Treppe hinauf.

Amber geht ins Wohnzimmer, wo die Mädchen in ihren Schlafanzügen auf dem Fußboden sitzen und Karten spielen. Sie beachten Amber kaum. Amber sammelt Schuhe, Socken, Bücher, Comichefte und Plastikspielsachen ein. Sie fühlt sich selbst nicht ganz fit, aber sie sieht sich als Gast und betrachtet es als ihre Pflicht, munter und gut gelaunt zu sein. Zuletzt klopft sie die Sofakissen auf und lässt sich mit einem Buch nieder. Es ist ein stiller Morgen, alle scheinen gedämpfter Stimmung zu sein, selbst Josh ist ruhiger als sonst.

Nach zwei Kapiteln werden Ambers Lider schwer. Um nicht einzuschlafen, dehnt sie sich, steht auf und geht im Flur auf und ab. Die Tür zur Küche ist nur angelehnt. Amber hört die Stimmen von Maggie und Tom. Und obwohl sie weiß, dass andere zu belauschen nicht immer glücklich macht, bleibt sie stehen und spitzt die Ohren.

»Magst du sie?«, fragt Maggie.

»Ja, sehr«, antwortet Tom.

Es entsteht eine längere Pause. Amber hält den Atem an und spürt, wie heftig ihr Herz schlägt.

»Höre ich da ein aber?«, fragt Maggie.

»Nicht unbedingt, höchstens dass Amber ein kompliziertes Wesen ist. Wenn du nicht auf ihrer Seite stehst, bist du nicht ihr Freund.« Tom lacht. »Vielleicht klingt das übertrieben, aber besser kann ich es nicht erklären. Für Vicky ist sie allerdings immer da, und umgekehrt ist es genauso. Jedenfalls bin ich froh, dass sie und Robert unsere Freunde sind.«

»Ich finde, Amber und Vicky geben ein seltsames Paar ab. Sie ist auch ganz anders als die Mädchen, mit denen Vicky in der Schule und später an der Uni zusammen war. Schade, dass sie diese Freundschaften so vernachlässigt hat.«

»Mein Gott, du weißt doch, wie es ist, wenn man Kinder hat. Du befreundest dich mit den Eltern aus deiner Nachbarschaft und hast keine Zeit mehr für Menschen, die zu weit weg sind oder anders leben als du. Wir sehen unsere Freunde von früher nur noch ganz selten. Amber und Vicky mögen zwar grundverschieden sein, aber sie sind gut für einander. Vicky neigt dazu, die Dinge überzuinterpretiern und macht sich ständig Sorgen. Amber erdet sie. Dafür gibt Vicky ihr ein Gefühl von Zugehörigkeit.«

»Ja, das hat man gestern Abend gemerkt.«

»Amber ist wurzellos. Vicky gibt ihr Halt.«

»Wenn du mich fragst, wird Amber von Selbstsucht getrieben.«

»Aber ich frage dich nicht. In erster Linie ist sie Vickys Freundin, ich mische mich da nicht ein.«

»Das habe ich ja auch nicht verlangt. Aber vielleicht solltet ihr euch öfter mit anderen Leuten treffen. Jenny und Simon Forsyth mochte ich sehr.«

»Vielleicht.« Tom klingt nachgiebig. »Ein bisschen frisches Blut kann nicht schaden.«

Nein, nein, nein. Amber läuft aus dem Haus. Hinter der Mauer, die den Pool umgibt, bleibt sie stehen und reißt die Blüten der Bougainvilleas ab – ratsch, ratsch, ratsch, bis sich ihre Finger rosa färben.

Geräusche dringen zu mir herauf. Das Klappern von Besteck; Josh, der lacht und kräht; das Zirpen der Grillen. Ich kann nicht schlafen. Immer wieder kehre ich im Geist zu dem Tag zurück, als ich die Tür von Joshs Zimmer aufstieß und der Einbrecher mich anstarrte und mein Baby in den Händen hielt. Inzwischen ist mir klar, dass der Mann panisch war. Wahrscheinlich wollte er Josh nicht verletzen, sondern nur dafür sorgen, dass er nicht schrie, damit er selbst unbemerkt aus dem Haus schlüpfen konnte. Ich hasse diesen Mann nicht so sehr wie mich selbst. Was war nur in mich gefahren, dass ich Josh allein gelassen habe?

Ich raffe mich auf und betrete das Schlafzimmer, das Amber vergessen hat, mit uns zu tauschen. Seit Roberts Abreise ist es sauber, das Bett gemacht, einige Kleidungsstücke liegen ordentlich zusammengefaltet auf einem Stuhl. Ambers Ordnungssinn hat etwas Zwanghaftes, wie ich finde. Aber dann bin ich wenigstens nicht die Einzige, die eine Macke hat. Auf ihrem Nachttisch liegt ein zerlesenes Buch. Am Pool hatte sie ein anderes in den Händen. Ich setze mich aufs Bett und greife nach dem Buch. Es ist *The Blue Fairy Book* – ein Märchenbuch. Auf dem Vorsatzblatt steht: *Dieses Buch gehört Linda Field. 1970.* Amber muss es in einem Antiquariat oder einem gemeinnützigen Laden gefunden haben. Einige der Märchen habe ich als Mädchen gelesen, aber sie waren mir zu blutrünstig und brutal. Nach der Geschichte von Ritter Blaubart und seinen ermordeten Bräuten hatte ich Albträume. Im Geist notiere ich mir, Amber zu bitten, meinen Töchtern keines dieser Märchen vorzulesen.

Ich will den Raum gerade verlassen, als eine Brise die weißen Gardinen aufweht. Ich erkenne Amber am Rand des Pools und trete ans Fenster. Sie trägt noch immer ihr Sommerkleid, steht dort, wo das Wasser am tiefsten ist und starrt vom Rand aus hinein. Dann dreht sie ihr Haar zu einem Strang und lässt ihn über ihr Schlüsselbein fallen. Ich frage mich, was das soll, und was sie denkt, während sie ins Wasser stiert.

Am Rande meines Blickfeldes bewegt sich etwas. Ich schaue genauer hin. Es sind die Mädchen, die sich hinter ein paar Sträuchern verstecken. Während ich noch überlege, was die drei aushecken, schaut Amber zu mir hoch, als hätte sie mich aus dem Augenwinkel wahrgenommen. Und dann geschieht etwas Sonderbares. Wie in Zeitlupe wendet sie sich ab, beugt sich vor und lässt sich fallen. Über ihr schlägt das Wasser zusammen. Sie sinkt in die Tiefe. Für einen Moment bin ich dermaßen gelähmt, dass ich nicht reagieren kann.

Amber taucht auf, schlägt mit den Armen um sich und ruft um Hilfe. Ich stehe wie angewurzelt da, kann mich nicht bewegen. Polly, Sophie und Emily stürzen hinter ihrem Gebüsch hervor. Sophie beginnt zu schreien und springt ins Wasser. Meine Töchter rennen ins Haus – ich kann mich immer noch nicht regen. Wie gebannt beobachte ich, wie Amber sinkt, hochkommt, sinkt, hochkommt, ihre Haare wie Gefieder um ihren Kopf – und Sophie, die sich nicht zu helfen weiß.

Ich frage mich, was mit mir los ist, und plötzlich kann ich loslaufen und nach Tom rufen. Aber er war schneller als ich, denn als ich aus dem Haus komme, rennt er bereits über die Terrasse, springt kopfüber in den Pool und packt Amber unter den Armen. Gleich darauf springe auch ich ins Wasser und hole Sophie heraus, die Wasser spuckt und starr vor Schock ist.

Polly weint, aber um sie kann ich mich im Moment nicht kümmern. Mein Blick haftet auf Tom, der Amber aus dem Becken trägt. Ihr Kopf hängt herunter, ihr Haar verteilt sich wirr auf ihrem Gesicht, doch das Schlimmste für mich ist, dass sich unter dem nassen Kleid ihr Körper abmalt – die kleinen Brüste, der flache Bauch, die schlanken Beine. Tom legt sie auf die Steinplatten, kniet sich neben sie und beatmet sie von Mund zu Mund. Amber holt Luft, hustet Wasser und stößt einen kleinen Schrei aus. Ich wende mich ab und konzentriere mich darauf, Sophie mit einem Badetuch trocken zu rubbeln und ihr immer wieder zu sagen, wie mutig sie war.

27

Ostersonntag, 4. April 2010

»Ich muss ohnmächtig geworden sein«, sagt Amber mit schwacher Stimme.

Wir haben sie in das kleinere der beiden Wohnzimmer gebracht. In dem anderen ist meine Mutter dabei, mit Sophie und meinen Töchtern ein Theaterstück zu proben. Zu dem Vorfall am Pool hat sie kaum etwas gesagt. Sie hat den Mädchen nur die Tränen abgewischt, jedem ein Schoko-Osterei gegeben und ihnen aufgetragen, sich einen Platz für die Bühne auszusuchen.

»Es muss an dem flimmernden Sonnenlicht auf dem Wasser gelegen haben«, fährt Amber fort. »Bitte entschuldigt, dass ich allen einen solchen Schreck eingejagt habe. Ein Glück, dass die Mädchen mich haben schreien hören, sonst wäre es um mich geschehen.« Sie zögert. »Wo warst du eigentlich, Vicky?«

»Auf dem Klo.« Etwas Besseres fällt mir nicht ein.

»Ach.« Amber furcht die Stirn. »Ich dachte, ich hätte dich oben … aber egal. Gott sei Dank waren die Mädchen nicht weit entfernt.«

»So schnell habe ich Tom nicht mehr sprinten sehen, seit er an der Uni Fußball gespielt hat.«

Tom grinst. »Ich hab's eben immer noch drauf.«

»Ich dachte wirklich, das war's. Alles verschwamm, ich

war nicht einmal mehr panisch. Ich habe mich ganz weich gefühlt – schwebend. Und dann kam Tom. Wie Superman.«

»Der wahre Held ist Sophie«, sagt meine Mutter im Hereinkommen. »Das Kind war unglaublich mutig. Dabei hätte sie ebenso gut ertrinken können.«

»O mein Gott, ja, natürlich. Im Grunde bin ich euch allen dankbar.«

Amber weint, zuerst leise und dann mit lauten Schluchzern. Um die Schluchzer zu ersticken, drückt sie eine Hand auf ihren Mund.

»Du solltest versuchen, einen Schluck heißen Tee zu trinken«, sagt Tom. »Du hast einen ganz schönen Schock erlitten.«

Er setzt sich zu Amber aufs Sofa und legt einen Arm um sie. Ich liebe Männerarme, insbesondere solche, wie Tom sie hat – mit feinen dunklen Härchen, sich klar abzeichnenden Muskelpartien und Sehnen. Amber sinkt an seine Brust und zittert, obwohl sie ihre nasse Kleidung gegen trockene getauscht hat und ihr eigentlich nicht mehr kalt sein dürfte. Auf einer Sessellehne hängt der blaue Kaschmirpullover, den Tom am vergangenen Abend getragen hat. Er greift danach und reicht ihn Amber. Sie streift den Pullover über. Er ist ihr viel zu groß, aus den Ärmeln schauen nur ihre Fingerspitzen heraus.

Diese zarte, verletzliche Version von Amber ist reizvoll, selbst ich kann das erkennen. Man möchte sie in die Arme nehmen und vor der Welt beschützen. Und wenn ich das mitbekomme, wie viel stärker muss es dann noch auf Tom wirken. Wie soll er ihr da noch widerstehen können? Wahrscheinlich weiß sie, wie hinreißend sie in dem übergroßen Pullover aussieht.

»Wann kommt ihr und schaut euch unser Theaterstück an?«, fragt Emily von der Tür her.

»Nach dem Mittagessen, Schätzchen«, antworte ich.

»Wann essen wir zu Mittag?«

»In einer Stunde, wenn alle Hunger haben. Wie läuft es denn mit der Probe?«

Emily schneidet eine Grimasse. »Nicht gut.«

»Und warum nicht?«

»Weil Sophies Mummy fast ertrunken wäre und Sophie zu traurig ist, um Theater zu spielen.«

»Okay, das ist verständlich.«

Amber setzt sich auf und streicht sich das Haar aus dem Gesicht. »Sag Sophie, dass ich sehr enttäuscht sein werde, wenn ich das Stück heute nicht sehen kann. Wenn ich etwas zu Mittag gegessen habe, wird es mir auch schon viel besser gehen.«

Josh sitzt auf dem gefliesten Fußboden, umgeben von Töpfen und Holzlöffeln, und macht Krach. Amber nimmt auf einem Sessel Platz und faltet die Hände auf dem Schoß. Das Haar hat sie wirr und ungekämmt gelassen. Sie schnuppert an Toms Pullover. Als ihr der Knutschfleck an seinem Hals einfällt, steigt Wut in ihr hoch. Wie kindisch Vicky sein kann.

Sie sieht Josh zu und hört, wie Maggie den Mädchen im Wohnzimmer Spielanweisungen gibt. Seit in ihrer Pension Schauspieler logieren, scheint sie sich für eine Theaterexpertin zu halten.

Maggie kommt in die Küche. Amber hebt den Kopf. Ihre Blicke treffen sich, und endlich macht es bei Vickys Mutter klick.

Warum hat das so lang gedauert, Maggie?

»Sind Tom und Vicky noch nicht zurück?«, fragt Maggie.

»Nein, aber sie kommen sicher gleich.«

Maggie bückt sich zu Josh hinunter. Er lässt seinen Löffel fallen und quiekt vor Freude darüber, dass er von jemandem beachtet wird. Aus dem Wohnzimmer hört man Sophies laute Stimme. Wenn ihr niemand Einhalt gebietet, neigt sie dazu, schrill zu werden.

»Nein, Polly«, befiehlt sie. »Du musst es so machen. Konzentrier dich. Du weißt doch, was ›konzentrieren‹ heißt, oder?«

Im Geist sieht Amber das aufgebrachte Gesicht ihrer Tochter und die in die Seite gestützten Hände. Sie kann so herrisch sein wie Roberts Mutter, ein Wesenszug, auf den Amber bei ihrer Tochter verzichten könnte.

»Katya«, sagt Maggie so leise, dass Amber es beinah nicht mitbekommen hätte.

»Den Namen benutze ich nicht mehr, und ich möchte auch nicht, dass du es tust.« Amber lächelt Maggie an. »Du hast bestimmt nicht damit gerechnet, mich noch mal wiederzusehen.«

»Nein, habe ich nicht.«

»Tja, und jetzt bin ich da.«

»Wusstest du von Anfang an, wer ich bin?«

»Natürlich, du hast dich ja kaum verändert. Ich kann nur nicht fassen, dass du mich nicht wiedererkannt hast.«

»Wie denn? Du bist jetzt erwachsen. Deine Haare sind anders …« Maggie legt den Kopf schief und betrachtet Amber, als wolle sie ein Rätsel lösen. »Der Pony ändert deine Gesichtsform. Aber es ist nicht nur das. Du warst ein so verhuschtes kleines Ding. Jetzt bist du selbstbewusst. Deshalb habe ich dich nicht erkannt.«

»Ich habe nie nach dir gesucht, falls du das denkst. Dass wir uns wieder über den Weg gelaufen sind, war reiner Zufall.«

Es ist die Wahrheit. Erst beim Anblick von Vickys Hochzeitsfotos hatte Amber erfasst, dass es sich bei Vicky und Emily Parrish um ein und dieselbe Person handelte. Dann war sie Maggie wiederbegegnet, und es hatte sie geschmerzt, dass Vickys Mutter in der neuen Freundin ihrer Tochter nicht das vernachlässigte Kind erkannte, dass sie elf Jahre zuvor im Stich gelassen hatte. Auch auf der Taufe von Emily Seagrave war es nicht zu dramatischen Enthüllungen gekommen. Allerdings hatte sie da erfahren, dass Emily Vickys Zweitname war, und angenommen, dass Maggie ihr den Rufnamen früher aus gutem Grund vorenthalten hatte.

»Und das soll ich dir glauben?«

»Welches Interesse hätte ich denn noch an dir haben sollen? Mein Leben ging weiter. Ich musste mir das Selbstbewusstsein erkämpfen, das du angesprochen hast. Das war nicht einfach.«

»Nein, das war es sicherlich nicht.« Maggie klingt versöhnlich und tritt näher. Anscheinend ist ihr nicht klar, dass Amber ihr nie verziehen hat und es auch nie tun wird. »Ich bin froh, dass dein Leben gut geworden ist.«

Amber zuckt mit den Schultern. »In Fairhaven gab es fähige Menschen, die mir den richtigen Weg gezeigt haben. Und später habe ich Robert kennengelernt. Aber merk dir eins, Maggie: Wenn du mir irgendetwas verdirbst, indem du mit Vicky redest, dann sieh dich vor. Ich kann dir ebenso schaden wie du mir.« Sie wirft sich die Haare aus dem Gesicht und schaut Maggie in die Augen. »Also, was hast du jetzt vor?«

»Ich hatte dich gern«, antwortet Maggie, als müsste nicht mehr dazu gesagt werden.

»Aber ihn hattest du lieber.«

Maggie geht über die Provokation hinweg. »Ich weiß nicht, was du im Schilde führst, Amber, aber bitte, tu Vicky nicht weh. Ich war damals schwach – ich bin die Schuldige, nicht sie. Wenn du möchtest, dass ich dich um Verzeihung bitte, werde ich das tun, aber bitte lass meine Familie aus dem Spiel.«

»Ach, und wie darf ich das verstehen?«

Maggie seufzt, klemmt sich ein paar Haarsträhnen hinter die Ohren und beugt sich zu Amber vor. Damit die Kinder im Wohnzimmer sie nicht hören, spricht sie leise. »Du flirtest mit Tom, was reine Zeitverschwendung ist. Er interessiert sich nicht für dich, sondern liebt meine Tochter. Du wirst die beiden nicht auseinanderbringen.«

»Wer sagt denn, dass ich das möchte?«

»Dazu muss man nur Augen im Kopf haben. Du bist auf Vicky neidisch, das steht dir über das ganze Gesicht geschrieben. Deshalb auch die kleine Einlage am Pool vorhin. Alles nur, um Aufmerksamkeit zu bekommen. Deshalb noch mal, Katya: Lass die beiden zufrieden.«

»Mein Name ist Amber.«

Mit wutverzerrtem Gesicht springt Amber auf. Maggie weicht zurück. Wie zum Schutz legt sie eine Hand auf ihre Brust.

»Warum hast du mich im Stich gelassen, Maggie? Ich war ein Kind. Wie kannst du nur mit dir leben?«

»Ich ...«

»Du wusstest, dass etwas nicht stimmte, gib es zu. Das werde ich dir nie verzeihen, und ich will auch keine Entschuldigung von dir. Du hast mir damals so viel erzählt, und nichts davon war wahr. Du hast Dinge versprochen und gewusst, dass du sie nicht halten würdest. Du bist eine jämmerliche Figur und ein Feigling, und ich werde mit Vickys Leben machen, was ich will. Versuch ruhig, dagegen anzugehen. Es wird mich von nichts abhalten, sondern mich höchstens amüsieren.«

Die Tür zur Küche wird aufgestoßen. Amber fährt herum. Sophie steht im Türrahmen, schaut zur ihrer Mutter, dann zu Maggie und runzelt die Stirn.

»Kommt ihr jetzt und seht uns zu?«

Amber ringt sich ein Lächeln ab. »Sobald Tom und Vicky von ihrem Spaziergang zurück sind.«

»Warum siehst du so traurig aus, Mummy?«

Maggie verlässt die Küche. Amber lauscht ihren Schritten, bis sie verklingen.

»Mummy möchte von dir gedrückt werden, Schätzchen.«

Sophie klettert auf Ambers Schoß, schlingt die Arme um ihren Hals und schmiegt sich an ihre Mutter. »Bist du traurig?«

»Nein, ich habe mich nur erschreckt, als ich in den Pool gefallen bin, aber bald geht's mir wieder besser. Und was glaubst du, wie sehr ich mich auf euer Theaterstück freue.«

28

Schweigend folgen Tom und ich einem Feldweg, der von Weingärten gesäumt wird. Die Trauben sind noch klein und steinhart. Der Boden ist so trocken, dass wir beim Gehen gelben Staub aufwirbeln. Ich drehe mich nach unserer großen weißen Villa um. Mein Magen kribbelt vor Nervosität, aber ich kann nicht länger alles in mich hineinfressen.

»Tom«, beginne ich. »Ich muss dich etwas fragen.«

Er nimmt meine Hand, eine Geste, die so tröstlich ist, dass ich es mir beinah anders überlege. Doch dann muss ich wieder an den gestrigen Abend denken. Ich bin sicher, dass Amber das Gespräch bewusst in eine bestimmte Richtung gelenkt hat. Sie hätte über Häuser sprechen können, über unsere Kinder, über alles Mögliche – was also hat sie veranlasst, so persönlich zu werden?

»Ich weiß, ich hätte Amber auf Maggies Besuch vorbereiten müssen. Und ich hätte dich nicht anfahren sollen.«

»Darum geht es nicht.« Ich beobachte einen Raubvogel, der in der Ferne durch die Lüfte schwebt. Wie schwer es mir fällt, mit ihm über Amber zu sprechen. Wie demütigend ich es empfinde.

»Warum dann?«

»Läuft zwischen Amber und dir etwas?«

Tom bleibt stehen, wendet sich zu mir um und beschattet

seine Augen mit der Hand. »Wie um alles in der Welt kommst du denn darauf?«

Ich gehe weiter. Tom hält mich fest. »Vicky.«

»Schon gut.«

»Das ist es offenbar nicht. Sprich mit mir.«

»Na schön.« Ich lese einen Stein auf, werfe ihn und will sehen, wie weit ich komme. Er hüpft ein paar Mal und bleibt am Wegesrand liegen. »Ich habe den Eindruck, dass ihr euch ein bisschen zu gut versteht.«

Tom stöhnt. »Oh, Vicky, du dummes Huhn. Zwischen uns läuft absolut gar nichts. Wenn Amber von deinem Verdacht wüsste, wäre sie genauso entsetzt wie ich.«

»Du erzählst es ihr doch nicht, oder?«

Tom grinst. »Bist du etwa eifersüchtig.«

»Vielleicht.«

»Komm her.«

Er schließt mich in die Arme. So bleiben wir eine Weile stehen. Eine warme Brise streicht über uns. Hoch oben brummt ein Flugzeug am Himmel, zieht an den wenigen Wolken vorüber und hinterlässt einen weißen Kondensstreifen. Außerhalb des Hauses und ohne Amber fühle ich mich wieder gut und selbstbewusst und bin bereit, Toms Worten zu glauben – statt mich auf meine Augen zu verlassen.

»Hast du mein Gedicht schon vergessen, Süße?«

Ich stoße ihn spielerisch an. »Darauf bist du anscheinend sehr stolz.«

Wir sitzen in dem kleineren Wohnzimmer, jeder mit einer Eintrittskarte versehen, auf die die Kinder etwas Persönliches gemalt haben. Auf meiner sieht man ein Lineal, weil ich Lehrerin bin. Auf Mums Karte ist ein Zwergschnauzer abgebildet; Tom hat ein Motorrad, das einem schwarzen Käfer auf Rädern gleicht, und Amber ein Haus. Tom hat die Möbel so verschoben, dass das weiße Ledersofa und die dazu passenden Sessel in einer Reihe stehen. Für die Bühne haben die Mädchen die Polster von den anderen Sofas heruntergenommen und als Wände aufgestellt.

Mum und ich sitzen auf dem Sofa, Tom und Amber auf den Sesseln. Ich beuge mich vor und stelle fest, dass Amber immer noch Toms Pullover trägt. Von ihrem Beinahe-Tod scheint sie sich jedoch erholt zu haben. Ich werfe Tom einen Seitenblick zu. Er lächelt mich hilflos an. Ich runzele die Stirn, er hebt die Schultern.

»Meine Damen und Herren«, beginnt Sophie mit lauter Stimme. »Willkommen zu unserem Stück ›Die Prinzessin und die Hexe‹.«

Wir klatschen wie verrückt. Dann folgen zwanzig Minuten voller Chaos, Streit, Tränen und Hysterie. Sophie ist eindeutig die Hauptperson und die geborene Schauspielerin. Sie beherrscht die Szene und wirbelt in einem rosa Glitzerhemdchen und einem Rock ihrer Mutter über die Bühne. Emily möchte, dass alles streng nach Plan verläuft, selbst dann, wenn Polly an der Reihe ist, die den Plan vergessen hat. Überhaupt schaut Polly die ganze Zeit über mich an und kommt immer wieder zu mir, um gedrückt zu werden. Ich habe schon ewig nicht mehr so gelacht. Ich mache Fotos und filme die Höhepunkte mit meinem Handy für die Nachwelt. Zum Schluss gibt es von uns donnernden Applaus. Emily verneigt sich, und Sophie knickst, wohingegen Polly einfach nur dasteht und verschämt grinst, auf ihren Wangen noch die Spuren getrockneter Tränenrinnsale.

Danach scheint es nur fair, die Mädchen eine DVD schauen

zu lassen. Meine Mutter möchte sich die Umgebung ansehen. Ich schlage vor, dass wir das alte Benediktinerkloster in Sant Cugat del Vallès besichtigen. Mum macht einen seltsamen Eindruck – als wäre sie ein wenig neben der Spur –, nur deshalb biete ich ihr den Ausflug an, denn eigentlich würde ich lieber auf der Terrasse sitzen und lesen. Wie sich herausstellt, hat Tom kein Interesse an dem Kloster.

»Warum nicht?«, frage ich. »Du wolltest es doch auch sehen.«

»Wir können Amber nicht schon wieder bitten, auf Josh aufzupassen, erst recht nicht nach dem, was sie heute durchgemacht hat. Außerdem muss ich mal in meine E-Mails schauen.«

Ich werfe ihm einen säuerlichen Blick zu. Tom scheint sich ein Lächeln zu verkneifen. Anscheinend findet er meine Eifersucht lustig.

»Ich hatte eigentlich vor, Josh mitzunehmen.«

Ein dummer Einwurf, auf den niemand eingeht. Nur meine Mutter sagt, dass sie nichts dagegen habe, einmal einen Nachmittag ohne die Kinder zu verbringen, am liebsten mit mir allein, denn das geschehe selten genug.

»Ich mag Amber nicht besonders.«

Wir haben uns in den etwas kühleren Innenhof des Klosters zurückgezogen und setzen uns auf eine schattige Bank. Nur unsere Beine werden noch von der Sonne beschienen. Wir nehmen einen Schluck aus unseren Wasserflaschen. Um uns herum spazieren andere Touristen, die meisten von ihnen Amerikaner.

»Dann gehörst du zu einer Minderheit. Alle anderen finden sie toll.«

»Vielleicht flirtet sie mit den Ehepartnern aller anderen nicht.«

»Mum, das ist gemein.«

»Fein, geht mich ja auch nichts an.«

»Okay, du hast recht – sie flirtet mit Tom. Ich habe mit ihm darüber gesprochen. Er hat mich beruhigt. Ich glaube, Amber möchte einfach im Mittelpunkt stehen.«

Meine Mutter zieht die Brauen hoch.

»Guck nicht so. Selbst wenn sie es auf Tom abgesehen hätte – was ich mir nicht vorstellen kann –, kennt er sie dazu schon viel zu lange. Außerdem wollen sie und ihr Mann zusammen ein Haus kaufen, und das würde sie wohl kaum planen, wenn sie vorhätte, mir Tom wegzunehmen.«

»Ich habe trotzdem ein ungutes Gefühl. Hast du dich mal gefragt, woher sie kommt? Was weißt du überhaupt über sie?«

»Ich weiß genug. Warum willst du Unfrieden stiften? Hör auf damit.«

Meine Mutter schweigt. Ich denke über ihre Worte nach.

»Und was war mit der Einlage am Pool?«

»Was meinst du damit?«

»Hast du das nicht als sonderbar empfunden? Sie fällt ins Wasser, und Tom, der edle Ritter, muss sie retten. Davon abgesehen glaube ich, dass es ihr Spaß macht, kleine Boshaftigkeiten auszuhecken.«

Mum stellt ihre Wasserflasche ab, hebt den breiten Rand ihres Schlapphutes an und sieht sich um. Sie könnte eine Figur aus einem romantischen englischen Spielfilm sein. Einen Moment lang betrachte ich sie von der Seite und fühle mich noch immer defensiv. Doch dann lasse ich es gut sein. Ich habe keine Lust, über Amber zu sprechen. Ich weiß, bis zu einem gewissen Punkt hat meine Mutter recht, doch schon das ärgert mich. Amber ist mein Problem, und mit diesem Problem möchte ich mich auch allein auseinandersetzen.

»Nicht bewegen, ich möchte ein Foto von dir machen.« Ich wühle in meiner Handtasche, schiebe Geldbeutel, Brillenetui, Wasserflasche, Quittungen und Joshs Beißring zur Seite. »Verdammt, ich muss das Handy im Haus liegen lassen haben. Hast du deinen Fotoapparat dabei?«

Meine Mutter holt ihre Instamatic hervor. Ich schieße ein Foto von ihr.

»Aber irgendetwas hast du«, sagt meine Mutter. »Geht es um diesen anderen Mann?«

»Nein, das ist endgültig vorbei.« Meine Augen fangen an zu brennen, und meine Kehle wird eng. Ich wende den Blick ab, schlucke und bin froh, dass ich eine Sonnenbrille aufgesetzt habe.

Mum trinkt aus ihrer Wasserflasche und sieht sich um. Zwei Chinesinnen fotografieren einander, jede von einem ehrwürdigen Torbogen gerahmt.

»Möchtest du mir vielleicht etwas sagen?« Meine Mutter taxiert mein Gesicht. Es ist, als wäre es wieder wie vor zwanzig Jahren – Mutter und Tochter.

»Ich habe einen schrecklichen Fehler gemacht«, antworte ich mit zittriger Stimme. »Und ich weiß nicht, was ich tun soll.«

Meine Mutter streicht über meine Wange. »Bestimmt nicht so schrecklich wie einige der Fehler, die ich in meinem Leben gemacht habe.«

»Ich habe gegen das Gesetz verstoßen.« Ich schaue zu Boden und reibe an dem Schokoladenfleck, den Polly auf meiner Leinenhose hinterlassen hat.

»Erzähl mir, was passiert ist, Vicky. Vielleicht kann ich dir helfen.«

»Das glaube ich nicht. Ich habe die Polizei über den Morgen, an dem Josh sich den Arm gebrochen hat, belogen. In Wahrheit bin ich ohne ihn losgelaufen, um mir von Amber ein Haus zeigen zu lassen. Ich hatte eine grauenhafte Nacht hinter mir, in der Josh ständig geschrien hat – und an dem Morgen war er endlich eingeschlafen. Ich habe ihn allein gelassen. Als ich zurückkam, war der Einbrecher in Joshs Zimmer. Er ist davongerannt. Amber hat ihn weglaufen sehen. Sie hatte ich auch belogen und gesagt, Magda würde auf Josh aufpassen.«

»Und wer außer uns beiden weiß davon?«

»Nur Amber. Sie hat mir geholfen und sich die Lügen ausgedacht, die ich allen erzählt habe.«

»Aha.«

»Was heißt ›aha‹?«

»Nichts, vergiss es. Sie ist deine Freundin, und du kennst sie seit Jahren. Ich dagegen habe sie nur hier und da mal gesehen.«

Ich weiß nicht, ob ich Mum noch mehr erzählen soll, doch dann gebe ich mir einen Ruck. »An Emilys Geburtstagsparty waren zwei Sozialarbeiter vom Jugendamt bei uns. Sie habe ich auch belogen. O Gott, ich wünschte, ich hätte von Anfang an die Wahrheit gesagt.«

»Das wäre eine schlechte Idee gewesen. Bitte behalte sie auch jetzt für dich.«

Ich wundere mich, denn ich hatte mit einer anderen Reaktion gerechnet. »Das hat Amber auch gesagt, aber richtig ist es nicht.«

»Ich war selbst einmal Sozialarbeiterin«, erwidert meine

Mutter. »Zwei Jahre lang, falls du dich erinnerst. Ich kenne die Entscheidungen des Jugendamts. Unterschätz diese Leute nicht. Dir und deiner Familie zuliebe.«

»Ich bin ohne Josh aus dem Haus gerannt. Wenn ich daran denke, wird mir ganz schlecht. Es war ein so selbstsüchtiger Akt, der in einer Tragödie hätte enden können. Wenigstens Tom hätte ich die Wahrheit sagen müssen.«

»Ja, aber das hast du nicht getan. Steiger dich jetzt nicht in Schuldgefühle hinein.«

Ich ziehe ein Taschentuch hervor, setze die Sonnenbrille ab und wische über meine Augen.

»Ich verstehe aber immer noch nicht, weshalb du Amber hierher eingeladen hast.«

Nicht schon wieder Amber. Warum kommt meine Mutter ständig auf sie zurück?

»Sie hat mir leidgetan. Außerdem hatten wir geplant, dass sie und Sophie mit Robert zurückfliegen.« Ich stehe auf, klopfe mir den Staub vom Hosenboden und werfe einen Blick auf meine Uhr. »Komm, wir müssen zurück.«

Meine Mutter hält meinen Arm fest. »Warte.«

»Wir müssen los, Mum.«

»Gleich. Ich weiß, dass du von deiner Mutter keinen Rat mehr annimmst, trotzdem sage ich es: Wenn ihr wieder zu Hause seid, solltest du dich von Amber Collins distanzieren.«

»Mum ...«

»Ich bin noch nicht fertig«, unterbricht mich meine Mutter. »Sie ist auf dich neidisch. Genau wie das Mädchen, mit dem du in der Schule befreundet warst – den Namen habe ich vergessen. Sie hat immer versucht, dir deine anderen Freundinnen madig zu machen.«

»Laura Griffin.«

»Richtig. Amber ist wie sie. Du musst sie ja nicht fallen lassen, aber vielleicht eher in kleinen Portionen genießen. Ich fand Jenny sehr liebenswert. Warum triffst du dich nicht öfter mit ihr?«

Mit einem Mal stehe ich wieder ganz auf Ambers Seite und werde bockig wie ein Teenager. »Du tust Amber Unrecht. Vielleicht ist sie ein bisschen sonderbar, aber sie ist immer noch meine Freundin und würde nie etwas gegen mich unternehmen. Wenn ich mich im Moment unsicher fühle, ist das ausschließlich meine Schuld. Ich bin diejenige, die um ein Haar meine Ehe zerstört hätte, und ich bin auch diejenige, die ihr Kind allein gelassen hat.«

Blinzelnd sieht meine Mutter in die Sonne. »Ich wollte dir nicht zu nahe treten. Du wirst wissen, was du tust.«

»Mütter haben das Recht, ihren Kindern zu nahe zu treten. Du machst dir nur zu viele Gedanken.«

Juni 1992

Um fünf Uhr morgens klingelte das Telefon. Katya hörte es und blinzelte schläfrig in die Dunkelheit. Ihr Körper war noch zu träge, um zu reagieren. Durch die dünne Zimmerdecke hörte sie Lukes Stimme, dann seine Schritte, die Toilettenspülung, erneut Schritte, dann die Schiebetür des Kleiderschranks. Als Nächstes kamen leichtere Schritte die Treppe hinunter. Katya kniete sich auf ihr Bett und schob den Vorhang am Fenster einen Spaltbreit zur Seite. Die erste Morgenröte warf einen blassen, rosigen Schein auf Sallys kleines, weißes Auto. Dann kam Sally aus dem Haus, stieg in das Auto und fuhr davon.

Zwei Stunden später wurde Katya wieder wach. Als sie aus ihrem Zimmer trat, war Luke schon auf den Beinen. Er trug einen Anzug und roch nach Rasierwasser.

»Wo ist Sally hingefahren?«, fragte Katya.

»Zu ihrer Schwester ins Hospiz.«

Katya schwante Schreckliches. »Und wie lange bleibt sie da?«

»So lange es dauert.« Luke reichte ihr die Schachtel Cornflakes. »Wenn alles vorbei ist, kommt sie zurück. Nach meiner Schätzung dürfte das in maximal einer Woche sein. Aber keine Sorge, wir zwei kommen auch allein zurecht.« Er hob Katyas Kinn mit der Fingerspitze an. »Was würde ich nur ohne dich tun, Prinzessin?«

Katya wandte sich ab und verzog das Gesicht. »Ich bin nicht deine Prinzessin. Ich bin einfach ich.«

Katya zog ihre Schuluniform an. Es war die für den Sommer: ein rot-weiß kariertes Kleid, weiße Socken und eine rote Strickjacke. Sie verließ das Haus zusammen mit Luke, der wieder einmal ein Vorstellungsgespräch hatte. Katya war schon fast am Eingangstor der Schule, als Gabriella ihr einen so bösen und angewiderten Blick zuwarf, dass Katya das Blut in den Adern gefror. Wenn Gabriella in dieser Stimmung war, konnte Katya die Schule nicht ertragen. Sie machte kehrt und stemmte sich gegen die Flut der ankommenden Schülerinnen und Schüler. Es war ein drückend warmer Sommertag. Katya streifte ihre Strickjacke ab, knotete sie sich um die Taille und blieb unschlüssig an einer Ecke stehen. Dann entschied sie, den Bus nach Clapham zu nehmen.

Ihre Mutter war manchmal mit ihr dorthin gefahren, und dann hatten sie etwas Schönes gemacht. In der Regel hatte Katya dann Geburtstag gehabt, oder es war etwas besonders Schlimmes vorgefallen. Katya erinnerte sich, dass sie in Clapham gewesen waren, nachdem ein Freund ihrer Mutter sie mit dem Kopf unter Wasser gedrückt hatte. Dann besuchten sie die Spielwarenabteilung von Arding & Hobbs, und Katya durfte sich etwas aussuchen. Danach gingen sie in das Café im obersten Stockwerk, und ihre Mutter bestellte ein Kännchen Tee und ein Stück Kuchen für jede von ihnen – Katya liebte es, ein Kännchen für sich allein zu haben. Sie wählte immer den Mokkakuchen mit Walnüssen, ihre Mutter den Karottenkuchen. Wenn Katya Geburtstag hatte, holte ihre Mutter das Geschenk hervor, das sie in der Spielwarenabteilung gekauft hatten, und überreichte es Katya.

Einmal war es eine Barbiepuppe gewesen, mit einem Minirock aus Wildleder, kariertem Hemd, Cowboyhut und Stiefeln. Diese Puppe hatte ihrer Mutter besonders gut gefallen, weil sie sie an ein Lied erinnerte, an »Harper Valley PTA«. Katyas Mutter hatte versprochen, ihr die CD zu besorgen, aber das hatte sie nie getan. Katya wusste immer noch nicht, was dieses Lied mit der Puppe zu tun hatte.

Als Katya nun in Clapham ankam und bei Arding & Hobbs vor dem Regal mit den Puppen stand, stellte sie fest, dass sie nicht mehr das Gleiche empfand wie damals. Sie war allein, und das änderte alles – die Geräusche, der Geruch, die Beleuchtung, all das wirkte lauter, schärfer, greller. Es zerstörte ihre Erinnerungen und den Zauber, falls es ihn jemals gegeben hatte. Ohne Geld und ohne ihre Mutter, mit der sie hin und her überlegen konnte, was sie sich am besten aussuchen sollte, verloren die bunten Kartons der Spielsachen die Macht, Katya in eine andere Welt zu versetzen.

Sie bemerkte, dass andere Kunden sich nach ihr umdrehten und sich vermutlich fragten, warum sie nicht in der Schule war, also flüchtete sie über die Rolltreppen hinaus auf die Straße. Ihr Unternehmungsgeist war erloschen, sie fühlte sich niedergeschlagen. Sie stieg in den nächsten Bus und schaute vom Oberdeck aus dem Fenster. Als sie an ihrem früheren Kindergarten vorbeikam und dann an der Siedlung, in der sie mit ihrer Mutter gewohnt hatte, begann sie, lautlos zu weinen. Sie sehnte sich nicht nach glücklicheren Tagen, denn die hatte es nur selten gegeben, sondern einfach nach einem Ort, dem sie sich zugehörig fühlen konnte. Sie dachte an die Männer, die ihr in ihrer alten Umgebung begegnet waren. Sie waren schlecht gewesen, aber sie hatten sie nicht beachtet. Diese Männer hatten sich nur für Alkohol, Drogen und Sex mit ihrer Mutter interessiert. Katya beobachtete, wie sich der Himmel zuzog und Wind aufkam, der den Müll über die Bürgersteige blies. Eines Tages, beschloss Katya, würde sie sich mit Emily Parrish eine Wohnung teilen, irgendwo auf der anderen Seite des Flusses, wo nie etwas Böses geschah. Sie stellte sich Emily auf dem Sitzplatz neben sich vor, was ihr so gut gelang, dass sie sich beinah umgedreht hätte, um mit ihr zu sprechen. Draußen donnerte es, der Himmel verdunkelte sich, und wenig später goss es in Strömen.

Inzwischen fuhr der Bus durch Streatham. Katya entdeckte Maggie, die gerade eine Drogerie verließ und einen kleinen violetten Taschenschirm öffnete. Der Wind riss an dem Schirm, aber wie durch ein Wunder behielt er seine Form. Sofort stand Katya von ihrem Sitz auf, rannte die Treppe hinunter und verließ den Bus an der nächsten Haltestelle. Sie folgte Maggie über eine belebte Geschäftsstraße und dann durch eine ruhigere Gegend. Vor einem hohen Gebäude aus rotem Backstein blieb Maggie stehen, kramte in ihrer Tasche und schloss die Haustür auf. Katya wartete noch eine Weile, bevor sie die Eingangsstufen des roten Backsteingebäudes hinaufstieg und bei »Parrish« klingelte.

29

Ostersonntag, 4. April 2010

Das Haus glänzt so weiß, und die rosa Bougainvillea leuchtet so hell, dass ich beim Verlassen des Wagens für einen Moment geblendet die Augen schließe. Mum und ich umrunden das Haus, denn keiner von uns benutzt die Vordertür. Auf der Terrasse ist niemand, auch nicht im Pool.

»Hallo«, ruft meine Mutter. »Wo seid ihr?«

»In der Küche«, kommt es von Amber zurück.

Wir betreten die Küche. Josh sitzt auf dem Fußboden und trommelt mit zwei Holzlöffeln auf einen Topf. Die Mädchen sind am Tisch mit ihren Malbüchern und bunten Filzstiften beschäftigt. Tom ist auch da und weicht meinem Blick aus. Als er mich schließlich anschaut, weiß ich, dass etwas vorgefallen ist.

»Wie war Sant Cugat?«, fragt Amber.

Sie wäscht ihre Hände, trocknet sie an einem Küchentuch ab und gibt ausgepresste Knoblauchzehen in eine Pfanne, in der bereits Zwiebeln braten. Ein scharfer, mediterraner Geruch steigt auf.

»Sehr interessant«, antwortet meine Mutter. »Das Kloster wurde nach einem christlichen Märtyrer benannt, den man angeblich in Essig und Pfeffer gewälzt und dann lebendig gebraten hat.«

»Mein Gott«, sagt Amber.

»Warum wurde er gebraten?«, fragt Polly entsetzt.

Ich werfe meiner Mutter einen vorwurfsvollen Blick zu. »Omi hat nicht von einem Menschen gesprochen, Schätzchen, sondern von einem Tier, das man als Märtyrer bezeichnet und das nur in diesem Teil von Spanien gegessen wird.«

»Wow«, sagt Tom. »Bin gespannt, was passiert, wenn Polly das anderen Kindern erzählt.«

Ich wundere mich über seinen bissigen Ton.

»Okay«, sage ich betont munter. »Wenn ich hier in der Küche nicht helfen kann, räume ich mal in den Wohnzimmern auf.«

»Das haben wir schon gemacht«, antwortet Emily.

»Aha. Ach so, hat jemand mein Handy gesehen? Ich glaube, ich habe es auf dem Sofa liegen lassen.«

Tom greift in die Tasche seiner Shorts, zieht es heraus und legt es auf den Tisch, als widerstrebe es ihm, es mir in die Hand zu geben. Ich verstehe gar nichts mehr, aber vor den anderen will ich nichts sagen. Ich nehme das Handy an mich, schaue auf das Display und erstarre.

Tom spricht mit meiner Mutter, lässt sich erzählen, was wir in Sant Cugat gesehen haben.

»Kann ich mit dir reden?«, frage ich gepresst und mit zitternden Händen. Wie konnte ich nur so gedankenlos sein? Es ist unverzeihlich.

»Jetzt nicht.«

Anspannung liegt in der Luft. Zuerst denke ich, dass es nur mir so vorkommt, aber die gesamte Atmosphäre im Haus ist gedrückt. Mir scheint, Tom will mich nicht einmal mehr sehen, und es bricht mir das Herz. Ich habe David nie geliebt, sondern immer nur Tom. Die Beinah-Affäre war nicht mehr als ein kurzes Aufflackern meiner Gefühle.

Ich stelle ein Schälchen Oliven und eine Weinflasche auf den Tisch und entzünde die Kerzen. Eine Brise weht durch die geöffneten Fenster herein.

»Das sieht nach einem Unwetter aus«, sagt meine Mutter. Unsere Blicke treffen sich. Sie spürt es auch.

»Mal was anderes«, sagt Amber.

Unsere Unterhaltung klingt gestelzt. Ich vermisse Robert, was eigentlich komisch ist, aber er war wie ein Schwamm, der alle Spannungen aufgesaugt hat. Ohne ihn ist mir, als könnte man das elektrische Knistern in der Luft hören.

»Wo bist du eigentlich groß geworden?«, wendet meine Mutter sich an Amber und unterbricht damit ein längeres Schweigen am Tisch. Tom sieht aus, als würde er jeden Moment explodieren.

»Im Süden von London.«

»Was ist mit deiner Familie? Wohnt sie dort noch?«

Mum klingt erstaunlich aggressiv, selbst Tom scheint sich zu wundern.

»Meine Mutter ist vor zwanzig Jahren gestorben«, antwortet Amber ruhig. »Zu meinem Vater habe ich den Kontakt verloren. Er ist Norweger.«

Ich könnte schwören, dass sie mir anfangs erzählt hat, er sei Deutscher.

»Aber warum über Trauriges sprechen?« Amber lächelt. »Warum reden wir nicht lieber über schöne Dinge? Beispielsweise über unsere Kinder? Waren sie heute nicht fantastisch? Wir hätten die Aufführung filmen sollen.«

»Ich habe einen Teil mit dem Handy aufgenommen.« Ich schaue Tom an. Er reagiert nicht.

»Super, könntest du das Video Robert mailen?«

Ich nicke und fahnde nach dem nächsten Gesprächsthema, doch Amber kommt mir zuvor.

»Tom, du bist so still. Und dein Essen hast du auch kaum angerührt.«

Tom betrachtet seinen Teller, fährt sich mit einer Hand durch die Haare und lächelt gezwungen. »Ich habe keinen Appetit.« Er macht eine Pause. Dann: »Wie geht es Robert?«

»Gut. Er fliegt morgen nach Singapur und hat alle Hände voll zu tun. Drückt ihm die Daumen, dass er den Auftrag kriegt, um den er sich bewirbt. Ich versuche, so wenig wie möglich daran zu denken, aber ein Erfolg wäre nicht schlecht.«

Tom nimmt einen Bissen, kaut und schluckt. Der Geschmack scheint ihm egal zu sein. Dann stochert er mit der Gabel in seinem Essen herum. »Was ist mit dem Haus? Habt ihr den Vertrag schon unterschrieben?«

»Noch nicht«, antwortet Amber. »Die Erben können sich nicht auf den Kaufpreis einigen. Zum Glück nicht, denn wir sind immer noch dabei, die Anzahlung zusammenzukratzen. Robert versucht, sie auf sieben Prozent vom Kaufpreis zu drücken. Aber wir kriegen das Haus schon irgendwie.«

»Das glaube ich auch.«

»Als ihr damals das Haus in der Coleridge Street kaufen wolltet, war Vicky wahrscheinlich genauso entschlossen wie ich.«

Toms Blick streift mich. Unter dem Tisch kralle ich meine Hände ineinander. Draußen zuckt ein Blitz über den Himmel, wenige Sekunden später folgt der Donner.

»Habt ihr das gesehen?«, fragt Mum.

Tom übergeht ihre Frage. »Vicky bekommt alles, was sie sich in den Kopf gesetzt hat.«

Amber zieht die Brauen hoch. »Hat sie dich auch so gekriegt?«

»Könnte man so sagen.«

»Amber«, schaltet sich meine Mutter ein. »Komm, wir räumen den Tisch ab. Später sind wir dazu zu müde.«

Um halb elf beenden wir den Abend. Ich gehe hinauf in unser Schlafzimmer und nehme eine Schlaftablette, obwohl ich das eigentlich nicht mehr tun will. Halb rechne ich damit, dass Tom sich in eines der ungenutzten Zimmer begibt, doch nach einer Weile kommt er mir nach. Er zieht sich im Bad aus und putzt sich die Zähne, wozu er ewig braucht. Als er schließlich zu mir ins Bett schlüpft, achtet er darauf, mich nicht zu berühren.

»Können wir jetzt reden?«, frage ich und stütze mich auf meinen Ellbogen. Tom hat mir den Rücken zugekehrt.

»Ich bin müde.«

»Aber wir können doch nicht schlafen, ohne vorher etwas gesagt zu haben. Lass mich die Sache doch wenigstens erklären.«

»Was gibt es da zu erklären? Du hattest eine Affäre. Ich finde das ziemlich einfach und verständlich.«

»Nein. Es ist kompliziert. Außerdem hatte ich keine Affäre. Dazu ist es nicht gekommen.«

Tom legt sich auf den Rücken und starrt die Zimmerdecke an. Es fühlt sich an, als wäre er meilenweit von mir entfernt und ich könnte die Distanz nie mehr überwinden. Das gab es zwischen uns noch nie. Selbst bei einem Streit habe ich mich ihm immer noch nah gefühlt, gewusst, dass er mein Freund ist und sein Ärger verfliegen wird. Jetzt bin ich mir dessen nicht mehr so sicher. Sein Gesicht verrät nichts, aber sein Mund ist nur ein dünner Strich. Das ist alles meine Schuld, trotzdem hoffe ich, dass er nachgibt, mir ein wenig entgegenkommt.

Ich lege eine Hand auf seine Schulter. Er schnaubt unwillig und sieht mich wütend an, mit einem Gesicht, das ich nicht kenne. Ich ziehe meine Hand fort.

»Ich habe einen Fehler gemacht, und es tut mir leid. Ich liebe dich.«

Tom setzt sich auf und lehnt sich an das gepolsterte Kopfteil des Betts. »Ach, und was bedeutet das für dich? Ich habe nämlich den Eindruck, dass du nie jemanden wirklich geliebt hast. Du bist wie deine Mutter. Immer unzufrieden. Immer wollt ihr etwas anderes und Neues, entweder ein Haus oder einen Mann. Nie ist etwas gut genug.«

»Das ist nicht fair.«

»Was ist nicht fair? Als du dir das Haus in der Browning Street angeschaut hast, wolltest du umziehen. Und als du deinen Spaß mit David hattest, hast du wahrscheinlich daran gedacht, mich zu verlassen.« Den Namen »David« hat er regelrecht ausgespien. »Erzähl mir nicht, dass dir das nie durch den Kopf gegangen ist, ich würde es nämlich nicht glauben.«

»So war es nicht. Ich hätte dich nie verlassen.«

»Danke, ich schäume über vor Glück.«

Lange Zeit sagen wir nichts mehr und schauen irgendwohin, nur nicht zu dem anderen.

Schließlich fange ich an zu sprechen, leise und ruhig, in der Hoffnung, Toms Wut ein wenig zu mildern. »Ich weiß nicht, warum ich es getan habe. Es gibt keine Entschuldigung.«

»Anscheinend bist du mit mir nicht glücklich.«

»Doch, das bin ich. Irgendetwas stimmt mit mir nicht, und das ist schon so, seit ich mit Josh schwanger geworden bin.« Ich beginne zu weinen und wische mir die Augen mit einem Stück Bettdecke. Ich hasse mich für diese Tour, obwohl die Tränen echt sind. Aber ich könnte sie stoppen, wenn ich wollte.

»Ach, jetzt sind also die Hormone schuld. Die kommen ja wie gerufen.«

»Nein, ich bin schuld. Ich versuche dir nur zu erklären, dass ich nicht ich selbst gewesen bin.«

»Vielleicht bist du es doch. Vielleicht hast du mir jahrelang etwas vorgespielt, und jetzt zeigt sich dein wahres Gesicht.«

»Die Frage habe ich mir selbst auch gestellt. Ich habe mich mit meiner Mutter verglichen und überlegt, ob ich wie sie bin und nur dagegen ankämpfe, aber selbst wenn das so wäre, gehe ich einen anderen Weg. Du bist der einzige Mann, den ich mir wünsche.«

»Wie tröstlich. Und warum sollte ich mit einer Frau zusammen sein, die ständig ihren Hang zu anderen Männern bekämpft?«

»Willst du etwa behaupten, dass du dich noch nie zu einer anderen Frau hingezogen gefühlt hast?«

Tom antwortet nicht. Ich setze mich auf. »Das nehme ich mal als Nein. Aber mir ist es egal, ob dir hier oder da eine andere gefällt. So etwas ist normal. Es geht doch nur darum, dass wir zusammen sein wollen. Wir lieben uns.«

»Wirklich? Bist du dir dessen ganz sicher? Oder redest du dir das ein, weil es Sicherheit bedeutet?«

»Nein, ganz und gar nicht.« Ich finde einfach nicht die richtigen Worte. »Ich wünschte, wir wären zu Hause«, platzt es aus mir heraus. »Hier, wo Amber immer um uns herum ist, kann ich nicht klar denken.«

Tom schnaubt ein Lachen hervor. »Ach richtig, die Frau, mit der ich ein Verhältnis habe. Ich hätte wirklich nie gedacht, dass du mit zweierlei Maß misst.«

»Ich habe nicht mit ihm geschlafen, bitte, glaub mir das.«

Ich lege mich wieder auf den Rücken. Tom tut es mir nach, aber er dreht sich von mir fort, wirkt wieder endlos weit entfernt. Ich knipse die Nachttischlampe aus.

»Untreue bedeutet nicht nur Sex«, sagt Tom in die Dunkelheit hinein. »Es ist auch eine Frage der Loyalität, und das weißt du genauso gut wie ich.«

Meine Brust wird so eng, als hätte jemand meine Rippen zusammengedrückt. Unten trommelt Regen auf die Terrasse, und der Wind lässt die Palmwedel der Bäume rauschen. Doch dann beginnt meine Schlaftablette zu wirken, und die Geräusche von draußen wiegen mich in den Schlaf.

30

Ostermontag, 5. April 2010, in den frühen Morgenstunden

Amber wird wach. Die Grillen haben ihr Nachtkonzert beendet, nur der Regen ist noch zu hören. Sie steht auf, um die Balkontüren zu schließen, doch die frische Brise ist so wohltuend, dass Amber ihren Morgenrock überstreift, nach unten geht und auf die Terrasse hinaustritt. Die Nacht ist vom Geruch des feuchten Grases und der vom Regen getränkten Erde der Weingärten geschwängert. Der Pool ist so schwarz wie der Himmel und voller Kräuselwellen, die sich um die aufschlagenden Regentropfen bilden. Es ist die erste Nacht, in der man am Himmel keine Sterne sieht. Nach kurzer Zeit wird es Amber in der feuchten Luft ungemütlich.

Auf dem Rückweg ins Haus entdeckt sie den schmalen Lichtstreifen, der aus der Küche auf den Fußboden des Flurs fällt. Sie steigt die Treppe hoch, reibt sich das feucht gewordene Haar im Bad mit einem Handtuch trocken und überlegt, wer um diese Uhrzeit noch auf sein könnte. Maggie fällt ihr ein, die vielleicht an Schlaflosigkeit leidet. Sie könnten ihr Gespräch fortsetzen. Es gibt noch vieles, das Amber ihr sagen und von ihr hören möchte.

Sie ist sicher, dass Maggie Vicky nichts von Katya erzählen wird, denn dann käme auch die Rolle, die sie damals gespielt hat, zur Sprache. Ambers Morgenmantel ist ein wenig feucht geworden, aber ihr ist nicht kalt; das Haus hält die

Wärme des Tages. Auf leisen Sohlen geht sie die Treppe hinunter. Die Küchentür ist geschlossen. Offenbar möchte derjenige in der Küche die anderen im Haus nicht wecken. Leise drückt Amber die Tür auf.

Tom hat Kerzen angezündet, sitzt im Halbdunkel am Küchentisch und starrt hinaus in den Regen, vor ihm eine Flasche Rotwein und ein Glas. Er hat Amber nicht bemerkt. Sie betrachtet ihn. Das Kerzenlicht schmeichelt ihm, die Patriziernase ist noch ausgeprägter als sonst, die Augen dunkler.

Doch dann scheint er ihre Gegenwart zu spüren. Er dreht sich um, langsam, als erwache er aus einer Trance.

»Entschuldige«, sagt Amber. »Ich wusste nicht, dass du hier bist. Ich wollte mir nur etwas zu essen holen.«

Sie öffnet den Kühlschrank und holt einen mit Klarsichtfolie abgedeckten Teller Aufschnitt heraus. Sie ist nicht hungrig, aber sie kann sich etwas heraussuchen und daran knabbern. Sie stellt den Teller auf den Tisch und nimmt ein Glas aus dem Schrank. Tom sagt nichts, scheint aber auch nichts gegen ihre Anwesenheit zu haben. Er schenkt ihr Wein ein. Sie setzt sich zu ihm.

»Worüber hast du nachgedacht?«, fragt sie und stützt ihren Kopf auf die Hand.

»Das willst du nicht wissen.«

»Vielleicht doch. Ich bin eine gute Zuhörerin.«

»Ich dachte, so etwas würde uns nie passieren. Ich dachte, dass Vicky und ich fest zusammengehören und uns nichts erschüttern kann.«

»Das Leben ist voller Überraschungen.«

Tom starrt in sein Glas, stürzt den Wein hinunter und gießt sich nach. »Hast du das mit David North gewusst?«

»Ich wusste nur, dass da was war, aber keine Einzelheiten.«

Tom fährt sich mit den Händen durch sein Haar und stöhnt. »Und was zum Teufel soll ich jetzt tun?«

Amber legt eine Hand auf seinen Arm. Wie von allein legt sich Toms Hand auf ihre. Weit in der Ferne hört man leises Donnergrollen. Von draußen kommt ein frischer, würziger Duft, aber die Luft im Haus hat sich immer noch nicht abgekühlt. Amber wickelt eine Haarsträhne um ihren Finger und lässt die Strähne wieder los.

»Ich verstehe es nicht«, sagt sie. »Aus meiner Sicht war Vicky immer gesegnet. Sie hat dich und die Kinder, ihre Mutter, Liebe und Sicherheit. Das hatte ich nie.« Sie zögert. »Ich habe mich nie sicher fühlen, nie etwas für selbstverständlich halten können. Ich wünschte, ich könnte es jetzt.«

Toms Blick wandert über ihren dünnen Morgenmantel hoch zu ihrem Gesicht. »Du hast Robert und Sophie.«

Amber lächelt ein wenig. »Ja, das stimmt. Bestimmt hältst du mich jetzt für egozentrisch. In Wahrheit habe ich immer gedacht, ich hätte es nicht verdient, glücklich zu sein. Ich habe nie jemandem etwas über meine Kindheit erzählt, und das habe ich auch in Zukunft nicht vor. Sie war grässlich, aber sie ist vorbei. Trotzdem bleibt etwas hängen, als müsse man den Preis dafür bezahlen, dass man überlebt hat. Zum Beispiel habe ich immer das Gefühl, dass ich sehr viel in eine Beziehung investieren muss, wenn ich nicht will, dass sie zerbricht.« Amber beißt sich auf die Lippe und wischt eine Träne ab. Sie lügt nicht, und ihre Gefühle sind echt, denn sie möchte, dass Tom sie so sieht, wie sie wirklich ist. »Vielleicht will ich es sogar.«

Tom legt einen Arm um sie. Amber lehnt sich an ihn. Er riecht nach Zahncreme und Wein, sein Körper ist fest und warm.

»Was hast du erlebt?«, murmelt Tom an ihrem Ohr. »Erzähl es mir.«

Ihr Haar streift sein Kinn, Tom gibt ihr einen Kuss auf die Stirn. Amber wartet. Sie regt sich nicht, nur ihr Körper prickelt vor Verlangen. Nach einem Moment, der ihr qualvoll lang und köstlich zugleich erscheint, küsst Tom sie. Man hört nur den Regen und ihren lauten Atem. Amber dreht sich zu ihm um, schlingt die Arme um seinen Hals und presst sich an ihn. Toms Küsse werden leidenschaftlicher, seine Hände wandern über ihren Körper. Er küsst ihren Hals, legt eine Hand auf ihre Brust. In der schwülen, stehenden Luft und im Schein der Kerzen umklammern sie einander, werden gieriger, die letzten Gedanken verfliegen. Amber lässt sich auf den Tisch heben. Die Kante drückt gegen ihre Schenkel, aber das spielt keine Rolle. Seine Hände gleiten unter ihren Morgenmantel, und dann ist er in ihr. Als er sie loslässt, rutscht der Morgenmantel von Ambers Schultern. Tom zieht ihn wieder hoch und vorn zu, selbst den Gürtel verknotet er fest.

Noch ganz benommen sieht Amber Tom mit halb gesenkten Lidern an.

»Es tut mir leid«, sagt er.

»Das muss es nicht«, antwortet Amber. »Wir wollten … ich wollte von jemandem gehalten werden.« Sie lächelt verhalten. »Es war aufregend.«

Tom lächelt betreten, nimmt sein Glas und spült es am Waschbecken aus. Dann dreht er sich um. »Du wirst doch …«

Amber weiß, dass sie das Kerzenlicht im Rücken hat und die Silhouette ihres Körpers sich unter dem Morgenmantel abzeichnet. »Nein, natürlich nicht. Es ist unser Geheimnis.«

Seine Miene verdunkelt sich. Amber geht zur Tür. Sie will die Küche als Erstes verlassen, nicht mit dem restlichen Wein und den heruntergebrannten Kerzen zurückbleiben. Lautlos läuft sie die Treppe hinauf in ihr Zimmer, schließt die Tür, lehnt sich dagegen und spürt dem Beben ihres Körpers nach. Toms Sperma rinnt an den Innenseiten ihrer Schenkel hinab. Sie lässt den Morgenmantel fallen, steigt ins Bett und zieht das Laken über sich. Sie ist so wach, dass jeder Versuch einzuschlafen zwecklos ist.

»Tom.«

Ein ums andere Mal flüstert sie seinen Namen, lächelt und lässt ihn sich auf der Zunge zergehen. Doch dann verblasst ihr Lächeln und sie setzt sich auf. Ihre Euphorie schwindet. Ohne dass sie sagen könnte, warum, breitet sich in ihr eine schreckliche Vorahnung aus.

Ich bin gut, redet Amber sich zu. *Ich bin stark. Ich bedeute etwas.*

31

Montag, 12. April 2010

Tom will sich von mir scheiden lassen. Das hat er mir am Abend unserer Rückkehr gesagt. Es ist etwas so Gewaltiges, dass es sich fast so anfühlt, als ginge es um ein anderes Ehepaar. Wie kann es so enden, wenn ich Tom doch immer noch liebe? Und wie konnte unser Leben so rasch auseinanderbrechen? Manchmal kommt mir der Verdacht, dass Amber mitverantwortlich ist. Das bedeutet nicht, dass ich mich von meiner Schuld freisprechen will, ich weiß, dass ich Fehler gemacht habe. Aber hätte Amber von diesen Fehlern nichts gewusst, wäre es vielleicht nicht zu dieser Katastrophe gekommen. Natürlich gibt es Gründe für ihr Verhalten: Sie steht unter Druck, hat finanzielle Sorgen, ist unglücklich, vielleicht sogar psychisch gestört. Trotzdem bin ich nicht blind und sehe, dass sie das Unglück nach sich zieht, ganz gleich, wohin sie geht. Aber die Hauptsache ist, dass sie Tom nicht erzählt, dass ich Josh vor einigen Monaten allein im Haus gelassen habe. Ich muss wachsam sein, immerhin könnte es bald darum gehen, wer das Sorgerecht für unsere Kinder erhält. Zum Glück sind die beiden Leute vom Jugendamt nicht mehr zurückgekehrt. Hoffentlich haben sie mich nicht mehr im Visier.

Wir teilen uns nach wie vor das Schlafzimmer. Eigentlich wäre Tom ins Gästezimmer umgezogen, aber das liegt direkt unter dem Badezimmer der Kinder und muss nach der Überschwemmung vor einigen Wochen renoviert werden. Das Gleiche gilt für die anderen Räume mit Wasserschaden. Das ganze Haus riecht klamm, dagegen konnten auch die Raumentfeuchter, die ich überall aufgestellt habe, nichts ausrichten. Die Handwerker werden jedoch frühestens in ein, zwei Wochen kommen.

Tom hat mich gebeten, unser Haus schätzen zu lassen. Ich habe mehrere Makler herumgeführt und warte auf die Zahlen. Dabei kommt mir immer wieder der Gedanke, dass alles mit meiner Lust auf ein neues Projekt, meinem Wunsch, Geld zu verdienen, begonnen hat. Allerdings hatte ich mir dabei etwas anderes vorgestellt als das, was jetzt geschieht. Ich sehe unser schönes, gemütliches Haus mit den Augen der Makler, erinnere mich, wie Tom und ich daran gearbeitet haben. Josh war noch nicht auf der Welt, nur Emily und etwas später Polly. Damals war alles einfacher, wir waren voller Hoffnung, voller Elan. Tom beizte das Holzgeländer im Treppenhaus ab, aus dem Radio dröhnte Rockmusik, und auf dem verdreckten Fußboden saß Emily in ihrem Laufstall und stellte endlos Fragen.

»Was das?«

»Ein Schraubenzieher.«

»Was das?«

Ich nahm sie auf den Arm und drehte eine Schraube aus einem Türscharnier, um ihr zu zeigen, wozu ein Schraubenzieher gut ist.

»Auch!«, rief Emily und griff nach dem Werkzeug.

Ich lachte und setzte sie wieder zu ihren Spielsachen. »Wenn du größer bist, bekommst du einen eigenen kleinen Schraubenzieher.«

Ich esse mit den Kindern zu Mittag. Am Nachmittag schauen wir einen Zeichentrickfilm, und so vergeht der Tag. Nach einem frühzeitigen Abendessen lese ich den Mädchen eine Geschichte vor, gebe allen drei Kindern einen Gute-Nacht-Kuss und schenke mir in der Küche ein Glas Wein ein. Gute Mütter, so wie sie in Frauenzeitschriften beschrieben werden, benehmen sich anders. Wäre ich eine von ihnen, hätte ich mit meinen Kindern gebacken, gemalt und aus den runden Innenpappen von Klopapierrollen und aus Müslipackungen Autos gebastelt. Stattdessen habe ich den ganzen Tag lang neben mir gestanden, bin kaum auf die Kinder eingegangen, habe nur das Nötigste getan und darauf gewartet, dass sie zu Bett gehen und schlafen. Ihre Stimmen habe ich kaum wahrgenommen, sie waren wie Glockengeläut aus einem weit entfernten Dorf.

Tom hat am Nachmittag angerufen und mich wissen lassen, dass er nach der Arbeit mit einigen Kollegen noch was trinken geht und ich mir keine Gedanken um sein Abendessen machen soll. Außerdem hat er verkündet, dass er eine Mietwohnung gefunden hat, in die er in einer Woche ziehen kann. Solange die Kinder wach waren, habe ich nicht darüber nachdenken können, jetzt bin ich allein und kann nicht einmal weinen.

Später rufe ich meine Mutter an und erzähle ihr die Neuigkeit. »Oh, Vicky«, sagt sie.

Ich sitze in unserem Schlafzimmer auf der Bettkante und stütze meinen schweren Kopf auf eine Hand. Ich habe allein getrunken, was ich normalerweise nicht tue, und bin niedergeschlagen, weil ich glaube, auch meine Mutter enttäuscht zu haben.

»Sag mir, was ich tun soll.«

»Das solltest du mich nicht fragen, ich bin auf dem Gebiet alles andere als eine Expertin.« Mum macht eine Pause. »Ich könnte die Kinder für ein, zwei Tage zu mir nehmen, falls dir das hilft.«

Ich schließe die Augen und atme tief durch. »Ja, das wäre gut. Nur für ein paar Tage, damit Tom und ich in Ruhe reden können. Ich bringe dir die Kinder.«

»Ach was, ich komme und hole sie ab.«

»Hast du keine Gäste?«

»Doch, ich bin ausgebucht.«

»Dann nimm die Kinder nicht. Das wird dir doch viel zu viel. Oder lass wenigstens Josh bei mir.«

»Es wird mir nicht zu viel, und Josh kommt auch mit. Maureen wird für mich einspringen, sie ist sowieso immer bei mir. Und Emily ist alt genug, um mit uns Frühstück zu machen und mir bei Polly und Josh zu helfen. Das wird alles ganz wunderbar funktionieren.«

»Ich danke dir so sehr, Mum. Du bist eine Heilige.«

»Nein«, antwortet meine Mutter. »Die war ich noch nie.«

Am nächsten Vormittag ist meine Mutter da, um die Kinder abzuholen. Tom hat sich den Tag freigenommen. Wir umarmen und küssen Polly und Emily zum Abschied, küssen Josh auf seine dicken Bäckchen und winken dem davonfahrenden Wagen nach. Tom und ich gehen in die Küche. Ich nehme einen feuchten Lappen und mache mich über den Küchentisch her, versuche, meine Anspannung lozuwerden, indem ich über alte Flecken rubbele.

»Wenn du so weitermachst, reibst du ein Loch in den Tisch«, sagt Tom.

Er hat es unbeteiligt gesagt, als wäre er bereits ausgezogen, was alles nur noch schlimmer macht. Doch in seinen Augen ist etwas Besorgtes, vielleicht um meinen Geisteszustand oder mein Gemüt, denn Tom ist grundsätzlich ein mitfühlender Mensch.

Am frühen Abend lassen wir uns etwas vom Inder kommen. Ich habe die Teller vorgewärmt und den Tisch gedeckt. Eine Zeit lang essen wir schweigend, doch ich halte die Stille nicht aus. Ich lege mein Besteck ab und warte darauf, dass Tom es bemerkt.

Es dauert nicht lange. Er zieht die Brauen hoch.

Ich setze zu einer Rede an, die klingt, als hätte ich sie auswendig gelernt, was auch stimmt. »Wahrscheinlich glaubst du, es gibt nichts mehr zu sagen, aber ich sehe das anders. Ich habe zwar in die Scheidung eingewilligt, aber es ist das Letzte, was ich mir wünsche. Ich liebe dich so sehr, und ich liebe unsere Familie, und ich bin der Ansicht, dass du überreagierst. Wir brauchen Zeit, bis sich alles gesetzt hat. Danach können wir feststellen, was wir wirklich empfinden. Ich weiß, dass du wütend und verletzt bist und dass ich daran schuld bin, aber warum muss es so endgültig sein?«

Tom wartet, isst einen Bissen. »War's das?«

Ich nicke.

Er nimmt einen Schluck Wein, stellt das Glas ab und dreht es zwischen seinen Fingern. »Wir kennen uns schon seit langer Zeit.«

»Ja, und wir ...«

Mit einem Kopfschütteln bedeutet er mir zu schweigen. »Wir waren kaum aus der Schule, als wir uns kennengelernt haben. Du warst für mich die erste ernsthafte Beziehung. Ich war immer davon ausgegangen, dass ich jede Menge Freundinnen haben würde. Mein Vater hat gesagt, dass ich mir die

Hörner abstoßen müsse. So war die Erwartung. Meine Erwartung. Ich hatte mir nie vorgestellt, mit einundzwanzig eine Frau zu treffen, mit der ich den Rest meines Lebens verbringen würde.«

Ich verziehe den Mund zu einer Art Lächeln. Als wir unseren Freunden seinerzeit verkündeten, dass ich schwanger sei, haben wir nicht nur Begeisterungsstürme geerntet. Genau genommen gab es zwei Lager: die einen, die uns von Herzen alles Gute wünschten und uns die Daumen drückten, und die anderen, die der Meinung waren, dass ich Toms Zukunftspläne zunichtegemacht und sein Leben ruiniert hätte. Wenn ich sie reden hörte, dachte ich immer: *Und was ist mit meinem Leben und meinen Zukunftsplänen?*

Wenn man mir vorher erzählt hätte, dass ich mit einundzwanzig schwanger werden und heiraten würde, hätte ich es nicht geglaubt. Und wenn ich überhaupt einen zweiten Gedanken daran verschwendet hätte, dann hätte ich sicherlich gedacht, ich würde das Kind abtreiben lassen. Doch als ich dann tatsächlich schwanger war, wäre mir niemals in den Sinn gekommen, das Kind abtreiben zu lassen. Die Meinungen unserer Freunde interessierten mich nicht, denn keiner von ihnen war jemals in meiner Lage gewesen.

Und Tom? Ich weiß, dass er eine Abtreibung zumindest nicht so kategorisch ausgeschlossen hat wie ich. Seine Freunde, und erst recht seine Freundinnen, haben ihn fast schon dazu gedrängt. Aber er ließ sich nicht beirren, ebenso wenig wie ich. Und jetzt sitzen wir hier. Und er spricht davon, dass er keine Gelegenheit hatte, sich die Hörner abzustoßen. Das tut weh.

»Weißt du, Vicky, ich hatte Pläne. Ich wollte durch die Welt reisen und Abenteuer erleben, aber den Traum habe ich damals aufgegeben, weil ich dich geliebt habe und dachte, dass du mich auch liebst. Und jetzt frage ich mich, ob ich jemals der Richtige für dich war. Vielleicht habe ich dich eingeengt, und nicht du mich.«

Das ist so ungeheuerlich, dass mir die Worte fehlen. »Tut mir leid, dass unsere Ehe und Familie ein so schlechter Ersatz für dich waren«, murmele ich.

»Nein, du verstehst mich nicht, es war das Beste überhaupt – verdammt.« Mit lautem Scharren schiebt Tom seinen Stuhl zurück und tritt ans Fenster.

»Ich habe dich enttäuscht«, erkläre ich seinem Rücken. »Es tut mir so leid.«

Ich warte, dass er sich wieder umdreht, und schließlich tut er das, setzt sich wieder und schenkt mir Wein nach. Wir trinken schweigend. Nach einer Weile stehe ich auf, ein wenig schwankend, und beginne, den Tisch abzuräumen. Tom sagt, das habe doch noch Zeit bis zum nächsten Morgen, aber ich möchte morgens kein schmutziges Geschirr sehen und abgestandenes Essen riechen. Den Abwasch machen wir gemeinsam. Tom verknotet sogar den Müllbeutel und trägt ihn hinaus in die Tonne. Bei seiner Rückkehr sitze ich unten auf der Treppe. Tom zieht mich hoch.

»Bist du betrunken?«, fragt er.

»Mhm.«

»Ich auch. Möchtest du einen Film sehen?«

Gute Idee. Wir lassen uns im Wohnzimmer auf das Sofa fallen. Ich ziehe meine Beine unter mich. Tom greift nach der Fernbedienung.

»Was möchtest du sehen?«

Ich zucke mit den Schultern. »Such du was aus.«

Ich lehne mich zurück, während Tom nachsieht, welche

Filme wir aufgenommen haben. Ich betrachte sein Profil. Ich mag seine große Nase und bin der Meinung, er hätte einen großartigen Charakterdarsteller abgegeben. Überhaupt bin ich sein Aussehen nie leid geworden. Tom merkt, dass ich ihn anschaue, und dreht sich zu mir um.

»Wie wäre es hiermit? Zu brutal?«

»Nein, schon okay.«

Als der Film beginnt, ist es draußen immer noch hell. Tom macht es sich bequem. Die Lücke zwischen uns dürfte ungefähr dreißig Zentimeter breit sein, meine Füße zeigen in Toms Richtung. Solange ich mich nicht umsetze, können wir nicht enger zusammenrücken. Die Vorhänge sind noch nicht zugezogen, aber ich lasse sie so. Wenn ich aufstünde, um sie zu schließen, würde ich Tom womöglich ein falsches Signal senden. Ich versuche, mich auf die Handlung des Films zu konzentrieren, aber immer sehe ich Tom am Rand meines Gesichtsfelds und werde abgelenkt. Als die Werbung beginnt, steht Tom auf und geht zur Toilette. Ich rutsche ein Stück zu seinem Platz hinüber und breite die Sofadecke über meinen Beinen aus. Als Tom wiederkommt, steckt er seine Füße unter die Decke.

»Ist dir kalt?«, frage ich.

»Ein bisschen.« Er springt auf und zieht die Vorhänge zu.

Normalerweise säßen wir so dicht zusammen, dass wir einander warm halten könnten. Ich strecke meine Füße aus. Als sie an seine Füße stoßen, zieht er sie nicht zurück. Es fühlt sich gut an – Ballen an Ballen –, aber ich hüte mich, mit den Zehen zu wackeln. Es fällt mir schwer, so mit Tom auf dem Sofa zu sitzen, ohne ein Wort zu wechseln, ohne den kleinsten Kommentar zu dem Film abzugeben, ohne dass ich, wie sonst bei solchen Filmen, erkläre, wie billig die Gewaltszenen seien, oder über irgendeinen fürchterlichen Dialog lache. Ich spüre, wie mich das Elend übermannen will – und denke vollkommen unpassend an Sex.

»Schläfst du gerade ein?«, fragt Tom.

»Nein.« Ich dehne meinen Rücken und gähne, aber ich bin erregt. »Wie merkwürdig«, sage ich.

Tom hält den Film an. Auf dem Bildschirm starren sich zwei Männer mittleren Alters an, deren Nasen sich beinah berühren. »Was ist merkwürdig?«

Ich reiße mich zusammen und zwinge mich, nicht über meinen Ehemann herzufallen, denn seine Zurückweisung könnte ich nicht ertragen. »Na, dass wir uns so unnatürlich benehmen. Wir waren noch nie so entzweit. Natürlich haben wir uns gestritten und waren deswegen unglücklich, aber es ist nie darüber hinausgegangen.«

Tom sieht mich an. Eine Erinnerung überfällt mich: Tom liegt im Bett an meiner Seite. Ich bin dabei, Emily zu stillen. Er hat den Kopf in die Hand gestützt und beobachtet uns, als versuche er zu begreifen, was er da sieht, und es in unser Leben zu integrieren.

»Darf ich dir sagen, wie ich mich fühle?«, frage ich.

Ich schaue auf Toms Mund, setze mich auf meine Hände und sammele mich. Ich möchte, dass er mir zuhört, obwohl ich weiß, wie unbehaglich ihn Gespräche über Gefühle machen.

»Das hast du bereits getan.«

Darauf antworte ich nicht, sondern lasse die Stille für mich sprechen, bis Tom resigniert die Hände hebt. »Also bitte, sag es.«

Ich schüttele den Kopf und lege eine Hand an seine Wange. Tom schiebt meine Hand fort, aber er tut es sanft, nicht ungehalten. Ich fange an zu weinen. Schließlich lehnt Tom sich vor, legt seine Stirn an meine und schlingt seine Arme um mich. Darauf habe ich gewartet. Ich lasse mich halten, lege meine Arme um ihn. So zu sitzen ist nicht gerade bequem, aber das spielt keine Rolle. Ich schmiege mein tränennasses Gesicht an seine Wange.

»Vicky«, sagt Tom. »Nicht weinen. Ich muss dir etwas sagen.«

»Nein, bitte nicht.«

Meine Stimme klingt brüchig. Tom zieht mich fester an sich. So habe ich mir das gewünscht, und ich zittere vor Verlangen. Ich liebe Toms Geruch, selbst wenn er sich mit Wein und Curry vermischt. Im nächsten Augenblick liege ich auf ihm, er umfasst meine Hüften, und wir küssen uns. Inzwischen ist es draußen dunkel geworden, das einzige Licht kommt von dem Fernseher, aber das genügt. Ich streife mein T-Shirt ab. Tom stöhnt. Seine Hände streichen über meinen Rücken, gleiten in meine Jeans. Unsere Küsse werden hitziger, unsere Hände gieriger, und dann brauchen wir mehr und laufen die Treppe hoch in unser Schlafzimmer. Hinterher liege ich ermattet und glücklich ins Toms Armen.

Ich gehe ins Bad und putze mir die Zähne. Als ich zurückkehre, schläft Tom tief und fest.

Ich lege mich zu ihm und betrachte ihn. Seine Schultern sind knochig, und die Schulterblätter treten deutlich hervor. Seine Ohren liegen eng an, die Ohrläppchen stehen kaum merklich ab, was niedlich aussieht. Er hat einen Stoppelbart. Den habe ich vorhin auf meiner Haut gespürt und das Gefühl genossen. Ich strecke die Hand aus und will ihn berühren. Meine Finger schweben so dicht über seiner Haut, dass mir ist, als könne ich seinen Pulsschlag spüren. Dann überlege ich es mir anders. Der Faden zwischen uns ist noch zu dünn. Wenn Tom aufwachen würde, wäre alles vorüber.

Er schläft so, wie er es immer getan hat, mit dem Rücken zu mir, einen Unterarm unter dem Kopfkissen, den anderen darüber, als wäre es ein Luftkissen und das Bett ein stiller See. Auch ich habe von jeher mit dem Rücken zu ihm geschlafen. Tom tut es, weil er gern in seiner eigenen kleinen Blase schlafen will. Ich liege so, weil Toms Gewicht die Matratze herunterdrückt und ich mit dem Gesicht nicht in die Vertiefung rutschen will. Nur wenn mir zu kalt wird, drehe ich mich zu ihm um, schmiege mich an ihn, meine Knie in seinen Kniekehlen. Doch das tue ich nur, wenn Tom schläft, sobald er unruhig wird, wälze ich mich wieder auf die andere Seite.

Ich denke an all das, was dieser Mann für mich gewesen ist: eine Figur in der Ferne, groß, schlank, mit breiten Schultern und langen Beinen; mein Freund und Lover, mein Verlobter und Ehemann. Und bald wird er mein Exmann sein. Ich lächele leise in die Dunkelheit. Oder auch nicht.

Vielleicht sollte ich ihm die Wahrheit über Joshs Armbruch erzählen, in einem Moment, in dem wir einander wieder ganz nah sind. Doch dann graut mir allein vor dem Gedanken, und ich schiebe ihn weit fort. Es wäre zu riskant. Womöglich erzähle ich es Tom eines Tages, wenn wir unsere Krise überwunden haben. Schließlich habe ich nicht nur Tom belogen, sondern ebenso das Jugendamt und die Polizei. Es ist ein Fall von Justizbehinderung, denn ich habe auch bei der polizeilichen Gegenüberstellung gelogen, habe zugelassen, dass jetzt jemand frei herumläuft, der hinter Gitter gehört, nur um meine eigene Haut zu retten. Wenn man so will, werde ich an seinem nächsten Verbrechen mitschuldig sein. Vielleicht wird die Wahrheit eines Tages über einen Umweg herauskommen …

Aber jetzt darf es noch nicht geschehen. Nicht, wenn Tom und ich gerade erst wieder begonnen haben, aufeinander zuzugehen.

Juni 1992

»Ich bin's, Katya«, meldete Katya sich über die Gegensprechanlage.

Es dauerte einen Moment, bevor Maggie antwortete. »Was tust du denn hier, Schätzchen? Du musst doch in der Schule sein.«

»Kann ich reinkommen? Bitte.«

»Na schön … ja.«

Im Flur unten war es dunkel. Katya tastete nach dem Lichtschalter. Eine Lampe verströmte gelbliches Licht. Irgendwo oben öffnete sich eine Tür. Katya stieg die Treppe hinauf.

Maggie wartete an der Tür und musterte Katya besorgt. »Du armer Schatz, du schaust ja aus wie eine nasse Katze. Komm rein.«

Katya sah sich in der Wohnung um. Sie hatte etwas Besseres erwartet. Im Vergleich zu den blitzblank geputzten und penibel aufgeräumten Zimmern der Bryants wirkte hier alles unordentlich und nicht unbedingt sauber. Katya ließ ihren Blick schweifen, nahm Helles und Buntes wahr, Möbel, die nicht zusammenpassten, einige davon farbig gestrichen, und viele Bilder – die Wände waren von ihnen übersät. Maggie half ihr aus ihrer nassen Strickjacke und den Schuhen, verschwand in ein Zimmer und kehrte mit einem warmen Pullover und dicken Socken zurück.

»Hier, zieh das an«, sagte sie. »Ich mache dir etwas zu essen. Danach bringe ich dich wieder zur Schule. Warte, ich rufe Luke an und sage ihm, dass du bei mir bist.«

»Er hat einen Vorstellungstermin.«

»Ah. Na gut, dann rufe ich in der Schule an. Ich sage, dass ich dich vom Schulhof abgeholt und leider vergessen habe, deiner Lehrerin Bescheid zu geben. Dann kriege ich den Ärger und nicht du.«

Die Küche war winzig, mit weißen Einbauschränken an einer Wand, einem Tisch und zwei Stühlen an der anderen. Über dem Kühlschrank hing eine Mickey-Maus-Uhr, durch das Fenster blickte man auf einen langen, schmalen Garten. Der Regen hatte nachgelassen, dünne Sonnenstrahlen fielen durch die Wolkenlücken und ließen die Kräuter auf der Fensterbank hellgrün leuchten. Der Herd glich dem, den Katyas Mutter gehabt hatte, mit einem Grill obendrauf, durch dessen Glasscheibe man zusehen konnte, wie Toastscheiben bräunten und der Käse auf ihnen schmolz. Bei den Bryants war der Grill im Backofen hinter einer dunkel getönten Glastür. Ohne Aufsicht durfte Katya ihn nicht benutzen.

»Kann ich einen Käsetoast haben?«

»Natürlich.« Maggie runzelte die Stirn. »Was hast du mit deiner Hand gemacht?«

Katya verbarg die Hand auf dem Rücken. Maggie wartete und schaute so teilnahmsvoll, dass Katya ihr nicht widerstehen konnte. Langsam holte sie ihre Hand wieder hervor. Maggie nahm sie und strich mit dem Daumen über die noch nicht ganz verkrusteten Stiche.

»Hast du das gemacht?«

Katya zuckte mit den Schultern.

»Möchtest du mir sagen, warum?«

Katya griff nach einem Buch von Jacqueline Wilson, das auf dem Küchentisch lag, und blätterte darin, bis Maggie das Buch zuklappte und ihre Hand darauflegte.

»Warum verletzt du dich selbst?«

»Tu ich nicht«, antwortete Katya bockig. »Mir war langweilig.«

»Es ist aber nicht normal, sich aus Langeweile zu stechen, Katya. Wir werden jemanden suchen, der sich mit dir darüber unterhält.«

»Das möchte ich nicht. Mir geht es gut. Ich tue es nie wieder.«

Maggie fixierte sie, so lange, bis Katya nervös wurde. Sie musste sich zwingen, die Hände ruhig zu halten und nicht auf dem Stuhl herumzuzappeln. Reglos wartete sie darauf, dass Maggie nachhakte, hoffte sogar, dass sie es tun würde.

»Hast du in der Schule Freundinnen gefunden?«

Katya dachte an Gabriella, die mal ihre Freundin war, mal nicht.

»Ich versuche, welche zu finden.«

»Warum lädst du denn nicht mal jemanden zu dir ein? Die Bryants hätten bestimmt nichts dagegen. Du brauchst neue Kontakte und darfst nicht immer nur an deine Mum denken. Du magst doch auch Geschichten, Märchen, wie du mir erzählt hast. Vielleicht schreibst du selbst einmal eine kleine Geschichte. Ich bin sicher, dass Sally dir ein hübsches Heft kauft, wenn du sie darum bittest.«

Das schien das Ende ihrer Unterhaltung zu sein. Maggie bereitete den Toast zu. Katya betrachtete die Bilder in dem Jacqueline-Wilson-Buch und dachte, dass sie dem Zusammenleben mit ihrer Mutter zwar entronnen war, ihm aber vielleicht gar nicht hatte entrinnen wollen. Davon abgesehen hatte Maggie sie wieder einmal enttäuscht.

Maggie stellte einen Teller mit dem Toast vor sie und reichte ihr ein Glas Orangensaft. Bis zu diesem Augenblick war Katya hungrig gewesen, doch nun brachte sie keinen Bissen hinunter. Sie starrte auf den kälter werdenden Käse, nahm den Toast auf, knabberte daran und legte ihn wieder ab.

»Was hast du, Katya? Schmeckt es dir nicht?«

»Ich möchte nicht mehr zu den Bryants. Kann ich nicht hierbleiben? Ich werde auch lieb sein – und Emily nie etwas über meine Mum oder so erzählen.«

Maggie zögerte und forschte in Katyas Miene. »Hast du bei dem Sportfest gehört, was ich zu Luke gesagt habe?«

Katya nickte.

»Entschuldige, Katya. Das war nicht richtig von mir, sogar falsch und unverzeihlich.«

In Katyas Augen quoll eine Träne über und tropfte auf den Käse. Katya wischte sich mit der Hand über die Nase.

Sie wollte Maggie erklären, wie lieb sie sie hatte, doch stattdessen kam »Ich hasse ihn« aus ihrem Mund. Aber sie empfand ja auch beides im gleichen Maß.

»Das ist ein bisschen extrem, findest du nicht? Es gibt mir das Gefühl, dass dir niemand, den ich für dich aussuche, gefallen wird. Aber ich gebe mir Mühe. Du musst geduldig sein, Pflegefamilien wachsen nicht auf Bäumen.«

»Aber ich mag Sie. Warum kann ich nicht hier bei Ihnen und Emily bleiben?« Katya sah Maggie flehend an und knetete ihre Finger unter dem Tisch.

»Die Frage habe ich dir schon einmal beantwortet, Katya. Das geht nicht.«

»Aber Sie haben gesagt, dass Sie immer für mich da sind.«

»Ja natürlich, ich kümmere mich ja auch um dich. Aber eine Adoption ist ausgeschlossen.« Maggie warf einen Blick auf die Mickey-Maus-Uhr und begann, den Tisch abzuräumen – Käse in den Kühlschrank, Brot in den Brotkasten. »Komm, Katya, iss auf, und dann fahre ich dich zur Schule.«

Katya stieß ihren Teller fort und brach in Tränen aus. Ihre Nase lief, und sie fuhr mit der Hand darüber. In ihrem Kummer schien ihr, dass es sich nicht auszahlte, wenn sie sich gut benahm, und dass sie all das ihrer Mutter verdankte, für deren Leben sie nun büßen musste. Eines Tages würde sie ihren Namen ändern, und dann würde es Katya nicht mehr geben, und niemand würde etwas über sie wissen.

Maggie setzte sich zu ihr, strich ihr das Haar aus der Stirn und nahm sie in die Arme. Katya schmiegte sich an sie und schloss die Augen.

»Schätzchen, ich weiß, dass du einsam warst«, sagte Maggie. »Und ich kann auch nachvollziehen, dass du dich an mich klammern willst, aber ich kann nicht deine Mutter werden, und Emily nicht deine Schwester. Das musst du doch einsehen.«

Das Telefon klingelte. Maggie schob Katya sanft fort und griff nach dem Hörer.

»Hallo?«

Katya schaute aus dem Fenster und tat, als würde sie dem Gespräch nicht lauschen. Am anderen Ende war jemand aus Emilys Schule. Das Fenster war schmutzig. Katya zog mit dem Finger einen Strich durch den Staub.

»Emily geht es nicht gut. Ich muss sie aus der Schule abholen.«

Maggie schien nicht zu wissen, wohin mit ihrem ungebetenen Gast, denn nun würde Emily vorzeitig aus der Schule nach Hause kommen. Sie ist ein bisschen wie Gabriella, fuhr es Katya durch den Sinn. Sobald sich etwas Besseres ergibt, lassen sie einen im Stich.

»Kann ich mitkommen?«

Sie sahen beide aus dem Fenster. Der Regen war wieder stärker geworden und rann über die Scheiben.

»Lieber nicht, du bist vorhin schon nass geworden. Ich laufe rasch los. In zehn Minuten bin ich wieder da.« Maggie stellte den Fernseher an und legte eine Videokassette ein. Sie winkte Katya auf das Sofa und breitete eine Wolldecke über sie. »So, jetzt hast du es warm und kuschelig. Wenn ich zurück bin, überlegen wir, wie es mit dir weitergeht, okay?« Bekümmert betrachtete sie Katyas vom Weinen verquollenes Gesicht. »Alles wird gut, du wirst schon sehen.«

Maggie verschwand, und Katya dachte, dass sie offenbar nicht einmal erfahren durfte, in welche Schule Emily ging.

Sobald die Wohnungstür hinter Maggie ins Schloss gefallen war, warf Katya die Wolldecke zur Seite und stand auf. Sie ließ ihren Blick durch das kleine Wohnzimmer wandern. Sehr viel gab es hier nicht zu sehen, den größten Teil nahm das Sofa mit den vielen, kunterbunt zusammengewürfelten Kissen ein. Auf der Fensterbank gab es eine Pflanze mit leuchtend roten Blüten und gummiartigen Blättern, neben dem Blumentopf lagen Erdkrumen. Auf einer kleinen Anrichte standen gerahmte Fotos, beinah alle zeigten Emily in verschiedenen Altersstufen.

Katya ging weiter. In Emilys Zimmer stand ein weiß gestrichenes Bett. Die Daunendecke steckte in einem Schneewittchen-Bezug. Eine kleine, ebenfalls weiß gestrichene Kommode hatte Griffe, an denen winzige silberne Herzen hingen.

Auf der Fensterbank saßen dicht gedrängt Puppen und Stofftiere und starrten Katya mit ihren Glasaugen an. Auf dem Nachttisch lag ein Buch, daneben befanden sich eine Lampe und ein halb leeres Glas Wasser voller Fingerabdrücke. Am verlockendsten war jedoch das Regal voll mit allem möglichen Krimskrams – ein Bröckchen Katzengold, ein golden schimmernder Anhänger, ein Häuschen aus Ton, Glastiere, Zeichentrickfiguren aus Gummi und ein weißer Elefant, dem ein Stoßzahn fehlte. Katya nahm den goldenen Anhänger und hielt ihn ans Licht. In seinem Inneren steckte ein Insekt – eine Fliege. Sie betrachtete den Anhänger fasziniert. Je nachdem, wie sich das Licht brach, sah es aus, als würde sich die Fliege bewegen und wolle sich befreien. Aus einem Impuls heraus steckte sie den Anhänger in die Tasche ihres Schulkleids und arrangierte die anderen Figürchen und Gegenstände so, dass der Verlust nicht sofort auffiel.

Wenig später stand sie am Wohnzimmerfenster und sah zu, wie Maggie und Emily die Straße hinaufkamen, beide dicht aneinandergedrückt unter einem Regenschirm. Emily sah elend aus. Maggie entdeckte Katya und deutete ein Winken an.

»Bist du krank?«, fragte Katya.

Maggie antwortete für ihre Tochter. »Sie hat Fieber und schlimme Halsschmerzen. Wie auch immer, ich glaube, es hat wenig Zweck, dich jetzt noch zurück zur Schule zu fahren. Ich hör mal nach, ob Luke schon zu Hause ist.«

Katya hielt die Luft an und betete, doch es nützte nichts, Luke war zu Hause. Angewidert hörte sie zu, wie Maggie mit ihm flirtete und immer wieder kicherte, obwohl es keinen Grund dazu gab. Sie sagte etwas über dumme kleine Mädchen und dass Luke eine Engelsgeduld habe. Katya warf einen Blick zu Emily hinüber, doch die schien das Getue ihrer Mutter normal zu finden.

»Jetzt ist's aber gut«, sagte Maggie. »Ich lege auf.«

»Noch zwei Wochen, Katya. Wenn du dann immer noch von den Bryants weg möchtest, kannst du umziehen, auch wenn ich dann noch keine neue Familie für dich gefunden habe.«

Langsam schien Maggie die Geduld mit Katya zu verlieren. Sie hatte Emily in ihr Zimmer gebracht und sich zu Katya aufs Sofa gesetzt. Katya zog die Beine an, legte die Arme darum und stützte ihr Kinn auf die Knie.

»Ich werde nicht mehr weinen«, versprach sie. Ihre Brust fühlte sich steinhart an, und ihr Magen schmerzte.

»Das ist brav. Du kannst hierherkommen, wenn du nicht weißt, wohin mit dir, aber nur als allerletzte Zuflucht, und nur wenn du aufhörst, dich immerzu zu beschweren.«

»Ich beschwere mich nicht.« Katya hielt inne. Dann holte sie tief Luft und presste die Worte heraus. »Aber ich mag Luke nicht. Er ist ein schlechter Mensch. Er berührt mich.«

Maggies Miene verdunkelte sich. »So etwas darfst du nicht sagen, nicht einmal, um etwas zu erreichen. Ich weiß, dass du bei deiner Mutter Dinge erlebt hast, die ein kleines Mädchen niemals erleben sollte. Aber das darf sich nicht auf dein Bild von anderen Leuten auswirken. Den meisten Menschen kann man vertrauen. Sie sind gut und möchten das Beste für dich. Und Männer sind keine Bedrohung, auch wenn du das vielleicht glaubst. Du musst versuchen, sie anders zu sehen, schon dir zuliebe.« Sie umfasste Katyas Hand. »Luke ist ein wunderbarer Mensch. Er ist ehrenwert und großzügig und hat ein weiches Herz.« Maggie seufzte. Tränen traten in ihre Augen. »Wenn du wüsstest, was dieser Mann durchmacht. Aber damit will ich dich nicht belasten, dafür bist du noch zu jung. Er musste schwierige Entscheidungen treffen und hat genau das Richtige getan.«

Katya zog ihre Hand fort und schaute zu Boden.

»Katya«, fuhr Maggie fort. »Es ist sehr wichtig, dass du etwas begreifst. Du darfst einen guten Mann nicht beschuldigen, etwas getan zu haben, was er nicht getan hat. Mit so etwas kann man großen Schaden anrichten. Sieh mich an.«

Katya hob den Kopf. Maggie war blass geworden. »Versprich mir, dass du über Luke Bryant keine Lügen verbreiten wirst.«

Katya nickte teilnahmslos.

»Na, siehst du. Ich habe dich sehr gern, Katya, aber wenn du Luke Leid zufügst, können wir beide nicht länger befreundet sein. Das würde mich sehr traurig machen, und du würdest mir fehlen.«

32

Mittwoch, 14. April 2010

»Hast du wirklich Zeit?«

Amber wirft einen Blick auf ihre Uhr. »Ich muss erst in einer Stunde wieder im Büro sein.«

Sie dreht den Schlüssel, und zum zweiten Mal betrete ich das Haus in der Browning Street. Morgen muss ich die Kinder bei meiner Mutter abholen, deshalb kann ich mich jetzt in Ruhe umsehen, wenn auch ohne große Freude. Eigentlich weiß ich nicht einmal, warum ich hier bin. Möchte ich Amber mit Rat und Tat zur Seite stehen, oder bin ich nur neugierig und will sehen, was sie ausheckt, wie weit sie diesmal gehen wird, denn seit dem Spanienurlaub traue ich ihr definitiv nicht mehr über den Weg.

Durch eines der großen Erkerfenster fällt die Sonne, und in den hellen Lichtschäften tanzen Staubpartikel. Amber stößt die Terrassentüren auf, und ich trete zu ihr hinaus auf den mit einem schmiedeeisernen Geländer umgebenen Balkon.

Das Gras ist in die Höhe geschossen, die Bäume sind voll frischer, neuer Blätter, und die langen Stiele der Rosensträucher mit ihren Knospen zittern im Wind. Die Blumenbeete bilden zarte, hellblaue Teppiche aus Vergissmeinnicht, und am anderen Ende des Gartens beginnt der Fingerhut zu blühen. Ein Eichhörnchen flitzt über die Wiese, hält inne und schaut uns kurz an, bevor es den schuppigen Stamm eines alten Obstbaums hinaufsaust. Es ist ein typischer englischer Naturgarten, den man hat gewähren lassen. Ich schlucke meinen Neid hinunter und stelle mich auf die Realität ein. Wenn wir unser Haus auflösen und ich mir etwas Neues suchen muss, wird es etwas Kleines und Bescheidenes sein müssen. Ein deprimierender Gedanke. Auf der anderen Seite des Zauns lärmen zwei kleine Mädchen. In dem Nachbarhaus wird das Baby sein, das ich an jenem Morgen habe weinen hören. Es hatte mich wieder zur Vernunft gebracht.

Amber atmet tief ein und aus, genüsslich wie ein Raucher mit der ersten Zigarette des Tages. Sie wendet sich ab und zieht Stift, Block und Zollstock aus ihrer Handtasche hervor.

»Sollen wir oben anfangen?«

Obwohl Amber den Kaufvertrag noch nicht in der Tasche hat, möchte sie bereits die Fenster ausmessen. Es ist, als mache sie sich absichtlich etwas vor, aber ich sage nichts dazu. Ich bin hier, um sie zu beraten und zu unterstützen, nicht um sie zu verärgern. Vielleicht möchte ich mir auch beweisen, dass an unserer Freundschaft doch noch etwas zu retten ist.

Wir wandern von Raum zu Raum. Ich versuche, unbeteiligt zu sein, aber das Haus ist so großartig, wie ich es in Erinnerung hatte. Man kann nicht genau erkennen, wann hier zum letzten Mal renoviert wurde, aber es dürfte vor etwa dreißig Jahren gewesen sein, und selbst da hat man offenbar nur das Nötigste gemacht. Die Installationen sind uralt, von der Beleuchtung bis zu den Toiletten. Die Tapete im Schlafzimmer hat noch ein original Jugendstilmuster – Pfingstrosen, die sich durch grüne Blätter winden.

»Es ist unglaublich«, sagt Amber. »Ich kann es kaum erwarten, hier zu wohnen.«

»Amber, du …«

»Ja, ich weiß«, fällt sie mir ins Wort. »Du musst nichts sagen. Ich zäume das Pferd von hinten auf.«

Wir steigen die Treppen zum obersten Stock hinauf. Aus den vorderen Zimmern schaut man hinunter auf die baumbestandene Straße.

»Was hast du denn jetzt vor?«, fragt Amber.

»Wann?«

»Ich meine, wenn ihr euer Haus verkauft. Ich kann dir gar nicht sagen, wie schrecklich wir das Ganze finden. Gestern habe ich mit Robert telefoniert. Er ist am Erdboden zerstört. Es ist immer so traurig, wenn sich ein Paar, mit dem man befreundet ist, trennt.«

Ich tue, als wäre nichts, und spaziere in den nächsten Raum.

Amber folgt mir. »Januar ist die beste Zeit, um ein Haus zu verkaufen. Aber selbst wenn ihr es jetzt auf den Markt bringt, macht ihr Gewinn. Ich kann dir helfen, etwas Neues zu finden.«

»Hast du dieses Zimmer für Sophie vorgesehen?«

Ambers Blick zuckt zu mir herüber. »Ja. Und das anschließende Zimmer ist für unser Au-Pair-Mädchen. Wenn wir rasch einziehen, musst du dich im Sommer nicht um Sophie kümmern. Vielleicht kommt es noch so, dass ich dir bei deinen Kindern helfe.« Sie klappt den Zollstock auf, misst die Breite und Höhe eines Fensters und trägt die Maße ein. »Du hast doch hoffentlich nicht vor, in eine andere Gegend zu ziehen, oder?«

Ich bin mir nicht sicher, ob ihr Wunsch, mich weiterhin in

der Nähe zu haben, aufrichtig ist. »Nein, ich möchte nicht fortziehen. Außerdem – also, Tom und ich ... vielleicht lassen wir uns gar nicht scheiden.«

Amber lässt die Arme sinken. »Was soll das heißen?«

Ich lächele honigsüß. »Ist das so schwer zu verstehen? Gestern Abend haben Tom und ich ein bisschen was getrunken, na, und da hat dann eins zum anderen geführt ...«

»Ach. Wie schön. Wunderbar. Ich freue mich für euch.«

Amber umarmt mich und betritt das nächste Zimmer. Ich gehe ihr nach und versuche, einen Blick auf ihr Gesicht zu erhaschen. Dieses »Ätsch, er liebt mich und nicht dich« ist kindisch, das weiß ich, aber ich konnte es mir nicht verkneifen. Amber steht mit dem Rücken zu mir und glaubt, ich könne nicht sehen, was sie tut, doch an ihrer Armbewegung erkenne ich, dass sie sich den Handrücken kratzt. Dann dreht sie sich um.

»Ach übrigens, ich wollte mit dir noch mal über die Anzahlung sprechen.«

»Ich dachte, darüber hätten wir bereits gesprochen und ich hätte meinen Standpunkt deutlich gemacht. Wir können euch das Geld nicht leihen.«

»Ich bitte dich ja auch nicht, mir irgendwas zu leihen.«

»Oh.« Ich bin erleichtert. »Entschuldige, ich wollte nicht so ...«

»Ich möchte, dass du mir die Summe schenkst.«

»Wie bitte?«

»Vielleicht sollten wir diesen Punkt ein für alle Mal klären.«

Ambers Miene ist bitter und hart geworden, als hätte ich mich einer Tat schuldig gemacht, die sie nicht verzeihen kann.

»Das wäre wohl das Beste.« Ich fahnde nach einem Grund, der es mir ermöglicht, umgehend zu verschwinden, aber mir fällt keiner ein. Außerdem habe ich vorhin noch verkündet, dass ich den ganzen Vormittag Zeit habe.

»Du hast dein Baby allein gelassen, um dir ein Haus anzusehen. Und wie oft bist du sonst schon irgendwohin gerannt, während Josh allein war?« Ich will etwas antworten, doch Amber winkt ab und zischt: »Du hast dein Kind gefährdet, und wenn das herauskommt – falls bei der Polizei oder dem Jugendamt ein anonymer Hinweis eingeht –, bist du dran. Die Behörden sind ja schon misstrauisch, und Grayling hat eindeutig einen Verdacht.«

Ambers Gesicht ist eine Fratze, ich erkenne sie kaum wieder. Einen Moment lang starre ich sie nur an, dann wende ich mich ab. Sie packt meinen Arm, reißt mich herum und zieht mich so dicht an sich, dass ich ihren Atem spüre.

»Du hast auch gelogen, als du behauptet hast, du würdest den Einbrecher nicht wiedererkennen. So etwas nennt man Irreführung der Justiz.«

Danach schweigen wir. Ich brauche Zeit, um ihre Worte zu verdauen.

»Ich will das Geld nächste Woche«, sagt Amber schließlich. Sie holt ihr Handy heraus, fummelt daran herum, steckt es wieder ein. Dann seufzt sie und sieht mich an. »Stell dich nicht an, Vicky. Es ist eigentlich gar keine so große Angelegenheit. Wir tun einander einen Gefallen, weiter nichts. Ich helfe dir, du hilfst mir.«

»Ich fürchte, dass ich deiner Logik nicht ganz folgen kann.«

»Wie lustig.«

»Es war nicht lustig gemeint. Ich weiß nicht, was du dir

ausgerechnet hast, aber ich habe das Geld nicht. Tom verwaltet unsere Finanzen, und ihn werde ich ganz bestimmt nicht fragen.«

»Nein, das würde ich an deiner Stelle auch nicht tun. Eure Ehe verträgt nicht mehr viel.«

»Wage es bloß nicht, mich auch in dieser Hinsicht noch unter Druck zu setzen.«

»Na schön.« Sie überlegt. »Bitte deine Mutter um das Geld.«

»Vergiss es, Amber. Du wirst nichts gegen mich unternehmen, das wagst du nicht.«

»Ach nein? Wer, glaubst du denn, hat dafür gesorgt, dass der liebe Tom die SMS von David auf deinem Handy sieht?«

Mir bleibt die Luft weg.

»Und wer, glaubst du, hat an Emilys Geburtstag das Jugendamt angerufen? Ich kann eine sehr überzeugende besorgte Nachbarin sein.«

Ich mache kehrt, stürze die Treppe hinunter und aus dem Haus. Mit Riesenschritten laufe ich die Browning Street hinunter, umklammere den Riemen meiner Schultertasche und keuche vor Wut. Ein Pärchen mit einem Kinderwagen starrt mich erbost an, als ich an ihnen vorbeirausche und in die Coleridge Street einbiege. Mein Handy klingelt.

»Weglaufen nützt dir nichts«, sagt Amber.

»Wer sagt denn, dass ich davonlaufe?«, erwidere ich. »Ich will einfach nichts mehr mit dir zu tun haben, Amber. Du brauchst professionelle Hilfe.«

»Nein, die brauchst wohl eher du. Lass es mich in einfachen Worten ausdrücken, damit du genau weißt, wo du stehst: Ich erwarte das Geld nächsten Donnerstag auf meinem Konto. Wenn es dann nicht da ist, informiere ich die Polizei und das Jugendamt. Deine Welt wird so schnell zusammenbrechen, dass du nicht einmal mehr Zeit hast, dir neue Ausreden einfallen zu lassen oder Tom um den Finger zu wickeln. Du wirst schlichtweg deine Kinder verlieren.«

»Sonst noch was?«, presse ich hervor.

»Nein, das war's.«

Ich bin fassungslos. Amber meint es ernst, daran gibt es keine Zweifel. Aber wie kommt sie dazu? Was habe ich ihr getan?

Tom sitzt am Küchentisch, den Kopf auf die Hände gestützt. Er sieht mich an. Mein Magen verkrampft sich. »Ich muss mich entschuldigen«, sagt er.

»Musst du nicht. Ich war ja genauso beteiligt.« Ich zögere, doch dann platzt es aus mir heraus. »Ich bin froh, dass es passiert ist. Ich will nicht, dass wir uns trennen.«

Tom setzt sich zurück und verschränkt die Arme vor der Brust. »Es hat sich nichts geändert, Vicky. Letzte Nacht hatte ...«

»Sag jetzt nicht, sie hatte nichts zu bedeuten«, unterbreche ich ihn. »Das glaube ich nämlich nicht.«

»Das wollte ich auch nicht sagen ... Herrgott noch mal, es ist alles so verworren und kompliziert. Okay, es ist passiert, und es war wundervoll, aber trotzdem bleibe ich bei meiner Meinung. Ich bedauere den Sex nicht, aber der löscht die vergangenen Tage nicht aus. Ich habe selbst auch nicht geglaubt, dass wir jemals an diesen Punkt gelangen würden, und natürlich denke ich an die Kinder. Es wird hart für sie sein, aber besser jetzt, wo sie noch klein sind, als wenn sie älter wären. Sie werden sich an die neuen Verhältnisse gewöhnen.«

Obwohl ich innerlich bebe, versuche ich, ruhig zu bleiben. Aber ich weiß nicht, was ich sagen soll, denn anscheinend hat Tom schon auf alles eine Antwort. Es ist, als hätte er sich auf das, was ich vorbringen könnte, eingestellt, auf jedes Wort, jeden Einwand, jede Bitte. Er will unsere Ehe beenden. Ich sollte still sein, denn ich habe die Schlacht verloren, aber die Worte sprudeln aus mir heraus, und meine Tränen beginnen zu fließen.

»Aber warum sollen sie sich denn daran gewöhnen? Warum können wir es denn nicht noch einmal versuchen? David North hat mir nichts bedeutet. Ich habe dich gebeten, mir zu verzeihen, und ich weiß, dass ich mich dumm verhalten habe. Aber warum musst du so extrem reagieren? Sprich doch einfach ein paar Tage lang nicht mit mir.«

»David war nur ein Symptom, Vicky. Du bist nicht glücklich, darum geht es. Jedenfalls nicht richtig glücklich. Du betrachtest mich als selbstverständlich, denn ich war immer für dich da. Ich habe auch nie eine andere Frau angeschaut, jedenfalls nicht, seit ich dich kenne. Jetzt ist alles zerstört.«

Ich taxiere seine Miene. »Dreht es sich tatsächlich nur darum?«

»Wie meinst du das?«

Ich reiße ein Stück Küchenrolle ab und putze mir die Nase. »Amber hat dir irgendetwas ins Ohr geflüstert, stimmt's?«

Tom zieht die Brauen hoch. »Jetzt verstehe ich gar nichts mehr.«

»Ich glaube, dass sie dich manipuliert hat. Amber hat irgendeinen Plan.«

»Nein, das hier geht nur dich und mich etwas an. Also wirklich – wie kommst du darauf, dass ich solche Entscheidungen von Dingen abhängig mache, die Amber gesagt hat?«

Tom ist zornig geworden. Und defensiv. Ich mustere ihn misstrauisch und spüre meine Eifersucht.

»Na gut«, lenke ich ein. »Es ist nur so, dass ich an dem Abend meines Geburtstags auf dem Sofa nicht geschlafen habe. Ich meine den Abend, an dem ihr euch so nett über mich unterhalten habt. Ich habe alles gehört.«

»Dann hast du ja auch gehört, dass ich gesagt habe, dass ich dich liebe.« Sein Blick wird mitleidig. »Weißt du was? Wenn ich dich jetzt anschaue, spüre ich nur noch Distanziertheit. Sonst habe ich dich immer als Teil von mir betrachtet, aber im Moment weiß ich kaum noch, wer wir sind.« Vielleicht erkennt er, wie viel Kraft es mich kostet, ihm zuzuhören, denn als Nächstes sagt er: »Es ist nicht nur deine Schuld, Vicky. Ich bin auch nicht ohne Fehler. Aber wie dem auch sei, es ist zu Ende.«

Ich schlucke. »Es tut mir so schrecklich leid, und ich wünschte, das mit David wäre nie passiert. Aber es ist nun mal so gewesen und jetzt werde ich anscheinend damit leben müssen.«

»Ich auch.« Unsere Blicke treffen sich. Tom schaut zur Seite. Er entzieht sich.

»Jeder macht mal etwas Dummes.«

Tom nickt, steht auf und verlässt die Küche. Ich setze mich und starre die Wand an. Mein Blick fällt auf das schöne Schwarz-Weiß-Foto, das Amber noch vor Joshs Geburt von uns aufgenommen hat, bevor ich überhaupt schwanger war. Tom und ich sitzen Arm in Arm im Garten und grinsen in die

Kamera. Es ist ein Sommertag, und wir wirken sorglos und glücklich in unserem Kokon der Liebe.

Hat sie mich da schon gehasst?

33

Montag, 19. April 2010

Ich lasse mich auf alle viere nieder und ziehe ein Stückchen Scheuerleiste hervor. Dahinter befindet sich die Vertiefung, in der meine Schmuckschatulle steckt. Ich hole sie hervor und klappe sie auf.

Fünf Tage ist es her, dass Amber ihren Erpressungsversuch gestartet hat. Heute bin ich eingeknickt. Die Mädchen sind in der Schule. Sie hatten eine großartige Zeit in Bognor und sind von meiner Mutter, ihrer Nachbarin Maureen und den Pensionsgästen restlos verwöhnt worden. Emily wollte gar nicht mehr fort. Sie hat geweint, als ich sie abgeholt habe, und möchte, dass wir nach Bognor ziehen, am besten in eines der Nachbarhäuser meiner Mutter. Sogar Josh scheint besser gelaunt zu sein als sonst.

Ich hole die Ringe aus der Schatulle. Da ist der Brillantring, den Tom mir zu Emilys Geburt geschenkt hat. Er ist antik, ein Erbstück, wie Tom damals sagte. Entweder Emily oder Polly sollten ihn nach mir erhalten und später wieder an eine ihrer Töchter weitergeben.

Bringe ich es fertig, diesen Ring zu verpfänden? Ich lege ihn auf meinen Handteller und umschließe ihn. Die Antwort lautet: Ja. Entweder der Ring oder meine Kinder. Ich liebe Schmuck, und wenn ich den Ring ins Licht halte und glitzern lasse, kann ich mich kaum daran sattsehen. Ich tröste mich mit dem Gedanken, dass ich ihn ja nur verpfände, nicht verkaufe. Ich werde den Ring ja zurückbekommen.

Als Nächstes betrachte ich den Eternity-Ring und dann meinen Verlobungsring aus Rubinen und Brillanten, den ich am Tag des Einbruchs getragen habe. Ich weiß nicht, wie viel diese Ringe wert sind, aber vielleicht könnten alle zusammen die Summe ergeben, die Amber verlangt. Ich lege jeden der Ringe an, dann alle drei übereinander, bewege die Hand, um das Licht einzufangen, und löse ein funkelndes Feuerwerk aus. Wie gebannt drehe ich die Hand hin und her, doch dann ziehe ich die Ringe ab, lasse sie in einen kleinen Samtbeutel gleiten und ziehe ihn zu, bevor ich es mir wieder anders überlegen kann.

Nicht weit von uns entfernt gibt es einen Pfandleiher, aber ich entscheide mich für den weiter entfernten Stadtbezirk Southwark, wo mich keiner kennt. Dort fahre ich eine der trostlosen Straßen mit flachen Gebäuden aus den Sechzigerjahren entlang, die außer ihrer Anonymität nichts haben, das für sie spricht – Wettbüros, Schnellimbisse, zäher Verkehr. Als ich mir die Adresse im Internet angeschaut habe, dachte ich an etwas altmodisch Diskretes, schmuddelig, dunkel und klein, stattdessen sehe ich mich einem großen Geschäft gegenüber, auf dem das Wort »Pfandleiher« unübersehbar in blauen und gelben Leuchtbuchstaben steht.

Während der Fahrt ist Josh eingeschlafen, doch auf der Straße ist jemand mit einem Presslufthammer zugange, und er wacht auf. Ich verfrachte ihn in die Babytrage und betrete den Laden, wo der Lärm von draußen nur noch gedämpft zu hören ist. Der Innenraum ist hell erleuchtet. An drei Seiten stehen lange Glasvitrinen. Die Regale dahinter enthalten eine Vielzahl von Gegenständen, jeder von ihnen der Ausdruck eines verzweifelten Menschen.

Ein Verkäufer schaut mich an. »Guten Tag, kann ich Ihnen helfen?«

Eine höfliche Stimme, mit dem Zungenschlag aus einem der alten Arbeiterviertel Londons. Im Geist sehe ich diesen Mann Lehrlinge ausbilden, ihnen die Bedeutung von Takt und Diskretion einschärfen, denn sie seien das A und O ihres Gewerbes. Ich ziehe meinen Samtbeutel hervor und schüttele die drei Ringe heraus. Der Verkäufer hindert sie daran, fortzurollen.

»Ein wundervoller Ring«, sagt er über Toms Erbstück.

Josh zerrt am Riemen der Babytrage und quengelt. Ich ziehe eines seiner geliebten Stoffbücher aus meiner Umhängetasche und gebe es ihm. Er wirft es auf den Boden und reißt an der Schnalle des Riemens.

»Er stammt aus dem vorletzten Jahrhundert«, erkläre ich. Der Mann beugt sich vor und studiert den Ring mit der Lupe.

Der Eternity-Ring scheint ihn nur am Rande zu interessieren. Meinem Verlobungsring schenkt er mehr Beachtung. »Art Deco, sehr hübsch.« Er nennt mir einen Preis für die drei Ringe, lächerlich weit von dem entfernt, was Amber fordert.

Das stetige Geräusch des Presslufthammers und Joshs Quengeln bringen mich halb um den Verstand. In meiner Tasche beginnt mein Handy zu klingeln. »Ist das ihr letztes Wort?«

»Das sind die gängigen Preise. Möchten Sie, dass ich die Ringe nehme?«

Sie würden mir ein Viertel der Summe einbringen, die ich brauche, und außer den Ringen habe ich nichts, das sich versilbern ließe, also kann ich sie auch behalten. Mit einem Mal werde ich wütend – auf mich, auf Tom und auf Amber. Wie konnte ich nur in diese Lage geraten?

»Nein, vielen Dank.«

Mit von Nikotin verfärbten Fingern schiebt der Verkäufer die Ringe zurück. Ich raffe sie zusammen, stecke sie ein und sehe zu, dass ich wieder aus dem Laden komme. Auf dem Weg zum Auto klingelt das Handy wieder. Mit zitternden Händen ziehe ich es hervor.

»Wo bist du?«, fragt Tom.

Ich schaue mich um. In der Ferne sticht The Shard in den Himmel. »Beim Einkaufen.«

Ich muss mich über den Lärm des Presslufthammers hinweg verständlich machen und krame nach meinen Autoschlüsseln. Mithilfe der Fernbedienung öffne ich die Tür und versuche, Josh aus der Trage heraus zurück in den Kindersitz zu befördern.

»Könntest du vielleicht mal deine Nachrichten checken? Amber hat mich angerufen. Sie versucht, dich zu erreichen.«

Ich verharre. Was hat sie ihm erzählt? »Warum?«

»Was weiß ich. Ich glaube, es ging um einen Elternnachmittag.«

»O nein!«

»Sagt dir das was?«

»Ja, dass ich jetzt eigentlich in der Schule sein müsste.« Ich kann nicht fassen, dass mir dieser Termin entfallen ist.

»Hast du den Termin vergessen?« Toms Stimme ist hart.

»Ja … ich … ich hatte zu viel im Kopf.«

»Das haben wir alle, Vicky. Vielleicht könntest du ausnahmsweise einmal dafür sorgen, dass die Kinder bei dir an erster Stelle kommen.«

»Es tut mir leid.«

»Entschuldige dich bei deinen Töchtern, nicht bei mir.« Bevor ich noch etwas erklären kann, hat Tom schon aufgelegt. Aber was hätte ich auch erklären können, ohne zu lügen?

Ich rase durch die Straßen. Vor meinem inneren Auge sehe ich Polly vor mir, die mit Tränen in den Augen vergeblich nach mir Ausschau hält. In meiner Verzweiflung rufe ich Amber an. Es widerstrebt mir zutiefst, aber nur sie kann mir helfen, denn es wird Polly trösten, wenn wenigstens ihre Patentante erscheint.

»Kein Problem, Vicky«, sagt Amber leise. »Ich bin schon in der Schule. Pollys Lehrerin hat mich angerufen. Ich trete hier als Muttterersatz auf. Polly ist unglaublich süß. Sie hat mir einen Teller Kekse angeboten und einen Keks für mich in den Tee getunkt. Sie hat auch schon vorgelesen, und zwar ganz vorzüglich. Ich habe Pollys Lehrerin erzählt, Josh sei plötzlich krank geworden. Sie hatte vollstes Verständnis.«

Das bezweifle ich, wahrscheinlich kreidet man mir mein Fehlen an. Doch mich interessiert nicht, was Pollys Lehrerin über mich denkt, sondern nur, dass ich Polly enttäuscht habe. Ich schlucke meinen Stolz hinunter, bedanke mich bei Amber und meine es auch so. Sie hat meinem kleinen Mädchen etwas Liebes getan und die Situation gerettet.

»Wo bist du?«, erkundigt sich Amber.

»Nicht weit von der Old Kent Road.«

»Was um alles in der Welt willst du denn in dieser Ecke?«

»Ich war bei einem Pfandleiher.«

Es entsteht eine kurze Pause. »Ah, ach so – eine gute Idee. Schaffst du es, Polly rechtzeitig abzuholen?«

Ich schaue auf meine Uhr. »Ja, wenn ich mich spute. Ich

habe übrigens kein Geld aufgetrieben. Mein Schmuck ist nicht annähernd so viel wert, wie du verlangst.«

»Aber du hast es wenigstens versucht«, antwortet Amber munter. »Ich bin sicher, dir fällt noch etwas ein.«

»Ich habe schon gehört, dass Sie Probleme hatten«, begrüßt mich Pollys Lehrerin, Miss Samantha, als ich abgehetzt in das Klassenzimmer stürze. Die anderen Eltern drehen sich zu mir um. Ich lächele betreten.

Miss Samantha ist erst seit dem vergangenen September an der Schule, aber sie weiß, dass ich dort normalerweise auch unterrichte. Ich mag ihre Art nicht, aber ich zeige mich gefügig und entschuldige mich, um sie nicht zu verärgern.

»Es tut mir leid, aber Josh hatte Fieber – ich musste mit ihm zum Arzt.«

Pollys Unterlippe beginnt zu beben. Ich knie mich vor sie. Sie schlingt ihre Arme um meinen Hals und drückt mich so fest, dass ich kaum noch Luft bekomme. Emily hätte anders reagiert und mir die kalte Schulter gezeigt, aber Polly ist so großherzig und liebevoll, dass ich mich in Grund und Boden schäme.

»Es ist wichtig, dass die Eltern bei solchen Anlässen erscheinen«, kommt es von Miss Samantha.

Offenbar nimmt sie mir meine Entschuldigung nicht ab und geht – zu Recht – davon aus, dass ich den Elternnachmittag vergessen habe. Vielleicht unterstellt sie mir sogar – das allerdings zu Unrecht –, dass Polly für mich die zweite Geige spielt.

Miss Samantha hat ein herzförmiges Gesicht, blondes Haar, eine gute Figur und ist immer gebräunt. Selbst im Winter trägt sie Sommerkleider, dazu dicke Strickjacken und schwere Lederstiefel. Sämtliche Väter finden sie bezaubernd und schwärmen für sie, was sie auch ungestört tun können, denn wir alle wissen, dass Miss Samantha nur Augen für den steinreichen Rechtsanwalt hat, mit dem sie verlobt ist. Doch wenn man in nächster Zeit vielleicht geschieden wird, fragt man sich trotzdem, ob Miss Samantha zu den Frauen gehören könnte, mit denen der künftige Exmann ins Bett geht.

Polly löst sich von mir. Ich stehe auf. »Warte vor dem Klassenzimmer auf mich, Schätzchen«, bitte ich sie.

»Fahren wir nicht nach Hause?«

»Doch, aber vorher will ich mich kurz mit Miss Samantha unterhalten.«

Polly hüpft aus dem Klassenzimmer. Durch das Fenster in der Tür sehe ich, dass sie vor dem Bücherregal auf dem Flur stehen bleibt.

»Ich weiß, dass solche Anlässe wichtig sind«, teile ich Miss Samantha leise mit. »Wenn ich gekonnt hätte, wäre ich rechtzeitig hier gewesen.«

»Ist in Ihrer Familie etwas vorgefallen?«, fragt sie. »Seit den Osterferien ist Polly ungewöhnlich still. Nach meiner Erfahrung kann so etwas auf Spannungen im Elternhaus hindeuten.«

Ich werfe einen Blick in die Runde, um sicherzugehen, dass uns niemand zuhört. Ich möchte Miss Samantha nichts erzählen, aber Polly zuliebe muss sie wissen, dass nicht alles zum Besten steht.

Imogen Parker ist nicht weit von uns entfernt. Sie knöpft ihrer Tochter die Strickjacke zu, aber ich könnte wetten, dass sie dabei die Ohren spitzt. Zu meinem Entsetzen laufe ich rot an. Ich bin die Mutter, die den Elternnachmittag versäumt hat, die selbstsüchtige, nachlässige Vicky Seagrave, die ihre wundervolle Familie nicht verdient hat. Ich frage mich, ob man bereits über uns tratscht, denn in unserer Ecke verbreitet sich jede Nachricht wie ein Lauffeuer.

Miss Samantha dirigiert mich in die Bücherecke. Wir lassen uns auf zwei kleinen Stühlen nieder. Josh beginnt zu zappeln. Ich hole ihn aus der Trage und lasse ihn zu den Sitzsäcken krabbeln. Dann schildere ich Miss Samantha in groben Zügen die Schwierigkeiten bei uns zu Hause und dass Tom und ich uns möglicherweise trennen werden. Ich spreche nicht von Scheidung, das Wort bringe ich einfach nicht über die Lippen. Miss Samantha reagiert mitleidig, doch dann belehrt sie mich, reichlich von oben herab, ich müsse gut darauf achten, dass meine Kinder sich nicht um ihre Eltern sorgen, und weist mich überflüssigerweise noch darauf hin, dass Kinder auf den Gedanken kommen können, sie seien an der Trennung ihrer Eltern schuld. Ich bleibe demütig und widerstehe der Versuchung, mich für ihre »tollen Tipps« zu bedanken. Als ich mich verabschiede, sieht Miss Samantha mich bekümmert an und wünscht mir alles Gute.

Mit Josh in der Trage und Polly an der Hand verlasse ich das Schulgebäude. Auf dem Schulhof stehen ein paar Kinder zusammen, Emily und Sophie in ihrer Mitte. Emily winkt uns. Amber ist auch da. Sie bückt sich, um Sophies Schuhe zu schnüren. Ihr Gesicht kann ich nicht sehen, aber an der steifen Haltung ihrer Schultern erkenne ich, dass sie mich registriert hat. Sie richtet sich auf und dreht sich zu mir um. Ich nicke ihr kurz zu. Sie kommt zu uns herüber.

»Schade, dass der Nachmittag nichts gebracht hat«, sagt sie. »Warum kommst du nicht mit zu mir, und wir überlegen gemeinsam, welche Alternativen es gibt?«

Ich vermute, sie bezieht sich auf die Anzahlung, doch darüber möchte ich nicht reden, auch nicht mit ihr überlegen, wie oder wo ich Geld auftreiben kann. »Das geht leider nicht, Amber, ich habe alle Hände voll zu tun.«

»Ich glaube, unser Thema ist wichtiger, oder meinst du nicht?«

»Entschuldige das Durcheinander«, sagt Amber. »Ich bin dabei, auszumisten.«

Vor dem Sofa stehen ein Karton und zwei gefüllte Müllsäcke. Neben dem Sofa liegt irgendein Plunder. Ich halte Josh in den Armen und weiß nicht, wohin ich mich setzen soll. Die Mädchen sind in Sophies Zimmer gestürmt. Wahrscheinlich werden auch sie nicht mehr lange befreundet sein – ein Gedanke, der mich traurig stimmt.

»Setz dich irgendwohin«, sagt Amber. »Du machst mich sonst nervös.« Sie lacht gezwungen. »Entspann dich, Vicky. Ich mache uns einen Tee.«

Amber geht in die Küche. Josh wird unruhig. Ich setze ihn auf dem Fußboden ab, und er krabbelt zielstrebig zu dem Karton am Sofa. Als er sich daran hochziehen will, kippt der Karton um. Der Inhalt ergießt sich über den Fußboden. Ich hebe einen einäugigen Teddybär auf und halte ihn Josh hin, doch er ist auf Entdeckungsreise und streift den Bär nur mit einem flüchtigen Blick. Ich drücke das Plüschtier an mich. Es wundert mich, dass Amber es entsorgt, denn es hat einmal eine Zeit gegeben, in der Sophie und dieser Bär unzertrennlich waren. Aber vielleicht ist das neue Haus für sie auch ein Neubeginn. Ich stelle den Karton wieder richtig hin und lege die herausgefallenen Teile zurück. Josh hält das für ein Spiel und kippt den Karton wieder um. Ich lasse ihn gewähren.

Mein Blick fällt auf etwas Goldglänzendes. Es ist ein

Bernsteinanhänger. Ich lege ihn auf meinen Handteller, streiche mit dem Daumen darüber und erinnere mich wieder, dass ich früher auch so einen hatte. Er gehörte zu den Dingen auf dem Regal über meinem Bett. Wenn die Sonne schien, nahm ich ihn herunter, drehte ihn im Licht und ließ die Fliege darin tanzen.

Solche Bernsteinstücke gibt es wie Sand am Meer, doch der hier fühlt sich beinah vertraut an. Ich schließe die Augen und fahre mit einem Finger an ihm entlang. Vor mir taucht die Wohnung in Streatham auf. Dort habe ich meinen Bernstein zum letzten Mal gesehen.

Amber kommt zurück. Der Bernstein gleitet in meine Jackentasche. Ich möchte ihn mir später noch einmal genauer anschauen.

»Du musst deine Bank um einen Kredit bitten.« Amber reicht mir einen Becher Tee.

Ich stelle ihn auf den Couchtisch. »Darüber muss ich nachdenken.«

»Dazu hast du keine Zeit, begreifst du das nicht? Wenn ich die Anzahlung in den nächsten Tagen nicht vorweisen kann, verliere ich das Haus – und das lasse ich nicht zu.«

Ich betrachte sie und überlege, ob wir uns vielleicht früher schon einmal begegnet sind. Aber an ihr gibt es nichts, das mir bekannt vorkommt. Da ist auch kein Gefühl, das mir sagt, Amber habe mir vor unserer Freundschaft schon einmal etwas bedeutet. Ich schiebe meine Hand in die Jackentasche und umschließe den Bernstein. Ich möchte ihn hervorholen, ihn Amber zeigen, sie fragen, woher sie ihn hat, doch ich tue es nicht.

»Ich will dein Leben nicht ruinieren«, fährt Amber fort. »Wirklich nicht, das musst du mir glauben. Du bist meine

Freundin, und ich liebe dich. Aber ich brauche das Geld, und du schuldest es mir.«

»Ich muss gehen.«

Ich nehme Josh hoch und rufe nach Emily und Polly, die nicht antworten. Ich eile aus dem Wohnzimmer und zitiere meine Töchter in scharfem Ton herbei. Diesmal reagieren sie, kommen aus Sophies Zimmer und schauen mich verdutzt an.

Juni 1992

Emily Parrish sitzt auf dem Beifahrersitz. Sie umschlingt ihren Oberkörper und lehnt den Kopf zurück. Katya sitzt hinter Maggie, weint und wischt sich mit dem Ärmel des geborgten Pullovers übers Gesicht. Sie trägt auch noch Emilys Socken.

»Himmel noch mal, Katya, hör endlich auf«, sagt Maggie.

Sie hat die Geduld mit Katya jetzt endgültig verloren. Katya unterdrückt ihre Tränen, aber ihr zittriger Atem ist weiterhin hörbar. Sie schaut aus dem Fenster. Es regnet nicht mehr, der Wind hat sich gelegt. Straßen und Bürgersteige glänzen feucht. Die Menschen sind wieder hervorgekommen. Kurz vor dem Hillside Way begann Katyas Magen zu schmerzen. Emily nahm einen Schluck aus ihrer Wasserflasche und drehte sich zu Katya um. Zum ersten Mal fiel Katya auf, wie groß und braun Emilys Augen waren, wie lang ihre Wimpern. Es waren Maggies Augen.

»Warum willst du nicht nach Hause gehen?«, fragte Emily mit heiserer Stimme.

»Setz dich gerade hin und schau nach vorn«, sagte ihre Mutter.

Emily gehorchte und sank in sich zusammen. »Sind wir bald da?«

»Ja.«

Sie bogen ab und fuhren den Hang hoch. Maggie parkte den Wagen.

»Ich mag die Löwen«, krächzte Emily.

»Ihr wartet hier«, befahl Maggie.

Sie stieg aus dem Wagen und lief zum Haus. Katya sah sie an der roten Haustür klingeln und begann wieder zu weinen, diesmal jedoch lautlos. Die Tränen rannen über ihre Wangen und tropften auf den Kragen des Pullovers.

»Warum zwingt man dich, hier zu wohnen, wenn es dir hier nicht gefällt?«, fragte Emily und drehte sich wieder zu ihr um. »Kennst du keine anderen Leute, zu denen du gehen kannst?«

Katya schüttelte den Kopf. Wie oft hatte sie sich diesen Augenblick vorgestellt, sich überlegt, was sie sagen würde, um Emily klarzumachen, dass sie ihr helfen müsse. Emily sollte Maggie erklären, dass sie Katya bei sich aufnehmen mussten. Jetzt erkannte sie, wie irrsinnig dieser Traum gewesen war. Die Haustür öffnete sich. Luke schaute an Maggie vorbei zum Wagen. »Hilf mir«, das waren die einzigen Worte, die Katya zustande brachte, und selbst die wirkten vollkommen verrückt.

Emily riss die Augen auf. »Wie denn?«

Plötzlich wusste Katya das nicht mehr, denn Luke kam auf sie zu, lächelnd, charmant, besorgt. Er öffnete die Seitentür und steckte den Kopf in den Wagen. Katya wich zurück.

»Hallo, Katya.«

Sie rutschte auf die andere Wagenseite. »Ich steige nicht aus. Ich will bei Emily bleiben.«

Emily wandte sich abrupt ab – nicht von Luke, sondern von Katya, die eine Grenze überschritten und sich etwas gewünscht hatte, das Emily ihr nicht geben konnte. Maggie war Luke gefolgt und stand jetzt an der anderen Seite des Wagens. Katya fühlte sich gefangen und hielt sich am Griff der Tür fest. Maggie riss die Tür auf. Katya verlor das Gleichgewicht und fiel auf den Bürgersteig.

»Hör auf mit dem Theater«, fuhr Maggie sie an. »Es reicht jetzt.«

Sie zog Katya hoch und packte sie am Arm. Ihre Finger waren wie Krallen.

»Katya«, sagte Luke sanft und hockte sich vor sie, um ihr in die Augen zu sehen. »Sallys Schwester ist sehr krank, deshalb will ich Sally schonen, statt sie anzurufen und ihr von deinem Benehmen zu erzählen. Sie würde sich furchtbar aufregen. Komm ins Haus. Du darfst dir im Fernsehen anschauen, was du möchtest.«

»Na also«, sagte Maggie und trat zurück, um Luke das Feld zu überlassen.

»Das werde ich Ihnen nie verzeihen!«, rief Katya. »Sie haben gelogen.«

Maggie wurde blass. Sie lief zur Fahrerseite, verharrte einen Moment, als wollte sie noch etwas sagen, doch dann öffnete sie die Tür und stieg ein.

Luke nahm Katyas Hand und führte sie zurück zu dem Haus mit den Fenstern, die wie schläfrige Augen aussahen. Katya drehte sich zu Emily um. Emily wandte sich ab. Lukes Hand war wie ein Schraubstock. Er blieb stehen und warf einen Blick zurück. Der Wagen wurde gestartet. Maggie fuhr davon.

34

Mittwoch, 21. April 2010

Während ich darauf warte, dass Jenny ihr Telefonat beendet, schaue ich mich in ihrem Wohnzimmer um. Mein Blick wandert über die Hochzeitsfotos, den Korb am Kamin mit den Zeitungen und Zeitschriften, den herumliegenden Kram von Eltern und Kindern. Der Raum strahlt Wärme aus und die zufriedene Häuslichkeit von Menschen, die zu beschäftigt sind, um sich für Kleinigkeiten zu interessieren. Simon ist in der Küche und bereitet ein Chili con Carne zu. Der Geruch nach gebratenen Zwiebeln und Hackfleisch zieht herein, und mir läuft das Wasser im Mund zusammen. Ich habe mir ein Glas Wein einschenken lassen, denn für diesen Besuch musste ich meinen ganzen Mut zusammenkratzen, aber ich will nicht, dass das Schicksal weiterhin einfach seinen Lauf nimmt.

Ich habe Jenny erzählt, was am Morgen des Einbruchs vorgefallen ist, jedoch ohne zu erwähnen, dass Amber mich seit Kurzem erpresst. Ich weiß nicht recht, warum ich das für mich behalte, denn eigentlich möchte ich nicht die einzige Übeltäterin sein. Es ist ein letzter Rest Rücksicht, nehme ich an, in Erinnerung an unsere Freundschaft. Amber ist nicht nur schlecht. Das ist niemand. Irgendetwas ist in ihrem Leben geschehen, das sie zu der Person gemacht hat, die sie ist. Ich bin noch nicht so weit, dass ich ihr gänzlich den Rücken kehren kann oder dass ich denke, die Situation sei nicht mehr zu retten. Noch nicht. Aber ich kann nicht so weitermachen. Ich brauche Rat, und auch wenn ich Jenny noch nicht sehr gut kenne, vertraue ich ihr.

»Entschuldige.« Jenny setzt sich zu mir. »Meine Schwester war am Telefon. Ihre vierzehnjährige Tochter macht gerade einen Riesenaufstand.«

»O Gott.«

»Ach, das renkt sich schon wieder ein.« Jenny sieht mich an. »Jetzt zu dir. Du hast mir eine Menge Denkstoff gegeben.«

»Das tut mir leid.«

»Ach was, ich bin froh, dass du zu mir gekommen bist. Es ist in Ordnung, Vicky, bitte, schau nicht so verzagt. Sag mir lieber, was du von unserem Gespräch erwartest.«

Mit dieser Aufforderung habe ich nicht gerechnet und brauche einen Moment, um mich zu sortieren. »Ich glaube, ich möchte von dir in die richtige Richtung gewiesen werden, denn zurzeit sehe ich nur Wirrwarr. Im Grunde brauche ich jemanden, der mir sagt, was ich tun soll, so schwierig es auch sein mag.«

»Aha.«

Die Tür geht auf, und Simon kommt mit der Weinflasche herein. Er trägt eine geblümte Schürze, die auf seinem Bauch spannt. Jenny lächelt ihn an. »Vielen Dank, mein Schatz.«

Wortlos füllt er unsere Weingläser auf und kehrt in die Küche zurück.

Jenny nimmt ein Schlückchen und stellt ihr Glas mutig auf dem Teppich ab. Ich behalte meines in der Hand.

»Ich kann nicht zaubern«, sagt Jenny. »Aber ich kann dir beschreiben, welche Optionen du hast und welche Folgen sie jeweils nach sich ziehen. Dann kannst du überlegen, wie du dich verhalten willst. Wichtig ist jedoch, dass du begreifst, wie wenig du bei dem Ganzen eine Rolle spielst. Das Einzige, was zählt, ist das Wohlergehen deiner Kinder. Sollte der Fall vor Gericht kommen, wird es nur um die Frage gehen, bei wem deine Kinder in sicheren Händen sind. Darauf musst du dich konzentrieren, nicht darauf, dich zu rechtfertigen.«

Sie macht eine Pause. Offenbar wartet sie auf Ergänzungen oder Einwände meinerseits. Ich schweige.

»Aber ganz gleich, wie du dich entscheidest – das, was du mir erzählt hast, bleibt unter uns.«

Ihre Freundlichkeit, gepaart mit ihrer Autorität, wirkt auf mich so beruhigend, dass ich zum ersten Mal seit Tagen einen Silberstreifen am Horizont erkenne. Auf der Straße beginnt ein Baby zu weinen. Ich fahre zusammen und halte die Luft an. Irgendwo schlägt eine Haustür zu, und das Weinen verstummt. Ich atme aus. Jenny beobachtet mich und lächelt mitfühlend.

»Alles in Ordnung?«

Ich nicke.

»Wunderbar. Mein Rat ist, dass du dir einen Strafverteidiger suchst und mit ihm oder ihr ein inoffizielles Gespräch führst. Das, was ihr beredet, fällt unter die anwaltliche Schweigepflicht.«

Anders als Amber und meine Mutter ist sie also nicht der Meinung, ich solle die Wahrheit für mich behalten. Ich weiß nicht, ob ich mich erleichtert fühlen oder panisch werden soll.

»An deiner Stelle würde ich reinen Tisch machen«, fährt Jenny fort. »Es ist dein erstes Vergehen, und du könntest auf mildernde Umstände plädieren.«

»Welche sollen das sein?«

»Irgendetwas, das die Verteidigung verwenden kann – Krankheit, Trauer, Probleme, mit denen man nicht fertigwird, alles, was das Urteilsvermögen eines Menschen beeinträchtigen kann.« Jenny nimmt ihr Glas und studiert mich über den Rand hinweg, bevor sie einen Schluck trinkt. »Bitte, versteh mich nicht falsch, Vicky, aber so wie du deinen Zustand an dem Tag beschrieben hast, könntest du auch auf Unzurechnungsfähigkeit plädieren.«

»Nein, Jenny, ich möchte nicht mehr lügen.«

»Umso besser, es war ja auch nur eine Idee. Weißt du, Frauen sind unterschiedlich, und jede reagiert auf ihre Art auf die Mutterschaft. Für manche ist es das Größte, andere kommen damit nicht zurecht. Aber keine Frau sollte sich schämen, wenn die Realität nicht dem entspricht, was sie sich vorgestellt hat. Es ist eben schwierig, und der Druck, eine perfekte Mutter zu sein, ist enorm. Ich hatte Tage, da dachte ich, ich drehe durch. Erst recht, seit Spike da ist.«

Ich ziehe die Brauen hoch. »Du bist der gelassenste Mensch, den ich kenne.«

»Das ist nur ein Eindruck. Wo andere anfangen zu flattern, werde ich die Ruhe selbst. So etwas braucht man als Anwältin.« Jenny zwinkert mir zu. »Aber inwendig schreie ich währenddessen: ›Ich will weg!‹ Gott sei Dank hört das keiner. Wie dem auch sei, ich stehe auf deiner Seite, Vicky. Ich weiß noch, wie überfordert ich war, als ich zum ersten Mal Mutter wurde. Zum einen waren da die großen Gefühle, die tiefe Liebe für jemanden, dem man gerade erst begegnet ist, aber ich kenne auch die Kehrseite. Da ist dieses gierige, fordernde kleine Geschöpf, das einen ständig nervt. Man ist todmüde und lebt in ewigem Chaos. Alles in unserem Leben dreht sich um unser Baby, deshalb ist es kein Wunder, wenn wir hier und da Fehler machen.«

Neben mir liegt eine mottenzerfressene Kaschmirdecke. Ich zupfe an den Fransen. »Aber die wenigsten Frauen setzen das Leben ihres Kindes aufs Spiel.«

»Du hast im Bruchteil einer Sekunde eine Entscheidung getroffen, die du nicht durchdacht hattest. Erinnere dich an jenen Morgen. Oder an die Woche zuvor. Wie hast du dich gefühlt?«

»So wie du es gerade beschrieben hast.«

»Du warst also durch den Wind. Deswegen musst du dich wirklich nicht schämen. Und hier ist noch ein Rat, einer, den du tatsächlich befolgen solltest: Sei ehrlich, aber tu alles, was nötig ist, um deine Kinder zu behalten.«

Jenny hält inne, um ihre Worte sacken zu lassen. Ich nicke vor mich hin.

»Danke«, sage ich. »Ich werde mir das in Ruhe durch den Kopf gehen lassen.«

»Tu das. Jetzt zu den anderen Dingen, bei denen dein Urteilsvermögen getrübt war. Ich spreche von dem falschen Phantombild und der Lüge bei der polizeilichen Gegenüberstellung. Jeder Anwalt – und das schließt mich als Anwältin und Freundin ein – würde dir empfehlen, dich schuldig zu bekennen. Die Chance, dass du eine Gefängnisstrafe bekommst, wird dadurch geringer. Vielleicht kriegst du Bewährung und musst irgendwelche Gemeindedienste verrichten.«

Ich atme ein paar Mal tief durch. »Damit kann ich leben. Aber was ist mit Josh? Es ist immer noch ein Fall von Vernachlässigung.«

An die öffentliche Schande mag ich gar nicht denken, mein Verstand ist vollauf mit meinen Optionen beschäftigt.

Jenny beugt sich zu mir vor. »Bitte stell dir das Gesetz nicht als Monstermaschine vor, die dich vernichten will. Unsere Rechtsprechung beruht auf gesundem Menschenverstand, aber vor allem ist sie für die Menschen gemacht worden. Vertrau mir, wenn ich sage, dass unser System gerecht ist. Auch Familienrichter sind Menschen. Sie entscheiden zwar zugunsten der Kinder, doch das Letzte, was sie wollen, ist eine Familie auseinanderzureißen. Mag sein, dass du eine Zeit lang regelmäßig Besuche des Jugendamtes erhältst – das ist sogar wahrscheinlich, wenn du deine Schuld bekennst –, aber ich bezweifle, dass man dir die Kinder wegnimmt. Nicht, wenn du von jetzt an nur noch die Wahrheit sagst.«

»Wenn man die Zeitungen liest, könnte man das Gegenteil annehmen.«

»Du meinst die Geschichte mit dem Baby, über die wir vor ein paar Wochen gesprochen haben? Mein Gott, die Presse stürzt sich doch auf alles, was irgendwie sensationell klingt. Weißt du, wie viele Fälle pro Woche vor dem Familiengericht verhandelt werden? Und wie wenige mit einem derart extremen Urteil enden? Wie auch immer, du musst dich entscheiden, Vicky, das kann ich dir nicht abnehmen. Aber auch, wenn du die Wahrheit vertuschen willst, kannst du sicher sein, dass ich nichts gegen dich unternehme.«

»Vergiss nicht, dass Amber Bescheid weiß«, murmele ich.

»Deshalb wäre es vielleicht besser, zur Polizei zu gehen und zu beichten.«

Ich nicke. Ich kann und werde es tun. Morgen werde ich zu Grayling gehen und ihm alles sagen. Vorher muss ich jedoch noch mit meiner Mutter sprechen, denn in meiner Jackentasche steckt ein Bernstein, über den sie womöglich etwas weiß.

»Wirst du mich vertreten?«, frage ich Jenny. Es ist kein spontaner Einfall, sondern etwas, das ich in der vergangenen Nacht entschieden habe. Danach konnte ich endlich einschlafen.

»Das wäre keine gute Idee. Aber ich kann dir eine ganz hervorragende Kollegin empfehlen. Bei der bist du in guten Händen. Falls es dir recht ist, stehe ich dir als Freundin zur Seite.«

Juni 1992

Maggie hatte den Wagen nicht gewendet, war nicht zurückgekommen, um Katya doch noch zu holen, und Katya hatte sich nie einsamer gefühlt. Sogar wenn sie früher in der alten Wohnung draußen auf dem stinkenden Flur gesessen und darauf gewartet hatte, dass ein Kunde ihrer Mutter verschwand, hatte sie sich nicht so verloren gefühlt.

»Komm, wir gehen Schlittschuhlaufen«, sagte Luke. »Ich habe keine Lust, den ganzen Nachmittag dein mürrisches Gesicht zu sehen.«

Seit ihrer Rückkehr hatte Katya kein Wort mit ihm gesprochen. Luke hatte nichts dazu gesagt – falls es ihm überhaupt aufgefallen war. Sie bewegte sich wie ein Roboter. Weinen konnte sie nicht mehr, ihre Augen waren bereits rot und brannten, und ihre Nase war vom vielen Schnäuzen wund gescheuert. Die Eishalle bedeutete wenigstens, dass noch andere Menschen da wären. Einmal war Katya mit Sally dort gewesen, aber es hatte ihnen beiden nicht gefallen. Sally lief auf ihren dünnen Beinen ebenso schlecht wie Katya.

Auf der Straße musste Katya sich sputen, um mit Lukes Riesenschritten mitzukommen. Als sie die belebte Streatham High Road erreichten, fühlte sie sich wie in einer Blase, isoliert und abstoßend. Sie beobachtete die Passanten und fragte sich, was diese Leute dachten, wenn sie sie sahen, oder ob man sie vielleicht gar nicht wahrnahm. Sie wollte allen zurufen, der Mann an ihrer Seite sei nicht ihr Vater, wollte es in die teilnahmslosen Gesichter schreien, bis sie eine Reaktion zeigten.

»Hier sind wir«, sagte Luke und öffnete die Tür zur Eishalle.

Katya warf einen ängstlichen Blick auf die Eisfläche, aber Luke ließ ihr keine Zeit, sich zu widersetzen. Er hockte sich auf den nassen Gummi-Belag am Rand, half ihr in die Schlittschuhe und schnürte sie zu. Offenbar war er ganz erpicht aufs Schlittschuhlaufen, denn so gut gelaunt hatte Katya ihn schon seit einer Weile nicht mehr erlebt. Vielleicht gefiel es ihm hier. Sie stakste auf die Eisfläche. Luke lief einige Schritte, testete das Eis und kam zurück.

»Bist du so weit?«

Als Katya nicht antwortete, lächelte er nur. Sie machte ein paar Schrittchen, jedoch ohne die Bande loszulassen. Einmal rutschten ihr die Füße weg, aber sie stürzte nicht. Sie beobachtete die anderen Kinder, die an ihr vorübersausten, einige elegant, andere noch so wackelig, dass sie sich an ihren Freunden festhielten und die ersten tapsigen Schritte übten. Andere waren wie Katya und klammerten sich furchtsam an die Bande. Katya begutachtete sie, beschloss, nicht wie sie zu sein, und ließ die Bande los. Luke nahm ihre Hand. Anfangs konnte sie nur denken, dass sie jetzt mit ihm verbunden und in seiner Gewalt war. Sofort spürte sie wieder die vertraute Bedrängnis, sah nur noch ihre Hände und bekam nicht mit, was ihre Füße taten. Dann stellte sie erstaunt fest, dass sie über die Eisfläche glitt.

»Sehr schön«, sagte Luke. »Zuerst einen Fuß, dann den

anderen. Und immer mit dem Eis in Berührung bleiben. Ja, genau so, du machst es richtig. Eins, zwei. Eins, zwei.«

Gerade als Katya das Gefühl hatte, eine Art Rhythmus zu entwickeln, schwankte sie. Luke fing sie auf.

»Versuch's noch mal.«

Wieder nahm er ihre Hand. Gemeinsam zogen sie eine Bahn. Doch dann geriet Katya aus dem Tritt und stolperte zurück an die Bande.

Luke lachte. »Gut, dann üb eine Zeit lang allein.«

Und schon war er weg, kurvte um die anderen Läufer herum, nicht gekrümmt und unbeholfen, sondern leicht vorgeneigt und mit geradem Rücken, als wäre das Schlittschuhlaufen seine zweite Natur. Er wurde schneller, überkreuzte die Füße, drehte sich um, fuhr rückwärts, dann drehte er sich wieder zurück und flitzte wie zuvor über das Eis. Katya wünschte, sie wäre ebenso sicher und geschmeidig. Er winkte ihr, als er an ihr vorbeikam. Missmutig wandte Katya den Kopf ab. Sie würde nicht nett sein, ganz gleich, was er tat. Außerdem wollte sie in Ruhe üben. Nach einigen wackeligen Schritten wurde sie sicherer und fuhr ein Stück, wobei sie einen Fuß nach dem anderen aufsetzte. Sie achtete auf ihr Gleichgewicht und versuchte, sich nicht ablenken zu lassen, denn sie war entschlossen, sich nicht zu blamieren. Zu guter Letzt schaffte sie eine komplette Runde, ohne zu fallen. Als sie an ihren Ausgangspunkt zurückkehrte, stand Luke da und hielt seine Hand hoch, um sie abzuklatschen.

»Gut gemacht«, sagte er.

Katya setzte sich wieder in Gang. Diesmal kopierte sie Lukes Haltung, seine fließenden Bewegungen. Es klappte nicht, sie ging zu Boden. Im Nu war Luke bei ihr, half ihr hoch und klopfte winzige Eiskörner von ihrer Hose. Dann griff er nach Katyas Hand und glitt mit ihr über das Eis, und mit einem Mal war es, als wäre er es gar nicht, sondern der Prinz aus ihren Träumen. Luke wurde schneller, riss sie mit sich, und Katya wurde von einer Woge der Euphorie erfasst.

»Alles in Ordnung?«, rief er.

»Ja.«

Das Wort war Katya ungewollt entschlüpft. Sie kniff die Lippen zusammen und hasste sich, weil es ihr auf dem Eis so gut gefiel. Die kalte Luft strich so schön um ihr Gesicht, und die Musik erfasste ihren Körper. Plötzlich war ihr, als wäre nur sie noch auf dem Eis – sie, die Schlittschuhe und die Musik. Nach einer ganzen Weile erst kehrten sie an die Bande zurück. Luke kam elegant zum Stehen, Katya prallte gegen die Bande und wäre beinah auf dem Hosenboden gelandet.

»Das hast du klasse gemacht«, sagte Luke. »Wer hätte das gedacht.«

Katya sah den beiden Mädchen zu, die an ihr vorbeiliefen, jede mit einem Arm um die Taille der anderen. Die eine war blond, die andere hatte braunes Haar. Von hinten gesehen, hätte es sich um sie selbst und Emily handeln können. Sie unterhielten sich und fuhren dabei so locker und so sehr im Gleichschritt, dass sie Katya an Tänzerinnen erinnerten. Sie verfolgte, wie die beiden andere Schlittschuhläufer umrundeten, und wünschte, sie wäre bei ihnen und könnte sie belauschen.

»Beim nächsten Mal zeige ich dir, wie man rückwärts läuft.«

Katya schrak zusammen. Gleich darauf hatte sie die Mädchen aus den Augen verloren. Waren sie gegangen? Ohne

Luke weiter zu beachten, setzte sie sich wieder in Bewegung. Die Mädchen standen am Rand. Mit rosa Nasen und glänzenden Augen schauten sie den Schlittschuhläufern zu, sagten hier und da etwas und verdrehten die Augen, als eine Gruppe Jungen sich vor ihnen mit tollkühnen Einlagen produzierte. Die große Wanduhr zeigte halb sieben. Die Eisfläche begann sich zu leeren.

Katya sah den jüngeren Familien nach und fragte sich zum x-ten Mal in ihrem Leben, warum sie selbst so viel Pech gehabt hatte. Ohne Vater und Mutter zu sein bedeutete, sich fremden Menschen anpassen zu müssen, Menschen, die anders waren als man selbst, es sei denn, man passte sich so gut an, dass man nicht mehr man selbst war. Es bedeutete auch, dass einem niemand zuhörte. »Wenn man etwas nicht hören will, stellt man sich taub«, hatte ihre Mutter einmal gesagt. Katya war noch zu klein gewesen, um den Satz zu verstehen, aber er war ihr im Gedächtnis geblieben, bis sie alt genug gewesen war, um seinen Sinn zu erfassen.

»Wir müssen los«, sagte Luke.

Katya wollte sich vom Rand abstoßen, stolperte jedoch und stürzte. Es war entsetzlich, schlimmer noch als bei den ersten Stürzen, denn damit verlor sie das bisschen Selbstvertrauen, das sie beim Laufen errungen hatte. Wieder war es Luke, der ihr auf die Beine half. Katya stapfte zu einer der Bänke, schnürte ihre Schlittschuhe auf und brachte sie zurück zu der Ausleihstelle. Luke folgte ihr. Während sie darauf warteten, dass sie ihre Straßenschuhe zurückerhielten, legte Luke eine Hand auf Katyas Schulter. Auf der Straße schlurfte sie an seiner Seite durch den Sommerabend. Luke schwieg, doch seine Schritte wirkten so zielgerichtet, dass Katya sie als bedrohlich empfand. Sie hielt nach einem Fluchtweg

Ausschau, doch sie wusste bereits, dass sie weder weglaufen noch schreien würde. Dazu war es zu spät.

Warum hatte er kein Wort über ihre Schweigsamkeit verloren? Vielleicht war sie ihm egal. Vielleicht würde er ihr nur etwas zu essen machen und sie dann zu Bett gehen lassen und nicht darauf bestehen, dass sie bei ihm blieb.

35

Donnerstag, 22. April 2010

Gereizt knallt Amber die Besteckschublade zu, sieht sich in der kleinen Küche mit den schäbigen Einbauschränken um und hasst die ganze Wohnung.

Seit ihrer Rückkehr aus Spanien hat sie Tom weder gesehen noch von ihm gehört. Normalerweise haben sie und Robert sich mindestens einmal in der Woche mit Tom und Vicky getroffen, doch inzwischen ist das wohl nicht mehr möglich. Tom wird unter Schock stehen und deshalb nicht melden. Doch sie braucht ein Zeichen, einen Hinweis, dass er noch weiß, was in Spanien vorgefallen ist. Am letzten Urlaubstag haben sie nur über die Kinder gesprochen, über die Rückreise, die Arbeit. Maggie hatte zielsicher dafür gesorgt, dass sie und Tom nicht eine Minute lang allein waren – aber hätte er es gewollt, dann hätte er eine Möglichkeit finden können. Er war ein Feigling, wie alle Männer.

Amber fährt mit der Hand über die billige Melaminplatte des Küchentresens. In ihrem neuen Haus wird der Tresen eine Platte aus schwarzem Granit haben, mit winzigen glitzernden Einsprengseln. Sie sieht die Küche schon vor sich – lichtdurchflutet, mit einem großen Schrank im Landhausstil, handbemaltem Geschirr, einem Fußboden aus Kalkstein, vielleicht einem AGA-Herd. An die Rückseite des Hauses wird sie einen Wintergarten anbauen, sodass der Übergang vom Garten zum Haus fließend wird. Bei ihrem letzten Besuch hat sie einen Apfelbaum entdeckt, der unter seinem Efeubewuchs beinahe erstickt. Den Baum wird sie retten. Sophie wird es gefallen, wenn sie ihre eigenen Äpfel pflücken kann.

Sie hat wirklich einen Trost für all die Entbehrungen in ihrem Leben verdient.

Sie weiß noch, wie Toms Haut riecht, und wenn sie die Augen schließt und daran denkt, wie sich sein Mund anfühlt, erschauert sie. Wie wundervoll es war, als er sich nicht mehr gegen sein Verlangen wehren konnte und sie endlich geküsst hat.

Und dann hat Vicky ihr zu verstehen gegeben, dass sie und Tom wieder miteinander geschlafen haben. Das war ein Schlag gewesen. Wahrscheinlich war Tom betrunken, oder es ist nur aus Gewohnheit geschehen. Oder er hatte Mitleid mit Vicky, hat ihre Verzweiflung erkannt. Mittlerweile ist das Haus der beiden auf dem Markt, was bedeutet, dass Tom die Scheidung durchziehen wird. Ärgerlich ist nur, dass sie einen anderen Immobilienmakler beauftragt haben und Sarah auf hundertachtzig ist, aber dagegen kann Amber nichts machen.

Amber bereitet sich ein Sandwich, nimmt dazu die weißen Brotscheiben, die Robert missbilligt, bestreicht sie mit einem teuren Apfelaufstrich und belegt sie dick mit Camembert. Sie nimmt das Sandwich mit ins Wohnzimmer, blättert in einer Architekturzeitschrift und studiert die Fotos. Ihr Blick verharrt auf einem fantastischen Bad mit blaugrünen Kacheln. Der Boden ist in einem schwarz-weißen Schachbrettmuster gefliest, die Jalousien sind cremefarben.

Vicky wird ihr fehlen. Vor ihr gab es nur Gabriella und später noch zwei Mädchen in Fairhaven, mit denen sie sich einigermaßen verstanden hatte, aber Vicky kam ihrer Vorstellung von einer richtigen Freundin am nächsten. Amber schlägt die Seite um. Hm, diese Ottomane in meliertem Grau würde sich sehr gut in ihrem Schlafzimmer machen. Wie dem auch sei, sie hat keine Zeit für Sentimentalitäten. Vicky hat sich so viel zuschulden kommen lassen, dass sie ihr gegenüber kein schlechtes Gewissen mehr hat. Höchste Zeit, das Ganze zu beenden. Vielleicht wird sie sich mit anderen Frauen nicht so gut verstehen, aber sie werden auch ihre Vorzüge haben. Jenny Forsyth beispielsweise.

Ambers Handy vibriert. Sie schaut auf den Namen, der auf dem Display aufleuchtet. Für einen Moment bringt er sie aus dem Konzept.

»Tom«, raunt sie. »Ich wusste, dass du anrufen wirst.«

Zuerst entgegnet er nichts. Es ist, als müsste er sich noch sammeln.

»Hör zu«, sagt er dann. »Ich muss dich etwas fragen. Und es wäre schön, wenn du mir aufrichtig antworten würdest und nicht irgendwas erzählst, das du mit Vicky vereinbart hast.«

Er klingt hart, so wie Amber ihn noch nie gehört hat. »Wovon redest du?«

Hat Vicky ihm das mit der Anzahlung verraten? Unmöglich, so dumm kann nicht einmal Vicky sein.

»Ich möchte wissen, was am Morgen des Einbruchs passiert ist. Und bitte, weich jetzt nicht aus, denn mir ist klar, dass du dich mit Vicky auf eine Lügengeschichte geeinigt hast. Ich will die Wahrheit wissen.«

Amber denkt kurz nach. Dann wird sie zornig. Wie kommt

er dazu, so mit ihr zu reden, erst recht nach dem, was zwischen ihnen war? »Nicht am Telefon. Wir können uns auf einen Kaffee treffen. Wenn ich mich jetzt auf den Weg mache, kann ich in einer Stunde bei dir in Soho sein.«

Tom lässt sich mit der Antwort Zeit. »Ich weiß nicht, ob das eine gute Idee ist.«

»Wie du willst. Ich sehe zwar ein, dass du ein Recht auf die Wahrheit hast, aber die erfährst du von mir nur von Angesicht zu Angesicht.«

»Gut, dann treffen wir uns in der Victoria Station, das ist mir lieber als Soho. Komm in den Costa Coffee Shop.«

Noch ist nichts verloren, sagt Amber sich und hastet aus der Wohnung. Vicky ist aufgeflogen, aber ihr kann Tom eigentlich keinen Vorwurf machen. Vicky wird die Sache ausbaden müssen – geschieht ihr recht. Sie und ihre Mutter haben in Ambers Leben genug Schaden angerichtet. Ab sofort wird sie mit keiner der beiden mehr etwas zu tun haben. Es ist ein so befreiender Gedanke, dass Amber sich plötzlich ganz leicht fühlt. Eine Last ist von ihr abgefallen. Sie muss nicht mehr das sein, was andere von ihr erwarten – die gute Ehefrau, die gute Mutter, die gute Freundin. Sie ist jetzt nur noch sie selbst.

Tom ist vor ihr angekommen und springt auf, als er sie erkennt. Amber betrachtet das als ein gutes Zeichen. Furcht, Euphorie und Hoffnung lassen Adrenalin durch ihre Adern pulsieren. Sie lächelt Tom an, vor Freude – und Liebe. Tom lächelt nicht.

Er nickt ihr zu, und dann gibt es einen peinlichen Moment, als er ihre Wange, sie aber seinen Mund küssen will, und ihr Kuss auf seinem Mundwinkel landet.

»Was möchtest du trinken?«, fragt er.

»Einen Skinny Latte.«

Sie schaut ihm nach, als er zur Theke geht, und bewundert die Sicherheit, die er ausstrahlt. Das ist ein Mann, der sich in seinem Körper wohlfühlt. Amber holt ihr Handy hervor und schickt Jenny eine SMS.

Bin in der Stadt. Schaffe es nicht mehr rechtzeitig zur Schule. Könntest du Sophie mit zu dir nehmen? Ich brauche nicht mehr lang.

Die Antwort kommt postwendend.

Kein Problem. Lass dir Zeit.

Wunderbar, denkt Amber, Jenny ist ein Schatz. Sie wird ein guter Ersatz für Vicky sein.

Tom kehrt mit ihrem Kaffee zurück. »So, und jetzt raus mit der Sprache.«

Einen Moment lang schaut Amber ihm in die Augen und versucht, darin zu lesen, doch da ist nichts. Sie wird unsicher, denn so hatte sie sich das Wiedersehen nicht vorgestellt. Aber womöglich hat er ihren Liebesakt noch nicht richtig verdaut. Oder er macht sich vor, dass er nichts zu bedeuten hatte.

Sie ermahnt sich zur Geduld. Sie darf ihn nicht bedrängen, sonst zieht er sich zurück.

»Ich wollte ja, dass Vicky dich anruft und alles beichtet. Ich wollte, dass sie dir sagt, dass sie Josh allein gelassen hat, als sie das Haus in der Browning Street besichtigt hat. Aber Vicky war so außer sich, so panisch, dass sie nicht mehr klar denken konnte.«

Eigentlich müsste er dieses Gespräch mit seiner Frau führen, geht es Amber durch den Kopf, aber wahrscheinlich ist er zu wütend auf sie. Doch irgendwann wird er mit Vicky reden, deshalb ist das jetzt ihre Chance, die Geschichte so zu drehen, wie es ihr passt. Sie wird die gute Freundin spielen, die schuldlos in ein Vergehen verwickelt wurde. Amber fängt an zu erzählen. Tom schaut sie unverwandt an, hier und da stöhnt er auf.

»Warum hast *du* mich nicht sofort angerufen?«

»Tom, bitte, ich möchte nicht, dass du jetzt auch noch auf mich sauer bist. Ich wollte keinen Keil zwischen euch treiben und fand, es war an Vicky, dir reinen Wein einzuschenken. Ich habe ihr lediglich Ratschläge erteilt. Außerdem ist alles sehr schnell gegangen. Als ich bei ihr vorbeikam, hatte sie sich schon alles zurechtgelegt. Und später? Hätte ich etwa zur Polizei und zum Jugendamt rennen sollen, um ihnen zu erzählen, dass Vicky gelogen hat? Nein, mir blieb nichts anderes übrig, als ihr zur Seite zu stehen und mich um Polly und Emily zu kümmern, als ihr mit Josh im Krankenhaus wart.«

Amber beobachtet Tom, sucht nach einem Anflug von Wärme in seinem Blick und sieht etwas aufschimmern. Ein leichter Glanz, den sie vertiefen muss. Nicht weit von ihnen entfernt sitzt ein junges Paar, das sich küsst. Der Mann hat einen riesigen grünen Rucksack dabei, vielleicht ist er Soldat. Amber konzentriert sich wieder auf Tom.

»Es war Vickys Geheimnis, nicht meines«, fährt sie fort. »Ich fand es schrecklich, dass ich dich belügen musste. Ich habe Vicky sogar für das, was sie getan hat, gehasst – auch dafür, dass sie mich da mit reingezogen hat. Aber ich wusste, dass ihr die Kinder verliert, wenn ich ihre Geschichte nicht bestätige, und das … das konnte ich dir nicht antun.« Ihre Augen werden feucht, warum, weiß sie selbst nicht. Sie betupft sie mit einer Papierserviette. »Entschuldige, Tom, ich will nicht weinen.«

Tom greift nach ihrer Hand. »Du hast keine Schuld, Amber.«

»Ich möchte nicht, dass du mir böse bist.«

»Das bin ich nicht. Ganz im Gegenteil. Du hattest die besten Absichten. Natürlich werde ich auch mit Vicky noch darüber reden, aber vorher wollte ich die Wahrheit erfahren.«

»Aber was hat dich denn so misstrauisch gemacht?«

»Millie Boxer von gegenüber hat Vicky an jenem Morgen aus dem Haus auf in Browning Street laufen sehen. Allein.«

Mist, denkt Amber. *Was hat diese fürchterliche Person noch gesehen?* Sie will Tom danach fragen, doch er rafft bereits Handy und Portemonnaie zusammen und steht auf.

»Ich muss zurück zur Arbeit.«

»Sofort?«

»Leider.« Er streicht über ihren Kopf, flüchtig, als wäre er in Gedanken schon woanders. »In zwanzig Minuten habe ich eine Telefonkonferenz. Bis bald, Amber.«

Sie möchte, dass er noch eine Zeit lang an sie denkt. Deshalb steht sie auf, legt eine Hand auf seine Schulter und küsst ihn innig auf die Wange. Dann tritt sie zurück und lächelt spöttisch und reuig zugleich. Tom grinst ein wenig.

»Amber«, sagt er mit gespieltem Vorwurf.

Sie zieht die Brauen hoch. Er lacht, wird aber sofort wieder ernst.

»Ich möchte nicht, dass du Vicky warnst, sondern die Sache ab jetzt mir überlässt.«

Im ersten Augenblick denkt sie, Tom spreche von ihrer Affäre, doch dann erfasst sie, dass es um seine Ehe und die Kinder geht. Aber gut, sie hat ja gewusst, dass Tom sich nicht sofort neu binden wird. Er hat Prinzipien, und er liebt seine Kinder. Sie hatte ja selbst nicht vorgehabt, mit ihm eine ernste Beziehung aufzubauen, erst seit der Nacht in Spanien ist ihr klar, wie sehr es sich lohnt, um Tom Seagrave zu kämpfen. Nur Maggie hat das frühzeitig erkannt, ebenso wie sie erfasst hat, dass Katya dabei ist, zurückzukehren.

Sie nickt Tom zu. »Versprochen.«

Die Rückfahrt mit der U-Bahn geht zu schnell. Amber braucht mehr Zeit, um zu überlegen. Macht es noch Sinn, von Vicky Geld für die Anzahlung zu verlangen, jetzt, da Tom über den Morgen des Einbruchs im Bilde ist? Hat sie noch genug in der Hand, um Vicky weiterhin zu erpressen? Amber schaut auf die vorbeifliegenden Lichter und Schatten und beschließt, es von Vickys weiterem Verhalten abhängig zu machen. Wird Vicky Tom von Ambers Geldforderung erzählen? Bei dem Gedanken wird ihr übel. Wahrscheinlich wird sie es tun. Deshalb muss sie, Amber zusehen, dass sie zum Schluss nicht diejenige ist, die in einem schlechten Licht dasteht. Tom muss begreifen, dass Vicky die Schuldige ist – die verantwortungslose Mutter, die treulose Ehefrau. Sie selbst muss makellos bleiben, selbst wenn das bedeutet, zu Vicky zurückzukriechen und sich lieb Kind zu machen, jedenfalls bis sich der Staub gelegt hat. Ja, sie wird von ihrer Forderung absehen und Vicky inständig bitten, nichts darüber verlauten zu lassen. Es wird ihr schwerfallen, aber wenn sie sich zwischen Tom und dem Haus entscheiden müsste, fiele ihre Wahl auf Tom … ideal wäre natürlich, sie bekäme beides, aber sie würde sich auch mit einem von beiden begnügen.

Juni 1992

Katya warf einen Blick ins Wohnzimmer. Luke saß auf dem Sofa, eine Flasche Bier in der Hand, die Füße auf dem Couchtisch. Im Fernsehen lief ein James-Bond-Film. Katya ging in ihr Zimmer, zog sich aus und ließ die Wanne im Badezimmer vollllaufen. Trotzdem hörte sie die Schusswechsel aus dem Fernseher. Wenig später saß sie im warmen Wasser, umschlang ihr Knie und betrachtete ihre kleinen weißen Zehen und dünnen Fußgelenke.

Ich bin doch noch ein Kind.

Sie seifte ihre Arme ein und presste den warmen Waschlappen auf ihr Gesicht, als wäre er eine Maske. Dann glitt sie tiefer ins Wasser und fuhr mit den Fingern durch ihre Haare, bis sie um ihren Kopf schwebten. Sie holte tief Luft, ließ den Kopf unter Wasser sinken und öffnete die Augen. Die leichten Wellenbewegungen des Wassers spiegelten sich an der weißen Decke. Ihre Lunge begann zu schmerzen. Katya ballte die Hände zu Fäusten und schlug gegen die Wannenwände. Aus ihrer Kehle lösten sich Tierlaute. Zu ertrinken tat weh, mehr als sie erwartet hatte. Sie stieß die Luft aus, Blasen stiegen auf. Sie schoss hoch und rang nach Atem.

Nach einer Weile kletterte sie aus der Wanne, griff nach einem Badetuch und zog es um ihre mageren Schultern. Der Spiegel über dem Waschbecken war beschlagen. Katya wischte darüber und beobachtete, wie ihr Spiegelbild erschien, zuerst verschwommen, dann klar und deutlich. Auf dem Fußboden lag eine dicke, gelbe Matte, so weich, dass sie sich am liebsten daraufgelegt und geschlafen hätte, ohne die Tür aufzusperren, ohne irgendwann von ihm gestört zu werden.

Als Katya das Bad verließ, lief der Fernseher immer noch. James Bond sagte irgendetwas zu einer Frau, die offenbar sterben musste, doch seine Stimme war sanft und verführerisch. Die Wohnzimmertür war angelehnt. Katya spähte durch den Spalt auf Lukes Hinterkopf. Er schien ihren Blick zu spüren und drehte sich um. Katya huschte in ihr Zimmer, zog sich die Decke über den Kopf und kratzte die verschorften Stichwunden an ihren Händen auf.

36

Donnerstag, 22. April 2010

»Früher hieß sie Katya«, sagt meine Mutter. »Als ich ihren Fall übernommen habe, war sie zehn. Ihre Mutter ist an einer Überdosis gestorben – sie war Prostituierte. Katya kam zu Pflegeeltern, aber das hat nicht funktioniert. Sie endete in eine Jugendstrafanstalt, und das war das Letzte, was ich von ihr gehört habe.«

Ich lasse mich an der Wand entlang auf den Boden gleiten und spreche leise, denn ich will nicht, dass meine Töchter etwas von unserem Gespräch mitbekommen. »Hast du sie denn nicht wiedererkannt?«

»Nein, erst in Spanien ist bei mir der Groschen gefallen. Auf unseren Familienfesten habe ich sie immer nur am Rande wahrgenommen. Sie hat sich sehr verändert. Früher war sie winzig und unterernährt. An ihrer Sprache hat man gehört, wo sie herkam. Das ist heute nicht mehr so.«

»Und woran hast du gemerkt, das Katya und Amber ein und dieselbe Person sind?«

»Ich habe gesehen, wie sie sich in Toms Gegenwart aufführt, und sie mir daraufhin genauer angeschaut. Irgendetwas kam mir plötzlich bekannt vor. Und dann habe ich die kleinen Male auf ihren Handrücken gesehen. Wenn sie früher nicht mehr weiterwusste, hat sie sich mit einem Zirkel gestochen.«

»Sie hat sich selbst verletzt? Mein Gott, was für ein armes Kind.« Ich kenne die Male. Einmal habe ich Amber nach ihnen gefragt. Sie antwortete, dass sie aus ihrer Kindheit stammten, da sei heißes Fett auf ihre Hand gespritzt. »Ich verstehe nur nicht, weshalb sie es jetzt auf mich abgesehen hat. Ich habe ihr doch nichts getan.«

»Das ist meine Schuld, ich habe ihr damals zu viel von dir erzählt. Ich dachte, es würde sie anregen, mir mehr über sich zu erzählen. Stattdessen hat sie alle Informationen über dich gespeichert. Du wurdest ein Teil ihrer Fantasiewelt, in die sie sich geflüchtet hat, wenn sie die Realität nicht mehr ausgehalten hat. Irgendwann hat sie sich eingeredet, dass ich sie adoptieren würde und du dann ihre Schwester wärst. Sie wurde enttäuscht.«

»War sie für dich so wenig? Nur ein Fall? Ein Name auf einem Ordner?«

Ich stelle mir meine Töchter in so einem Leben vor und leide mit dem Kind, das Amber einmal war. Kein Wunder, dass sie gestört ist. Ich wünschte nur, sie hätte mit mir über die Zeit damals gesprochen. Oder ich hätte erkannt, dass mit ihr irgendetwas nicht stimmt. Ich hätte ihr vielleicht helfen, hätte verhindern können, dass alles aus dem Ruder läuft.

»Das war sie nicht«, entgegnet meine Mutter scharf. »Ich mochte Katya sehr, aber ich musste Distanz wahren. Das müssen Sozialarbeiter, ebenso wie Lehrer. Zu viele Gefühle wären unprofessionell gewesen, das weißt du genauso gut wie ich.«

»Aber du hast sie im Stich gelassen. Und dann haben wir London Hals über Kopf verlassen. Hast du dich überhaupt von ihr verabschiedet oder sie lediglich abgehakt und vergessen?«

»So einfach war das nicht, Vicky. Wahrscheinlich hätte ich nie Sozialarbeiterin werden sollen. Ich war eine Katastrophe.« Sie hält inne. Anscheinend ringt sie noch mit sich und wägt ab, was sie sagen kann, ohne allzu schlecht dazustehen. Mir schwant Schreckliches.

»Katya hat damals behauptet, dass Luke Bryant, ihr Pflegevater, sie missbraucht hat. Ich habe ihr nicht geglaubt. Als die Wahrheit herauskam, bin ich davongerannt.«

»Wie konntest du das tun?« Meine Stimme ist schrill vor Entsetzen. »Warum hast du ihn vorher nicht überprüft? Wie konntest du so jemandem vertrauen?«

»Es waren andere Zeiten, Vicky. Man wusste nicht so viel wie heute, hatte von Kindesmissbrauch weniger Ahnung oder hat die Augen davor verschlossen. Luke Bryant war ein sehr kluger Mann und wusste, wie man andere Menschen täuscht.«

»Aber du bist doch nicht dumm!«, platzt es aus mir heraus. Dann klingelt es an der Haustür, und ich stöhne. »Das ist der Handwerker, der sich unseren Wasserschaden ansehen will. Wenn er weg ist, rufe ich dich wieder an.«

Aber dazu wird es nicht kommen.

Steve ist Anstreicher und schaut sich den Schaden an, zuerst im Bad, dann im Gästezimmer und schließlich in der Küche. Dort sitzen Emily und Polly am Tisch. Emily macht Hausaufgaben, Polly malt ein Bild für meine Mutter. Sie zeigt mir ihr Machwerk und erklärt, das sei ein Fisch. Ich schwöre, dass es der schönste Fisch ist, den ich jemals gesehen habe.

Steve betrachtet die Decke und nickt weise. »Drei Zimmer also«, sagt er.

»Ja. Wann können Sie anfangen?«

Er druckst eine Weile herum. Wie sich herausstellt, schafft er es erst in zwei Wochen. »Eine Woche wird die Arbeit bei Ihnen dauern, so lange brauche ich, wenn es ordentlich werden soll. Was ist denn passiert? Hatten Sie einen Rohrbruch?«

»Nein, eins der Kinder hat im Bad oben den Wasserhahn aufgedreht und das Waschbecken zugestöpselt. Wir waren den ganzen Tag fort. Als wir zurückgekommen sind, stand alles unter Wasser.«

»Mein lieber Mann, was für kleine Teufel. Genau wie meine – obwohl die inzwischen schon über zwanzig sind.«

»Ja, wir wissen immer noch nicht, wofür sie sich gerächt haben.«

Steve zuckt mit den Schultern. »Vielleicht war ja auch ein Kind auf das andere eifersüchtig. Erinnert mich an Ehefrauen, die ihren Männern die Ärmel der Anzüge abschneiden.«

Hinter mir ertönt Gepolter. Ich drehe mich um. Polly ist so heftig aufgesprungen, dass ihr Stuhl umgefallen ist.

»Mama, ich war es nicht!«, ruft sie zornbebend. Ihr Gesicht ist krebsrot und tränennass.

»Oh, Polly, Schätzchen, weine doch nicht. Wir haben doch nur Spaß gemacht.«

Tränen strömen über Pollys Wangen, aber es scheinen eher Tränen der Wut als des Kummers zu sein, und wenn Polly – mein verträumtes, liebes kleines Mädchen – wütend wird, bricht es mir das Herz. In solchen Momenten hat sie bereits alles versucht, um sich verständlich zu machen. Ich will sie in die Arme schließen, aber sie weicht mir aus und läuft schluchzend die Treppe hinauf.

»Ich muss sie trösten«, sage ich zu Steve. »Geben Sie mir Bescheid, wenn Sie wissen, an welchem Tag Sie anfangen können.«

»Das hättest du nicht sagen dürfen«, bemerkt Emily, als Steve sich verabschiedet hat. Sie hat ihren Stift sinken lassen und sieht mich an. »Ich habe das Wasser nicht aufgedreht, und Polly hätte so etwas nie im Leben getan.«

»Ja aber wer soll es denn sonst gewesen sein?«

Emily zuckt die Achseln. »Weiß ich nicht. Vielleicht ein Einbrecher.«

Ich öffne den Mund, um zu antworten, und schließe ihn wieder. Zuerst ist es nur ein grässlicher Verdacht, doch dann schwinden meine Zweifel. Es ist jemand bei uns eingedrungen. Kein Einbrecher, sondern eine Freundin, die sich rächen wollte. Natürlich kann ich es nicht beweisen, aber mein Gefühl sagt mir, dass es so war. O mein Gott, ich muss mich bei meinen Töchtern entschuldigen! Ich laufe die Treppe hinauf. Polly hat sich unter ihrer Bettdecke zu einem Ball zusammengerollt.

Ich lege eine Hand auf sie. Sie späht unter der Decke hervor und schnieft.

»Ich weiß, dass du es nicht warst, Polly. Weder du noch Emily. Und es tut mir sehr, sehr leid, dass ich dich im Verdacht hatte. Ich hätte es besser wissen müssen.« Ich beuge mich zu ihr hinab, und schon schlingen sich zwei kleine Arme um mich. Ich hebe Polly hoch, drücke sie fest an mich und trage sie nach unten. Amber wusste, dass ich die Kinder beschuldigen würde. Sie wusste, dass es die Mädchen tief kränken und ihr Vertrauen zu mir beeinträchtigen würde. Noch für lange Zeit werden sie sich sagen, dass ich ihnen Unrecht getan habe, ganz gleich, wie oft ich sie um Entschuldigung bitten werde.

»Amber war es. Sie hat unser Bad im Februar überflutet.«

Tom steigt aus seiner Lederkluft und legt den Motorradhelm auf den Küchentisch. »Tom, hörst du mir zu?«

»Ja, aber ich weiß nicht, was du mir sagen willst. Wie kommst du darauf, dass Amber so etwas getan hätte?« Sein Blick ist abwesend, als wäre er mit den Gedanken woanders.

»Meine Güte, weil sie wütend ist. Es passt alles zusammen. Sie hat einen Hausschlüssel, und an dem Sonntag war sie sauer, weil wir mit den Forsyths am Meer waren und nicht mit ihr.«

Tom sieht mich an, als hätte ich den Verstand verloren. »Herrgott noch mal, Vicky, hörst du eigentlich, was du da faselst?«

Mir bleibt der Mund offen stehen. Auf den Gedanken, dass er mir nicht glauben würde, bin ich gar nicht gekommen. Dabei liegt es doch auf der Hand. »Gib wenigstens zu, dass weder Polly noch Emily zu solchen Gemeinheiten neigen.«

»Sie haben experimentiert, sie sind Kinder. So etwas kann passieren. Ich kann nicht fassen, dass du Amber bezichtigst. Sie würde so etwas nie tun.«

Ich werde mich nicht beirren lassen und verschränke trotzig die Arme vor der Brust. Es war Amber. Je länger ich darüber nachdenke, desto klarer wird es mir. Tom holt sich eine Flasche Bier aus dem Kühlschrank, öffnet sie und trinkt. Er sieht müde aus.

»Schlafen die Kinder?«, fragt er.

»Ich denke schon.«

»Mach die Tür zu, wir müssen reden.«

Ich schließe die Tür und lehne mich gegen den Küchentresen, auf dem unser halb fertiges Abendessen steht: Hähnchenbrüste, die ich mit Salz, Pfeffer und Paprika eingerieben habe, gedünsteter violetter Brokkoli, in Scheibchen geschnittene Süßkartoffeln, die nur noch in den Backofen geschoben werden müssen.

»Warum willst du mir nicht glauben? Amber ist ganz anders, als du denkst. Ich habe Dinge über sie herausgefunden, die meine Mutter …«

»Das reicht«, fällt er mir ins Wort.

»Nein, tut es nicht. Es geht um etwas Wichtiges. Warum ergreifst du immer für sie Partei?« Ich bin laut geworden. »Sie ist eine Schlange.«

»Sag mal, kapierst du es nicht? Ich habe keine Lust, über Amber zu reden, ganz gleich, was sie getan hat oder auch nicht. Ich möchte mit dir über den Tag des Einbruchs sprechen und dich fragen, warum du mich belogen hast?«

Mir verschlägt es die Sprache. »Das habe ich nicht«, bringe ich schließlich hervor. »Was hat Amber dir erzählt?«

»Wenig. Sie war so dumm, zu dir zu halten.«

»Wann hast du mit ihr gesprochen?«

»Sie hat es mir nicht als Erste erzählt, Vicky.«

»Wer dann? Meine Mutter?«

»Deine Mutter?«, fragt Tom erstaunt. »Nein, wie kommst du denn darauf? Ich habe heute Morgen Millie Boxer getroffen. Sie hat sich nach Josh erkundigt, und dann hat sie gesagt, dass sie sich nie bei dir entschuldigt hat, obwohl sie dich an jenem Morgen mit ihrem Wagen nass gespritzt hat. Wenig später hatte sie von dem Einbruch erfahren und den Zwischenfall mit dem Auto in der Aufregung vergessen.«

Ich komme nicht mehr mit. »Wann? Ich verstehe kein Wort. Millie hat mich nie nass gespritzt.«

»Doch, in der Browning Street. Sie sagt, sie sei abgelenkt

gewesen, weil sie Amber in dem Haus in der Tür stehen sehen hat. Und dann kamst du herausgerannt. Es hat geregnet, und sie hat dich erst im letzten Moment entdeckt. Und weißt du, was sie noch gesagt hat?«

Jetzt fällt es mir wieder ein, und mein Magen zieht sich zusammen. Der Wagen kam von hinten und hat dicht an meiner Seite eine Fontäne aufgewirbelt. Es war nur ein Moment, und ich hatte anderes im Kopf. Auf den Wagen und den Fahrer habe ich nicht geachtet.

»Nein, das weiß ich nicht. Ich bin aber sicher, dass du darauf brennst, es mir zu sagen.«

»Millie war froh, dass du allein warst und Josh nicht im Kinderwagen hattest. Offenbar ist sie so knapp an dir vorbeigefahren, dass sie einen Kinderwagen hätte streifen können.«

»Ich weiß, was du jetzt denkst.«

»Ach, wirklich?«

»Ich kann dir alles erklären.«

»Was denn? Dass du mich und die Polizei belogen hast? Dass du dir diese verworrene Geschichte ausgedacht hast, damit niemand erfährt, dass du Josh allein gelassen hast? Dass du deine Freundin mit hineingezogen hast? Ich dachte mir von Anfang an, dass an der Sache irgendetwas faul ist. Ich wünschte, ich hätte mich auf meinen Instinkt verlassen.«

Ich schlucke die aufsteigenden Tränen hinunter. »Und was hättest du dann getan?«, frage ich mit erstickter Stimme.

»Das weiß ich nicht, aber ich hätte definitiv mit dir darüber gesprochen.«

Ja, das hätte er getan. Warum habe ich versucht, die Wahrheit vor ihm zu verbergen? Es hat alles nur noch schlimmer gemacht.

»Es tut mir leid«, sage ich. »Aber ich war nur für ein paar

Minuten unterwegs – und woher hätte ich denn wissen sollen, dass bei uns eingebrochen wird?«

»Hättest du nicht. Du hättest auch nicht wissen können, ob bei uns ein Feuer ausbricht oder ob Josh es vielleicht schafft, über das Gitter seines Betts zu klettern, und ob ihn jemand schreien hört, wenn er auf dem Boden liegt. Es gibt zig Möglichkeiten, die du nicht hättest wissen können, deshalb ist meine Frage: Wie konntest du ein solches Risiko eingehen?«

»Das weiß ich nicht mehr. Es war dumm.«

Tom schlägt mit der Hand gegen die Wand. Ich fahre zusammen.

»Ja, und wenn jemand so dumm ist, kommen Kinder zu Schaden!«, ruft er aufgebracht. »Dann werden Kinder entführt, haben Unfälle, sterben – nur weil jemand dumm war!«

»Tom, bitte schrei nicht so.«

Tom atmet schwer und fährt sich mit den Händen durch das Haar. Dann wird er ruhiger. »Ich will, dass du verschwindest«, sagt er kalt und bestimmt.

»Was? Was soll das heißen?«, frage ich entsetzt. »Ich kann nicht einfach verschwinden.«

»Doch. Pack ein paar Sachen zusammen und geh mir aus den Augen. Fahr zu deiner Mutter. In ein paar Tagen sehen wir weiter.«

»Ich will nicht zu meiner Mutter. Emily und Polly müssen in die Schule und …«

»Sag mal, tickst du noch richtig? Du glaubst doch nicht im Ernst, dass ich dir die Kinder noch länger anvertraue. Sie bleiben hier.«

»Nein.« Ich schüttele den Kopf. »Das kannst du nicht tun. Die Kinder brauchen mich.«

»So wie Josh dich gebraucht hat, als bei uns eingebrochen wurde? Wie Polly dich am Elternnachmittag gebraucht hat? Machst du Witze?«

»Wer soll sich denn um sie kümmern, wenn du auf der Arbeit bist? Du wirst ... wirst doch Amber nicht darum bitten.«

»Nein, ich habe schon mit meiner Schwester gesprochen. Sie holt sie morgen von der Schule ab und nimmt Josh zu sich.«

Ich starre ihn an. »Du hast Hannah alles erzählt?«

»Mir blieb nichts anderes übrig.«

Das darf nicht wahr sein. Im Geist sehe ich meine Schwägerin hier im Haus, ihre selbstzufriedene Miene, ihre bequeme Kleidung, ihre tüchtige Art. Wie oft hat sie mir ihr Leben als Hausfrau und Mutter beispielhaft vor Augen gehalten. Sie ist kein schlechter Mensch – wenn sie will, kann sie sogar nett sein –, aber das Beste an ihr ist, dass sie weit weg in Northumberland wohnt.

»Du hast kein Recht, so etwas ohne Absprache mit mir zu vereinbaren«, sage ich zornig. »Es sind auch meine Kinder. Und ich möchte Hannah nicht in diesem Haus haben.« Ich greife nach dem Telefon und halte es Tom hin. »Ruf sie an und sag ihr, sie braucht nicht zu kommen. Du kannst machen, was du willst, aber ich bleibe.«

Tom nimmt das Telefon und stellt es zurück. »Nein, Vicky, daraus wird nichts«, sagt er so langsam und betont, als wäre ich schwer von Begriff. »Ich möchte, dass du für ein paar Tage bei deiner Mutter bleibst. Ich werfe dich ja nicht raus. Hannah zieht nicht bei uns ein, sie hilft nur aus. Wir brauchen Zeit, um in Ruhe über das, was in der letzten Zeit vorgefallen ist, nachzudenken.«

»Das ist nicht fair«, fahre ich auf. »Du musst mir eine Chance geben. Wir reden morgen weiter, wenn wir beide nicht so müde sind.«

»Vicky, bitte, sei vernünftig.«

»Ich bin vernünftig, und ich bleibe hier.«

Tom packt meine Schultern. »Nein, denn wenn du das tust, beantrage ich das alleinige Sorgerecht für die Kinder. Und nach dem, was du dir geleistet hast, dürfte ich damit sogar durchkommen. Wenn du das nicht möchtest, tust du jetzt, was ich gesagt habe.«

Wie entschlossen er ist, wie eisig. Ich suche in seinem Gesicht nach dem Mann, den ich einmal gekannt habe, doch der ist nicht mehr da. Resigniert wende ich mich ab und gehe nach oben. Ich packe ein paar Sachen zusammen, lege das Buch dazu, das ich gerade lese, und dann noch Pollys Gummipinguin, Joshs Pandabär und eine Strickjacke von Emily.

»Stell das Essen in den Backofen«, sage ich in der Küche zu Tom. »Es ist so gut wie fertig.«

»Warum nimmst du es nicht mit?«

»Wohin?« Ich schleudere ihm einen wütenden Blick zu.

»Was weiß ich. Zu deiner Mutter. Ich will es nicht.«

»Auch gut.« Ich kippe die Hähnchenbrüstchen, den Brokkoli und die Kartoffelscheiben in den Müll. Dann verlasse ich das Haus.

So sehr habe ich noch nie in meinem Leben gelitten. Der Schmerz zerreißt mir fast die Brust. Ich habe die kleine Reisetasche, die ich gepackt habe, und einen vollgetankten Wagen, mehr nicht.

37

Nachdem ich eine Zeit lang ziellos durch die Gegend gefahren bin, gehe ich in ein McDonald's, denn das ist das einzige Restaurant, wo man allein sitzen und etwas essen kann, ohne sich seltsam vorzukommen.

Der Geruch von gebratenem Fleisch und gebratenen Zwiebeln schlägt mir entgegen. Normalerweise komme ich nur mit den Kindern hierher. Ohne sie ist es, als würde mir etwas fehlen. Auch die bunten Farben passen nicht zu mir. Ich besorge mir einen Burger, Pommes und eine Cola und lasse mich an einem Tisch am Fenster nieder, mit dem Rücken zum Restaurant.

Ich weiß nicht mehr, wann ich zuletzt hier war, denn ich lasse die Kinder hier nur essen, wenn ich abends keine Lust habe zu kochen. Es muss Monate her sein. Normalerweise esse ich hier nichts und knabbere höchstens an einem senfverschmierten Gurkenscheibchen, das ich einem der Kinder stibitzt habe. Im Geist sehe ich uns hier sitzen. Tom und ich mit einem heißen Getränk; Josh auf seinem Hochstuhl, Ketchup-Schlieren auf dem Tisch; Emily und Polly, die sich auf ihr Happy Meal konzentrieren. Sobald ich Emily eine Fritte wegnehmen will, fängt sie an zu zetern, und Polly bietet mir eine von ihren an und besteht darauf, sie mir in den Mund zu stecken. In solchen Momenten haut Josh mit den Fäusten auf den Tisch und möchte beachtet werden. Das Bild verblasst. Ich schaue mit blindem Blick aus dem Fenster und denke an die Zeit, in der wir alle glücklich waren.

Was soll ich jetzt tun?

Ich esse die letzten kalt gewordenen Pommes, leere meinen Becher Cola und überlege, ob ich die Nacht in meinem Wagen verbringen soll. Er hat genügend Platz, aber die Vorstellung ist zu entsetzlich. Ich werde mich überwinden und Jenny um ein Bett für die Nacht bitten, denn etwas Besseres fällt mir nicht ein. Ich stehe auf, entsorge meinen Müll und drehe mich zur Tür. In dem Augenblick kommt David herein. Astrid ist bei ihm, Hellie zum Glück nicht.

David strahlt, als er mich sieht, doch in mir regt sich gar nichts. Astrid hält seine Hand und schaut zu mir hoch.

»Sie sind Miss Vicky«, sagt sie. Wahrscheinlich hat sie einen Moment gebraucht, um mich außerhalb der gewohnten Umgebung zu erkennen.

»Hallo, Astrid. Na, hast du schöne Osterferien gehabt?« Ich weiche Davids Blick aus.

»Wie geht es dir?«, fragt er.

»Gut. Ich wollte gerade los.« Ich will an ihm vorbeitreten, aber er neigt sich zu mir, und sein warmer Atem streift meine Wange.

»Du siehst hinreißend aus«, raunt er.

Ich ziehe die Brauen zusammen. Mir steht der Sinn nicht nach seinen Komplimenten, außerdem habe ich mich selten so wenig hinreißend wie an diesem Abend gefühlt. Ich merke, wie ich unter meiner warmen Jacke anfange zu schwitzen. Ich will nicht mit ihm reden, erst recht nicht im Beisein seiner Tochter, deren Blick zwischen uns hin und her huscht. Aber David hat Lust zu flirten, wahrscheinlich ist ihm gleich, mit wem. Ich bedeute ihm nichts, das wird mir jetzt klar. Ich habe ihm auch nie etwas bedeutet. Um ein Haar hätte ich eine Affäre mit einem Mann riskiert, für den ich nur eine Frau unter vielen war.

Ich schenke Astrid ein Lächeln und verabschiede mich.

»Mein Gott, du zitterst ja«, sagt Jenny. »Komm, wir gehen in die Küche, und ich mache dir etwas Warmes zu trinken. Dann kannst du mir alles erzählen.«

Ich folge ihr in die Küche, hänge meine Jacke über eine Stuhllehne und bleibe stehen, weil ich nicht weiß, ob ich mich setzen soll. Ich schildere Jenny meine Lage. Sie stellt den Wasserkocher an, hält inne und fragt, ob mir etwas Alkoholisches lieber sei.

Wahrscheinlich klingt mein »Ja bitte« zu eifrig, denn Jenny zieht eine Braue hoch.

»Jenny«, fahre ich rasch fort, »ich habe eine Bitte. Ist es möglich, dass ich heute bei euch übernachte? Ich möchte dir nicht lästig sein, aber ich weiß weder aus noch ein.«

Sie lässt sich mit ihrer Antwort Zeit, ist nicht mehr nur Freundin, sondern auch die Anwältin, die gelernt hat zu schweigen, um andere dazu zu bringen, ihr alles zu erzählen. Mir ist, als grabe jemand in mir herum, um etwas hervorzuschaufeln, das ich bedeckt halten will. Wäre Jenny nicht so nett, würde mich die Wirkung, die sie auf mich hat, verstören. Sie schenkt mir ein großes Glas Wein ein.

»Entschuldige, Jenny«, sage ich. »Das ist zu viel verlangt. Ich nehme mir ein Hotelzimmer.« Ich bücke mich nach meiner Reisetasche.

Sie muss erkannt haben, wie verzweifelt ich bin, denn sie nimmt mir die Tasche aus der Hand und stellt sie auf einen

Stuhl. »Sei nicht albern, natürlich kannst du hier schlafen.« Sie schaut auf die Uhr. »Herrgott, schon acht Uhr, ich muss den Mädchen gute Nacht sagen.«

»Den Mädchen?«

»Ja, Sophie Collins übernachtet heute bei Rose. In einer Sekunde bin ich wieder unten. Setz dich so lange zu Simon.«

Jenny ist kaum aus der Küche, da klingelt mein Handy. Ambers Name steht auf dem Display. Nach kurzem Hin und Her melde ich mich.

»Ich weiß nicht, was mich geritten hat«, sagt sie. »Es tut mir unendlich leid, Vicky. Bitte, verzeih mir.«

»Wovon redest du?«

Seit meine Mutter mir erzählt hat, was Amber hinter sich hat, sehe ich sie in ganz neuem Licht. Ihre Tricks, Manipulationen und Lügen haben nichts mit Tom oder dem Haus in der Browning Street zu tun, sondern mit dem, was zwischen ihr und meiner Mutter war. Amber bestraft mich für etwas, an dem ich unbeteiligt war. Und jetzt hat sie Angst, weil sie weiß, dass sie zu weit gegangen ist und Gefahr läuft, mich und das Leben, das unsere Familien verbunden hat, zu verlieren. Soll ich ihr sagen, was ich erfahren habe? Oder soll ich sie einfach ihrem Schicksal überlassen? Ich ziehe mir einen Stuhl herbei und setze mich.

»Ich will dein Geld nicht«, sagt Amber. »Deine Freundschaft ist mir wichtiger. Das Haus hat mich durcheinandergebracht, hat mich zu jemandem gemacht, der ich eigentlich nicht bin.«

Ich bleibe wachsam. »Dann sag mir, warum …« Ich breche ab. Ich bin erschöpft und muss nachdenken, bevor ich in etwas hineinrenne, das ich noch nicht richtig überblicken kann.

»Was?«

»Nichts.«

»Willst du zu mir kommen? Ich bin allein. Robert ist auf dem Rückweg nach London, und Sophie schläft bei den Forsyths. Wir trinken ein Glas Wein und sprechen uns aus.«

»Ich kann nicht, Amber, wirklich nicht. Ich bin bei Jenny, denn Tom … Tom hat mich gebeten zu gehen.«

»Oh, Vicky, wenn du wüsstest, wie leid mir das tut.«

Sie klingt sehr überzeugend, und ihr Mitleid tröstet mich. Doch dann kommt mir der Verdacht, dass wir nur befreundet sind, weil sie es darauf angelegt hatte. Sie muss mich jahrelang verfolgt haben, und dann – in jenem Schwangerschaftskurs – hat der Zufall ihr in die Hände gespielt.

»Ich muss Schluss machen«, sage ich. »Simon und Jenny warten auf mich.«

»Ach, übernachtest du bei ihnen? Na ja, eigentlich keine schlechte Idee. Dann hat Tom Zeit, sich wieder zu beruhigen. Nur noch eines, Vicky: Bitte erzähl Robert nicht, dass ich dich erpresst habe.«

»So etwas würde ich nie tun, Amber. Ich finde aber, dass du es ihm sagen solltest.«

Stille.

»Amber?«

»Ja, du hast recht. Bitte, gib mir noch eine Chance, Vicky. Du bist meine beste Freundin. Ich war schwach und habe nicht richtig nachgedacht, aber wenn du wüsstest … aber das erzähle ich dir ein andermal. Es war nicht immer leicht für mich.«

Ich seufze. »Ich verzeihe dir, Amber.« Was bleibt mir denn anderes übrig, wenn das, was meine Mutter erzählt hat, zutrifft?

»Liebling, ich kann dich nicht abholen«, sagt Amber. »Ich habe Termine. Kannst du dir nicht ein Taxi nehmen?«

Sie klemmt das Telefon zwischen Kiefer und Schulter und holt ihre schönste Unterwäsche aus einer Schublade hervor. Nach ihrem langen Bad ist ihre Haut wunderbar durchblutet und duftet nach der Lotion, mit der sie sich eingerieben hat.

»Natürlich kann ich das.«

Robert ist enttäuscht, doch das berührt sie nicht. »Bis später.«

Aber Robert ist noch nicht fertig. »Ich dachte nur, es wäre schön, wenn du mich abholst. Ich habe gute Nachrichten, ich habe den Auftrag bekommen.«

»Wow.« Sie schiebt die Schublade zu, nimmt das Telefon in die Hand und stellt sich nackt vor den Spiegel. »Das ist fantastisch. Wie sind die Konditionen?«

Robert lacht. »Ausgezeichnet, ich habe hart verhandelt.«

»Wie viel?«

»Sagen wir mal, die Anzahlung auf das Haus ist kein Thema mehr. Montagmorgen habe ich das Geld auf dem Konto.« Robert nennt eine Zahl, die so weit über dem liegt, was sie erwartet hat, dass sie sich setzen muss. Endlich hat er es geschafft. Nach all den Jahren, die er still und geduldig vor sich hin gearbeitet hat. Sie hätte größeres Vertrauen in ihn haben sollen. Aber jetzt ist es zu spät, sie hat sich entschieden.

»Amber, Liebling? Bist du noch da?«

»Ja.« Um ein Haar hätte sie gekichert.

»Ich dachte, du hättest aufgelegt.« Er lacht bemüht.

»Ich muss los, Robert. Bis später. Und Glückwunsch, du hast den Durchbruch verdient.« Sie freut sich tatsächlich für ihn. Sein Erfolg wird den Schlag mildern, den sie ihm versetzen muss.

»Den haben wir beide verdient«, sagt er. »Es ist für uns, Amber.«

»Ja, natürlich.«

Sie macht ein Kussgeräusch und legt auf. Ihr Blick schweift durch ihr Schlafzimmer, über die cremefarbene Tapete, den hellbraunen Teppichboden. Seit sechs Jahren war diese Wohnung ihr Zuhause, aber es verbindet sie nichts mit ihr, sie empfindet nicht einmal mehr Abscheu. Sie ist auf dem Weg zu neuen Ufern. Ohne Robert. Sie mag Robert und ist ihm dankbar. Er hat sie gerettet. Aber er kann nicht erwarten, dass sie für immer bei ihm bleibt.

Sie wählt ein Parfüm aus, sprüht es in die Luft und durchschreitet den Dunst. Ihr Leben wird sich ändern. Wieder begutachtet sie sich im Spiegel, die zarten Schlüsselbeine, die festen Arme, den flachen Bauch, die langen Beine. Selbst bei anständigen Männern gibt es einen Punkt, an dem ihr Widerstand erlischt. Nach diesem Abend wird das perfekte Leben von Vicky Vergangenheit sein, und Maggie wird erkennen, was sie damals angerichtet hat. Katya trägt keine Schuld. Katya war nur ein Kind, das Schutz und Liebe gesucht hat. Katya müsste sich jetzt nichts nehmen, wenn man ihr früher etwas gegeben hätte. Und jetzt will sie Tom. Sie kennt seine Schwäche – seine Lust. Sie wird dafür sorgen, dass er sie liebt, denn inzwischen weiß sie, wie das geht.

38

Ich bin so erschöpft, dass ich immerzu gähnen muss. Vor einer Weile haben wir unser Abendessen beendet und noch ein wenig über Jennys Entscheidung, in ihren Beruf zurückzukehren, gesprochen. Die Forsyths sind ein wundervolles Paar. Simon ist sichtlich stolz auf seine Frau, das erkennt man an der Art, wie er sie ansieht. Jenny ist eindeutig die Pragmatischere von beiden, aber sie lässt ihn gewähren, und lacht sie sich krumm, wenn er einen Witz macht. Mir gegenüber haben sie sich großzügig verhalten und mir das Gefühl gegeben, willkommen zu sein. Aber jetzt möchte ich sie nicht länger stören.

»Ich bin hundemüde«, sage ich. »Ich muss ins Bett.«

Sie lächeln verständnisvoll. Jenny nimmt meine Hand.

»Schlaf gut, Vicky.«

Das werde ich nicht schaffen, dazu schwirrt mir der Kopf zu sehr. Ich gehe nach oben, lasse im Badezimmer der Kinder die Wanne volllaufen und bleibe in dem warmen Wasser liegen, bis die Haut an meinen Fingern schrumpelt. Roses Zahnbürste steht in einem Becher, der wie ein Dinosaurier geformt ist. Daneben liegt Sophies geblümte Kulturtasche. An einem Haken, in der Form eines Delphins, hängt ein Netz voller Spielsachen, die eindeutig Spike gehören. Im Holz der Tür ist ein Riss. Im Übrigen ist sie voller Fingerabdrücke und

Aufkleber – glitzernde Schmetterlinge, Piraten, exotische Vögel und Disney-Figuren. Auf dem Wannenrand reiht sich eine Familie leuchtend gelber Gummi-Enten mit rotem Schnabel. Ich vermisse meine Kinder. Wenn ich mir vorstelle, dass sie morgen aufwachen und feststellen, dass ich nicht da bin, zieht sich mein Herz zusammen. Ich steige aus der Wanne, hülle mich in ein Badetuch und setze mich auf den Wannenrand. Ich bin in einem fremden Bad, in einem Haus, das nicht das meine ist, und ich weiß nicht, ob mein Leben eines Tages wieder besser wird. Ich krümme mich und beginne, lautlos zu weinen.

Tom öffnet die Tür. Er sieht Amber an, als wäre sie der letzte Mensch, mit dem er gerechnet hat. Doch er reißt sich zusammen. Wahrscheinlich hat er gedacht, Vicky stünde vor der Tür. Aber er ist höflich wie immer, allerdings auch sichtlich angespannt. Doch sie ist auch nervös.

»Entschuldige das Durcheinander«, sagt Tom in der Küche. »Ich bin kein guter Hausmann. Morgen kommt meine Schwester, um uns zu helfen. Möchtest du etwas trinken?«

»Ja, gern.« Amber kraust die Stirn. »Komme ich euch ungelegen?« Dann reißt sie die Augen auf, als wäre ihr etwas gedämmert. »Ist Vicky nicht da?«

»Nein. Ich hätte gewettet, dass sie dir das schon erzählt hat. Wir haben uns gestritten, und sie ist davongefahren.«

»Oh, Tom, das tut mir leid. Und wie fühlst du dich jetzt?«

»Geht so. Wann hast du denn zuletzt mit ihr gesprochen?«

»Gestern.« Sie schaut ihn von unten herauf an. »O Gott, ich hoffe, es ist nicht meine Schuld.« Sie nimmt das Glas Wein entgegen und stärkt sich mit einem Schluck. »Was für ein Schlamassel.«

»Du hast doch nichts getan.«

»Hat Vicky die Kinder mitgenommen?«

»Nein, sie schlafen oben in ihren Zimmern.«

Wie ärgerlich, denkt Amber. Der Gedanke, dass Vicky die Kinder zurücklassen könnte, ist ihr gar nicht gekommen. Aber wie typisch das für Vicky ist.

Tom trinkt sein Bier aus der Flasche. Amber verfolgt, wie er die Flaschenöffnung mit den Lippen umschließt und den Kopf zurücklegt, und findet diese Geste ausgesprochen erotisch. Mit ihrem Glas in der Hand öffnet sie die Tür nach draußen und tritt hinaus in die warme Abendluft, die nach frisch gemähtem Gras riecht. Die Beete sind voller Glockenblumen. Sie setzt sich auf den Rand des erhöhten Terrassenbodens, streift ihre Schuhe ab und bewundert den Perlmuttlack, den sie aufgetragen hat. Ein Goldfink fliegt zu der Vogelfutterstelle, die an einem der Bäume hängt, und pickt ein paar Körner. Die letzten Sonnenstrahlen spielen auf den Dächern. Verträumt sieht Amber zu, wie sie verblassen und die Stunde näher rückt, auf die sie wartet. Sie spürt den leisen Wind in ihren Haaren und den Alkohol, der ihre Nerven beruhigt.

Tom setzt sich zu ihr, stützt die Ellbogen auf die Knie und reibt mit dem Daumen über die Bierflasche in seinen Händen. Amber nimmt Anlauf, um ihren Liebesakt in Spanien anzusprechen, doch als hätte er ihre Absicht erahnt, kommt Tom ihr zuvor.

»Wann ist Robert wieder da?«

»Morgen Vormittag.«

»Er muss dir gefehlt haben.«

Amber dreht den Kopf zu ihm herum, studiert sein Profil und fragt sich, warum er das gesagt hat. Dann knurrt ihr Magen, und Tom lacht.

»Ich bin kurz vorm Verhungern«, sagt Amber und lächelt entschuldigend.

»Ich auch. Wenn Vicky nicht da ist, vergesse ich zu essen.« Tom sieht sich um, als warte er darauf, dass wie durch ein Wunder Nahrung angeschwebt kommt. »Sie hat mein Essen in den Müll gekippt.«

Amber lacht. »Wahrscheinlich hattest du dir das selbst zuzuschreiben.«

»Leider. Ich habe sie provoziert.« Toms Miene hellt sich auf. »Aber im Tiefkühlfach ist Pizza. Warte, ich schiebe sie rasch in den Backofen. Wo ist denn Sophie?«

»Sie übernachtet bei den Forsyths.« Muss sie noch deutlicher werden? »Ich hoffe, du findest mich nicht aufdringlich. Normalerweise habe ich Vicky, wenn ich ein bisschen plaudern will.« Amber zieht den Ausschnitt ihrer Bluse ein Stückchen tiefer. »Aber zurzeit reden wir ja nicht miteinander, das kannst du dir sicher denken. Sie glaubt, ich hätte sie verraten.«

Tom antwortet nicht, vielleicht hat er ihr nicht zugehört. Er kehrt zurück ins Haus. Amber wartet einen Moment, bevor sie ihm folgt. Sie setzt sich an den Küchentisch und schaut zu, wie Tom die Pizza aus der Verpackung nimmt und in den Ofen schiebt. Er schenkt ihr Wein nach.

»Prost.« Lächelnd stößt er seine Flasche an ihr Glas.

»Prost.«

Tom holt Besteck und legt es auf den Tisch. Amber nippt an ihrem Wein.

»Dieser Typ – dieser David North – ist der Vater einer Schülerin von Vicky, oder?«

»War«, antwortet Amber. »Die Tochter wird künftig nicht mehr in Vickys Klasse sein.« Sie tritt an den Küchenschrank, nimmt zwei Porzellanteller heraus und bleibt dicht neben Tom stehen. Er macht einen Schritt zur Seite, nimmt ihr die Teller ab und stellt sie zu dem Besteck. Dadurch entsteht der Eindruck, als liefe sie ihm hinterher. Das ist nicht nett.

»Ach, dann hat Vicky das Mädchen also tatsächlich unterrichtet. Wie geschmackvoll.«

Amber setzt sich wieder. »Die Schule ist dabei ganz unwichtig, es hatte nur etwas mit ihm zu tun. Ich glaube nicht, dass Vicky auf eine Affäre aus war, aber manchmal passiert so etwas einfach. Man trifft jemanden und ist wie im Rausch. Dagegen kann man nichts machen.«

»War es so für dich und Robert?«, fragt Tom und scheint noch immer nicht zu begreifen, worum es an diesem Abend geht.

»Nein, an ihn habe ich mich erst nach und nach gewöhnt.« Amber schiebt ihren Stuhl zurück und schlägt die Beine übereinander. »Als ich ihn kennengelernt habe, ging es mir sehr schlecht. Ich brauchte jemanden, bei dem ich mich aufgehoben fühlen konnte.«

Toms Blick fällt auf ihr wippendes Knie. Amber zwingt sich, die Beine stillzuhalten.

»Soll ich dir die Wahrheit sagen?«

»Es würde mich freuen, wenn das mal jemand tun würde.«

O Gott, wie schön seine Augen sind. Amber streicht sich die Haare aus dem Gesicht. Tom holt die Pizza aus dem Ofen, zerteilt sie und legt ein Viertel auf ihren Teller. Amber bricht sich ein Stück Kruste ab und knabbert daran.

»Ich habe Robert nie geliebt«, sagt sie dann. »Ich mag ihn sehr, und für das, was er für mich getan hat, bin ich ihm wirklich dankbar. Auch dafür, dass er mir Sophie gegeben hat. Aber das große Herzklopfen gab es für mich nie, und das verursacht mir immer noch Schuldgefühle. Normalerweise nutze ich andere Menschen nicht aus, aber ich musste immer allein für mich kämpfen, und das würde ich auch wieder tun, wenn es sein müsste, aber manchmal kann man einfach nicht mehr und sucht jemanden, der einem beisteht. Eines Tages werde ich Robert wehtun, und dafür hasse ich mich jetzt schon. Er ist ein guter Mensch, ein liebenswürdiger Mann. Er hat etwas Besseres verdient.« Sie klingt gepresst und ist kurz davor, die Geschichte selbst zu glauben. Sie sucht Toms Blick. »Das habe ich noch nie jemandem erzählt. Nicht einmal Vicky.« Zu ihrer Überraschung treten ihr Tränen in die Augen. Sie senkt den Kopf. Jetzt muss er doch endlich erfassen, was Sache ist. Sie wartet, hört ihrem Atem zu. Tom stellt seine leere Flasche auf den Tisch, tritt zu ihr und legt eine Hand auf ihre Schulter.

Amber lehnt sich an ihn.

»Oh, Tom«, sagt sie.

Dann schaut sie zu ihm hoch, erwartet, dass sich ihre Blicke begegnen, doch er sieht über sie hinweg in den dunklen Garten. Langsam steht Amber auf, legt ihre Arme um seinen Hals, fährt mit dem Daumen über seinen Nacken und küsst ihn sanft.

Tom zuckt zusammen, löst ihre Arme und drückt sie auf ihren Stuhl zurück. Dann hockt er sich vor sie und nimmt ihre Hände.

»Amber, ich wette, dass du dich irrst. Ich bin sicher, dass du Robert liebst – tief in deinem Innern. So wie ich Vicky liebe. Wenn du glaubst, bei mir findest du das, was dir im Leben fehlt, oder dass ich deine Wunden heilen kann, dann muss ich dich enttäuschen. Ich kann dieser Mensch nicht sein. Bitte verwechsle meine Freundschaft nicht mit Liebe.«

»Aber wir …«

Ambers Verwirrung, ihr Gefühl, dass Tom sie gerade tief gekränkt hat, sind real. Sie starrt ihn an, unfähig, etwas zu erwidern oder sich zu rühren. Er streicht über ihre Wange. Sie schmiegt ihre Wange an seine Hand und beginnt zu weinen.

»Ich dachte, wir hätten uns verstanden, Amber. Natürlich finde ich dich attraktiv. Du bist unglaublich. Aber das bedeutet nicht, dass ich dich liebe. Das in Spanien ist passiert, weil wir uns in einer Nacht begegnet sind, in der wir beide unglücklich waren. Du warst da, und dafür war ich dir dankbar, aber ich wusste nicht, dass du mehr darin siehst. Wir haben einander getröstet, weiter nichts.«

Getröstet?

Amber schließt die Augen und spürt, wie jemand in ihren Kopf eindringt. Er ruft sie, neckt sie, ängstigt sie, und doch gibt er ihr das Gefühl, etwas Besonderes zu sein. Es ist, als wäre sie wieder auf der Eisbahn, ein Kind, das herumwirbelt, ihre Hand in seiner, die Arme ausgebreitet. Er lächelt.

»Luke?«, fragt sie mit kleiner Stimme. »Willst du mich nicht?«

Tom runzelt die Stirn. »Wie hast du mich genannt?«

Sie nimmt seine Hand, schiebt sie zwischen ihre Schenkel und höher, damit er ihre Hitze spürt. Tom reißt seine Hand weg und schaut sie entsetzt an.

»Herrgott noch mal, Amber, lass das.«

»Bitte, nenn mich nicht so.« Sie zieht ihre Bluse hoch. »Ich bin dein kleines Mädchen, weißt du das nicht mehr?«

Tom will ihre Bluse herunterziehen. Sie wehrt sich und lacht, doch dann werden ihre Arme schlaff.

»So was gefällt dir, nicht wahr?« Kichernd greift sie nach seinem Hosenschlitz. Tom packt ihre Hand und hält sie fest.

»Das ist nicht lustig, Amber, ich glaube, du gehst jetzt besser.«

»Ach, in Spanien hast du dich noch ganz anders angehört.«

»Das ist mir scheißegal.« Er dreht sich um, räumt den Tisch ab und knallt Teller und Besteck in den Geschirrspüler. Er stützt sich auf den Küchentresen, mit hängendem Kopf und gekrümmten Schultern. Ohne sich umzuwenden, sagt er: »Entschuldige, ich habe es nicht so gemeint. Trotzdem, Spanien war ein Fehler, der nie hätte passieren dürfen.« Er holt einen Spülmaschinen-Tab aus der Schrankschublade. »Ich liebe meine Frau.«

»Und was ist mit mir?«

Tom seufzt schwer und dreht sich um. »Dich liebe ich nicht.«

Amber sieht ihn fassungslos an. Tom tritt ans Abwaschbecken, greift nach einer schmutzigen Pfanne und beginnt, sie zu schrubben – Hauptsache, er kann seine Hände beschäftigen.

Amber starrt auf seinen Rücken, sieht sein dunkles Haar, die durchtrainierte, hochgewachsene Gestalt. Ihre Hand tastet nach dem Messer auf dem Tisch, mit dem er die Pizza zerteilt hat. In ihr steigt ein Schrei auf. Mit einem Satz ist sie bei ihm. Tom fährt herum, aber es ist zu spät, Amber rammt das Messer in seinen Bauch. Tom keucht, geht in die Knie und schlägt mit dem Kopf auf dem Boden auf.

Juni 1992

Katya wurde wach und starrte in die Schwärze, bis ihre Augen sich an die Dunkelheit gewöhnt hatten. Die Uhr an ihrem Bett zeigte 22:47. Irgendetwas hatte sie noch im Gedächtnis, Traumfäden, die sich drehten, mal in die eine, mal in die andere Richtung – ein Gefühl von Zorn und Enttäuschung. Sie hatte von der Schule geträumt, war durch die Flure gerannt, weil sie zu spät war. Ihr Haar war nicht gekämmt, die neuen Schuhe flogen davon. Dann war sie nicht mehr in der Schule, sondern saß in Maggies Auto. Emily war auch da, beachtete sie aber nicht. Katya erzählte ihr von ihrem Leben, vom Tod ihrer Mutter, dass sie sich vor Luke fürchtete. Aber Emily redete über sie hinweg mit Maggie, als gäbe es Katya nicht. Dann war Emily weg, und Katya saß bei ihrer Mutter, lauschte ihrem rauen Atem, bis er verklang. Sie wartete darauf, dass er wieder einsetzte, spitzte die Ohren.

Es war nicht ihre Schuld gewesen. Ihre Mutter hatte sich nicht um sie gekümmert, ihr nur Märchen zu lesen gegeben, in denen Waisenkindern Wunderbares widerfuhr. Hätte Katya gewusst, dass ihr Leben nach dem Tod ihrer Mutter noch schlimmer werden würde, hätte sie die Notrufnummer früher gewählt.

»Geh weg«, murmelte sie, um ihre Mutter aus ihrem Kopf zu vertreiben, doch die sah sie mit weit geöffneten Augen an.

Emilys Bernstein lag unter Katyas Kopfkissen. Sie spürte ihn, als wäre sie die Prinzessin auf der Erbse, seine Form drückte sich durch den weichen Schaumstoff des Kissens. Wenn Emily merkte, dass er fort war, wäre der Teufel los. Sie stellte sich vor, wie man sie vor Maggies Tochter zerren würde, damit sie sich bei ihr entschuldigte. Emily würde nicht begreifen, dass sie es nur getan hatte, um ihr näher zu sein, sie würde Katya für eine Diebin halten. Bei dem Gedanken wurde sie unruhig, stand auf und holte den Zirkel. Wieder im Bett, stach sie sich in die Vertiefungen zwischen den Fingerknöcheln auf ihrem Handrücken. Allmählich löste sich ihre Beklemmung auf, und Erleichterung durchflutete sie wie warmes Wasser.

Sie musste aufs Klo. Der Fernseher lief noch immer, doch statt der Schüsse und quietschenden Autoreifen hörte man jetzt das künstlich klingende Gelächter eines Publikums. Lautlos tappte Katya über den Flur und zog leise die Badezimmertür zu. Der Riegel machte ein schabendes Geräusch. Katya hielt die Luft an. Den Abzug wagte sie nicht zu bedienen. Sie drückte ihr Ohr an die Tür, horchte, zog den Riegel langsam zurück und trat auf den Flur. Sie schlich zurück, sah das Mondlicht durch die schmalen Buntglasfenster an der Haustür fallen.

»Katya?«

Sie rannte in ihr Zimmer, schlüpfte ins Bett und hoffte, Luke würde glauben, er hätte sich die Schritte auf dem Flur nur eingebildet. Fünf Minuten vergingen. Dann zehn. Gerade als sie dachte, sie wäre noch einmal davongekommen, öffnete sich ihre Zimmertür. Luke stand im Türrahmen, seine Gestalt zeichnete sich schwarz vor dem Flurlicht ab. Sein Blick richtete sich auf sie. Katya schloss die Augen und bemühte sich, regelmäßig zu atmen, in der Hoffnung, ihn zu täuschen. Gleich darauf hörte sie seine Schritte und spürte sein Gewicht auf der Bettkante.

Er strich über ihre Wange. »Ich weiß, dass du wach bist.« Er lallte nicht, sprach nur etwas schleppend, und die Wörter schienen ineinander überzugehen. Er roch nach Alkohol und Schweiß. Katya hatte in ihrem Leben viele Betrunkene erlebt und gelernt, dass sie es selten gut mit ihr meinten.

»Ich musste aufs Klo.«

»Ach, dann redest du also doch mit mir. Komm, wir sehen ein bisschen fern.«

»Ich muss schlafen.« Sie gähnte, um es zu beweisen.

»Schlafen kannst du, wenn du tot bist.« Als er ihren entsetzten Blick wahrnahm, fügte er rasch hinzu: »Ist nur so eine Redensart.«

»Was ist das?«

»Etwas, das die Leute so sagen. Also keine Angst, du stirbst nicht, jedenfalls nicht so bald. Mein Gefühl sagt mir sogar, dass du eine sehr alte Dame werden wirst.« Sein Tonfall war leicht spöttisch, aber nicht unfreundlich.

»Ich bin sehr müde, ich will nicht aufstehen.«

»Nur für zehn Minuten. Wenn du magst, kannst du auf dem Sofa weiterschlafen.« Er seufzte. »Sally ist nie da, nichts in meinem Leben funktioniert. Ich brauche jemanden, der mich aufmuntert.«

Katya nahm an, dass er sich auf die Vorstellungsgespräche bezog, die nie zu etwas führten. Fast tat er ihr leid; sie wusste, wie demütigend es war, von niemandem gewollt zu werden. Sie erinnerte sich an Emilys Gesichtsausdruck, als sie ihr im Auto gesagt hatte, dass sie bei ihnen bleiben wollte, und daran, wie unangenehm es Emily gewesen war. Wie rasch sie sich abgewandt hatte. Katya hatte erfahren, wie sich Zurückweisung anfühlte. Sie schlug die Decke zur Seite, nahm ihr Lieblingsbuch vom Nachttisch und folgte ihm ins Wohnzimmer.

Luke hatte eine langweilige Talkshow geschaut. Auf dem Couchtisch standen vier leere Bierdosen, eine halbe Flasche Wodka und ein schmutziger Teller.

»Warum hast du das Buch mitgenommen?«, fragte er. »Bist du für Märchen nicht langsam zu alt?«

»Nein, ich mag Märchen.«

Ehe sie sich versah, hatte Luke ihr das Buch aus den Händen gerissen. Er lachte über ihre bestürzte Miene und blätterte durch die Seiten. Hier und da las er mit Gruselstimme einige Zeilen. Katya sah ihn finster an.

»Das ist aber nicht gerade was für Kinder, oder? Liebe Güte, jetzt hör dir das an: ›Gleich darauf sah sie, dass der Fußboden voller Blut war, und dann entdeckte sie die Toten.‹« So etwas gefällt dir?«

»Na und?«

»Nichts, ich wundere mich nur. Du bist ein stilles Wasser, Katya.«

Katya wusste nicht genau, was das bedeutete, aber die Art, wie er es gesagt hatte, war unschön gewesen. »Bin ich nicht. Gib mir das Buch.«

»Ich glaube, ich werde es beschlagnahmen«, antwortete Luke. »Für Kinder scheint es mir nicht das Richtige zu sein.«

Katja langte nach dem Buch. Luke hob es so hoch, dass sie es nicht erreichen konnte. Sie kniete sich auf das Sofa und versuchte es noch einmal. »Gib es mir. Es gehört dir nicht.«

»Gehört es dir denn?« Er lachte. In seinen Augenwinkeln bildeten sich Fältchen. Wenn Luke lachte, sah man, wie schön er war, aber Katya gefiel sein Aussehen nicht mehr. Sie mochte seine braunen Augen nicht mehr, nicht den Blick, mit dem er sie betrachtete, als wäre sie essbar – etwas, auf das er Appetit hatte, wie ein dickes, saftiges Steak. Es machte ihr Angst.

»Es hat meiner Mum gehört.« Katya war den Tränen nah. »Du darfst es mir nicht wegnehmen, dazu hast du kein Recht.«

Luke senkte seine Hand. Wieder griff Katya nach dem Buch, doch sofort zog er das Buch wieder weg, und sie fiel gegen ihn.

Er legte das Buch ab und umfasste ihre Hüften. »Mach langsam«, sagte er. »Du willst dir doch nicht wehtun.«

Sie befreite sich aus seinem Griff, sprang vom Sofa und starrte ihn wütend an. »Ich will hier nicht mehr bleiben«, sagte sie. »Ich sage Sally, was du gemacht hast.«

»Das tust du nicht.«

»Doch. Du bist widerlich, und ich hasse dich.«

Lächelnd reichte er ihr das Märchenbuch und wandte sich dem Fernseher zu. »Setz dich.«

»Nein.«

»Na komm, ich habe dich doch nur geneckt. Setz dich zu mir.« Er klopfte auf die freie Stelle an seiner Seite.

Er klang zerknirscht, nicht tückisch. Katya setzte sich ans andere Ende des Sofas und steckte ihr Buch in den Ritz zwischen Polster und Armstütze. Luke wirkte jetzt ganz entspannt; er gähnte ausgiebig. Sie hoffte, er würde vor dem Fernseher einschlafen.

In der nächsten Werbepause sagte er sanft: »Du wirst niemandem etwas verraten, Katya, denn dir glaubt man ohnehin kein Wort. Außerdem habe ich dir nie wehgetan, oder?«

Das hatte er nicht. Nicht richtig. »Nein.«

Er drehte sich zu ihr um und lächelte. »Da siehst du's. Es ist nicht schlimm, wenn Freunde miteinander schmusen. Außerdem möchte ich nicht, dass wir uns böse sind, denn ich habe dich gern. Du nörgelst nicht an mir herum wie Sally, gibst mir nicht das Gefühl, nicht gut genug zu sein. Du bist ein sehr kluges kleines Mädchen. Komm, rutsch zu mir, warum tust du, als wäre ich aussätzig?«

Katya schaute auf den Fernseher und spürte, dass Luke sie von der Seite ansah. Die vertraute Furcht befiel sie. Reglos saß sie da, den Blick auf den Bildschirm gerichtet, als wäre sie von der Talkshow fasziniert. Sie lachte mit, wenn im Fernseher gelacht wurde, über Witze, die sie nicht verstand, und hoffte, dass auch Lukes Aufmerksamkeit wieder auf die Sendung gelenkt würde. Es funktionierte nicht. Er streckte die Hand nach ihr aus, öffnete und schloss sie ungeduldig. Als Katya nicht reagierte, zog er sie an sich und legte einen Arm um sie.

Katya spürte, wie das Blut in ihren Ohren pochte und ihr Herz hämmerte. Lukes Geruch war jetzt noch intensiver. Er strich über ihre Wange. Sie rutschte von ihm fort. Doch Luke war schneller. Bevor sie losrennen konnte, lag er schon auf ihr und fasste zwischen ihre Beine. Katya schrie, doch Luke drückte eine Hand auf ihren Mund.

Diesmal war es anders als sonst. Sie merkte, dass er die Kontrolle über sich verlor und seine Begierde übermächtig wurde. Katya kniff die Augen zusammen. Jetzt klang sein Atem wie bei dem Mann, den sie einmal auf ihrer Mutter entdeckt hatte, rau und abgehackt und stöhnend. Sie hatte gedacht, er hätte ihre Mutter überfallen, und hatte ihn mit einem Messer angegriffen. Sie hatte keinen sehr großen Schaden angerichtet, aber die Stiche mussten genäht werden und der Mann hatte das Jugendamt verständigt.

Mit einer Hand tastete Katya auf dem Couchtisch herum. Ihre Fingerspitzen berührten Glas. Es war die Flasche Wodka. Sie strich an ihr entlang, dehnte ihre Finger, bis sie den Flaschenhals umschließen konnten. Ihr Griff wurde fester. Sie sammelte ihre Kraft, holte aus und traf seine Schulter. Er fluchte und schlug die Flasche zur Seite. Sie traf auf den Strahlrahmen des Couchtischs und zerbrach. Wütend drückte er seine Hand auf Katyas Gesicht. Sie bekam keine Luft mehr, es war, als würde sie wieder unter Wasser gehalten und wäre kurz davor zu ertrinken. Panisch ruderte sie mit den Armen, spürte etwas Scharfes, Feuchtes – eine Scherbe, die sie nahm, sich zurechtlegte und dann tief in Lukes Hals rammte. Er brüllte, bäumte sich auf und griff sich an den Hals. Seine Finger färbten sich rot. Er raffte sich auf, taumelte durch das Zimmer und ging zu Boden.

Katya schlug sich die Hände vors Gesicht und schluchzte. Sie drückte sich in eine Ecke des Sofas und versuchte, nicht zu hören, welche Laute Luke von sich gab. Dann stöhnte er nur noch, und auch das wurde leiser und leiser, bis es verstummte. Als er sich eine Zeit lang nicht bewegt hatte, kroch Katya zu ihm. Sie wusste nicht, ob er noch lebte oder tatsächlich tot war. Als sie eine Hand auf seine Brust legte, spürte sie keinen Atem, doch dann wieder war es, als hätten seine Lider geflattert.

Sie setzte sich auf das Sofa. Auf dem Tisch lag Lukes Handy in einer Wodkalache. Ihre Finger schwebten über den Tasten, dann wurden sie schlaff, und das Handy fiel zu Boden. Zum zweiten Mal in ihrem Leben ließ sie es einfach geschehen.

Die Talkshow endete, die Werbung begann. Katya rappelte sich auf und machte sich auf die Suche nach Lukes Adressbuch, denn nur dort würde sie die Privatnummer finden, die sie brauchte.

Nachdem sie Maggie aus dem Schlaf gerissen und ihr gesagt hatte, sie müsse sofort zum Haus der Bryants kommen, klopfte sie sich die Glassplitter von ihrem Schlafanzug, holte ihr Märchenbuch hervor und ging hinaus auf den Flur, um an der Haustür auf Maggie zu warten.

39

Das Gästezimmer der Forsyths liegt unter dem Dach und ist noch nicht renoviert worden. Es ist zwar in besserem Zustand als die Räume im Haus in der Browning Street, aber es ist altmodisch und verwohnt, mit gelb gestrichenen Wänden und weiß lackierten Möbeln. Auch das Waschbecken in einer Ecke ist gelb, der Spiegel darüber weißgerahmt. Als ich mich darin begutachte, erkenne ich die Schatten unter meinen Augen.

Im Bett versuche ich zu lesen, aber meine Gedanken lassen mir keine Ruhe. Ich werde Amber nie mehr trauen können, nicht nach dem, was sie in den letzten Wochen getan hat. Zwar hat sie ihre Geldforderung zurückgenommen und mich um Verzeihung gebeten, aber das hat sie nicht aus Zuneigung zu mir getan. Es muss andere Beweggründe geben. Vielleicht ist Roberts Reise erfolgreich verlaufen und ihre finanzielle Lage hat sich gebessert. Doch für mich ändert sich dadurch nichts, da kann sie mich noch so oft als ihre »beste Freundin« bezeichnen. Ich bin nicht dumm oder jedenfalls nicht so dumm, dass ich in diese Falle tappe.

Aber was ist, wenn ich beschließe, doch nicht die Wahrheit zu sagen, und wenn trotzdem alles herauskommt, auch ohne dass Amber mich verrät? Was ist, wenn man unseren Einbrecher in ein oder zwei Jahren schnappt und Grayling durch ihn die Wahrheit erfährt? Was, wenn ich festgenommen werde und wegen meiner Vergehen eine Gefängnisstrafe absitzen muss? Wird Tom dann noch etwas mit mir zu tun haben wollen? Wird meine Mutter mich irgendwann aus dem Gefängnis abholen und mich wieder zu sich nehmen? Werde ich meine Kinder sehen dürfen? Die ersten Tränen rinnen über meine Schläfen. Ich lege das Buch zur Seite und befehle mir, vernünftig zu denken. Warum sich schon im Voraus verrückt machen? Hat Jenny nicht erklärt, dass eine Gefängnisstrafe unwahrscheinlich ist, wenn ich beichte? Ich knipse die Nachttischlampe aus und drehe mich auf die Seite. Als das Klingeln meines Handys mich aufschreckt, weiß ich im ersten Moment nicht, wo ich bin.

»Vicky, gut, dass du noch wach bist.«

An der Stimme meiner Mutter erkenne ich, dass sie getrunken hat. Ich setze mich auf und strecke meinen Rücken durch. Dann stehe ich auf und schiebe den Vorhang am Fenster ein Stückchen zur Seite.

»Ich muss dir etwas sagen.«

»Okay«, antworte ich, schaue auf die verlassene Straße und dann hoch zu dem mitternachtsblauen Himmel. Die Lichter Londons sind so hell wie die Sterne, die ich hier und da entdecke.

»Ich möchte, dass du weißt, wie sehr ich noch immer bedauere, was damals geschehen ist. Es war nicht meine Schuld. Er hat mich belogen.«

»Wer?« Ich gähne und reibe mir dir Augen. Mein Körper fühlt sich bleiern an. »Bitte, sprich nicht in Rätseln.«

»Sie hat ihn umgebracht.«

»Wer hat wen umgebracht?«

»Amber – Katya. Sie hat ihren Pflegevater getötet. Ich hätte es dir neulich schon sagen sollen.«

»Und warum hast du es nicht getan?«

»Weil ich mich geschämt habe. Und noch etwas: Damals, als Katyas Mutter die Überdosis genommen hatte, war Katya diejenige, die sie gefunden hat.«

»Mein Gott.«

»Ja. Sie hat gesagt, sie habe sofort den Notruf gewählt, aber später hat sich herausgestellt, dass sie eine Zeit lang gewartet hat. Das wurde vertuscht, weil sie ja noch ein Kind war. Und wer weiß denn, ob sie überhaupt begriffen hat, dass man ihre Mutter vielleicht noch hätte retten können.«

Ich lasse den Vorhang zufallen und spüre etwas Eisiges in mir aufsteigen.

»Sag doch was, Vicky.«

»Bitte erzähl mir jetzt nicht, dass du mit dem Pflegevater eine Affäre hattest.«

Die darauffolgende Stille spricht Bände. Ich will es nicht glauben, aber natürlich war es so. Ich weiß nicht einmal, warum ich so schockiert bin, dass ich schreien möchte. Ich versuche, ruhig zu bleiben.

»Dir war doch bewusst, dass das falsch war, oder?«

»Selbstverständlich.« Ihre Stimme zittert wie bei einem gescholtenen Kind. »Ich wollte mich von ihm fernhalten, aber du hast Luke Bryant nicht gekannt. Er wusste, wie man jemanden verführt, und ich war damals einsam. Ich habe mich in ihn verliebt.«

»In den Mann, der Katya missbraucht hat? Dem ein kleines Mädchen lieber war als du? Mein Gott, Mum, wie konntest du nur?«

Mein Magen hebt sich, und ich muss mich ins Waschbecken übergeben. Als ich das Handy wieder ans Ohr führe, höre ich meine Mutter weinen.

»Vicky, bitte, lass mich es dir doch erklären.«

»Nein, ich will es nicht hören, und ich will auch nicht mehr mit dir reden. Ich brauche Zeit.«

Ich lege auf, setze mich aufs Bett, den Kopf in den Händen, und versuche, das Gehörte zu verarbeiten. Ein erwachsener Mann und ein kleines schwaches Mädchen – wie verängstigt und verzweifelt Amber, oder vielmehr Katya, gewesen sein muss. Und dann hatte sie sich gewehrt. Wie konnte meine Mutter ihr nicht glauben? Weil sie sich wieder einmal vorgemacht hatte, sie wäre an einen wunderbaren Mann geraten? Was haben diese Erlebnisse in Ambers Psyche angerichtet? Was soll ich jetzt tun? Ihr sagen, dass ich Bescheid weiß? Darüber hinweggehen? Soll ich es Tom erzählen?

Zu guter Letzt entscheide ich, Amber am nächsten Tag zu besuchen. Sie muss schwerwiegenden seelischen Schaden genommen haben, vielleicht kann ich ihr helfen. Zumindest kann ich mit ihr reden, mir die Geschichte aus ihrer Sicht erzählen lassen. Sicher, sie hat versucht, mich zu erpressen, aber ich war diejenige, die ihr das Material dazu geliefert hat.

Ich lege mich wieder hin. Gleich darauf klingelt mein Handy erneut. Ich hätte es ausschalten sollen. Stöhnend taste ich danach.

»Mum?«, frage ich.

»Vicky? Hier Magda. Störe ich?«

»Nein. Was ist denn?«

Ich werde unruhig. Ohne triftigen Grund würde Magda um diese Uhrzeit niemals anrufen. Vielleicht ist Tom ausgegangen und hat sie mit den Kindern allein gelassen. Obwohl das seltsam wäre …

»Ich weiß nicht«, sagte Magda. »Ich mache Sorgen.«

»Bist du bei uns zu Hause? Ist mit den Kindern alles in Ordnung?«

»Nein, ich bin Babysitter bei Millie Boxer.«

»Fühlt sich einer der Jungen nicht gut?« Aber selbst wenn, würde Magda damit fertigwerden. »Ich kann nicht rasch über die Straße springen, ich bin bei Jenny Forsyth.«

»Ah, ach so.«

»Okay, um was geht es?«

»Sie war da. Vor einer Stunde. Ich dachte, du bist zu Hause. Aber dann – ich hatte ein Gefühl in den Knochen. Und siehst du, du bist nicht da.«

»Magda, bitte sag mir, wovon du redest.«

»Mrs. Collins. Ich habe hier bei den Boxers ferngesehen. Und etwas gehört. Und dann auf Straße geschaut. Dein Mann hat die Tür aufgemacht. Und jetzt bist du nicht da.«

Mich überläuft ein Schauder. »Ist sie noch im Haus?«

»Ich glaube. Habe nichts mehr gehört. Aber auch nicht immer aus dem Fenster geguckt.«

»Danke, Magda, ich bin schon auf dem Weg.«

40

Verwirrt setzt Katya sich auf und massiert ihre Schläfen. Anscheinend hat sie einen Aussetzer gehabt. Oder sie war ohnmächtig. Inzwischen ist es Nacht. Sie rafft sich auf, geht auf wackligen Beinen zum Lichtschalter und knipst die Deckenleuchte an. Das helle Licht schmerzt ihr in den Augen. Sie schaut sich um.

Tom liegt auf dem Fußboden. Zögernd macht sie einen Schritt auf ihn zu und verharrt abrupt, als sie das Blut sieht – und dann das Messer in seinem Bauch. Plötzlich fällt ihr alles wieder ein, und ihr wird klar, dass sie jetzt sorgfältig nachdenken muss. Wenig später nimmt sie ein Tuch und wischt ihre Fingerabdrücke vom Griff des Messers ab. Als Nächstes spült sie ihr Glas, den Teller, das Besteck, trocknet alles ab und räumt es in den Schrank. Zwar werden ihre Fingerabdrücke in jedem dieser Räume sein, aber das ist kein Problem, sie ist hier ja so gut wie zu Hause.

An der Küchentür lauscht sie mit angehaltenem Atem, aber von oben ist kein Laut zu hören. Sophie wäre längst wach geworden, aber Emily und Polly schlafen so fest, dass man das Haus wegtragen könnte. Nicht einmal Josh hat sich geregt, der laut Vicky nachts nicht richtig schläft.

Aber sie darf jetzt keinen Fehler machen. Am besten wäre es, das Ganze sähe aus wie ein Einbruch. Leise geht sie in den

Garten und inspiziert die Terrassentür, durch die der Einbrecher im Januar ins Haus gelangt ist. Man sieht noch, an welchen Stellen die Tür repariert wurde. Sie bückt sich, sucht sich einen Stein und schlägt damit die kleine Scheibe neben dem Türgriff ein. Dann horcht sie in die Dunkelheit. Nichts. Nirgendwo öffnet sich ein Fenster oder eine Tür. Sie greift durch die Lücke und will die Tür von innen aufschließen, doch das funktioniert nicht, denn Tom und Vicky haben oben und unten an der Tür Riegel anbringen lassen. Im Geist geht sie ihre Möglichkeiten durch, hält nach etwas Ausschau, mit dem sie die Tür aufstemmen kann … doch dann verliert sie die Geduld und tritt die untere Holzplatte ein. So. Das ist genügend Platz für einen Mann, um sich ins Haus zu zwängen. Sie kehrt in die Küche zurück und verriegelt die Hintertür von innen. Vielleicht sollte sie etwas stehlen. Vickys Schmuck beispielsweise. Sie weiß, wo der ist.

Hastig kleide ich mich an, spurte die Treppen hinunter und nehme meine Jacke von der Garderobe. Jenny und Simon sind noch in der Küche, offenbar sind sie Nachteulen. Ich klopfe und stecke den Kopf durch die Tür. Simon belädt den Geschirrspüler, Jenny erzählt irgendetwas.

»Um Gottes willen«, sagt Jenny bei meinem Anblick. »Du bist kreidebleich. Was ist passiert?«

»Magda hat angerufen.«

»Ist sie bei deinen Kindern? Fehlt ihnen etwas?«

Ich schüttele den Kopf. »Sie hat Amber vor einer Stunde in unser Haus gehen sehen, und bis jetzt ist sie noch nicht wieder herausgekommen.«

Ich bin schon im Begriff loszulaufen, doch Jenny ist wie der Wind bei mir und hält mich fest. Simon richtet sich auf.

»Tu nichts Unüberlegtes«, sagt Jenny. »Denk nach. Es könnte zig Gründe für ihren Besuch geben.«

Das würde ich gern glauben, aber ich weiß noch zu gut, wie Tom Amber in Spanien angeschaut, wie er ständig ihre Partei ergriffen und wie er sich um sie gekümmert hat, als sie sich in den Pool gestürzt hatte. Diesmal wird er ihr nicht widerstehen, ich bin ja nicht da, um ihn von irgendetwas abzuhalten. Bei der Vorstellung, dass die beiden sich gerade in den Armen liegen, geben meine Beine nach. Ich lehne mich an den Türpfosten.

»Überleg doch mal«, sagt Jenny eindringlich. »Wenn du jetzt kopflos in euer Haus stürmst und die beiden tatsächlich zusammen sind, bist du doch diejenige, die gedemütigt wird.«

»Was soll ich denn deiner Meinung nach tun?«, rufe ich aufgebracht. Dann fallen mir die Kinder ein, und ich senke meine Stimme. »Ich weiß nicht, was ich machen soll.«

»Du bleibst hier«, erklärt Jenny fest. »Morgen früh sprichst du mit Tom. Wahrscheinlich spielt sich zwischen den beiden nicht das Geringste ab.«

»Aber schwören kannst du es nicht.«

Darauf antwortet sie nicht. Ich kann nicht bleiben, ganz gleich, was Jenny sagt, ich muss mir Gewissheit verschaffen. Vielleicht würde ich auf Jenny hören, wenn ich nicht mit meiner Mutter telefoniert hätte, aber jetzt weiß ich, wozu Amber fähig ist, und bei mir zu Hause schlafen meine Kinder.

»Wahrscheinlich hast du recht«, sage ich. »Ich muss trotzdem los, selbst wenn ich es nachher bereue.«

Ich umarme Jenny kurz und wende mich ab. Draußen setze ich mich in Trab, renne so schnell durch die Nacht, dass ich schon wenig später nach Atem ringe und den Rest des Weges in gemäßigterem Tempo zurücklege. Dann bin ich in der Coleridge Street. In unserem Haus ist alles dunkel.

41

Unten im Haus ist kein Laut zu hören, von oben auch nicht. Das verstehe ich nicht. Die Stille ist beklemmend. Ich steige die Treppen hinauf, doch die Kinder sind alle da, wo sie sein sollen, und schlafen friedlich. Polly liegt auf dem Bauch, einen Arm unter ihrem Kopf, den anderen um ihren Teddybär gelegt. Emily schläft wie immer auf der Seite. Josh bewegt seine Lippen im Schlaf und schmatzt.

Ein Stockwerk tiefer betrete ich unser Schlafzimmer. Das Bett ist nicht gemacht und sieht zerwühlt aus, die Kissen sind eingedrückt und liegen nicht an ihrem Platz. Die Vorhänge sind geschlossen. In der Luft liegt der Geruch von Ambers Parfüm. Sie war hier – in diesem Zimmer – in unserem Bett. Ich stolpere aus dem Zimmer, mir ist übel, vor mir sehe ich Tom und Amber, die sich nackt umschlingen.

Unten im Parterre schalte ich sämtliche Lampen an – sollen sie doch sehen, dass ich da bin. Aber warum kommen sie nicht zum Vorschein? Was für einen Sinn hat es, sich vor mir zu verstecken? Irgendetwas stimmt hier nicht, die ganze Atmosphäre ist eigenartig, als wäre etwas, das fest und unverrückbar war, plötzlich dabei zu schmelzen.

Dann stehe ich in der Küche und traue meinen Augen nicht. Tom liegt halb auf dem Fußboden, halb lehnt er am Schrank, den Kopf seltsam abgeknickt, die Augen halb offen. Sein Gesicht ist aschgrau. Er hat die Arme um seinen blutenden Oberkörper gelegt, und dann sehe ich den Messergriff und das Blut, das hervorrinnt und sich auf dem Fußboden sammelt.

»Tom!«

Ich greife nach der Küchenrolle, knie mich auf den Boden und versuche, das Blut zu stoppen, aber es fließt immer weiter, und mir wird klar, dass ich das Messer aus Toms Bauch ziehen muss, denn sonst kann ich auf die Wunde keinen Druck ausüben. Ich nehme allen Mut zusammen und ziehe. Tom keucht und windet sich.

Mein Blick fällt auf den Korb mit der Bügelwäsche. Mit fliegenden Händen zerre ich Hemden und Trockentücher heraus, falte sie grob zusammen und drücke den Packen auf Toms Wunde. Merkwürdigerweise werde ich nicht panisch, sondern konzentriere mich auf die Erste Hilfe, die ich gelernt habe.

Ich drücke auf die Wunde und sage Toms Namen, aber er reagiert nicht. Ich wiederhole seinen Namen ein ums andere Mal. Ich muss mich vergewissern, dass seine Atemwege nicht blockiert sind. Sind sie nicht, Tom atmet. Puls! Ich nehme sein Handgelenk und taste nach seinem Puls. In dem Moment rutscht Tom tiefer nach unten, seine Augen haben sich geschlossen. Ich weiß nicht, ob ich ihn in die Seitenlage bringen soll, muss verhindern, dass er einschläft. Ich ziehe ihn wieder hoch und versuche, ihn anzulehnen, doch diesmal gleitet er zur Seite. Überall ist Blut.

»Ich muss dich einen Moment allein lassen«, sage ich. »Wir brauchen einen Rettungswagen.«

Das Telefon ist nicht in seiner Ladestation, und mein Handy steckt in meiner Handtasche. Jede Sekunde auf dem

Weg dorthin und wieder zurück bedeutet einen Herzschlag und noch mehr Blut, das aus Toms Körper gepumpt wird.

»Bleib bei mir, Liebling«, flehe ich. »Nicht ohnmächtig werden, ich brauche deine Hilfe. Du musst auf diesen Stoffpacken drücken.«

Ich führe seine Hand dorthin, lege meine Hand auf seine, doch als ich sie fortnehme, fällt Toms Hand auf den Boden. Ich wiederhole die Aktion und lehne meine Stirn an seine, so wie ich es bei Josh mache, wenn er weint. Ich möchte meine Kraft auf Tom übertragen, ihn wissen lassen, dass ich für ihn da bin.

»Amber war es«, murmelt er.

»Wo ist sie?« Er antwortet nicht. Ich wiederhole meine Frage.

Seine Augen öffnen sich einen Spaltbreit. In dem Moment höre ich etwas, ein kleines, kaum wahrnehmbares Geräusch. Ich sehe Tom an und lege einen Finger auf meine Lippen. Er versteht, was ich meine. Als ich seine Hand wieder auf die Kompresse lege, bleibt sie dort, aber lange wird er sie nicht festhalten können, und mir rennt die Zeit davon. Ich krieche über den Steinfußboden und hole unseren schweren Steinmörser. Das Licht geht aus, der Kühlschrank verstummt, die Digitaluhr am Herd wird dunkel. Es ist, als hätte das Haus seinen letzten Atemzug getan.

Okay, der Sicherungskasten ist im Keller. Also ist auch Amber dort.

Der Mond ist nur dreiviertel voll, aber das dünne Licht, das in die Küche fällt, genügt mir. Mit dem schweren Mörser in der Hand schleiche ich hinaus auf den Flur.

»Amber«, sage ich. »Ich weiß, dass du da bist.«

Keine Antwort. Ich sehe gut genug, die Straßenlaterne vor

unserem Haus wirft zusätzliches Licht durch die Buntglasscheiben an der Haustür bis zur Treppe. Trotzdem wirkt alles fremd, als wäre es nicht unser Haus, sondern vielmehr eine Filmkulisse, etwas, das nur so tut, als wäre es ein Haus, mit dünnen, provisorischen Wänden, die niemandem Schutz geben. Mein Blick zuckt zur Haustür, wo ich meine Handtasche habe fallen lassen. Sie liegt auf der Seite, der Inhalt hat sich über die Fliesen verteilt, das Handy ist nicht darunter. Ich höre ein Rascheln und fahre herum.

»Wo bist du, Amber? Du kannst dich hier nicht die ganze Nacht verstecken, Tom braucht einen Arzt.«

Stille.

»Herrgott noch mal, Amber, willst du für seinen Tod verantwortlich sein? Sprich mit mir. Ich weiß, was dir als Kind angetan worden ist. Meine Mutter hat es mir erzählt. Ich werde dir helfen.«

Ich sehe einen huschenden Schatten und drehe mich nach ihm um, aber ich bin zu langsam. Sie kommt aus dem Wohnzimmer. Mit wilder, aufgelöster Mähne und einem Knurren stößt sie mich um. Ich lande mit einem Aufschrei auf den Fliesen, höre ein entsetzliches Knacken, und dann explodiert der Schmerz in meinem Schädel. Der Mörser fällt aus meiner Hand.

»Ich … heiße … Katya!«

Sie packt meine Schultern. Ich weiß, was sie vorhat, und wehre mich, aber vergeblich. Mein letzter Gedanke gilt meinen Kindern, und dann schlägt mein Hinterkopf wieder auf dem Steinboden auf, und alles wird schwarz.

42

Als ich zu mir komme, steigt mir der typische Geruch unseres Kellers in die Nase – feuchte Ziegelwände und schmutzige Böden. Auch die Kälte ist mit bekannt. Mir tut alles weh, und mein Kopf fühlt sich an, als wäre jemand mit einem Gummihammer darüber hergefallen. Meine Füße und Hände sind mit einem Kabel gefesselt worden, die Hände auf meinem Rücken. Zwischen meinen Zähnen steckt ein Streifen groben Stoffs, der auf meinem Hinterkopf verknotet worden ist. Könnte einer der Lappen sein, mit denen ich mein Werkzeug reinige, denn ich schmecke etwas eklig Metallisches. Ich schaue hoch. Ein dünner Lichtstreifen umrahmt die Tür an der obersten Treppenstufe.

Ich muss an Tom denken, und dass ich ihm jetzt nicht mehr helfen kann. Eine Woge der Panik überflutet mich. Fluchend und mit dröhnendem Schädel rutsche ich über den Boden in Richtung Treppe. Ich komme quälend langsam voran, doch schließlich erreiche ich die unterste Treppenstufe, versuche, mich hochzuhieven, und kippe zur Seite. Wieder schlägt mein Kopf auf dem Fußboden auf, und ich verliere das Bewusstsein.

Nach einer Weile – wie lange, weiß ich nicht – öffnet sich die Kellertür. Mühsam drehe ich mich auf die Seite und schaue nach oben. Vor dem hellen Flurlicht hebt Amber sich als schwarze Silhouette ab.

»Tom«, krächze ich.

Amber tritt zurück und schließt die Tür. Ich rufe ihren Namen. Nichts. Was ist mit meinen Kindern? Was hat sie mit ihnen vor? Als es um Tom ging, war ich noch relativ ruhig, aber bei der Vorstellung, dass meine Kinder in Gefahr sein könnten, verliere ich die Fassung und stoße Klagelaute aus, die tief aus meinem Innern kommen. Sei still, befehle ich mir, aber es dauert eine Weile, bis ich meinen Atem unter Kontrolle habe und mein Herz aufhört zu rasen.

Nach vielen vergeblichen Anläufen gelingt es mir, mich an einer Wand aufzurichten und meinem Werkzeugkasten zu nähern. Hoppelnd und mit einer Schulter an der stützenden Wand bewege ich mich voran. Zweimal gehe ich zu Boden und brauche mehrere Minuten und all meine Kraft, um wieder auf die Beine zu kommen. Einmal stoße ich Toms Skier um, die so laut klappernd auf dem Boden landen, dass ich jeden Augenblick mit Ambers Erscheinen rechne.

Nach einer gefühlten Ewigkeit erreiche ich die Werkzeugbank und beuge mich vor, bis meine Stirn den Werkzeugkasten berührt. Ich lege meine Wange an die Verriegelung und versuche ein ums andere Mal, meinen Knebel um den Riegel zu spannen. Endlich gelingt es mir. Mit einem Ruck ziehe ich den Kopf zurück, und der Werkzeugkasten ist offen. Ich schmecke Blut.

In den Fächern des Kastens liegen Schraubenzieher verschiedener Größe, Zangen, Universalschlüssel, eine Metallsäge, Schraubenschlüssel und was es sonst noch an nützlichen Gerätschaften gibt. Ich brauche die Säge, an die ich mit den Händen nicht gelange, ganz gleich, wie ich mich verrenke. Mit den Zähnen fasse ich schließlich den Griff der Säge, schaffe es, sie aus ihrem Fach herauszuzerren und an den Kasten zu lehnen. Vorsichtig drehe ich mich um und nehme den Griff in eine Hand. Mein Glück ist nur von kurzer Dauer, denn nach wenigen Sekunden rutscht die Säge aus meiner Hand und fällt scheppernd auf den Boden.

Ich höre ein Geräusch, bewege mich zurück zur Wand und rutsche an ihr nach unten. Die Kellertür schwingt auf, Amber steigt die Treppe hinunter. Das einzige Licht kommt aus dem Flur, und Ambers Augen wirken riesengroß. Mit einem Mal habe ich das Gefühl eines Déjà-vu. Es gibt nur wenige Dinge, die ich getan habe – vor David und dem Tag des Einbruchs –, für die ich mich aus tiefstem Herzen schäme. Es sind Dinge, die ich normalerweise verdränge, denn wenn ich mich an sie erinnere, verliere ich mein Selbstwertgefühl. Doch jetzt hat sich ein Spalt geöffnet, und Bilder quellen hervor, eines schlimmer als das andere.

Ich bin wieder ein Kind und so erkältet, dass meine Mutter mich aus der Schule abholt. Sie sagt, in unserer Wohnung sei ein Mädchen, um das sie sich kümmere – das Mädchen sei ein bisschen durcheinander.

Ein bisschen durcheinander. Das war die Untertreibung des Jahres.

Meine Mutter erklärt, das Mädchen glaube, mein Name wäre Emily. Sie möchte nicht, dass es meinen richtigen Namen erfährt.

Das Mädchen kauert in dem vollgestopften Flur unserer Wohnung in Streatham und zittert wie ein verängstigtes Tier.

Mum redet mit zuckersüßer Stimme auf das Mädchen ein. Sie nennt es »Katya« und möchte, dass es mit uns in den Wagen steigt.

Wir fahren in einen Vorort, so tot wie eine Geisterstadt, und halten vor einem kleinen Bungalow.

Katya sitzt auf dem Rücksitz und schluchzt, als ginge die Welt unter.

Ich drehe mich zu ihr um und fühle mich von dem von Tränen und Rotz verschmierten Gesicht abgestoßen. Katya hat kein Taschentuch und wischt mit dem Ärmel ihres Pullovers über das Gesicht. Genau genommen ist es mein Pullover.

Mum läuft zur Haustür des Bungalows. Ein Mann öffnet ihr.

Katya sagt: »Hilf mir.«

Ich schaue fort.

Ja, ich habe fortgeschaut, genau wie ich es in den Jahren danach zahllose Male bei Obdachlosen und anderen Bedürftigen getan habe.

Meine Mutter kehrt zurück, redet Katya ins Gewissen, wird ungeduldig.

Der Mann kommt ihr nach und schiebt sie zur Seite.

Ich tue, als bekäme ich das alles nicht mit.

Hilf mir, hat sie gesagt.

Und ich habe getan, als dächte ich, jemand anders wäre gemeint.

Warum habe ich das getan? Es wäre so einfach gewesen, ihr die Hand zu reichen und mich für sie stark zu machen.

Sie taumelt aus dem Auto, fällt hin.

Wir fahren los. Der Mann winkt uns nach. Katya tritt nach ihm.

Ich stelle meiner Mutter Fragen, aber sie wechselt das Thema.

Inzwischen weiß ich, was sie getan hat, und mit wem, und warum sie an manchen Tagen aus heiterem Himmel losfahren und mich allein lassen musste.

Amber sagt: »Jetzt erinnerst du dich an mich, oder?«

Ich versuche, etwas zu sagen. Sie nimmt mir den Knebel ab, und ich spucke ein paar Fäden aus.

»Ja.« Ich muss ganz ruhig bleiben. »Amber, bitte hol für Tom einen Arzt.«

»Was hat Maggie dir erzählt?«

»Dass du deinen Pflegevater getötet hast. Weil er dich missbraucht hat. Aber Tom hat damit nichts zu tun. Wenn er stirbt, hast du ihn auf dem Gewissen.«

Amber wandert umher, berührt Gegenstände, summt die Melodie eines Kinderlieds, sieht sich Werkzeuge an, liest die Beschriftung der Farbtöpfe.

»Amber!«, rufe ich. »Tom stirbt.«

Sie summt weiter. Wahrscheinlich kann ich gar keine Antwort erwarten, denn Amber ist in der Vergangenheit. Ich muss dafür sorgen, dass sie mit mir redet, und zusehen, dass ich sie zwischendurch erreiche.

»Was ist danach passiert?«, frage ich.

Sie nimmt einen Schraubenzieher, kratzt auf der Werkbank herum und legt ihn wieder ab. »Was meinst du mit ›danach‹?«

»Nach dem ... Tod deines Pflegevaters. Was hat meine Mutter da getan?«

Sie kommt zu mir, hockt sich vor mich und sieht mir ins Gesicht. In ihrem Blick erkenne ich das verängstigte Kind, das sie einmal war, und mein Herz verkrampft sich schmerzhaft. Meine Mutter hat sie nicht zu dem gemacht, was sie ist, aber sie hat dazu beigetragen. Nur möchte ich nicht diejenige sein, die deswegen zur Verantwortung gezogen wird. Ich war damals zehn Jahre alt. Selbst wenn ich mich für das Mädchen Katya eingesetzt hätte, ich hätte nichts bewirkt.

»Ich habe Maggie angerufen«, sagt Amber. »Ich habe sie angefleht zu kommen. Als sie da war, hat sie Luke auf dem Fußboden liegen sehen und die Polizei gerufen. Dann hat sie gewartet, bis der Streifenwagen kam, hat ihre Aussage gemacht und ist verschwunden. Nett, oder? Ich habe sie erst wiedergesehen, als wir beide uns kennengelernt hatten.«

»Was sie getan hat, bedauere ich sehr.«

»Seit Jahren warte ich darauf, dass es bei dir Klick macht. Und bei Maggie. Als es nicht geschah, hat es mir gezeigt, wie viel ich euch bedeutet habe.«

»Ich bin dir nur einmal begegnet, und da hast du die ganze Zeit geweint.«

»Jämmerlich, nicht wahr?«

»Amber, oben liegt Tom und ...«

Sie lässt mich nicht ausreden. »Vielleicht wunderst du dich, wie ich dich gefunden habe. Das Lustige ist, ich habe dich gar nicht gesucht. Es ist kaum zu glauben, oder? Unser Zusammentreffen war der reine Zufall. Der Groschen ist bei mir erst gefallen, als du mir deine Hochzeitsfotos gezeigt hast.« Sie macht eine Pause. »Ich hätte mir einen anderen Schwangerschaftskurs suchen sollen.«

»Warum hast du es nicht getan?«

»Weil ich dich wiedersehen wollte und dachte, ich wäre stark genug, es auszuhalten.«

»Amber, bitte«, sage ich müde. »Lass mich zu Tom.«

»Es waren ja auch schöne Zeiten. Sophie und Emily sind wie die Schwestern geworden, die wir hätten werden können.«

Ich gebe einen Laut von mir, frustriert und verzweifelt zugleich, und Amber tätschelt mein Knie.

»Warum hast du mir damals nicht geholfen? Du hättest es gekonnt, aber du bist zurückgewichen, als wäre ich ein ekliges Insekt. Warum? Nein, du musst nicht antworten, ich weiß, warum. Du warst verwöhnt. Hast nur in deiner kleinen Welt gelebt, mit deinen Spielsachen, deiner Mum und deinen Freundinnen. Du wolltest nicht teilen. Dabei wollte ich deine Sachen gar nicht, nur deine Hilfe.«

Was soll ich dazu sagen? Es gibt keine Worte, die mich retten können.

»Ich war nie glücklich«, fährt Amber fort.

Sie setzt sich, streckt die Beine aus und lehnt sich an die alte Ziegelwand. Unsere Schultern berühren sich, aber ich rücke nicht von ihr ab. Wenn sie Körperkontakt braucht, soll sie ihn haben. Ich drehe mich zu ihr um. In dem dämmrigen Licht sind die Konturen ihres Gesichts weich geworden.

»Nimmst du meine Entschuldigung an?«, frage ich.

»Kommt drauf an, wofür du dich entschuldigst.«

»Für alles. Weil ich dich damals nicht beachtet, dir nicht richtig zugehört habe.«

»Das war Maggies Aufgabe.« Sie fährt zu mir herum. »Ich bin kein schlechter Mensch.«

»Das weiß ich.«

»Deine Mutter ist nicht sehr intelligent. Und wie eitel sie damals war. Ich dachte, ihr ginge es um mich, dabei ging es ihr nur um sich selbst.«

Ich beiße mir auf die Zunge, um nichts Unbedachtes zu sagen. Dann frage ich mich, ob ich vielleicht ebenso armselig bin wie meine Mutter? Schließlich habe ich auch einen anderen Mann gesucht, um mein Selbstwertgefühl zu steigern. Und wie oft habe ich irgendetwas aus reinem Egoismus getan?

Aber Amber ist noch nicht fertig. »Wahrscheinlich ist Maggie deshalb auch Sozialarbeiterin geworden. Sie hat sich als Retterin gesehen, als Heldin. Aber als es hart auf hart kam, wusste sie nicht, was sie machen sollte. Sie hat sich verdrückt.«

Amber lächelt, greift nach meiner Hand und legt sie kurz an ihre Wange.

»Ich wünschte, ich könnte die Zeit zurückdrehen«, sage ich. »Ich wünschte, ich hätte damals etwas gesagt.«

»Was denn?«

»Ich hätte meine Mutter bitten können, dich nicht zurückzuschicken. Ich hätte sagen können: ›Siehst du nicht, dass sie Angst hat?‹«

»Aber das hast du nicht getan.«

»Nein.«

»Stattdessen seid ihr fortgezogen und habt nie mehr an mich gedacht. Du bist zur Schule gegangen, dann hast du studiert. Ich war in einer Jugendstrafanstalt. Du bist schwanger geworden und hast dir Tom geangelt.« Amber lässt meine Hand fallen. »Ich liebe ihn. Wir haben miteinander geschlafen.«

»Das glaube ich nicht, das würde Tom nie tun.«

Sie lacht. »Oh, Vicky, wie naiv du manchmal bist. Natürlich würde er. Und er hat. In der Villa in Spanien. Auf dem Küchentisch. Es war wundervoll.«

Wutentbrannt werfe ich mich auf sie, ohne genau zu wissen, was ich dadurch erreichen will. Der erste Erfolg ist, dass ich jetzt noch größere Schmerzen habe. Aber ich bin größer und schwerer als Amber, einen kurzen Moment lang liegt sie unter mir. Dann jedoch schiebt sie mich von sich herunter. Ich beiße ihr in den Arm.

Amber schreit auf, versetzt mir einen Stoß und springt auf. Ich rolle auf die Seite, sehe sie zornig an und atme schwer.

»Wenn er dir so viel bedeutet«, presse ich hervor, »dann rette sein Leben. Tot nützt er dir nicht viel.«

Amber läuft die Kellertreppe hoch und zieht die Tür auf. Tom liegt gleich hinter der Tür in dem Vorraum zum Keller, ein Knie ist angezogen, das andere Bein lang ausgestreckt. Amber muss ihn aus der Küche bis dorthin geschleift und seinen Zustand noch schlimmer gemacht haben.

»Amber«, sage ich. »Ruf endlich einen Rettungswagen.«

»Schnauze«, fährt sie mich an. »Wie immer kapierst du gar nichts.« Sie schlägt die Tür hinter sich zu.

Was jetzt?

Ich brauche endlos lange, um mich die Treppe Stufe für Stufe hochzuhieven, mich hochzustemmen und die Tür aufzudrücken. Ich falle halb in den Vorraum, und einen Moment lang sehe ich Sterne. Doch dann bin ich bei Tom, lege meinen Kopf gegen ihn und versuche, wieder zu Atem zu kommen. Tom gibt keinen Laut von sich und regt sich nicht. Als ich den Kopf wieder hebe, ist mein Gesicht klebrig von seinem Blut. Wieder schwinden mir die Sinne.

43

Amber öffnet die Tür zum Zimmer der Mädchen. An Pollys Bett ist ein Nachtlicht, das langsam kreisende Sterne an die Decke wirft. Polly schläft tief und fest, das feine blonde Haar wie ein Fächer auf dem Kopfkissen. Sie ist ein solcher Schatz. Emilys Bett ist leer. Damit hat Amber nicht gerechnet. Sie sieht hinter der Tür nach, im Schrank, unter den Betten, aber Emily ist nirgends zu finden. Amber huscht ins Bad, stolpert über eine hervorstehende Fliese auf dem Boden und flucht. Sie schaltet das Deckenlicht ein. Keine Emily. Sie läuft weiter, doch in Joshs Zimmer ist das Mädchen auch nicht.

Dann flüstert eine kleine Stimme: »Daddy? Mommy?«

Amber beugt sich über das Treppengeländer. Im Schlafzimmer brennt Licht. Leise ruft sie Emilys Namen und wartet auf die Antwort. Zuerst tut sich nichts, doch dann erklingt Emilys Stimme wieder, ängstlicher als zuvor, zittrig. Sie muss irgendetwas registriert haben. Nach kurzem Nachdenken steigt Amber die Treppe hinunter, ruhig, als wäre ihre Anwesenheit hier mitten in der Nacht ganz natürlich.

»Emily«, ruft sie noch einmal. »Wo bist du, Schätzchen? Ich bin hier. Dein Daddy ist losgefahren, um deine Mum abzuholen. Bis er wiederkommt, passe ich auf euch auf.«

Das Geräusch kleiner Füße. Aber noch ist Emily nicht zu

sehen. Gereizt zieht Amber ihre Brauen zusammen. »Emily? Komm raus. Dir passiert nichts.«

Stille. Dann kommt von unten ein verzagtes: »Warum ist hier überall Blut?«

»Von dem Einbrecher.« Amber nimmt die letzten Stufen nach unten. »Es war derselbe, der schon mal hier war. Jetzt ist er weg. Dein Daddy hat mit ihm gekämpft. Ich bin sicher, die Polizei wird gleich hier sein.«

Emily tritt aus der Küche heraus ins Licht und sieht Amber mit offenem Mund an. Amber schaut an sich hinunter und entdeckt ihre blutigen Hände. Emily wirbelt herum und stürzt zurück in die dunkle Küche.

»Emily. Du brauchst keine Angst zu haben.«

Keine Antwort. Amber stellt sich vor, wie das Kind sich hinter der Kücheninsel verbirgt und den Atem anhält, um nur ja keinen Mucks von sich zu geben. Leise geht sie in die Küche und schließt die Tür hinter sich.

»Auf Dauer kannst du dich nicht vor mir verstecken, Schätzchen. Komm raus. Ich tu dir nichts.« Überall auf dem Fußboden sind rötliche Fußspuren, von ihr, Vicky und Emily, dann eine lange rote Schleifspur über den Flur.

Amber verliert die Geduld und schaut hinter die Kücheninsel. Emily weicht zurück, dann öffnet sie den Mund und beginnt, gellend zu schreien. Amber springt auf sie zu und will ihr den Mund zuhalten. Emily beißt ihr in die Hand und versucht, an ihr vorbei in den Flur hinaus zu rennen, doch diesmal hält Amber sie fest. Für einen Moment fühlt sie sich schuldbewusst. So hat Maggie sie damals festgehalten, bevor sie sie an Luke weitergereicht hat.

»Emily«, sagt sie beruhigend. »Ich bin es, Amber. Ich bin hier, um euch zu beschützen.«

»Ich habe Angst.«

»Das weiß ich.« Über ihre nächsten Schritte ist Amber sich noch nicht im Klaren. Sie hatte keine Zeit, sich einen Plan zurechtzulegen. Auf dem Weg hierher hatte sie außer Tom nichts im Kopf – eine reine Fantasie, wie sie jetzt erkennt. Und dann hat sie ihn umgebracht. Und jetzt steht Emily vor ihr, und sie weiß nicht weiter.

Emily fängt an zu weinen. »Ich will zu meinem Daddy.«

»Er ist in dem kleinen Vorraum zum Keller«, sagt Amber. »Er braucht Hilfe. Warum gehst du nicht zu ihm?«

Emily sieht sie misstrauisch an und wischt sich die Tränen ab. Sie geht nicht gern in diesen kleinen Raum, denn gleich dahinter beginnt der dunkle Keller, über den Amber ihr einmal eine schrecklich gruselige Geschichte erzählt hat. An Emilys Gesicht erkennt Amber, wie verwirrt das Mädchen ist, wie sie die Gefahr spürt und dem Menschen trauen möchte, den sie kennt, seit sie denken kann.

»Heute ist Ritter Blaubart nicht in eurem Keller«, sagt Amber. »Nur dein Daddy liegt dahinten und hofft, dass du ihm hilfst. Wenn du nicht zu ihm gehst, verblutet er.«

»Du hast gesagt, er würde Mommy abholen.«

»Niemals.«

»Doch.«

»Wie kommst du bloß darauf? Deine Eltern haben sich getrennt. Dein Daddy liebt deine Mommy nicht mehr, denn sie hat etwas sehr Böses getan.«

»Was?«

»Das erzähle ich dir später«, flüstert Amber und zieht Emily über den Flur. Sie öffnet die Tür des Kellervorraums.

»Siehst du«, sagt sie zu Emily. »Ich habe nicht gelogen. Geh zu ihm.«

Vorsichtig schaut Emily an ihr vorbei und dann zu ihr hoch. Amber nickt ihr aufmunternd zu.

»Na los. Alles wird gut, ich habe den Rettungswagen gerufen. Der wird gleich hier sein. Ich kümmere mich um Josh und Polly. Wenn du mich brauchst, sagst du mir Bescheid.«

Sie knipst das Licht an.

»Mommy?«

Ich öffne die Augen. Emily hockt an meiner Seite und starrt mich an.

»Emily, mein Schatz«, sage ich. »Wo ist Amber? Weiß sie, dass du hier bist?«

»Sie ist oben bei Polly und Josh.«

O nein! »Emily«, flüstere ich. »Kannst du mir einen großen Gefallen tun? Kannst du hinunter in den Keller steigen?«

»Was hat Daddy?«

»Er wird wieder gesund, das verspreche ich dir. Aber vorher brauche ich deine Hilfe. Du musst zu meinem Werkzeugkasten gehen und eine Drahtzange herausholen. Du weißt doch, was das ist, oder?«

Emily nickt und steht auf. Dann schluckt sie krampfhaft, hält sich am Geländer fest und steigt hinab. Unten klettert sie auf den Hocker vor der Werkbank, wühlt in dem Werkzeugkasten und zieht tatsächlich eine Drahtzange hervor.

Sie kehrt zurück, vermeidet es, ihren Vater anzusehen, und kniet sich neben mir nieder. Ich erkläre ihr, was sie tun muss, und dieses großartige Kind schafft es tatsächlich, meine Handfessel zu durchtrennen. Anschließend nehme ich die Zange und entferne meine Fußfessel.

»Mommy.« Emilys Unterlippe bebt.

»Pscht, nicht weinen.«

Ich lege einen Finger auf meine Lippen und lausche, ob ich Amber irgendwo höre. Dann streife ich mein T-Shirt ab, drücke es zusammengefaltet auf Toms Wunde und bete, dass es noch nicht zu spät ist.

»Emily«, sage ich. »Hör mir jetzt gut zu: Du musst bei Daddy bleiben und auf Daddys Bauch drücken, so wie ich es gerade getan habe.« Ich nehme ihre Hände und lege sie auf die notdürftige Kompresse. »Du drückst so fest du kannst. Ja – so ist es richtig. Ich gehe in die Küche und rufe die Polizei an. Kannst du noch mal tapfer sein und alles so machen, wie ich es gesagt habe?«

»Ja«, flüstert Emily und kämpft gegen die Tränen.

»Du bist mein wunderbares, großes Mädchen.«

Ich streiche Tom über die bleiche Wange, dann taste ich unauffällig nach seinem Puls.

»Er ist nicht tot, oder?«, sagt Emily.

»Nein.« Ich stehe auf und will die Tür öffnen. Sie ist zugesperrt. »Nein, nein, nein«, murmele ich.

Ich muss mich zusammenreißen, sonst verliere ich die Nerven. Ich sammele mich. Unten ist mein Werkzeugkasten, ich habe jede Menge Möglichkeiten, diese Tür aufzubekommen.

Emily beugt sich über ihren Vater. Als sie sich wieder zurücksetzt, hat sie Toms Handy in der Hand.

»Das war in seiner Hosentasche«, sagt sie stolz.

Ich lache und weine zugleich. Dann wähle ich den Notruf.

»Braver Junge, braver Joshi.«

Katya schlägt ihn in seine hellblaue Wolldecke ein und steigt mit ihm die Treppe hinunter. Warum ist alles schiefgegangen? Sie hätte Emily nicht bei ihrer Mutter lassen dürfen.

Mit Sicherheit hat Vicky das Kind zum Werkzeugkasten geschickt. Wenn Katya Pech hat, sind Vickys Fesseln schon gefallen und sie versucht jetzt, die Tür aufzubrechen. Aber vielleicht ist sie dazu zu schwach. Wie auch immer, es wird bald hell, und irgendwann wird Polly nach unten kommen und sich fragen, wo alle sind. Und hatte Tom nicht erwähnt, dass seine Schwester kommen wollte? Sie schließt die Augen und summt ein Wiegenlied. Josh kuschelt sich an sie, ein warmer kleiner Körper, der sich tröstlich anfühlt. Hier ist jemand, der ihr vertraut, also hat sie nicht alles in ihrem Leben verkehrt gemacht.

Sie muss verschwinden. Unten im Flur versucht sie, Joshs Buggy mit einer Hand auseinanderzuklappen und die Scharniere hinunterzutreten, aber sie weiß einfach nicht mehr, wie es geht. Und natürlich hat Josh das neueste, teuerste Modell, mit dem sie sich ohnehin nicht auskennt.

»Amber!«

Katya fährt herum. Vicky steht hinter ihr, mit einem Hammer in der Hand. Die beiden Frauen starren sich an. Katya hält Josh wie einen Schutzschild vor sich.

»Du hättest ihn nicht allein lassen dürfen«, sagt sie und tastet nach der Haustürklinke in ihrem Rücken.

»Gib ihn mir.«

Katya schüttelt den Kopf. »Du weißt nicht, wie kostbar er ist. Nichts hat für dich irgendeinen Wert.«

»Amber«, sagt Vicky eindringlich. »Leg Josh auf den Boden, oder ich tue dir weh.«

Doch dann schwankt Vicky, greift Halt suchend nach der Wand. Der Hammer fällt aus ihrer Hand. Sie macht einen Schritt, aber es ist, als wäre sie betrunken. Sie streckt die Hand aus, betrachtet sie verwundert und geht in die Knie.

Katya sieht sie noch einen Moment lang an, dann verlässt sie das Haus mit Josh in den Armen. Draußen schlägt sie ein forsches Tempo an, biegt um die nächste Ecke, wird ein wenig langsamer und holt tief Luft. Über dem Marktplatz liegt Nebel, durchsetzt vom ersten zarten Morgenlicht. Sie wirft einen Blick zurück und stellt fest, dass sie verfolgt wird. Ein Mann und eine Frau, deren Umrisse im Nebel zerfließen. Ein Jogger taucht auf und läuft an ihr vorbei, hinter ihm ein Weimaraner. Der Hund bleibt bei Katya stehen, schnüffelt an ihr, läuft weiter. Katya schaut nach hinten. Die beiden sind noch da, die Gesichter blasse Ovale, die Augen wie dunkle Löcher. Der Mann ist Luke – die Frau ihre Mutter. Katya weiß, dass sie halluziniert, trotzdem spürt sie etwas Bedrohliches.

Sie geht wieder schneller, erreicht die Tennyson Street, hastet an geschlossenen Geschäften vorüber. Vor dem Maklerbüro Johnson Lane hält sie inne, um zu Atem zu kommen, und blickt sich verstohlen um. Die beiden Verfolger sind fort. Katya stößt einen Seufzer der Erleichterung aus. Josh liegt allmählich schwer in ihren Armen. Katya stellt den Fuß auf den vorstehenden Sockel des Gebäudes und setzt das Baby auf ihr Knie. Durch das Fenster kann sie ihren Schreibtisch erkennen. Er ist leer geräumt, steht für ihren Nachfolger bereit. Was schade ist, denn der Job hat ihr gefallen. Sie geht weiter, vorbei an dem Buchladen, dem Schnapsladen, dem neuen gehobenen Bekleidungsgeschäft für Frauen, dem Geschäft für Kinderschuhe. Katya weiß noch, wie es sich angefühlt hat, als sie zum ersten Mal hier war, das Auto geparkt und die Straße zum Marktplatz überquert hat. Vicky hatte davon gesprochen, in der Ecke ein Haus zu kaufen, und Katya wollte sich die Gegend anschauen. Sie fand sie hübsch, ruhiger als Streatham, zu ruhig eigentlich, denn sie mochte

Trubel. Aber die Straßen waren lebendig, anders als der Hillside Way, auf dem die Bryants gewohnt hatten. Sie hatte sich auf eine Bank gesetzt, die Passanten beobachtet und war zu dem Schluss gekommen, dass sie vielleicht doch hier leben könnte. Sie erinnert sich daran, wie sie Robert erzählt hat, dass die Gegend für Kinder ideal sei, überall sehe man junge Familien, es gebe Grünflächen, und mit den öffentlichen Verkehrsmitteln sei man im Nu mitten in London. Später, als Immobilienmaklerin, hatte sie Häuser und Wohnungen mit den gleichen Worten angepriesen.

Irgendjemand spiegelt sich in der Fensterscheibe. Katya fährt herum und entdeckt erneut ihre Verfolger. Sie sagt sich, dass die Erscheinungen mit dem Stress zu tun haben müssen, unter dem sie in letzter Zeit gelitten hat. Ihre Mutter – dünn und zartgliedrig – starrt sie an, und zum ersten Mal erkennt Katya, dass sie ihr ähnlich ist. Sie hat die gleichen Augen, die gleiche Form des Kinns. Sie hetzt weiter, nimmt die Straße, die zum Bahnhof führt.

Josh ist wach geworden und sieht sie mit großen Augen an. Er ist verwirrt, und sein kleiner Körper verkrampft sich. Katya versucht, ihn zu beruhigen.

Eine Polizeisirene ertönt, und Katya verbirgt sich hinter einem geparkten Lieferwagen. Zwei Streifenwagen mit Blaulicht rasen über die Straße, gefolgt von einem Krankenwagen. Katya schaut ihnen nach, bis sie an der nächsten Ampel abbiegen.

Der Bahnhof ist offen, doch am Fahrkartenschalter ist die Jalousie noch unten. Ohne Fahrkarte läuft Katya zu dem Bahnsteig, von dem die Züge nach London abfahren. Josh hat angefangen zu weinen, aufgebracht und mit zunehmender Lautstärke.

»Pscht, Joshi«, murmelt Katya. »Alles wird gut.«

Die Geistergestalten sind immer noch da. Inzwischen sind sie zu dritt, denn Tom Seagrave hat sich ihnen angeschlossen. Sie möchte ihm sagen, dass es ihr leidtut, aber welche Rolle spielt das noch? Er ist ebenso tot wie die anderen beiden. Sie zwinkert ihre Tränen fort und setzt sich auf eine kalte Bank. Noch ist der Bahnsteig leer, doch gleich darauf flackert das Licht im Bahnhofscafé auf, die ersten Frühharbeiter treffen ein, verschlafen und mit leerem Blick, als wären sie ebenfalls Geister.

Hat es jemals jemanden gegeben, dem sie wirklich etwas bedeutet hat? Maggie war es mit Sicherheit nicht. Vicky vielleicht, zumindest eine Zeit lang, aber wie musste sie sich verbiegen, um zu dem Menschen zu werden, den Vicky brauchte und mochte. Katya wäre da nicht die Richtige gewesen, Katya war ja schon für Emily Parrish nicht gut genug gewesen, jedenfalls nicht in den Augen ihrer Mutter. Nicht gut genug, um den Vornamen zu erfahren, mit dem Emily tatsächlich gerufen wurde. Wie dumm sie sich vorgekommen war, als sie das damals begriffen hatte, als hätten alle auf ihre Kosten einen Witz gemacht. Warum war in ihrem Leben alles falsch und in Vickys Leben alles richtig gelaufen? Wie anders wäre ihr Leben gewesen, wenn Maggie ihre Mutter geworden wäre. Sie hätte sie vor Luke beschützt, statt ihm auf den Leim zu gehen und für ihn die Beine breit zu machen. Was für eine dumme, eitle, selbstsüchtige Frau.

Was wird als Nächstes kommen? Bei dem Gedanken spürt Katya einen Anflug von Panik. Luke und ihre Mutter mussten sterben, aber in diesen Fällen konnte sie sich rechtfertigen. Außerdem war sie damals noch ein Kind. Bei Tom Seagrave sieht es etwas anders aus. Katya wollte ihn töten, weil sie wütend war. Sie wusste, was sie tat, und hatte sogar überlegt, ob das Messer scharf genug war.

Katya setzt Josh auf ihre Knie, lässt ihn reiten und summt eine Melodie. Er hört auf zu schreien, quengelt nur noch, wahrscheinlich weil er hungrig ist. Die Leute auf dem Bahnsteig schauen zu ihnen, fragen sich vielleicht, was dem Baby fehlt. Oder warum seine Mutter Blutspritzer an der Kleidung hat. Vielleicht hält man sie für eine Obdachlose oder eine Flüchtlingsfrau, für jemanden, der nach einem harten Leben kaum noch Hoffnung hat. Ein kahl rasierter Mann in einem Overall voller Farbflecke mustert Katya. Hilfe suchend wandert sein Blick zu einer Frau in Schwesterntracht und wieder zurück zu Katya. Er greift nach seinem Handy.

Durch die Lautsprecher kommt die erste Ansage des Morgens. *Bitte treten Sie von der Bahnsteigkante zurück. Der einfahrende Zug hält nicht auf diesem Bahnhof.*

Auf dem Bahnhofsvorplatz schlägt die Tür eines Autos zu. Eilige Schritte werden laut. Die Wartenden drehen sich um. Polizisten sind aus dem Wagen gesprungen und setzen sich in Trab. In der Ferne hört Katya ein lang gezogenes, klagendes Tuten. Sie steht auf – ohne noch etwas zu denken – und tritt an die Bahnsteigkante. Das Rattern des Zuges wird lauter, er ist nicht mehr weit entfernt. Die Krankenschwester macht einen Schritt auf Katya zu, der Zug donnert in den Bahnhof. »Tun Sie es nicht!«, ist das Letzte, was Katya hört.

44

Freitag, 23. April 2010

Sie hat Josh mitgenommen. Wie lange war ich bewusstlos? Ich krieche zur Haustür, richte mich schwerfällig auf und öffne die Tür. Ich schaue nach allen Seiten, versuche, einen klaren Kopf zu bekommen. Gegenüber bei den Boxers geht die Haustür auf. Magda kommt heraus und macht sich auf den Heimweg. Ich laufe unsere Einfahrt hinunter, verliere das Gleichgewicht und falle auf den Bürgersteig. Mit letzter Kraft hebe ich einen Arm und rufe Magdas Namen. Sie dreht sich um und kehrt im Eilschritt zurück.

»Kannst du zu uns kommen?«, frage ich und stöhne, als sie mir auf die Beine hilft.

»Hast du dich verletzt?«

Ich bin sicher, dass mein Handgelenk gebrochen ist, und mein Kopf hat ebenfalls einiges abbekommen. Mir wird auch immer wieder schwindlig, wahrscheinlich habe ich eine Gehirnerschütterung.

»Mir fehlt nichts, nur Tom geht es sehr schlecht. Er ist in dem kleinen Vorraum zum Keller. Emily ist bei ihm. Kannst du zu ihnen gehen? Bitte, Magda. Ich muss Amber nachlaufen. Sie hat Josh – sie hat mein Baby. Die Polizei habe ich schon verständigt.«

»Ich laufe Amber nach.« Magda legt einen Arm um mich und will mich zum Haus zurückführen. Ich befreie mich.

»Nein!« Ich kann kaum glauben, dass ich noch die Kraft habe, mich gegen irgendetwas zu wehren. »Ich kann hier nicht sitzen und warten. Bitte, geh zu meinem Mann, die Polizei muss gleich da sein.« Ohne auf ihre Antwort zu warten, bewege ich mich stolpernd und schwankend die Straße entlang.

»Vicky!«, ruft Magda mir nach. »Vicky, bist du verrückt?«

Ich kämpfe mich weiter voran, weine vor Anstrengung und Erschöpfung. Aber ich werde Josh nicht noch einmal im Stich lassen. Irgendwann bleibe ich stehen und übergebe mich. Weiter, sage ich mir. Dann höre ich eine Polizeisirene, die näher kommt. Es ist seltsam, doch sobald ich weiß, dass Hilfe unterwegs ist, weicht die Kraft aus mir. Ich falle gegen eine Straßenlaterne, halte mich daran fest und weiß nicht mehr, wo ich bin. Ich sehe Lichter, von Gloriolen umgeben, Bäume, die aussehen, als hätten Kinder sie gemalt, dunkelgrüne Flecken auf braunen Stäben. In meinem Kopf gibt es keine Straßenkarte mehr, aber ich glaube, dass Ambers Wohnung nicht weit von hier entfernt ist. Dort werden sie und Josh sein. Wo sonst sollte sie sein?

Neben mir kommt ein Wagen mit quietschenden Reifen zum Halt. Jemand springt heraus und fängt mich auf, als meine Beine nachgeben. Trotz seiner verschwommenen Züge erkenne ich Grayling.

»Vicky«, sagt er. »Was tun Sie hier?«

»Ich suche Amber.«

Ich wende mich ab und übergebe mich erneut. Dann renne ich los – oder glaube loszurennen. Tatsächlich mache ich nur ein paar taumelnde Schritte. Grayling und ein weiterer Beamter setzen mich hinten in den Streifenwagen. Ich zittere am ganzen Leib und rede etwas, das ich selbst nicht verstehe.

Ich weiß nur, dass Amber Josh hat und ich ihn retten muss. Ich will raus, rüttele am Griff der Tür, aber sie ist verriegelt. Grayling spricht in sein Funkgerät und lauscht der blechernen Stimme, die ihm Antwort gibt.

Er dreht sich zu mir um. »Wir haben Ihr Baby. Es ist in Sicherheit. Und jetzt fahren wir Sie ins Krankenhaus.«

»Sie müssen tapfer sein, Vicky«, sagt Grayling. »Die Ärzte wissen noch nicht, ob Ihr Mann es schaffen wird.«

»Er darf nicht sterben«, antworte ich. »Er schafft es.«

Grayling setzt sich auf den Stuhl an meinem Krankenbett. Sein Blick ist mitfühlend, seine Stimme jedoch fest. »Er hat sehr viel Blut verloren. Sein Zustand ist kritisch. Sie wissen, was das heißt.«

Ich weiß es, doch ich schüttele den Kopf.

Seine Stimme wird sanfter. »Es gibt Komplikationen. Niemand weiß, wie lange er noch durchhält.«

»Aber er ist noch nicht tot.«

»Nein.«

Jugendstrafanstalt Fairhaven

Juli 1992

Liebe Maggie,
hier ist es ganz okay, aber ich will weg. Ich habe schreckliche Träume, und manchmal werde ich wach und habe mich gekratzt und meine Bettdecke ist blutig.

Ich habe gedacht, dass Sie mich besuchen kommen. Vielleicht waren Sie ja da, und man hat Sie nicht zu mir gelassen. Ich habe immer wieder nach Ihnen gefragt, aber die sagen, dass keiner Sie erreichen kann. Bitte kommen Sie mich besuchen. Ich mache alles, was man mir sagt. Ich gehe in den Unterricht. Fast jeden Tag kommt ein Psychiater und redet mit mir. Sein Name ist Doktor Adam Irgendwas. Den Nachnamen kann ich mir nicht merken, es ist etwas Ausländisches. Ich brauche ihn nicht, aber die Aufseherinnen hier sagen, ich muss mit ihm reden. Er ist ja auch ganz nett. Er soll mir helfen. Ich soll verstehen, was ich getan habe, dann hätte ich auch keine schlechten Träume mehr.
Niemand glaubt mir, wenn ich sage, was Luke Bryant getan hat. Vielleicht können Sie es ihnen sagen, denn Sie wissen es ja.

Bitte, kommen Sie. Oder schreiben Sie mir. Die anderen Kinder hier geben mir hässliche Namen, aber sie sind selber auch nicht besser. Ein Mädchen hat seinen kleinen Bruder umbringen wollen. Das ist schlimmer, denn er war noch ein Baby und kann ihr ja nichts getan haben. Ich mag einen Jungen, der Kam heißt. Er ist lustig und hänselt mich nicht. Er zeigt mir, wie man Tischtennis spielt.

Sie können mich auch anrufen, wenn Sie wollen. Bestimmt haben Sie die Nummer. Falls Sie die Nummer verloren haben, habe ich sie Ihnen noch mal oben auf den Brief geschrieben. Ich dachte, Sie wollten mir helfen.

Viele Grüße

Katya

»Katya, wer ist Emily?«, fragte Doktor Adam.

Katya runzelte die Stirn. Wollte er ihr eine Falle stellen? Er hielt ihr ein Blatt Papier hin, und sie erkannte es sofort. »Emily« stand dort in ihrer Schrift. Sie hatte die ganze Seite mit dem Namen vollgeschrieben und Blumen und kleine Herzen dazu gemalt. Katya errötete und stieß die Seite fort.

»Ist Emily eine Freundin von dir?«

Katya zuckte mit den Schultern. »Nicht wirklich.«

»Woher kennst du sie? Aus der Schule? Oder hat sie in deiner Nähe gewohnt? Warum erzählst du mir nicht ein bisschen über sie?«

»Fragen Sie doch Maggie.«

»Warum sollte ich das tun?«

»Weil Emily ihre Tochter ist.« Katya seufzte, als müsste sie Doktor Adam etwas erklären, das jeder wusste.

Es dauerte lange, bis er ihr antwortete. »Maggies Tochter heißt Victoria. Maggie hat keine Tochter namens Emily.«

Das war der endgültige Verrat. Auch Emily musste daran beteiligt gewesen sein. Wahrscheinlich hatte Maggie es ihr erklärt. *Sag Katya nicht, wie du heißt. Sie will deine Freundin sein, aber sie ist nicht gut genug. Sie würde auf dich abfärben.*

Als sie vielleicht sechs Jahre alt gewesen war, hatte Katya gehört, wie ihr Mutter sich mit einer Freundin unterhalten hatte. Die Freundin hatte ihre Mutter gefragt, warum sie Katya bekommen und nicht abgetrieben habe. Ihre Mutter hatte geantwortet, weil sie jemanden hätte haben wollen, der sie bedingungslos liebe. Katya liebte ihre Mutter tatsächlich, aber es passte ihr nicht, zu diesem Zweck geboren worden zu sein.

Später, als Maggie ihr erzählte, dass sie bei Emilys Geburt siebzehn Jahre alt gewesen sei, stellte Katya ihr die gleiche Frage. Maggie antwortete, sie habe jemand gewollt, den sie bedingungslos lieben könne. Daraufhin hatte Katya überlegt, was besser war – ein Baby zu bekommen, um es zu lieben oder um von ihm geliebt zu werden? Sie war zu keinem Schluss gekommen, wusste nur, dass sie eine größere Bürde zu tragen hatte als Emily. Selbst an den Tagen, an denen sie nach der Schule nicht nach Hause hatte gehen können, hatte sie ihre Mutter noch lieben müssen. Das war sehr viel verlangt gewesen.

»Katya, Besuch für dich.« Eine der Aufseherinnen war gekommen.

Das musste Maggie sein, schoss es Katya durch den Kopf. Sie war hier, um sie abzuholen, und alles würde wieder gut werden. Sie würde bei Maggie und Emily wohnen, und eines Tages würde Maggie sagen, dass sie Katya liebe und dass sie ihre Mutter sein wolle. Sie und Emily würden sich ein Zimmer teilen, denn Maggies Wohnung war klein, aber das wäre nicht weiter schlimm, die Hauptsache war, dass es ihr Zuhause wäre.

Sie folgte der Aufseherin über den Flur zu dem Zimmer mit den gemütlichen Sofas und bunten Bildern an den Wänden. In dem Zimmer sollten die Kinder sich gut fühlen. Katya trat ein. Durch die Fenster schien ihr die Sonne ins Gesicht. Sie blinzelte.

»Sally Bryant ist hier«, sagte die Aufseherin. »Möchtest du ein Glas Orangensaft und ein Plätzchen? Na komm, Schätzchen, sei nicht so unhöflich, sag Hallo.«

Katyas Hände ballten sich zu Fäusten. In ihr stieg ein Schrei auf, den sie krampfhaft hinunterschluckte.

Dann saß sie auf einem Sessel. Ihr gegenüber saß Sally. Sallys Augen waren rot geädert, ihre Haut fleckig. Sie sah gealtert aus. Vielleicht ist ihre Schwester gestorben, dachte Katya. Oder Lukes Tod und ihre sterbende Schwester waren einfach zu viel für sie geworden. Der Schrei steckte noch immer in ihrer Kehle, sie war kurz davor zu ersticken.

Sally schloss kurz die Augen, dann holte sie tief Luft.

»Ich vergebe dir«, sagte sie.

Katya hörte sich schreien, als wäre es jemand anders. Ein endloser Schrei. Leute kamen in das Zimmer gestürzt, packten sie und brachten sie zurück in ihr Zimmer. Auf dem Weg waren andere Kinder, die sie anstarrten. Einige lachten. Ein Junge rief ihren Namen, ein ums andere Mal, bis sie sich auf ihr Bett warf und sich die Ohren zuhielt.

»Erzähl mir von Sally Bryant.«

»Warum? Sally ist nicht wichtig.«

»Nein? Gut, erzähl mir trotzdem von ihr, und dann entscheide ich, ob sie wichtig ist oder nicht.«

Katya seufzte entnervt und knibbelte an ihren Fingernägeln. Das einzig Gute an diesen Sitzungen war, dass sie eine Abwechslung boten. Allein deshalb wollte Katya sie beibehalten. Deshalb gab sie jetzt auch nach und rang sich ein paar Sätze ab, obwohl sie ihr nichts nützen würden. Man würde sie trotzdem nicht rauslassen. Doktor Adam zückte Schreibblock und Kugelschreiber.

»Sie war in Ordnung«, sagte Katya. »Sie war meistens weg und hat gearbeitet.«

»Sie ist Krankenschwester, richtig?«

Katya nickte.

»Wie war sie zu dir?«

Katya zuckte mit den Schultern.

»Ist sie leicht böse geworden oder gereizt?«

»Sie war in Ordnung. Habe ich doch schon gesagt.«

Doktor Adam faltete die Hände auf dem Schreibblock und betrachtete Katya wie eine Seite in einem Buch, die er zu lesen versuchte. »Sie hat dir vergeben, und du bist ausgerastet. Warum?«

»Ich wollte das nicht hören.« Katya kratzte den Schorf von ihrem Handrücken. Doktor Adam war genauso schwer von Begriff wie die anderen.

»Warum nicht?«

»Weil er das gekriegt hat, was er verdient hat. Er war pervers.«

Doktor Adam studierte ihre Miene und ließ die Daumen seiner Hände umeinander kreisen. »Warst du auf Sally eifersüchtig?«

Katya lachte laut, doch sie war sich nicht sicher, ob sie es nicht doch gewesen war. »Versteh ich nicht.«

»Es wäre ganz normal gewesen. Luke Bryant war für dich

eine Vaterfigur, und Schutz suchende Kinder klammern sich häufig an solche Figuren. Sally hat mir gesagt, als ihr Mann sie einmal vor deinen Augen geküsst hat, hätte dir das nicht gepasst.«

»Na und?«

»Sie hatte den Eindruck, dass du kurz vor einem Wutanfall gestanden hast.«

»Stimmt nicht«, antwortete Katya aufgebracht. »Und Sie können nicht sagen, es war doch so, Sie waren ja nicht dabei.«

»Katya, die Polizei hat diesen Fall untersucht. Für deine Anschuldigungen gibt es keine Beweise. Auch keine Zeugen oder andere Opfer oder Vorstrafen. Vor Gericht hat man dich schuldig gesprochen.«

»Aber er hat angefangen. Er hat mir mein Buch weggenommen und wollte es mir nicht zurückgeben.«

»Dein Märchenbuch?«

»Ja, es hat meiner Mum gehört. Und dann hat er es mit mir machen wollen.«

»Katya, ich bin sicher, dass du das glaubst. Du warst zornig, und er hat es zu weit getrieben.« Doktor Adam blätterte in seinem Block zurück. »Auf dem Polizeirevier hast du dem Kinderpsychiater gesagt, dass du ihn schon seit Langem hattest töten wollen.«

Er wartete auf ihre Antwort. Als nichts kam, seufzte er. »Katya, du bist erst elf Jahre alt und hast dein Leben noch vor dir. Wir werden dir helfen, dich weiterzuentwickeln, aber zuerst musst du begreifen, was du getan hast. Verstehst du, was ich sage?«

Keine Antwort.

Doktor Adam drückte auf den Knopf am Ende seines

Kugelschreibers und steckte den Stift in seine Hemdtasche. »Gut, wir versuchen es morgen noch mal.« Er stand auf. Sein Gesicht wurde weicher. »Du bedeutest etwas, Katya. Lass dir von niemandem etwas anderes einreden.«

45

Dienstag, 4. Mai 2010

Ich wurde operiert. Der Druck auf mein Gehirn musste gesenkt werden. Nach der Operation kam meine Mutter mich mit den Kindern besuchen. Für die Kinder war es ein schlimmer Besuch, und wir entschieden, den Mädchen weitere zu ersparen. Kinder sollten ihre Mütter nicht so matt und übel zugerichtet erleben. Nur Josh blieb ungerührt. Er saß auf meinem Bauch, betrachtete mich und versuchte, die Kanüle für den Tropf aus meinem Handrücken zu ziehen. Tom liegt auf einer anderen Station in einem künstlichen Koma. Durch seinen Körper fließt das Blut fremder Menschen.

Jenny hat mir erzählt, dass Josh in den Armen eines Polizeibeamten nach Hause gebracht wurde und anschließend stundenlang geschlafen habe. Als die Polizei ihn fand, hat er allerdings mörderisch geschrien. Eine Krankenschwester, die den Frühzug nach London nehmen wollte, hatte ihn von der Wartebank genommen, auf die Amber ihn gelegt hatte. Diese Krankenschwester muss die Ruhe in Person gewesen sein. Selbst nach Ambers Selbstmord behielt sie einen klaren Kopf und kümmerte sich um Josh. Wie es heißt, brach sie erst zusammen, als sie wusste, dass Josh in Sicherheit war. Ich werde dieser Frau ewig dankbar sein.

Toms Schwester Hannah ist eine Woche lang da gewesen

und hat zusammen mit meiner Mutter für die Kinder gesorgt. Bei ihren Besuchen hat meine Mutter mich mit den Geschichten über Hannah unterhalten. Dass sie die Unterwäsche der Mädchen gebügelt hat, war der Höhepunkt. Im Übrigen scheiterten sämtliche Versuche, bei uns Zucht und Ordnung einzuführen, an Polly. Inzwischen ist Hannah wieder abgereist, und Magda hat die Hälfte der Arbeit übernommen. In den Augen meiner Mutter ist sie die Größte.

In ein paar Stunden kommt Grayling mich besuchen. Ich werde ihm alles beichten, reinen Tisch machen. Ich möchte das Krankenhaus ohne die Last meiner Lügen verlassen und neu anfangen. Meine Mutter hat sich schon mit der Anwältin in Verbindung gesetzt, die Jenny empfohlen hat, und einen ersten Termin vereinbart. Man wird mich durch die Mangel drehen, aber danach werde ich hoffentlich ein besserer und klügerer Mensch sein. Wenn ich daran denke, was mir bevorsteht, werde ich starr vor Angst.

Am Nachmittag kommt Grayling. Meine Mutter sitzt bei mir. Sie steht auf, um uns allein zu lassen, und geht mit schwingenden Hüften aus dem Zimmer. Grayling hat ihr offenbar gefallen. Ich muss ihr sagen, dass er nicht zur Verfügung steht. Er lässt sich auf dem Besucherstuhl nieder, schlägt die Beine übereinander und beugt sich leicht vor. So bleibt er, bis ich zu Ende gesprochen habe. Dann lehnt er sich zurück.

Ich greife nach meinem Wasserglas auf dem Nachttisch und stoße es um. Grayling stellt es aufrecht hin und tupft das Wasser mit Papiertüchern auf. Eine Krankenschwester steckt den Kopf herein und erklärt, die Besuchszeit sei um.

»Noch fünf Minuten«, sage ich bestimmt.

Nach einem ungehaltenen Blick zieht sie sich zurück. Ich warte, bis ihre Schritte draußen verklungen sind.

»Was wird jetzt geschehen?«, frage ich. »Wie wird die Anklage lauten?«

»Verletzung der Fürsorgepflicht. Behinderung der Justiz.«

Sofort bekomme ich wieder Kopfschmerzen. Ein stechender Schmerz, der von einem Punkt mitten auf meiner Stirn ausgeht. Ich reibe darüber. »Muss ich ins Gefängnis?«

»Ich kann Ihnen nichts versprechen«, erwidert Grayling. »Aber mit einem guten Anwalt dürfte es auf Bewährung hinauslaufen. Ich hoffe, dass die Kinder in Ihrer Obhut bleiben können, aber vermutlich wird es auch in der Hinsicht Auflagen geben. Möglicherweise wird man Sie zwingen, eine Zeit lang eine Hilfskraft einzustellen, die bei Ihnen wohnt.«

»Das wäre kein Problem.« Vielleicht kann ich Magda dazu überreden.

»Noch was.« Grayling mustert mich, als sei er nicht sicher, wie viel er mir zumuten kann. Mein Magen verkrampft sich. »Es tut mir leid, Mrs. Seagrave, aber als Lehrerin werden Sie nicht mehr arbeiten können. Das verstehen Sie sicherlich, oder?«

Ich hole tief Luft und nicke. Damit habe ich gerechnet, auch wenn ich eine leise Hoffnung hatte, dass es vielleicht doch noch anders kommen könnte. Grayling erkennt, dass ich im Moment nicht weiter darüber sprechen möchte, und geht zum nächsten Punkt über.

»Und natürlich werde ich Sie anzeigen müssen.«

»Bedeutet das, Sie nehmen mich jetzt fest?«

Grayling steht auf. Er wirkt belustigt. »Wenn Sie mir versichern, dass Sie nicht das Weite suchen, sehe ich davon ab.«

Ich muss lachen. Er lächelt. Dabei bilden sich kleine Grübchen in seinen Wangen. Das ist mir bisher nicht aufgefallen. Kein Wunder, dass meine Mutter auf ihn reagiert hat.

Es dauert noch einen ganzen Monat, bis Tom wieder bei Bewusstsein ist. Ich war jeden Tag bei ihm. Sobald ich die Mädchen morgens zur Schule gebracht hatte, bin ich zu ihm gefahren. Im Gegensatz zu Tom hatte ich sehr viel Zeit nachzudenken. Deshalb überfalle ich ihn weder mit Vorschlägen, wie wir unsere Ehe retten können, noch verlange ich, dass er mir sagt, was zwischen ihm und Amber war. Das, was Amber erzählt hat, glaube ich einfach nicht. Ebenso wenig werde ich sofort wieder anfangen, mich zu verteidigen. Ich sitze an seinem Bett, sehe zu, wie sich seine Brust hebt und senkt, und lausche den Geräten, die ihn am Leben halten. Ich werde geduldig sein, ihm die Möglichkeit geben, alles, was geschehen ist, erst einmal zu verarbeiten.

Am schlimmsten war die Presse. Über mich gab es mehr Beiträge als über die Mutter, die ihr Baby wegen der Flasche Milch allein gelassen hatte. Irgendwie sind die Medien an ein Foto von Amber und an eines von mir und meiner Familie gelangt und haben unsere Beziehung auf jede erdenkliche Weise ausgeschlachtet. Ich bin nur froh, dass Tom die Artikel nicht gelesen hat und in unserem Haus nicht wie ich von Reportern belagert wurde. Das Video, auf dem man Amber und Josh auf dem Bahnsteig sieht, ist beklemmend. Man erkennt sogar, wie die Krankenschwester unruhig wird, einen Schritt macht und die Hand ausstreckt, mit einem Ausdruck nackten Entsetzens.

Die ersten Reaktionen habe ich selbst nicht mitbekommen, aber nach der Operation habe ich die Berichte im Fernsehen gesehen. Ich wollte es nicht, doch es war wie ein Zwang. Meine Mutter und Hannah haben die ersten Tage allein bewältigt und die Reporter verscheucht, die ihnen auflauerten, wenn sie aus dem Haus gingen oder zurückkehrten. Offenbar wussten sie sich zu wehren, ganz gleich, ob sie allein oder zu zweit waren. Aber was konnten sie schon verhindern? Die Reporter waren ja auch an meiner Schule und in der Nachbarschaft, um Erkundigungen einzuziehen. Die Boulevardpresse stürzte sich auf meinen Fall, sogar die seriösen Tageszeitungen haben über mich berichtet. Wie hätten sie sich das auch entgehen lassen können? Eine Mutter, Angehörige der Mittelschicht, die überdies Lehrerin ist, lässt ihr Baby allein im Haus und löst eine Reihe unglückseliger Ereignisse aus. Es war alles vorhanden, was man zu einem Sensationsbericht braucht – mangelnde Fürsorge, ein Einbruch, Lügen, Erpressung, die Geschichte einer tragischen Kindheit, Tod.

Ich werde die Coleridge Street verlassen – allein oder mit meiner Familie. Ich bin zu feige, um das Getuschel über mich zu ertragen, selbst nachdem sich die erste Aufregung gelegt hat. Ein Ort an der Küste käme vielleicht infrage. Hove oder Shoreham. Nicht zu nah bei meiner Mutter, aber nah genug.

Ich sitze bei Tom, der langsam aus dem künstlichen Koma geholt wurde und nun schläft. Ich höre Gesprächsfetzen von Leuten, die sich auf dem Flur unterhalten, Türen, die geöffnet und geschlossen werden. Ich habe keine Eile und kann meinen Mann in Ruhe betrachten. Er ist blass und abgemagert, die Augen dunkel gerändert, die Lippen aufgesprungen. Sein Haar muss geschnitten werden.

Tom schlägt die Augen auf.

»Hallo«, sage ich.

»Ich habe von dir geträumt.«

»Was habe ich gemacht?«

»Mich geküsst.«

»War dir das unangenehm?«

Seine Mundwinkel zucken. »Es hat mir gefallen.«

Hat er mit Amber geschlafen? Immer wieder schiebe ich diese Frage zur Seite, doch immer, wenn ich sie gerade vergessen habe, springt sie mich wieder an. Doch selbst wenn er es getan hat, wird es meine Freude an seiner Genesung nicht beeinträchtigen. Er hat um sein Leben gekämpft und gesiegt – ich werde ihm alles verzeihen. Und wenn er mir nicht verzeiht, werde ich ihm selbst das verzeihen.

»Was ist mit Amber?«, fragt er. »Ist sie in Haft? Oh, verdammt, wie geht es Robert? Er muss am Boden zerstört sein. Das arme Schwein.«

»Robert und Sophie sind in Suffolk bei seinen Eltern. Er arbeitet von dort aus. Wahrscheinlich kommen sie nicht zurück.«

Tom kneift die Augen zu kleinen Schlitzen zusammen und schaut mich an. Er weiß, dass ich etwas unterschlagen habe. »Und Amber?«

Ich weiß nicht, wie ich es ihm schonend beibringen soll, deshalb sage ich es direkt.

»Sie ist tot. Sie hat sich vor einen Zug geworfen.«

»Mein Gott. Wie ist sie denn dazu gekommen?«

»Lass uns ein andermal darüber reden«, schlage ich vor. »Du brauchst Ruhe.«

Tom stützt sich auf den Ellbogen auf. »Ist es meine Schuld?«

»Nein.«

»Vicky, ich muss dir etwas sagen.«

»Nein, musst du nicht. Bitte nicht.«

»Ich habe mit ihr geschlafen.«

Eine Zeit lang sagt keiner von uns etwas. Toms Zimmernachbar stöhnt leise vor sich hin.

»Es war ein Fehler«, flüstert Tom, hält mir seine Hand hin und lässt sie fallen, als ich sie nicht nehme. »Ich habe ihr erklärt, dass sie etwas missverstanden hat. Du weißt, was danach passiert ist.« Er legt die Hand auf die Wunde auf seinem Bauch, wie eine Mutter mit dieser Geste ihr Ungeborenes schützt. »Es tut mir so leid.«

»Wir haben beide Fehler gemacht.«

Das trifft zwar zu, trotzdem hilft mir diese Tatsache nicht.

Mit einem schweren Seufzer stehe ich auf. »Ich komme morgen wieder.«

Tom nickt und lässt mich gehen. Draußen vor der Tür schaue ich noch einmal durch das Glasfenster zu ihm hinein. Er starrt geradeaus.

»Ist Amber beerdigt worden?«, fragt Tom am nächsten Tag.

Ich bin wieder bei ihm, denn ich schaffe es nicht fortzubleiben. Sein Geständnis haben wir nicht mehr erwähnt. »Ja. Es war eine sehr kleine Beerdigung. Robert war da. Sophie nicht, sie ist bei ihren Großeltern geblieben. Grayling und Sarah Wilson waren da. Und ich.«

»Deine Mutter nicht? Sie kannte Amber doch auch.«

»Sie konnte nicht freimachen.«

Tom weiß noch nicht, dass meine Mutter und Amber sich schon in einem früheren Leben begegnet waren. Eins nach dem anderen. Ich finde es falsch, dass sie an der Beerdigung nicht teilgenommen hat. Sie hat einiges verschuldet, aber im Gegensatz zu mir wird sie nicht zur Rechenschaft gezogen.

Es gibt noch so einiges, das ich Tom nicht erzählt habe. Dazu gehört, dass ich nicht mehr unterrichten werde. Und dass ich vorhabe, fortzuziehen und noch einmal neu anzufangen. Ich denke in Richtung Innenausbau von Häusern. Auch wenn Tom und ich auseinandergehen sollten, werde ich in der Lage sein, für mich und meine drei Kinder zu sorgen. Ich schaue Tom an, wir lächeln zur gleichen Zeit.

»Ich bin dir nicht böse«, sage ich.

Es ist die Wahrheit. Ich habe seit dem Vortag und Toms Bekenntnis eine ganze Bandbreite von Emotionen durchlebt, aber Zorn gehörte nicht dazu.

»Ich habe ein Gedicht für dich geschrieben«, sage ich am nächsten Tag und hole meinen Schreibblock hervor. »Es ist aber nicht so gut wie deins zu meinem Geburtstag.«

»Lies es mir vor«, murmelt Tom und schließt die Augen.

»Na schön.«

Ich führe den Block dichter an meine Augen und versuche, mein Gekrakel zu entziffern.

Der schafft es nicht, hörte ich jemanden sagen.
Ich dachte, ich würde verrückt.
Das konntest du nicht ertragen
und hast mit der Nase gezuckt.

»Weiter bin ich noch nicht gekommen.«

Tom lacht leise. »Sehr ergreifend. Ich wusste gar nicht, dass du so talentiert bist.«

»Danke, dieses Lob vom Hofdichter der Coleridge Street bedeutet mir sehr viel.«

Tom nickt ein. Ich betrachte sein abgemagertes Gesicht, die Augen, die tief in den Höhlen liegen. Als ich mich nach meiner Handtasche bücke, höre ich ihn etwas murmeln.

»Sie hat mich noch nicht besucht.«

Ich richte mich auf. »Wer, Liebling? Meinst du Hannah? Sie war da, aber sie ist wieder zu Hause.«

»Nein, nicht Hannah. Amber.« Seine Augen öffnen sich. Er sieht mich an wie ein kleiner Junge.

»Tom, sie ist tot, das habe ich dir doch gesagt.«

»Ach«, sagt er. »Richtig. Das hatte ich vergessen.«

Und so bleibt es, Amber verlässt uns nicht. Jedes Mal wenn Tom müde ist oder verwirrt, fragt er, warum sie noch nicht gekommen ist und ob wir uns gestritten haben. Sein Arzt hat mir erklärt, dass Tom im Krankenwagen gestorben war, sie ihn dreieinhalb Minuten lang verloren hatten und wiederbeleben mussten. Das hat sein Kurzzeitgedächtnis beeinträchtigt.

Als Tom schläft, streiche ich ihm das Haar aus den Augen und küsse ihn auf die Stirn.

Einige Tage später schickt Robert mir per E-Mail ein Foto. Es wurde vorletztes Weihnachten in unserem Wohnzimmer aufgenommen. Ich bin im siebten Monat, sitze in einem riesigen grünen Pullover und schwarzen Umstandsleggings schwer auf dem Sofa und habe die Füße hochgelegt. Die Kinder hatten ein Krippenspiel aufgeführt. Sophie stellte einen hochtrabend daherredenden Josef dar, Emily als Maria war eine fromme Nörglerin und Polly, die einer der Heiligen Drei Könige hatte sein wollen, ein schmollendes Jesuskind.

Meine Hände halten meinen vorstehenden Bauch, ich lache mit zurückgelegtem Kopf. Amber sitzt an meiner Seite, lacht Tränen und hat meinen Arm gepackt.

Ich drucke das Foto aus, rahme es und stelle es auf meine Frisierkommode. Amber und ich, zu einer Zeit, als wir noch wahre Freundinnen waren. Daran klammere ich mich, wenn ich nachts wach werde und wieder meinen Albtraum hatte, in dem Amber mich im Dämmerlicht des Kellers anstarrt. Ich wünsche, ich hätte sie heilen können.

Danksagung

Ich danke meinen fantastischen Redakteurinnen Harriet Bourton und Bella Bosworth aus tiefem Herzen. Das Gleiche gilt für meine PR-Agentin bei Transworld, Sarah Harwood. Ebenso danke ich Victoria Hobbs bei A.M. Heath für ihre Hilfe und Liebenswürdigkeit, desgleichen ihren Kolleginnen Pippa McCarthy und Jennifer Custer. Ein Dankeschön geht auch an meine wunderbare Freundin und Nachbarin Genevieve Quierin, die ich bei juristischen Fragen zurate ziehen konnte, und an die Prime Writers, die zugehört, Ratschläge erteilt, tolle Lunches arrangiert und mich zum Lachen gebracht haben. Ebenso danke ich Detective Inspector Kate Balls von der City of London Police für die Geduld, mit der sie meine Fragen beantwortet hat – und natürlich danke ich voller Liebe Max, Lulu und Steve Smithwick.